Happy Ending

VICTORIA VAN TIEM

Happy Ending

roman

Traduit de l'anglais (États-Unis) par
NOLWENN GUILLOUD

Titre original : LOVE LIKE THE MOVIES

Ce livre est publié avec l'aimable autorisation de Pocket Star Books, une maison de Simon & Schuster Inc., New York, USA.

© 2014, Victoria Van Tiem.
© 2017, HarperCollins France S.A.
© 2018, HarperCollins France pour la présente édition.

Le visuel de couverture est reproduit avec l'autorisation de :
© DP COM.FR

Réalisation graphique couverture : DP COM

Tous droits réservés.

HARPERCOLLINS FRANCE

83-85, boulevard Vincent-Auriol, 75646 PARIS CEDEX 13.
Service Lectrices — Tél. : 01 45 82 47 47

www.harlequin.fr

ISBN 978-2-2803-8960-0

A mon mari, M — éternel premier rôle masculin dans le film de ma vie —, ainsi qu'à nos deux merveilleux fils, Kirklen et Garrett. Votre soutien sans faille et vos encouragements déchirent tout.

A AJ, une femme dont l'inspiration sans limites insuffle à chacun l'envie de se surpasser. Tu apportes une touche de glamour hollywoodien à notre quotidien et seras à jamais mon idole.

Actuellement en salles

LES VÉRITABLES STARS

1

Bientôt trente ans, sexy et épanouie

A l'âge de neuf ans, j'ai viré ma mère. Avec un feutre bien rouge, j'ai simplement marqué sur une feuille de papier : « Tu es virée. », puis dessiné une fleur souriante et une grenouille.

Bon, en fait, c'était la fleur qui renvoyait la grenouille, et la phrase s'étalait dans une bulle de BD au-dessus de sa tête. Mais, en y regardant bien, on remarquait que le batracien portait le collier préféré de ma mère.

Ma première œuvre satirique.

Malheureusement, même cela n'avait pas suffi à retenir son attention. Mon dessin avait fini dans le tiroir de la cuisine, avec tous les autres : le pingouin que j'avais reproduit à partir d'une photo, le chat que j'avais fignolé durant des jours, et même le papillon au dos duquel ma prof d'arts plastiques avait noté : « Fantastique, quel talent ! »

Aujourd'hui, je n'ai pas à m'inquiéter. Maman ne pourra que remarquer le diamant étincelant que j'arbore à l'annulaire gauche. Bradley est le parti idéal. Blond, musclé, distingué... et il veut m'épouser. Je suis sur le point de devenir Mme Kensington Connors. Rien que d'y penser, j'en ai des papillons dans le ventre.

Alors pourquoi ai-je les nerfs en pelote ? J'admire une nouvelle fois ma bague, et Bradley surprend mon regard. Avec un sourire rassurant, il me prend la main et pousse la porte d'entrée. Il sait comme je peux angoisser lorsque nous rendons visite à ma famille, et combien j'ai hâte d'enfin leur montrer ma bague de fiançailles et de commencer à parler de l'organisation du mariage.

Nous nous dirigeons vers la cuisine, où maman et Ren sont déjà aux fourneaux. Une odeur écœurante de pâtisseries m'arrive aux narines. J'essaie de ne pas y prêter attention, hélas, comme d'habitude, mon ventre se serre. Oubliés mes vingt-neuf ans et ma confiance en moi, j'ai de nouveau treize ans et, tout ce que je veux, c'est leur plaire.

J'esquisse un sourire nerveux.

— Coucou.

Bradley embrasse ma mère sur la joue et salue Ren de loin. Un clin d'œil dans ma direction, et il disparaît aussitôt dans le salon, d'où nous parviennent des bribes de la discussion animée entre papa et Grayson à propos des services de santé dans le pays.

Maman pose son bol de pâte à pancakes et s'essuie les mains sur son tablier.

— Enfin, la voilà ! C'est qu'on ne la verrait presque plus, n'est-ce pas, Ren ?

A l'entendre, on croirait que c'est moi, la pièce rapportée en visite, et non l'enfant qu'elle a élevée dans cette maison. Elle me prend tout de même dans ses bras.

— Bonjour, maman.

L'étreinte est brève... Sous son tablier esprit *shabby chic*, j'aperçois l'une de ses robes droites simples, à la Jackie Kennedy, tandis que Ren... *Non, je n'y crois pas !* Elle porte quasiment la même tenue. On dirait des clones mère-fille. Je ressens comme une pointe de jalousie. J'aimerais hurler à Ren : « Bas les pattes, c'est *ma* mère ! » Seulement elle a perdu la sienne très jeune, et il est d'usage de se montrer compréhensif.

— Salut, Kensington, tu as l'air en forme, lance-t-elle avec un bref sourire.

Pas d'embrassades. Elle pose les yeux sur mon sac à main Coach flambant neuf. Celui pour lequel j'ai longuement économisé.

— J'ai vu qu'ils étaient en vente. Ils sont déjà au bras de tout le monde. Je pense plutôt jeter mon dévolu sur la nouvelle sacoche Burberry.

Un sourire et un hochement de tête de ma part lui confirment que, oui, c'est encore et toujours elle qui a raison.

— Alors, voyons cela. Montre-nous, demande ma mère en désignant ma main.

Un sentiment de fierté me gagne ; serait-ce une petite victoire pour l'équipe Kenzi que j'entrevois à l'horizon ? Parce que, oui, c'est triste, mais je compte les points. Et jamais je ne suis arrivée en tête du classement, qui pour l'instant donne quelque chose comme :

Ren : deux cent soixante-quinze.

Maman et papa : cessé de compter.

Grayson : quarante-cinq, tout juste. Cela dit, depuis que je suis avec Bradley, il n'est plus aussi critique.

Kenzi : quatre. En comptant aujourd'hui.

Quatre points, et une vie entière au pied du podium. Si j'ai eu l'honneur d'être élue dauphine de la Reine du lycée, je n'ai jamais remporté la couronne. Lors de la remise des diplômes, j'étais dans les dix premiers de la classe, mais pas major de promo, comme Grayson. Je travaille comme directrice de création dans une grande agence de publicité, mais ce n'est pas une branche sérieuse, comme la médecine. Car, bien entendu, mon père, Grayson et Ren sont tous les trois médecins.

Mon premier triomphe fut d'avoir ramené Bradley à la maison. Ma famille le vénère. A vrai dire, il a plus sa place parmi ces pâles copies des Kennedy que moi. Le deuxième eut lieu quand notre relation passa le cap de la première année. La troisième date de la semaine dernière, quand nous nous sommes fiancés ; ce gros caillou est sur le point de m'assurer cette quatrième victoire.

Je tends la main pour le faire étinceler à la lumière du jour.

Ren m'attrape les doigts pour examiner la bague de plus près.

— Oh ! elle est sublime, Kensington. Bradley te gâte beaucoup trop !

Traduction : Bradley est trop bien pour moi. A cette seconde, je suis fière qu'il ait des goûts si raffinés et les moyens de m'offrir un tel bijou. Ce n'est pas celle que j'aurais choisie, mais peu importe : c'est une Tiffany, le diamant est énorme, et elle a toutes les qualités requises.

Ren fait la grimace.

— Ouh ! par contre, il est grand temps que tu penses à une manucure. Avec toute l'attention que va recevoir ta main, il vaudrait mieux s'occuper de ces cuticules si tu ne veux pas gâcher ton effet. Tu dois bien ça à Bradley.

Ding. L'équipe Ren : deux cent soixante-seize.

Elle fouille dans son sac et en tire une carte de visite, qu'elle me tend.

— Tiens, appelle-les et demande Cindy. Elle est épatante.

— C'est vrai, regarde ! Nous y sommes allées pour notre journée entre filles, renchérit ma mère en agitant ses ongles sous mon nez ; je remarque d'ailleurs que Ren porte le même vernis rose pâle.

Une journée entre filles. Sans moi.

J'admire l'œuvre de Cindy avec tout l'enthousiasme dont je suis capable.

— Très joli. Je prendrai rendez-vous, promis... Alors, qu'est-ce que tu en penses, maman ? Bradley ne s'est pas fichu de moi, hein ?

Je sais, c'est pathétique, mais j'espère décrocher une victoire franche.

— Oh que non, ma chérie! Il s'est surpassé.

Avec un sourire, elle demande à Ren de sortir des myrtilles du frigo et retourne à son saladier de pâte.

Soudain, je ne sais plus trop ce que je suis censée faire.

— Vous avez besoin d'aide? Je peux mettre la table ou commencer à apporter les plats, si vous voulez.

— Non, la mécanique est bien huilée, pas vrai, Mama Shaw? fait Ren, avec un mignon petit froncement de nez à l'adresse de ma mère.

Durant quelques instants, je reste là, à tripoter nerveusement ma bague. J'ai l'impression que ça y est. La fin du premier round du brunch du dimanche chez les Shaw a sonné. Nous discuterons sûrement de nos projets pour le mariage à table. Sans aucun doute, même. Je refuse que mes fiançailles finissent oubliées dans un tiroir.

Mais pourquoi n'ai-je pas pensé à faire un saut chez la manucure?

Désœuvrée, je monte à l'étage et prends le chemin de mon ancienne chambre. Refaite de fond en comble, elle sert désormais de studio de scrapbooking à maman. La grande table de travail carrée qui y trône pourrait rappeler la table d'apothicaire achetée par Rachel chez Mobilier moderne dans un épisode de *Friends*, mais sous stéroïdes, avec un million de petites cases et de tiroirs remplis de lettres et autres ornements à coller. Tout ce qu'il reste de moi dans cette pièce est relégué sur la dernière étagère du placard, dans une boîte en tissu à fermeture Eclair étiquetée « Kensington ».

Avec un soupir, je sors mon téléphone et clique sur l'appli Facebook. Je suis sans arrêt en train de regarder à quoi s'occupent les gens. Ensuite, je compare ce qu'ils font à ce que je fais — ou ne fais pas — et je me dis que je devrais prendre exemple sur eux. Malheureusement, ça ne veut pas dire que je change quoi que ce soit à ma vie. Je perds simplement des heures entières à l'envisager.

Puisque nous avons annoncé nos fiançailles uniquement à nos familles par téléphone, j'attends que le repas d'aujourd'hui soit passé pour en faire part au reste du monde. Et je n'en peux plus de patienter.

Deux nouvelles invitations. Je clique sur l'icône et accepte la première : une fille de la salle de sport. La seconde m'arrache un hoquet. *Impossible.* Je colle le nez à l'écran pour mieux examiner la minuscule photo de profil. Ma poitrine se serre. Je n'arrive pas à y croire. Ce n'est pas vrai... C'est bien lui.

C'est Shane.

Shane Bennett.

Le Shane Bennett qui m'a piétiné le cœur après quatre années en couple. Et le voilà qui veut devenir mon ami sur Facebook ?

C'est une blague ?

Une vague d'émotions se déchaîne en moi. Pourtant, pas une larme ne me monte aux yeux. J'en ai suffisamment versé pour lui ; des centaines, peut-être même des milliers. Ce que je ressens à cet instant n'est qu'une douleur résiduelle, qui refait surface chaque fois que je tombe sur quelque chose qui me le rappelle. Le spectre de notre passé commun.

Il avait débarqué d'Angleterre et emménagé chez ses grands-parents dans le Midwest à l'époque du lycée, et y était resté pour ses études. Nous nous étions rencontrés à l'université. Je ne me souviens plus très bien comment, mais nous avions entamé la conversation et n'avions plus jamais cessé de parler. Nous étions constamment ensemble. Il avait quelque chose d'insolent, les cheveux en bataille. J'adorais ses cheveux.

Il fut mon premier grand amour. Ma première véritable peine de cœur. Mon premier *tout*.

Cette boîte tout en haut du placard devrait être

étiquetée « Kensington et Shane ». Elle abrite tous les mots que nous nous sommes écrits, ainsi que tous nos petits souvenirs. Je m'approche et, sur la pointe des pieds, tire dessus par à-coups jusqu'à avoir une meilleure prise pour la descendre. Il y a une photo en particulier que je meurs d'envie de retrouver. A l'époque, elle occupait un cadre sur ma table de nuit, et c'est cette image de lui que je garde en tête.

Une fois la boîte posée sur la table de travail, je l'ouvre avec lenteur, comme si les souvenirs que j'y ai enfermés menaçaient de s'envoler.

Plongeant les mains dans les objets jetés en vrac, je fouille. Les cartes sont rassemblées et attachées par un bout de ficelle. Un bracelet éponge a atterri là. Je le porte à mon nez. Il y a longtemps que l'odeur de Shane a disparu, mais je me souviens comme si c'était hier de l'époque où je l'enfilais pour dormir. Je le repose, puis commence à passer les photos en revue.

Je ne peux m'empêcher de pincer les lèvres en l'apercevant. Appuyé contre un mur, Shane est là, le col relevé, un carnet pendant nonchalamment au bout du bras. Je retrouve le visage auquel je disais bonne nuit chaque soir, celui que je découvrais en ouvrant les paupières chaque matin, celui qui m'a manqué durant si longtemps.

Je fais la comparaison entre ce vieux portrait et celui de son profil Facebook. Les mêmes cheveux bruns ondulés. Les mêmes yeux brun doré. Le même Shane.

Il a vieilli, mais c'est bien lui.

Je laisse échapper un gros soupir. Pourquoi ne m'a-t-il pas répondu que ce n'était qu'un mensonge, ce jour-là ? Je l'aurais cru. Je ne voulais pas que les choses changent. Je le voulais, lui. Hélas, il n'a rien dit ; simplement qu'il était désolé. Et qu'il ne pouvait pas me donner davantage d'explications, car...

— Kenzi ?

Tante Greta.

— Je suis là !

Vite ! Je remets la photo dans la boîte, le couvercle par-dessus, referme le zip et me dépêche de replacer le tout sur l'étagère.

— Je pensais bien te trouver en haut. Ils sont prêts à passer à table.

Elle porte un jean sombre et une tunique blanche. Le collier de turquoises à son cou fait ressortir le bleu de ses yeux et contraste avec sa nouvelle couleur rouge.

L'air de rien, je mets mon portable en veille et souris.

— Sympas, tes cheveux.

— Ta mère déteste, me répond Greta en faisant virevolter les boucles de son carré long. Selon elle, ça attire beaucoup trop l'attention.

Je hausse un sourcil.

— Ce n'est pas le but ?

Greta éclate d'un grand rire chaleureux.

— C'est un plus.

Que cela ennuie ma mère ou que cela attire l'œil ? Les deux, sans doute. Tante Greta est considérée comme le mouton noir, l'excentrique de la famille, car elle ne se soucie absolument pas de ce que les autres pensent. Sur l'échelle de valeur des Shaw, elle est un cran en dessous de moi — celle qui n'est jamais tout à fait à la hauteur, mais fait au moins l'effort d'essayer.

Elle me prend la main et siffle en examinant ma bague.

— Ma parole, elle a dû coûter bonbon. Qu'en ont dit Renson ?

Il n'y a qu'elle qui soit au courant de mon petit surnom pour le « couple idéal », Ren et Grayson. Je ravale un gloussement.

— La prochaine fois que tu la verras, tu peux être sûre qu'elle aura fait ajouter quelques pierres à son alliance, ironise Greta.

Puis, relâchant ma main, elle fait un signe de tête en direction de la porte.

— Allez, viens. Ça ne sert à rien de traîner, on ne coupera pas à ce cirque.

Je la laisse passer devant et sors de nouveau mon portable de ma poche. Je ne comprends toujours pas pour quelle raison Shane voudrait reprendre contact après tout ce temps. *Attends...* La demande d'ajout a disparu.

Où est passée son invitation ?

L'estomac noué, je clique pour faire apparaître mon mur. On peut maintenant y lire : « Kenzi Shaw est désormais amie avec Shane Bennett et 1 autre personne. » *Pardon ?*

La toute dernière conquête de Greta s'appelle Finley. Il a beau avoir l'air plutôt sympathique, inutile de prendre la peine d'apprendre à le connaître : au prochain brunch, il sera déjà de l'histoire ancienne. Il porte cependant un peu trop d'intérêt à Ren, l'assaillant de questions concernant sa culture — qu'elle ignore poliment.

Tante Greta le réprimande sèchement.

— Ren est de Chicago, Fin.

Un œil sur la sauce piquante dont il est en train d'arroser ses œufs brouillés, mon père s'enquiert du travail de mon frère à l'hôpital.

— As-tu eu la possibilité de t'aider de l'imagerie 3D pour cette thoracoscopie ?

Grayson, sur le point de porter le verre à sa bouche, suspend son geste.

— J'ai pu l'essayer la semaine dernière. C'est un outil très pratique. J'ai suggéré au conseil d'administration d'investir.

— Bien, bien...

Puis, présentant une assiette de saucisses enroulées dans d'espèces de pancakes à ma belle-sœur, il demande :

— Et toi, Ren, quoi de neuf en pédiatrie ?

— Oh ! quand on travaille avec des enfants, il se

passe toujours un tas de choses intéressantes, répond Ren dans un sourire.

Mon père approuve de la tête, engouffre quelques bouchées, puis tourne son attention vers Finley.

— Dites-nous, Finley... que faites-vous dans la vie ?

Je vois Bradley se servir deux saucisses supplémentaires. Ma mère tente d'y ajouter quelques pancakes, mais il la repousse.

— Maman, tu sais bien que Bradley fait attention aux glucides.

Finley se redresse et s'éclaircit la voix :

— Eh bien, je suis dans la vente. En ce moment, ce sont des téléphones, mais j'ai toujours travaillé dans ce domaine, peu importent les produits.

— Bien, bien... Bradley est directeur commercial chez Safia, en ville ; la plus grande agence de publicité d'Indianapolis. C'est lui qui se charge de mon placement média.

Mon père possède un spa médical ici même, dans Le Village. On peut s'y offrir des injections de Botox, se faire gonfler les lèvres et consulter un chirurgien esthétique, le tout dans un même établissement. Je peine néanmoins à comprendre pourquoi ma mère et lui sont si fiers du métier de Bradley et considèrent ma carrière de directrice de la création frivole et sans intérêt. Nous sommes tous les deux employés par la même agence et titulaires de postes haut placés.

Bradley confirme d'un hochement de tête.

— Ce qui me rappelle..., dit-il en ponctuant sa réponse d'un moulinet de fourchette, j'ai les chiffres pour la campagne intensive de l'après-midi sur Channel Six.

S'ensuit alors une longue analyse concernant le moment de la journée où la mère au foyer avec 2,3 enfants scolarisés dans le privé et une rente à six chiffres est le plus susceptible d'allumer la télévision. J'opine du chef, sourire poli aux lèvres... mais, intérieurement, je bouillonne d'impatience, pressée de parler du mariage.

Tante Greta m'adresse un clin d'œil et se charge d'interrompre l'interminable monologue de Bradley.

— Alors, Kensington, vous avez choisi une date ?

Tous les regards se braquent sur moi. Enfin, c'est à moi ! Mon estomac enchaîne les triples boucles piqués.

Le visage radieux, Bradley me prend la main.

— Nous n'avons pas encore de date précise en vue, mais pourquoi pas le printemps ? Qu'en dis-tu, Kenz ?

Enthousiaste, je renchéris :

— Pourquoi pas, en effet ! C'est une belle saison pour un mariage...

D'une voix encore plus guillerette qu'à son habitude, Ren intervient :

— Oh ! c'est trop dur d'attendre ! Devinez ce qui pointera aussi le bout du nez au printemps prochain ?... Un bébé ! Nous attendons un enfant !

Un son strident s'échappe des lèvres de ma mère :

— Oh ! ça alors, ça alors !

Faisant le tour de la table, elle court embrasser mon frère et sa femme, les enveloppant maladroitement dans ses bras tous les deux à la fois.

— Elle est enceinte ! Je vais être grand-mère !

Tout le monde s'émerveille, tout le monde applaudit. On se croirait à Las Vegas, quand un joueur gagne aux machines à sous.

Ding ! Ding ! Ding ! Ding ! L'équipe Ren : deux cent soixante-dix-sept points. Que dis-je... trois cents ! cinq cents ! Trop pour continuer à compter : elle vient de décrocher le jackpot !

Papa s'extasie de pouvoir bientôt se faire appeler « grand-père ». Grayson explique qu'ils ne pouvaient pas se permettre de patienter plus longtemps avant de faire un enfant ; après tout, Ren a déjà vingt-neuf ans. Mon Dieu ! presque la trentaine... Même Finley serre longuement la main à mon père pour le féliciter. De son côté, maman profite bien évidemment de l'occasion pour me rappeler qu'il ne faut pas que je traîne non plus, qu'il vaudrait mieux que Bradley et moi nous mariions rapidement afin de mettre la suite en route...

Tante Greta me témoigne son soutien d'un regard compatissant. Ce n'est rien ! Je suis contente pour eux, bien entendu...

Un bébé.

Le jackpot ultime.

Je n'ai pas encore trente ans. J'ai encore le temps.

Jetant un coup d'œil à ma bague de fiançailles, j'imagine un nouveau concept d'affiche, avec, inscrit au feutre rouge : « Tu es virée ». Pour ma belle-sœur, cette fois. Et pas de grenouille ni de fleurs pour faire passer la pilule.

Elle a déjà un bébé.

Nous n'avons même pas discuté du mariage.

Je balance mon sac sur le plan de travail de la cuisine, retire mon manteau et me précipite sur le frigo pour en sortir une bouteille de vin. La journée a été longue. Au lieu d'être euphorique et fébrile, je me sens vidée. Le brunch familial, la réapparition inattendue de Shane dans ma vie et l'annonce de la grossesse de Ren, tout se mélange dans ma tête, jusqu'à m'en filer le vertige.

Une bouteille de vin blanc déjà débouchée m'attend au frais ; je m'en sers un verre. Bradley a beau avoir des goûts plus fins, il met un point d'honneur à toujours renouveler mon stock de vins trop sucrés de qualité médiocre ; il sait que c'est ce que je préfère. Appuyée au plan de travail, je laisse le breuvage fruité dissoudre la boule qui me noue la gorge.

Il faut admettre qu'un bébé est une grande nouvelle. Mes parents n'avaient pas encore de petits-enfants. Une fois le choc de cette annonce passé, je suis certaine que maman voudra me reparler du mariage et s'impliquer dans les préparatifs. C'est évident. Je suis son unique fille, et il y a tant à faire : choisir une robe, trouver un lieu où le célébrer... nous n'avons même pas encore arrêté de date !

La bague lui a plu, au moins.

Je tends la main devant moi pour la contempler. Comment ne pas tomber en admiration ? Le diamant brille de mille feux et possède toutes les qualités requises : bonne taille, poids plus que correct, pureté exceptionnelle et couleur irréprochable. Sauf que je ne suis pas diamantaire et, au risque de passer pour une dingue : moi, il ne me plaît pas.

Enfin, si, je l'aime beaucoup ; ce n'est tout simplement pas la bague que j'aurais choisie. Elle est très traditionnelle, imposante. Trop sans doute. Cependant, je ne peux m'empêcher de sourire : Bradley dit que je le vaux bien.

Bref, peu importe la bague. Elle est très belle, et je suis sur un petit nuage. Je vais me marier et pourrai bientôt fonder une famille. Bradley voudrait un tas d'enfants, une vraie équipe de football. Un seul me suffirait. Deux, à la rigueur.

Au moins une fille.

Le regard dans le vide, je fantasme les cours de danse et les galas. Je me proposerais comme volontaire et aiderais à la confection des costumes. Un jour, petite, j'ai transformé le jupon de l'une de mes robes en tutu pour ma poupée. Ma mère en a fait une jaunisse, car il s'agissait d'une robe de je ne sais quel couturier en vue. Tiens, je me demande si ma fille naîtra avec des cheveux... Bradley était chauve comme un œuf, et j'avais à peine de quoi fixer une barrette. Ma mère devait coller les rubans à ma tête.

Je parie que Ren attend une fille.

Ça ne fait rien. Je suis la prochaine sur la liste. J'ai encore le temps.

A peine mon verre fini, je m'en ressers un. C'est la même chose après chaque brunch en famille. Je me torture, je compte les points pour voir si j'ai été à la hauteur de leurs attentes. Jamais je ne remporte la manche. J'ignore pourquoi j'ai cru qu'il en irait autrement aujourd'hui.

Un verre de plus pour me donner du courage, et je vais m'asseoir à mon bureau pour me connecter à Facebook.

J'aurai tenu un bon quart d'heure.

Mon cœur s'emballe un peu alors que je recherche le nom de « Shane Bennet », et un petit feu d'artifice s'allume au creux de mon ventre lorsque son visage apparaît sur l'écran, dans la rubrique « Mes amis ». Il fait si adulte... *Toutefois, est-il plus mature ?* Spécialiste de grandes idées, jamais il n'avait été capable d'en mener une à bien. C'est tout juste s'il prenait la peine de venir en cours. En fait, c'était moi qui rédigeais beaucoup de ses devoirs.

Mon verre à la main, j'étudie sa photo. Il a toujours les cheveux légèrement ondulés, bien que plus courts. Une barbe naissante. Un léger sourire.

Bon sang, il est toujours aussi beau. C'est franchement agaçant.

Mon plan démoniaque consiste à poster plusieurs photos de mon diamant de la mort, quelques statuts vantant mon bonheur infini ainsi que ma folle réussite, puis, au bout de quelques jours — quand il aura eu le temps de bien lire tout cela —, je l'effacerai de la liste de mes amis.

Une fois de plus.

Pour toujours.

Bye-bye.

Je souffle sur la mèche qui me tombe dans les yeux. C'est Tonya, une fille avec qui je travaille et que nous connaissions déjà à l'époque, qui a découvert qu'il m'avait trompée. Je n'ai d'abord pas voulu la croire, seulement, quand j'ai interrogé Shane, ses paroles et l'expression de son visage étaient tout sauf raccord. C'est à ce moment que j'ai su.

Après cela, il a eu beau essayer de s'expliquer, j'ai catégoriquement refusé de l'écouter. Puis il est reparti au Royaume-Uni pour travailler avec son père, je me suis retrouvée seule ici, et ce fut tout.

Le point final à notre relation.

Je soupire. Ce sera également tout pour ce soir. Je me déconnecte, puis me change pour la nuit.

Mon esprit est envahi d'images de bébés et de Shane Bennett. Il faut que je dorme. J'ai un briefing important demain, et Bradley nous veut frais et dispos. Malheureusement, je doute d'être très fraîche, ou même dispose.

Je remonte les draps sur moi, la tête enfoncée dans l'oreiller. Si Bradley était là, j'aurais chaud, au moins. Il est comme mon radiateur personnel et là, tout de suite, j'ai les pieds gelés. J'aurais dû lui permettre de rester. Comme une idiote, je lui ai dit que je ne me sentais pas très bien. Pas vraiment un mensonge, cela dit, puisque j'ai l'estomac en vrac.

Dans *30 ans sinon rien*, la jeune Jenna, le personnage de Jennifer Garner, rêve d'avoir déjà trente ans. Quand elle voit son vœu exaucé grâce à de la poussière de rêve, sa vie est exactement telle qu'elle se l'était imaginée. Jusqu'à ce qu'elle y regarde de plus près et se rende compte de tout ce que cela lui a coûté. Heureusement pour elle, elle obtient le droit de tout reprendre à zéro.

Et moi, je peux savoir où est ma seconde chance ?

J'aurai bientôt la trentaine, et ma vie est, comment dire… ? Rien ne pourrait être plus parfait, et pourtant ce n'est pas encore suffisant. Je ne suis toujours pas à la hauteur. Les larmes aux yeux, je fixe le plafond.

Cette journée aurait dû être de celles qui constituent les plus beaux souvenirs d'une vie. Comme l'une de ces grandes scènes de cinéma qui vous réchauffent le cœur, où le père peine à croire que sa toute petite fille va se marier et la mère verse des litres de larmes de bonheur.

Au lieu de cela, c'est moi qui pleure, et mon instant de gloire a été coupé au montage.

2

Le retour sans préavis

Sur le parking de l'agence, je parcours rapidement mon fil d'actualité sur Facebook. Shane n'a rien posté. Hé! c'est lui qui m'a envoyé une invitation, j'ai le droit de jeter un œil! Ma mère et Ren, en revanche, ont chacune un nouveau statut. Celui de Ren — « Bébé à bord! » — a déjà récolté un flot de félicitations et de *likes*. Maman, elle, a écrit : « Ici Patricia Shaw. Très hâte d'être grand-mère! »

Aucune allusion à mes fiançailles. Il est vrai que je ne les ai pas encore officiellement annoncées, mais quand même...

Je prends une grande inspiration, ravale ces émotions qui bouillonnent inutilement près de la surface et tape :

Félicitations, Ren et Grayson.

Ainsi, je témoigne ma joie et mon implication. Même si, dans les faits, on ne m'implique pas tant que cela... je suis réellement heureuse pour eux.

Je fourre mon téléphone dans mon sac et entre dans nos bureaux. Je dois présenter mon projet de concept pour le *Carriage House*, un resto branché souhaitant

27

attirer une clientèle de couples, particulièrement les week-ends. L'établissement est rattaché à une entreprise plus importante, et Clive, notre directeur, entend bien décrocher ce marché.

Si je nous obtiens ce client, il me garantit une prime. Une somme qui nous serait bien utile pour le mariage, étant donné que Bradley insiste pour que nous payions tout nous-mêmes. N'ayant pas grandi au sein d'une famille particulièrement aisée, il tire une certaine fierté de ne pas avoir à se reposer sur les autres financièrement et ne veut pas entendre parler d'une participation de mes parents — qui ont pourtant aidé Grayson et Ren. C'est un trait de caractère que j'aime, chez lui. Malheureusement, cela signifie aussi un mariage plus modeste, et tous les projecteurs braqués sur nous.

Il me faut cette prime, aussi vais-je devoir me glisser dans la peau d'une reine de la persuasion, telle que, disons... Lucy Kelson, le personnage de Sandra Bullock dans *L'Amour sans préavis*. Intelligente, influente, et même capable de déterminer laquelle de deux enveloppes en apparence identiques choisir simplement en en goûtant la colle. Malin ! Elle, elle la décrocherait, cette prime.

Mentalement, je passe tout en revue. J'ai l'air parfaitement professionnelle : jupe droite, chemisier blanc impeccable, pas un cheveu qui dépasse. Mon argumentaire est au point : trois propositions de visuels pour un lancement percutant. Tout ce qu'il me reste à faire, c'est convaincre le client. Trois termes clés : pertinence, repartie et confiance en soi.

Lorsque j'entre dans la pièce, Clive se tient près de mon bureau. Mon équipe et moi sommes installés dans un grand *open space*; de cette manière, je reste proche de mes graphistes.

Je claironne un « bonjour ! »

Clive considère d'un œil réprobateur les documents

en pagaille sur mon espace de travail. C'est ma façon de bosser. Dans le bazar. Il serait temps qu'il s'y habitue.

Il se tapote la cuisse avec nervosité.

— Bonjour. J'aurais voulu jeter un dernier coup d'œil à vos maquettes. Je veux m'assurer que tout est au point.

Il a sorti son plus beau costume noir, agrémenté d'une chemise blanche et de sa cravate rouge brique. C'est sa tenue des grands jours. Il nous assure qu'elle lui porte chance lors des réunions importantes. Espérons qu'il ait raison. J'ai vraiment très envie de cette prime.

— Elles sont déjà installées ! Je les ai disposées dans la salle de conférences !

L'enthousiasme est un peu forcé. Je déteste cette manie de tout vouloir inspecter une énième fois à la dernière minute. Il est trop tard pour modifier quoi que ce soit. Jamais le patron de Lucy Kelson ne se permet de remettre en question les choix qu'elle fait. En même temps, son boss est Hugh Grant. Clive, lui, ressemble davantage à Howard, le frère, mais avec des cheveux.

— Plus que trente minutes, annonce-t-il en jetant un coup d'œil à sa montre, avant de me laisser pour aller contrôler une dernière fois mon travail.

J'ignore pour quelle raison il est si nerveux à propos de ce projet.

Il finirait presque par me contaminer !

A peine connectée sur mon ordinateur, je lance Facebook. Juste au cas où, oh, je ne sais pas… mes fiançailles auraient été annoncées durant ces cinq dernières minutes ? La fenêtre du chat s'ouvre avec un tintement familier. Ellie doit être arrivée.

Lorsque je baisse les yeux sur le message, mon cœur fait un bond dans ma poitrine. *Ce n'est pas Ellie.*

SHANE BENNETT : Salut, Kensington.

Jamais il ne m'a appelée « Kenz » ou « Kenzi ». Toujours « Kensington ». J'aime la façon dont mon nom sonne dans sa bouche. Pétrifiée, je fixe sa photo et son nom sans les voir. Cela fait une éternité, et pourtant...

Je ressens sa présence à travers l'écran.

Très fort.

OK. *Respire.* Tout va bien. Il suffit de ne pas s'étaler et de lui dire que tu dois y aller. Je me redresse un peu sur ma chaise, les pieds bien à plat sur le sol. Calme et nonchalance. J'ai beau ne taper que quelques lettres, je le fais avec la gravité et la précision de l'écrivain en train de rédiger son plus grand chef-d'œuvre.

KENZI SHAW : Hey.

SHANE BENNETT : Tu es superbe.

Pardon ? Je ne réponds pas. Je me contente de regarder bêtement ces trois petits mots, crispée, les yeux ronds.

SHANE BENNETT : J'aime beaucoup le portrait pro, mais ma photo préférée reste celle où tu as de la peinture dans les cheveux.

Il a épluché mes albums Facebook ?

Je parcours mes images et mes portraits d'entreprise, tous très professionnels, impeccables. Bradley adore ces photos. Il dit que j'« en jette », comme ça. A force de faire défiler l'album, je retrouve celle à laquelle Shane fait allusion. Je suis assise devant une toile, un pinceau à la main, le visage couvert de peinture, et mes couettes roulottées en chignons éclaboussées de jaune et de bleu. Un sourire euphorique aux lèvres, je ne ressemble à rien.

Je devrais remplacer ma photo de profil par une autre de Bradley et moi à la *pool party* de mes parents l'été dernier. L'une de celles où l'on rit en faisant les fous.

Surtout que Bradley est torse nu sur la plupart et qu'il est sérieusement bien foutu.

SHANE BENNETT : Tu es toujours là ?

KENZI SHAW : Je bosse. Une grosse présentation.

Je lui parle comme si nous étions toujours restés en contact et qu'il ne s'était rien passé entre nous. Pendant ce temps-là, les émotions bouillonnent à l'intérieur. J'ai l'impression d'être une boisson pétillante que l'on aurait trop secouée. C'était il y a tellement longtemps... *A quoi il joue ? Pourquoi me contacter maintenant ?* En équilibre sur le bord de ma chaise, je n'arrive pas à détacher mes yeux de l'écran, interloquée. Une boule se forme dans ma gorge. C'est une histoire de dingue.

SHANE BENNETT : Je suis de retour aux Etats-Unis depuis six mois.

Il est ici ? Une main plaquée sur la bouche, je ne trouve pas le courage de répondre immédiatement. Je cligne des yeux, stupéfaite, et j'attends la suite, à la limite de l'hyperventilation.

SHANE BENNETT : Je suis tombé sur *Pretty Woman* à la télé. Tu te souviens ?

Malgré moi, je sens mon visage s'illuminer. *Tu parles, je connais les répliques par cœur.* C'est l'un de mes films préférés. Bon, je dis cela de tous les films à l'eau de rose. Ils ont quelque chose de tellement adorable, si innocent. Dans ce monde qui n'a aucun sens, une bonne comédie romantique me garantit une fin heureuse à tous les coups. L'héroïne finit toujours par trouver chaussure à son pied, l'homme qui n'avait pas besoin d'un dessin pour la comprendre.

Dans *Pretty Woman*, Edward perçoit Vivian comme une femme brillante, unique. Tout ce en quoi elle ne demande qu'à croire.

Shane et moi avons dû voir ce film une bonne cinquantaine de fois. Mon cœur se réchauffe à ce souvenir. Blottis l'un contre l'autre sur le canapé, tard le soir, nous nous amusions à donner nous-mêmes la réplique aux personnages, nous bécotant à chaque silence.

Le tressaillement familier de mon cœur est rapidement suivi d'un pincement. Mon sourire s'éteint. Je ne devrais pas repenser à tout cela.

Je suis fiancée à un autre, et très heureuse de l'être.
Penchée sur le clavier, je tape à toute vitesse.

KENZI SHAW : Il faut vraiment que je retourne au boulot. Désolée.

L'angoisse... Je me déconnecte de Facebook et reste un instant scotchée devant mon écran. Respirant un bon coup pour me remettre, je me laisse aller contre le dossier de mon siège. Qu'est-ce que c'était que ça?

Il faut que je me ressaisisse. J'ai une présentation qui m'attend. Ainsi qu'un fiancé.

Voir Bradley me fera du bien.

Je pivote sur ma chaise et me rue jusqu'à son bureau, jetant un coup d'œil dans celui de Tonya au passage. En rendez-vous avec un client potentiel, elle a l'air de trouver le temps long. Quand elle s'ennuie, son regard se perd dans le vide et son sourire se fige. Si elle n'a pas conclu l'affaire dans la demi-heure, ce n'est qu'une question de temps avant qu'elle jette son interlocuteur dehors. « Le temps, c'est de l'argent », dit-elle toujours.

Tonya a fait ses études dans la même université que Shane et moi. Nous étions plus ou moins proches, tous les trois. C'est elle qui m'a avertie qu'un poste de directrice de création s'était libéré à l'agence. En revanche, je me demande si elle n'a pas été étonnée que je le décroche. *Est-elle au courant que Shane est de retour ?*

— Bonjour, toi...

Tout sourires, je m'installe dans l'un des fauteuils club qui font face à mon fiancé. Des effluves de son after-shave flottent jusqu'à moi. Il sent la forêt, un parfum frais et boisé.

A peine pose-t-il le regard sur moi que son expression joyeuse retombe.

— Ça ne va pas ?

Je redresse vivement la tête.

— Comment ça ? Bien sûr que si !

Non, pas du tout. Je ne suis que confusion. *Est-ce si évident ?*

Les larges épaules de Bradley s'affaissent.

— Tu es encore énervée à propos d'hier, n'est-ce pas ?

Je hausse les épaules avec une petite moue.

— Oui, c'est sûr.

A vrai dire, je n'y avais pas songé depuis au moins un quart d'heure. Mais avant cela, aucun doute : j'étais encore très en rogne.

— Disons que... le moment était mal choisi pour annoncer une grossesse.

Ces histoires entre Ren, maman et moi l'exaspèrent. Je doute qu'il saisisse réellement le problème.

— Kenz, ils sont tous un peu euphoriques : c'est le premier bébé de la famille.

Les bras croisés sur la poitrine, je me renfrogne.

— Je comprends, crois-moi. L'arrivée d'un bébé est une super nouvelle. Mais un mariage aussi. *Notre* mariage. Elle n'aurait pas pu attendre une semaine et me laisser profiter de cette journée ?

Je m'en veux de mon ton hargneux. Abattue, je laisse

mollement retomber les bras et choisis de m'en prendre à l'un de mes ongles pas manucurés à la place.

— C'est simplement que... j'aurais voulu commencer à parler de l'organisation avec tout le monde, tu comprends.

— Je sais. Et tu auras ta chance. Dès que le battage autour du bébé se sera calmé, ta mère ne te lâchera plus et tu prieras pour qu'on t'en débarrasse.

Bradley est un véritable spécialiste quand il s'agit de trouver une solution à tout. Si je le laissais faire, il organiserait une table ronde entre Ren, ma mère et moi, persuadé qu'une discussion mature suffirait à résoudre ce qui cloche. Cependant, comment rétablir la balance quand l'un des partis n'a aucune idée des blessures qu'il a infligées à l'autre tout au long de sa vie ?

Sur le chemin de la sortie, je m'efforce de reprendre un air joyeux.

— Bref... ça ne fait rien.

— Exactement ! Tout va bien se passer, tu verras.

Depuis le temps, les hommes devraient le savoir... « Ça ne fait rien » ne signifie en aucun cas que tout va bien. Non, cela sous-entend que tout n'a pas encore été dit, qu'il reste beaucoup de choses à régler. « Rien » pourrait tout aussi bien être l'acronyme de « Refoulement Intensif d'Emotions Négatives ». Et n'oublions pas de préciser, en post-scriptum, que ces émotions sont vouées à resurgir à un moment ou à un autre. Ce n'est qu'une question de temps.

Je fais un geste en direction du couloir.

— Je vais me chercher une bouteille d'eau avant de commencer. Tu en veux une ?

— Ça ira, merci. Ecoute...

Bradley s'accoude à son bureau, soudain tendu.

— Il y a quelque chose dont j'aurais aimé te parler, mais je ne voudrais pas que tu t'inquiètes outre mesure.

Trop tard... Figée dans l'embrasure, je lui demande de quoi il s'agit.

— L'agence a quelques petits ennuis. D'ordre financier, me répond-il à voix basse.

— Qu'est-ce que tu racontes? C'est grave?

— Assez pour que nous dépendions de ce projet pour nous maintenir à flot ces trois prochains mois.

— Attends, tu plaisantes?

Droite comme un I, les mains sur les hanches, je lui accorde désormais toute mon attention. Cela n'a aucun sens! Nous avons un tas de clients, en ce moment.

— Clive va devoir réduire les dépenses; il va y avoir des licenciements.

J'écarquille les yeux. *Impossible!*

— Et, hum... cela comprend le poste de directrice de création, Kenz, ajoute Bradley avec un regard compatissant.

— Comment ça? Parle-t-on du poste uniquement ou... de moi?

— Les deux, malheureusement.

Mes genoux se dérobent sous moi. Je dois m'appuyer au bureau pour ne pas m'effondrer.

Le débit de Bradley se précipite.

— Clive ferait l'économie de ton salaire et se contenterait du minimum de graphistes pour faire tourner l'agence. C'est de cette façon qu'il a débuté. Il comptait t'en parler après la réunion de ce matin.

— Donc, toi, tu décides de me prévenir maintenant? Dix minutes avant ma présentation?

Peinant à déglutir, je me redresse, frappée de stupeur. *Et si j'avais mal compris?* Je me suis peut-être un peu trop identifiée au personnage de Sandra Bullock dans *L'Amour sans préavis.* J'ai besoin de ce travail, moi!

Bradley se passe nerveusement la main sur le visage.

— J'aurais préféré ne pas avoir à t'en parler du tout. J'ai fait tout ce que j'ai pu pour convaincre Clive qu'il y avait d'autres options. Et puis, ce matin, il m'a dit qu'il comptait te mettre au courant, et je ne voulais pas que tu l'apprennes de sa bouche... Je suis vraiment navré. Au pire, rien ne nous empêche de reporter le mariage.

Reporter le mariage.

Hors de question de reporter quoi que ce soit. Repousser notre union signifierait attendre encore pour fonder notre famille. Ren est enfin enceinte, à presque trente ans. Le temps presse pour moi aussi !

Les larmes me montent aux yeux, menaçant de faire couler mon maquillage. *Eh merde...*

— Kenz, ma puce... ça ira, ne t'en fais pas, affirme-t-il en contournant le bureau.

D'une main, il me relève le menton.

— Je suis sûr et certain que tu convaincras le client. Tu es très douée pour ça. Quoi qu'il arrive, ça ne sert à rien de s'en faire.

Sa voix se veut rassurante, hélas, il ne parvient pas à dissimuler totalement l'inquiétude dans son regard.

— Tu as raison, il n'y a rien à craindre.

Sauf que, cette fois, « rien » signifierait plutôt « la Ruine Intégrale dans cette Economie à la Noix ». Je me force à sourire.

— Donne-moi juste une minute. Je te retrouve là-bas.

Comment se fait-il que nous ayons des difficultés financières alors que nous croulons sous le travail ? Quelque chose ne colle pas. Y a-t-il réellement un risque que je perde mon emploi ?

Comme je passe devant son bureau, Tonya m'apostrophe :

— Soirée margaritas après le boulot, ça te dit ?

Je reviens sur mes pas et jette un coup d'œil dans la pièce. Ellie est assise là, un gobelet de café à la main. Tonya, elle, ne risque pas de perdre son job : en tant que commerciale, elle est rémunérée à la commission. En revanche, je ne suis pas sûre qu'Ellie et son poste de programmeuse soient à l'abri.

Je m'appuie au montant de la porte en m'efforçant

de faire bonne figure. Aller boire un verre avec les filles me requinquerait sans doute.

— OK, comptez sur moi.

Entre deux gorgées de café, Ellie remue involontairement le couteau dans la plaie :

— Alors, ta famille t'a cuisinée à propos de tes projets pour le mariage, hier ?

— Nous n'avons pas tellement eu l'occasion d'aborder le sujet, en fait. Renson attendent un enfant.

— Mince, tu rigoles ?

Elle pouffe, ses grands yeux bleus ouverts comme des soucoupes.

— Tu imagines tout le bordel qu'elle va amasser ? Que des trucs de luxe. Elle va faire tourner tout le monde en bourrique.

Tonya arque un sourcil.

— Et alors ? Ce n'est pas une surprise, si ? Ce n'est pas ce que font les gens mariés : des gosses ? De toute façon, ce sera bientôt ton tour, Kenzi.

— C'est bien ce qui est prévu ; dès qu'on aura réglé la formalité du mariage, on commencera à essayer.

Encore faut-il que l'on arrive à se marier. L'idée de devoir repousser l'événement me fend le cœur. Je ne veux pas attendre. Je veux organiser un beau mariage et fonder une famille. Moi aussi, je veux faire tourner tout le monde en bourrique. Enfin, dans la limite du raisonnable !

Tonya fronce le nez.

— Il ne va pas falloir trop tarder, si tu veux que ça marche, ma belle. Et ton mariage ? Le mini-moi de ta belle-sœur vient juste de le faire passer au second plan ! Dès que ça va commencer à se voir, la famille entière va devenir complètement gaga du bébé.

Ellie la fusille du regard.

— T'es vraiment une sale garce !

— J'avoue... Mais Kenz sait que j'ai raison. Pas vrai, miss ?

— Concernant la façon dont ma famille va réagir ou le fait que tu es une garce ?

— Les deux, répond Ellie, hilare.

Tonya est peut-être du genre à toujours vouloir avoir le dessus — et ce, dans tous les domaines —, mais elle au moins me comprend. Alors je fais en sorte de la supporter. Même si, en toute honnêteté, elle est sans doute ce que j'appellerais ma « meilleure ennemie ». Mes doigts tambourinent contre le montant de la porte.

— La réunion commence dans cinq minutes. Je vous retrouve là-bas.

Techniquement, le projet *Carriage House* a été dégoté par Tonya, toutefois, chaque fois que de grosses sommes sont en jeu, Bradley et Clive prennent la relève. Face à elle, à la table de conférence, deux programmeurs discutent de la navigabilité du site web proposé. Eux aussi risquent de perdre leur emploi. Mon ventre se serre.

Je salue tout le monde, pose mes affaires et vérifie que mes panneaux de présentation sont en place. Une fois rassurée, je vais m'asseoir, la tête entre les mains. Il faut que je me calme.

Les mots de Bradley résonnent encore dans mon esprit : « Rien ne nous empêche de reporter le mariage. » Nous n'avons pas encore commencé à l'organiser qu'on m'a déjà volé la vedette. Maintenant, on voudrait me prendre mon boulot. Et ma prime, alors ?

Tonya me pose une main sur l'épaule, l'air inquiet.

— Ça va aller ?

— Tout dépend de ce qu'on entend par « aller ».

Le son du chat de Facebook s'élève de mon téléphone portable. Ellie. Tandis que j'active le mode silencieux, mes yeux tombent par inadvertance sur ma conversation précédente avec Shane. Je tends le téléphone à Tonya. Elle va halluciner.

Elle étudie l'écran une seconde, puis c'est tout juste si les yeux ne lui sortent pas de la tête.

— C'est pas vrai! Shane! s'écrie-t-elle, surexcitée. Vous vous parlez de nouveau?

— Moins fort!... Et, non, non! Bien sûr que non.

Bradley a beau être censé attendre avec Clive dans le hall, afin d'escorter le client jusqu'à la salle de conférences, je m'assure tout de même qu'il n'est pas dans les parages pour écouter notre conversation.

— C'est lui qui m'a contactée, je précise à Tonya.

Soudain, je m'aperçois que les programmeurs tendent l'oreille.

— Rien d'intéressant, les gars. Une connaissance à nous, datant de l'université.

Avec un hoquet, Tonya m'agrippe le bras pour mieux lire.

— *Pretty Woman*?

— Mais, ne regarde pas!

Je récupère vivement mon téléphone. Je voulais seulement lui montrer la photo.

D'un coup, des voix et des bruits de pas s'élèvent dans le couloir, et Clive fait entrer l'équipe du *Carriage House*. Nous nous levons, et le patron commence les présentations. Les noms qu'on égrène, les mains qui se tendent et se croisent dans tous les sens... on se croirait à une réception de mariage.

Pour l'instant, je n'ai travaillé qu'avec mes collègues et je ne retiens le nom de personne. J'ai encore l'esprit un peu ailleurs. *Où est passé Bradley?* Les gens prennent place à la table, et c'est parti... C'est moi qui m'y colle la première. Je rassemble mes notes, prends soin de me désaltérer, puis m'avance devant tout le monde.

Clive m'arrête.

— Attendez, Kenzi. Le propriétaire du *Carriage House* n'est pas encore arrivé... Ah, justement, le voilà.

Suivant la direction de son regard, j'aperçois Bradley et...

— Mesdames et messieurs, je vous présente M. Shane Bennett.

J'en recrache mon eau.

Je m'étrangle. Je tousse. Bon sang, je vais finir par cracher un poumon! Tout le monde me regarde m'étouffer, pliée en deux au-dessus de la table. D'un doigt en l'air, je leur signifie de m'accorder une seconde; malheureusement, ma quinte de toux s'éternise.

Je jette un nouveau coup d'œil dans l'embrasure. *Merde.* Je n'ai pas rêvé, c'est bien lui... Shane. Il me dévisage. Une main sur la bouche, je fais signe à tout le monde de bien vouloir m'excuser, puis me rue en direction des toilettes.

Shane Bennett, là, devant moi.

Enfin, là-bas, derrière, puisque je les ai tous laissés en plan pour venir cracher mes poumons au calme. Je me racle la gorge et m'asperge le visage d'eau glacée. Ce n'est pas une coïncidence. Il a dû apprendre où je travaillais. Il était au courant de tout quand il m'a contactée sur Facebook.

La. Honte.

Je lui ai dit que j'avais une réunion *importante*. Notre conversation défile à toute vitesse dans mon esprit. Non seulement c'est lui le client, mais il est aussi le *propriétaire*. Pourquoi ne m'a-t-il rien dit? A quoi joue-t-il?

La porte des toilettes s'ouvre, et Tonya apparaît. Elle secoue la tête, bouche bée.

— Oh! la vache! Shane Bennett? Jolie sortie, au fait! Cracher sur le client avant de déguerpir en toussant comme une tordue : je te félicite, ironise-t-elle en vérifiant l'état de son rouge à lèvres dans le miroir.

— Tu aurais pu me prévenir.

Mon cœur bat encore à cent à l'heure.

Tonya darde un regard foudroyant sur mon reflet.

— Je l'aurais fait, si j'avais été au courant. Personnellement, je n'ai eu affaire qu'au grand bonhomme du marketing. C'est Clive et Bradley qui sont allés aux réunions.

Puis, faisant volte-face, elle ajoute :

— Bon, le boss m'a chargée de ramener ce qu'il restait de ta carcasse. Tu inspires un bon coup et tu te reprends, OK ? Tu es opérationnelle ?

— Oui, oui.

Par pitié, qu'on m'achève.

— Dis à Clive que je... j'arrive tout de suite.

Je fais mine de rajuster le col de mon chemisier devant la glace.

Tonya étudie mon reflet dans le miroir, l'air peu convaincu.

Nos regards se croisent.

— Quoi ? Tout va bien. Vas-y. Je te suis.

Le temps qu'elle se décide à tourner les talons, je fais semblant de me repeigner légèrement du bout des doigts.

Quand la porte se referme enfin derrière ma collègue, je m'affaisse sur le lavabo. *Merde, merde, merde...* Bradley a-t-il la moindre idée de qui il est ? Non, impossible. Même Tonya ne savait pas de qui il s'agissait. *Que fabrique-t-il ici, bon sang ?* Mon cerveau peine à intégrer l'information. Shane Bennett est notre client. Celui qu'il me faut convaincre si je ne veux pas dire adieu à mon job, à ma prime et à mon mariage.

Je me redresse et m'ébroue légèrement. Il faut que je me ressaisisse. J'ai fait ma Bridget Jones en le voyant ? Tant pis. A cet instant, ma vie et tout le toutim sont en jeu. J'avoue ignorer ce qu'est un toutim mais, ce dont je suis sûre, c'est que je ne tiens pas à devoir m'asseoir dessus. Alors, merde.

Que Shane aille se faire voir.

C'est emplie d'une détermination toute nouvelle que je reprends le chemin de la salle de réunion. Je fais tout de même halte devant la porte, histoire de laisser retomber les palpitations de mon cœur. *On inspire... On expire...* Encore une fois. Une grande inspiration... je tiens... je tiens... je tiens, puis je relâche. Je laisse échapper un gros soupir rauque. Dark Vador avec un pet au casque.

— Je suis ton père, je souffle, avec un petit rire hésitant.

De toute façon, c'est rire ou pleurer.

— Alors, comme ça, tu délaisses les comédies romantiques pour *Star Wars*?

OK. Je pleure.

Tétanisée, je ferme les paupières. Evidemment, il fallait qu'il me surprenne. Quand je me retourne, c'est un Shane adulte qui me fait face. Un café à la main, il semble quelque peu déconcerté.

— Bonjour, Kensington.

Je suis momentanément déstabilisée par le son de mon prénom entre ses lèvres.

Il fait toujours un peu traîner la dernière syllabe, tandis que le reste craque comme un Pringle, dans un mélange d'accents américain et britannique.

— Je n'étais pas certain que tu reviennes de sitôt, alors j'ai...

Il me montre son gobelet de café.

Pour toute réponse, je lui offre un sourire crispé. Je ne peux m'empêcher de remarquer comme il a changé. Il semble plus mûr, s'est étoffé.

Shane est devenu un homme.

Vu comme son col V noir lui moule le torse, j'imagine qu'il continue la boxe ou, du moins, fait en sorte d'entretenir son corps. Ne trouvant rien de particulièrement percutant à dire, je me mordille la lèvre avec nervosité.

Jusqu'à ce que la porte s'ouvre.

— Ah, bien : la revoilà! Nous allons *enfin* pouvoir démarrer.

Clive ne cherche même pas à dissimuler son agacement.

Ecartant le battant en grand, il nous invite à pénétrer dans la pièce et désigne l'espace de présentation.

— Kensington, si vous le voulez bien...

— Tout de suite.

Mon estomac fait des loopings.

Bradley m'encourage du menton. Une lueur narquoise dans le regard, Tonya écarte ma bouteille d'eau lorsque je passe devant elle. Je lui décoche une œillade assassine.

— Bien...

Shane est au fond de la salle, assis aux côtés de Clive. Je dévoile mes planches de concept.

Je peux le faire... Je rendosse le rôle de Lucy Kelson, reine de la maîtrise de soi et de la persuasion. Les réflexes prennent le relais, et je démarre :

— En se basant sur les besoins propres à votre entreprise dans le marché actuel, l'agence Safia a développé trois concepts complets.

Mon cœur s'emballe quand j'aperçois le regard de Shane rivé sur moi. Je détourne prestement les yeux.

— Chacun adopte une approche légèrement différente, mais toujours dans une même optique.

Les mains tremblantes, j'expose mes deux premiers exemples sur le rebord du grand tableau blanc, laissant le troisième sur le chevalet. Ainsi, tous trois sont bien visibles. Je balaie la pièce du regard, prenant en revanche bien soin d'éviter celui de Shane.

— Notre première idée se focalise sur...

— Excusez-moi, m'interrompt alors Shane en se tordant le cou pour regarder derrière moi. Puis-je vous demander de vous décaler un instant ?

— Pardon ?

Je les dévisage tour à tour sans comprendre, lui et Clive.

Ce dernier me fait signe de me pousser. J'obtempère, laissant Shane étudier mes concepts un à un, le menton dans la main. La pièce est plongée dans le silence. Tous les regards sont tournés vers lui. C'est du grand n'importe quoi. Ce n'est pas comme cela que ça fonctionne. Jamais une chose pareille n'arriverait à Lucy Kelson.

Je m'avance de nouveau.

— Je m'apprêtais justement à détailler chaque...

— Oui, j'entends bien. Chaque concept a ses priorités propres. Toutefois, on dirait qu'on ne vous a pas communiqué les miennes.

Il a l'air contrarié.

— Pardon ?

Shane se lève et vient examiner la première planche de plus près. Je n'en crois pas mes yeux. Cela ne m'était encore jamais arrivé. D'habitude, le client écoute mon speech, puis choisit l'une ou l'autre de mes propositions. Libre à lui de demander quelques modifications par la suite, mais c'est ainsi que les choses sont censées se passer. *A quoi est-ce qu'il joue ?* J'interroge Clive du regard, mais il se contente d'un haussement d'épaules.

— Je crains que vous n'ayez pas eu toutes les informations nécessaires.

Le silence retombe.

Mais qu'est-ce qu'il raconte ?

Shane esquisse un sourire. C'est son sourire « poli ». Je le connais par cœur, à ceci près qu'il est désormais encadré de petites ridules. Je n'y comprends plus rien. Clive, lui, tapote nerveusement la table du bout de son crayon.

Shane poursuit :

— Il manque l'aspect salle de ciné. Il s'agit d'un restaurant-cinéma. Il est possible que l'on n'ait pas assez insisté sur l'importance de l'écran, Clive, mais si le concept rencontre le succès nous envisageons d'ouvrir d'autres établissements de ce type.

— Un cinéma ? *Dans* un restaurant ? je lâche, incrédule.

Oups, ça m'a échappé.

— Surprenant, non? me répond Shane, apparemment curieux de savoir ce que j'en pense.

Si tu veux vraiment mon avis, je dirais que c'est cette journée tout entière qui est surprenante.

— Je veux que l'on mette le cinéma tout autant en valeur que le restaurant, reprend-il avec un signe de tête à l'adresse de Clive, avant de se tourner vers le reste de l'équipe. Ce que nous proposons est une expérience. Un bon repas, assorti des meilleures comédies romantiques. Le rendez-vous idéal.

A présent debout, Clive acquiesce.

— Aucun problème. Vous verrez les détails avec Kenzi. Ce ne devrait pas être compliqué à intégrer au concept.

Shane répond sans même attendre mon opinion.

— Afin de promouvoir la marque et le concept général, nous utiliserons des scènes de films mythiques, comme, disons... *Pretty Woman.*

Mon cœur suspend un instant ses battements. Je redresse brusquement la tête.

— Oh! j'adore ce film! Pas toi, Kenz? me lance sournoisement Tonya, avant de se tourner vers un programmeur. Le meilleur moment, c'est la scène de shopping.

Quelle plaie! Est-elle vraiment obligée d'en rajouter une couche?

— Exactement! C'est ça! D'autres suggestions? s'écrie Shane en invitant chacun à apporter sa contribution.

Il s'est complètement approprié mon temps de parole.

Bras croisés sur la poitrine, Clive arque un sourcil.

— Je me rappelle avoir bien aimé *Quand Harry rencontre Sally.*

— *Un monde pour nous* est un grand classique, intervient Rand Peterson, le directeur marketing du *Carriage House.*

Tonya se penche sur la table pour mieux le voir.

— Il y a toujours un moment où ils se retrouvent

à chanter comme des casseroles, dans ces films... Et les personnages se rencontrent dans des circonstances abracadabrantes.

— Le principe de la rencontre aussi magique qu'improbable, commente Shane.

Tonya nous observe tour à tour, une expression goguenarde sur le visage.

— Pas de doute, il y a de la magie dans l'air.

Je la fusille du regard.

Sans prêter la moindre attention à son petit jeu, Shane annonce gaiement :

— Dressons une liste d'une dizaine de scènes et films que les gens adorent, et intégrons-les au concept. Nous pourrions y ajouter des biographies de célébrité, des secrets de tournage... Qu'en pensez-vous ?

Un concert de voix surexcitées s'élève dans la salle. De toute évidence, tout le monde adore l'idée.

Bande de fayots.

Shane a tourné son attention vers moi, et les autres ne tardent pas à faire de même.

— Alors ?

Cette présentation a totalement échappé à mon contrôle, et je n'ai plus rien d'une Lucy Kelson. Au lieu de la jouer fine et convaincante, je me suis emmêlée tel un « bretzel enroulé en petit lynx », comme elle dit.

Je fixe Shane droit dans les yeux.

— Eh bien, même si je ne suis pas une grande adepte de ce genre de films...

— Bien sûr que si, me coupe Bradley dans un cri du cœur. Tu adores les comédies romantiques. Tu connais toutes les répliques sur le bout des doigts.

Mon regard navigue entre les deux hommes. Tout le monde les dévisage tour à tour. On se croirait à un match de tennis.

— Mais oui, c'est vrai : une fan de *Star Wars*, c'est

cela ? demande Shane avec un sourire, visiblement très amusé par la situation.

Je le hais.

Clive nous rejoint.

— Pourquoi ne pas faire tourner un mail pour que chaque membre de l'équipe nous fasse la liste de ses dix scènes préférées ? M. Bennett pourra ensuite y piocher celles qu'il désire voir apparaître dans le nouveau concept. Ça vous ira, Kenzi ?

Je fais tout mon possible pour paraître enthousiaste.

— C'est parfait.

Je n'ai pas le choix : nous devons obtenir ce projet. Il y a tant en jeu. Tout repose sur le *Carriage House*.

— Malheureusement, j'ai peur que cela ne soit pas suffisant, déclare Shane en me regardant.

Puis il se tourne vers Clive et ajoute :

— Je me demande si je ne vais pas devoir repenser ma stratégie. Une autre agence fera peut-être mieux l'affaire.

Pardon ? Ma mâchoire manque de se décrocher. Nous ne pouvons pas nous permettre de perdre ce client. Je ne comprends pas à quoi il joue. Ce n'est pas comme s'il était surpris de me trouver ici ! Pourquoi se donner autant de mal, pour laisser tomber au dernier moment ?

Il m'a déjà fait le coup, et je n'ai aucune envie de revoir ce film.

3

La vérité est abominable

— Deux autres margaritas light, s'il vous plaît, demande Ellie par-dessus la musique.

Nous sommes assises au bar du *Champpps*; un super endroit pour manger un bout et boire un coup après le travail. Il est également accolé au Circle Center Mall, le centre commercial où aime se réfugier Tonya. J'ai beau avoir quitté le bureau tôt, je n'ai pas eu le temps de traverser la ville pour me rendre à mon propre endroit fétiche : la boutique de fournitures d'arts. Alors je lui ai emprunté le sien.

Ce qui ne veut pas dire que je sois plus zen pour autant.

Comme il était hors de question de faire du shopping alors que je risque de perdre mon job, je suis allée passer le temps au rayon parfumerie de chez Fossie. J'embaume à présent un mélange floral et musqué. Je ne recommande pas.

Je jette un coup d'œil à la table où Bradley s'est installé avec Clive. Quand je lui ai dit que j'allais boire un verre avec les filles, il a pris cela pour une invitation. Mais bon, je n'allais tout de même pas le rembarrer...

Peu importe. Il n'y a pas mort d'homme. Toujours est-il que nous préférons, du coup, rester au comptoir.

— Cette situation me rend dingue.

J'ai tout raconté à Ellie. Cette histoire ridicule entre Shane et moi, le fiasco de ma présentation... Dans les grandes lignes, du moins. J'ai omis de préciser à quel point tout cela me perturbe.

— C'est quand même fou ! Qu'est-ce que je vais bien pouvoir dire à Bradley ?

Ma question s'adresse au barman, qui passe un peu trop de temps à notre bout du comptoir.

Il hausse les épaules.

— Oh ! et puis, je ne t'ai pas dit...

Je plonge le visage dans mes mains.

— Il a presque fallu qu'on m'administre la manœuvre de Heimlich. J'ai cru mourir de honte.

— Allez... Je suis sûre que ce n'était pas si terrible !

— Oh que si, Ellie-Belle ! claironne Tonya en surgissant derrière nous. Ça roule, les filles ?

Reniflant l'air autour d'elle, elle retrousse les lèvres de dégoût.

— Beurk, c'est quoi cette puanteur ?

Je lève les yeux au ciel et soupire :

— Je suis allée noyer mon embarras à la parfumerie.

— Franchement, Kenz... Les petites languettes de papier, elles ne sont pas là pour faire joli. Pouah, s'écrie-t-elle en chassant l'odeur de la main.

Je fais signe au barman de nous resservir une tournée.

— Cette fois, c'est elle qui régale, j'annonce en désignant la nouvelle arrivante.

Sirotant mon cocktail, j'essaie de me détendre les épaules.

On dirait que Bradley et Clive réfléchissent encore à une stratégie pour obtenir ce contrat. Je me sens responsable de ce fiasco ; c'est moi qui ai tout fait capoter. Pourtant, comment aurais-je pu savoir qu'ils prévoyaient un cinéma ? Personne ne m'avait rien dit. Et impossible d'avouer à Bradley que je connaissais déjà Shane. Pas tout de suite, en tout cas.

Ma margarita à la main, je pivote sur mon tabouret. C'est bien évidemment le moment exact que choisit mon ex pour franchir le seuil du bar. Forcément. Nos regards se croisent. Allez, musique ! Achevez-moi, merci.

J'avale de travers.

— *Merde*, tu ne vas quand même pas recommencer ton cirque, me lance Tonya en me mettant de grandes claques dans le dos.

— Eh, dis ! Tout doux, toi ! fait la voix de Bradley derrière moi.

Je ne l'avais même pas vu se lever.

Tonya descend de son tabouret et entraîne Ellie avec elle.

— Viens, j'ai commandé de quoi manger à la table.

Je me prends la tête entre les mains, cachant mon visage à Bradley tandis qu'il prend place à côté de moi.

— Alors, Clive est en boule ?

— Non. Pas en boule. Mais inquiet.

Je me redresse.

— Tu crois vraiment qu'il va aller ailleurs ?

Je bois à petites gorgées, prenant soin de ne pas m'étouffer.

— Aucune idée. C'est ma faute, tout ça. J'étais au courant pour cette histoire de film mais, à chaque réunion avec le type, nous avons principalement discuté du restaurant, alors…

Il secoue la tête, dépité.

Jetant un coup d'œil par-dessus mon épaule, j'aperçois Shane ; un sourire enjoué aux lèvres, il lève son verre dans ma direction. Je détourne le regard.

Non, ce n'est vraiment pas le moment de tout déballer à Bradley.

— Bennett n'est pas convaincu de notre capacité à mener ce projet à bien. Comme je te l'ai dit, c'est ma faute. Il va simplement falloir que je le persuade qu'il n'y aura plus de malentendus.

Il place ses jambes de chaque côté des miennes, me relève le menton, puis poursuit, à quelques centimètres de mon visage :

— Tu pourrais lui parler, toi. Il t'écouterait peut-être.

Bien qu'il soit tout proche, je ne dois pas compter sur un baiser. Tant que nous sommes avec des clients, Bradley se considère encore au travail. Pourtant, ce n'est pas l'envie qui me manque de l'embrasser à pleine bouche. Oh! et ça n'a rien à voir avec le fait que Shane nous surveille. Non, non. Même si je sais que c'est le cas. Je le vois du coin de l'œil.

D'un air complice, Bradley me pousse le genou.

— Allez, viens te joindre à nous et faire la conversation.

— Donne-moi quelques minutes, si tu veux bien. J'ai besoin de rester un peu seule pour décompresser.

— Que dirais-tu de le faire venir au bar pour que vous puissiez parler tranquillement, dans ce cas ?

Aussitôt, il fait signe à Shane de nous rejoindre.

— *Bradley...*

— Rien qu'une minute. Tout va bien se passer.

Sans se préoccuper du regard noir que je lui lance, il me presse doucement la jambe et regagne la table.

Génial. Voyant Tonya s'esclaffer pour une raison ou une autre, je décide de leur tourner le dos et aspire une longue gorgée de mon cocktail à travers ma paille.

— Re-bonjour, lance Shane en s'asseyant sur le tabouret le plus proche.

Plongée dans la contemplation de mon verre, je ne lui réponds pas. Je me demande si nous décrocherions quand même le contrat si jamais mon cocktail trouvait accidentellement le chemin des genoux de Shane ?

— Tu ne m'adresses même plus la parole ?

Des effluves de bois de santal mêlés à sa propre odeur

mâle me parviennent aux narines, si familiers... J'agite la tête, exaspérée.

— Qu'est-ce que tu fais là ?

— Ah, elle a retrouvé sa langue.

Mon œillade assassine le fait rire. Il se penche vers moi et me demande sur le ton de la confidence :

— Alors comme ça tu sors avec ce Bradley ?

Sans lui adresser un regard, je lui remue ma main gauche sous le nez pour lui montrer l'énorme caillou que j'arbore à l'annulaire.

— Sérieusement ?

L'espace de quelques instants, je sens son regard peser sur moi.

— Non, vraiment, je ne vois pas, reprend-il.

Je lui colle ma main sous les yeux.

— Non, lui, je l'ai vu. En revanche, je ne comprends pas ce que tu lui...

C'en est trop. Je l'interromps aussitôt, un doigt menaçant pointé vers lui.

— Je ne te permets pas.

Mon cœur tambourine à tout rompre. J'espère ne pas paraître aussi remuée que je le suis. Je déteste l'effet qu'il a sur moi.

— Ecoute, je reprends. Je t'avoue être un peu dépassée par toute cette affaire, mais je n'ai aucune envie de me disputer avec toi, alors si tu veux parler boulot, parfait. Par contre...

— Parce qu'on se dispute, là ?

Allez... Je tente le tout pour le tout :

— As-tu réellement l'intention de changer d'agence ?

Il étouffe un petit rire.

— Ma foi, je ne me rappelais pas de toi si directe.

Je le gratifie d'un œil noir.

— Beaucoup de choses ont changé.

Il me détaille de la tête aux pieds.

— Je vois cela. C'est tout juste si je t'ai reconnue dans ta tenue de...

Il désigne ma jupe de tailleur d'un geste vague.

Je carre les épaules avec un soupir agacé.

— Shane. Tu comptes engager l'agence, oui ou non ?

— Eh bien, figure-toi que j'ai réfléchi et... j'ai une proposition de travail à te faire.

Tandis qu'il se redresse sur son tabouret, un mince sourire étire ses lèvres.

Je m'accoude au bar et appuie le menton sur ma main, feignant de ne pas reconnaître l'allusion à *Pretty Woman*. Franchement, à quoi s'attend-il ? A ce que je lui réponde : « J'adorerais être à ta disposition nuit et jour, mais... tu es très riche, joli garçon. Tu pourrais avoir les filles à l'œil. »

Flûte. Bradley n'a pas tort. Je connais effectivement toutes les répliques par cœur. Je rassemble tout de même mes esprits.

— Quel genre de proposition ?

— J'aimerais que tu vives dix scènes de film avec moi. C'est tout ce que tu as à faire pour que je signe.

J'ai chaud, tout d'un coup, et mes joues s'empourprent. *Il se fiche de moi ?*

Je répète sans comprendre :

— Vivre des scènes de film ? Les recréer, tu veux dire ?

Un petit rire m'échappe. Il plaisante forcément.

— OK, donc, pour *Confessions d'une accro au shopping*, je me balade en faisant semblant de parler finnois, et tu m'achètes une écharpe verte ?

— Voilà, si on veut. Sauf que celui-ci n'est pas sur la liste. Je viens de t'envoyer les dix noms de film que j'ai sélectionnés par mail.

Je n'en crois pas mes oreilles.

— Tu es sérieux ? Du chantage ? A coup de films romantiques ? Je refuse de me prêter à ton petit jeu. Je ne suis même pas certaine de comprendre où tu veux en venir. Et Bradley ne sera jamais d'accord, donc...

Il m'arrête d'une main en l'air.

— Attends, ne te braque pas comme ça... Laisse-moi au moins t'expliquer. Pour ce resto-ciné, ou du moins la partie film, c'est de toi que je me suis inspiré. De nous. La vérité...

— Ha! la vérité. Depuis quand tu sais ce que c'est, la vérité? je marmonne dans mon verre.

— Tout ce que je veux dire, c'est... qui de mieux placé que toi pour saisir le concept?

Que répondre à cela? Avec un haussement d'épaules, je m'efforce de décrisper le front. Je refuse de laisser toutes ces vieilles blessures remonter à la surface.

— Bon, reprend Shane en se frottant le menton. Tant que tu es heureuse avec ce Bradley...

— Très heureuse, merci.

Il est impossible. Droite comme un I, je le fusille du regard. Il a réussi à me contrarier pour de bon.

— De toute façon, tu n'as pas à mêler Bradley à tout ça. Il s'agit uniquement de boulot. *Mon* boulot.

— Tu as raison. Et ce que j'ai vu de ton travail aujourd'hui était excellent mais beaucoup trop commun.

Il se rapproche de moi, et son ton se fait plus doux.

— J'aimerais quelque chose dans l'esprit de ce que tu peignais à l'époque. Comme ce que l'on trouve dans ton album. Mais, si tu n'es pas en mesure de satisfaire à ma requête, je me verrai peut-être effectivement forcé de me tourner vers une agence qui le pourra.

Mon album? Quel album? Décontenancée, je détourne le regard. Il parle de mon album photo sur Facebook. Celui qui rassemble toutes les peintures abstraites et les concepts réalisés pour mes cours de dessin.

— Comme ce que je faisais à l'université, c'est ça?

— Exactement. Du temps où tu regardais des comédies romantiques en boucle. Où tu connaissais chaque histoire, chaque réplique sur le bout des doigts ; où tu te promenais avec de la peinture dans les...

— Shane, c'était il y a une éternité. Je ne suis plus la même personne. J'ai grandi, moi.

— Dommage. Parce que seule cette personne saurait réaliser le projet que j'ai en tête. Si tu acceptais de rejouer les scènes de ma liste, nous parviendrions peut-être à la faire renaître de ses cendres. Et, puisque tu es parfaitement comblée dans ta relation avec Bradley, cela ne devrait poser aucun problème.

Il paraît sur le point de dire autre chose, puis se ravise :

— En tout cas, c'est ça ou rien.

— Tu es sérieux ?

— Oui, Kensington, on ne peut plus sérieux.

L'atmosphère se fait pesante. J'aspire une longue gorgée de margarita, examinant sa proposition, considérant ses arguments sous tous les angles. Après tout, je suis effectivement comblée ; aucune raison de craindre une poignée de tête-à-tête avec Shane.

Je me redresse pour mieux le défier du regard.

— Très bien, alors voici *ma* contre-proposition : je veux bien recréer tes scènes de film, à condition que tu cèdes à une exigence.

— Une exigence ? répète-t-il, perplexe.

— Oui, j'ajoute ma propre petite clause au contrat.

Enfin. Je reprends le contrôle.

— Vais-je devoir acheter un grand sachet de M & M's et ne te servir que les marron ? me lance-t-il avec un sourire espiègle qui accentue les pattes-d'oie au coin de ses yeux.

Qu'il ne compte pas sur moi pour le lui rendre. Je fais également mine de ne pas saisir la référence à *Un Mariage trop parfait*.

— Je te parle d'une clause d'honnêteté.

— Une clause d'honnêteté ?

— Tout à fait. Je veux la vérité. Toute la vérité.

Il ne me reste qu'à le dire tout haut, à rentrer dans le vif du sujet. J'ai l'impression que mon cœur va éclater.

— Lorsque nous étions à l'université... Dis-moi pourquoi tu m'as trompée.

Son sourire s'évanouit aussitôt.

— Je ne t'ai jamais trompée.

— Ce n'est pas suffisant. Tu veux que je joue le jeu ? Alors je veux la vérité, quelle qu'elle soit.

— Tu as vraiment l'intention de discuter de cela maintenant ? *Ici ?*

Il serre les dents.

— Hors de question d'aborder le sujet dans ce bar.

Il se lève et laisse un billet de vingt au barman, comme s'il s'imaginait que ma consommation n'était pas déjà payée, puis il attend.

Quoi, exactement ? Je me détourne. Secouant la tête avec frustration, il prend la direction des toilettes. Il ne veut pas aborder le sujet ici ? Dans ce cas, je n'ai pas besoin d'attendre son retour. J'attrape mon sac et quitte le bar sans me faire remarquer.

J'ai peut-être tiré un trait sur notre conte de fées mais, cette fois, je ne le lâcherai pas avant d'avoir obtenu des réponses. Pour citer Vivian dans *Pretty Woman*, « je veux plus ».

Blottie sous la couette, je me connecte à Facebook depuis mon téléphone. Ren comptabilise désormais cinquante-trois *likes* et tout un tas de messages de félicitations sous son statut « Bébé à bord ». Je pousse un grognement. J'aimerais pouvoir commenter : « Bébé en a ras le bol. Il voudrait que l'on change de sujet. Pourquoi ne pas parler des fiançailles de ta belle-sœur, par exemple ? »

La sonnerie de mon portable retentit contre ma paume ; c'est celle que j'ai attribuée à ma mère. Elle ne m'appelle jamais si tard. Serait-il arrivé quelque chose ? Je m'assois pour répondre, un sentiment de malaise au creux du ventre.

— Maman ? Est-ce que tout va bien ?

— Kensington ? C'est maman.

— Oui, je me doute. Il y a un problème ?

— Non... Pourquoi y aurait-il un problème ?

J'agite une main en l'air.

— Il est rare que tu appelles après 18 heures, et il est presque 11 heures du soir !

— Oh ! c'est vrai, ma chérie. Mais je voulais m'assurer que Bradley et toi étiez au courant de nos projets de rassemblement familial pour le samedi de la semaine prochaine.

Et ça ne pouvait pas attendre demain ?

— Euh... quel rassemblement ?

— Eh bien, ton père et moi nous sommes dit qu'une telle nouvelle était l'occasion rêvée pour une fête de famille et, bien entendu, nous ne pouvons faire cela sans toi. Oh ! attends une seconde, j'ai un double appel. Allô ?

— C'est toujours moi, maman.

— Ah, zut... Allô ?

— Encore moi. Il faut appuyer sur le bouton « Répondre ».

— Ah, d'accord !

Puis plus rien.

Elle rappellera quand elle se sera rendu compte qu'elle m'a raccroché au nez. Je serais prête à parier qu'elle a fait la même chose à son autre interlocuteur. Je me rallonge, ses mots résonnent encore à mes oreilles. *Une fête de famille ? Qu'ils ne peuvent donner sans moi ?* Il est encore trop tôt pour célébrer l'arrivée de bébé.

Soudain, ça fait tilt. *Une fête de fiançailles ?*

Il est logique qu'ils veuillent marquer le coup. Après tout, je suis leur unique fille, et ils adorent Bradley. Je vais l'avoir, mon moment sous les feux de la rampe. La voilà, ma seconde chance. Tout à coup, je suis sur un petit nuage ; je n'ai jamais été aussi heureuse. Après une journée pareille, j'avais bien besoin de cela pour me remonter le moral.

Tu vois, Shane ? Je suis au comble du bonheur... grâce à des projets d'adulte, comme une fête de fiançailles. J'entends encore ses paroles. « Seule cette personne saurait réaliser ce projet. » Qu'en sait-il ? Je n'ai pas changé tant que cela depuis l'université ; je me suis juste bonifiée.

Ce n'est pas parce que je n'ai pas manié le pinceau depuis longtemps que je ne suis plus une artiste. Je vais toujours... bon, d'accord, cela fait un moment que je ne suis pas allée au musée des Beaux-Arts non plus. A une époque, c'était un rituel hebdomadaire. Cela me manque, d'ailleurs. De même que la poterie. J'adorais travailler l'argile brune et collante sur le tour de potier et la transformer en un objet magnifique.

En revanche, je n'ai jamais cessé de me gaver de films sentimentaux. Et je ne vois aucun inconvénient à en incorporer au concept ; j'ignorais simplement qu'il s'agissait de la thématique du restaurant. Je n'ai strictement aucun besoin de « revivre » les plus belles scènes avec Shane pour effectuer le travail. *Pour qui se prend-il ?*

Je clique sur mes mails et jette un nouveau coup d'œil à la liste qu'il m'a envoyée. Il l'a intitulée « L'Amour comme au cinéma ».

- 1. *Nuits blanches à Seattle*
- 2. *Pretty Woman*
- 3. *Le Journal de Bridget Jones*
- 4. *27 robes*
- 5. *Dirty Dancing*
- 6. *16 bougies pour Sam*
- 7. *Love Actually*

Il n'a pas spécifié de scène. A-t-il l'intention d'en choisir une au hasard pour chaque film ? Je ne suis toujours pas sûre de comprendre ce qu'il envisage. Je me retourne, mon oreiller dans les bras, et tente de me remémorer chacun de ces films.

Pretty Woman est bourré de scènes mythiques. Il y a celle du shopping. Le match de polo, avec la robe à pois. J'adore cette robe. Elle lui va si bien. Et le chapeau ! C'est lui qui définit la tenue tout entière. Pourquoi plus personne ne porte ce genre de chapeaux, de nos jours ? Oh ! l'Opéra ! Et le dîner chic, avec ces « saletés qui dérapent ». Shane se souvient-il que je hais les escargots ?

Un jour, ses grands-parents étaient venus nous rendre visite et nous avaient invités dans un restaurant raffiné. Shane avait dû se retenir de rire en voyant ma tête alors que j'essayais péniblement d'avaler quelques bouchées. Ce souvenir provoque en moi une minuscule pointe d'exaltation, bien vite étouffée par un sentiment de culpabilité.

Eh merde. Les souvenirs, les films... tout se mélange.

J'allume la télévision, histoire de faire le vide, mais mon téléphone se remet à sonner. Bradley. *Pas trop tôt.* J'aurais cru qu'il appellerait il y a des heures de cela.

Je lui réponds avec un bâillement. Il est en voiture : le haut-parleur est en marche, et j'entends l'écho de ma voix.

— Coucou, mon ange. Je voulais m'assurer que tu étais bien rentrée. Désolé, si je te réveille.

— Non, je ne dors pas encore. Aucun problème, je suis rentrée sans encombre.

Je baisse le volume.

— Tu sors tout juste du *Champps*?

— Hum, oui. On n'arrêtait plus Clive et Rand Peterson. J'ai voulu attendre jusqu'à ce que Rand monte dans un taxi et je viens de déposer Clive.

C'est un grand protecteur, il prend toujours soin de tout le monde. Il fera un très bon père. L'image de Bradley entraînant l'équipe junior de base-ball me vient soudain à l'esprit. Tout ce que connaît Shane, c'est la boxe.

— Et l'autre type, Bennett? je lance sans réfléchir.

— Ton ex, tu veux dire?

Oups... me voilà dans de beaux draps.

— Tu sais, ce petit détail dont tu as omis de me faire part? Maintenant, je comprends mieux pourquoi tu n'étais pas tout à fait toi-même durant la réunion.

Même s'il n'élève pas la voix, je perçois son irritation.

— Tu vois...

Je l'écoute, assise dans mon lit, les yeux hagards, les deux mains crispées sur mon portable.

— ... tu aurais pu m'en parler. Mais, comme tu n'as pas jugé bon de le faire, je me pose des questions.

Je me lève et allume le plafonnier.

— OK. Pour commencer, je n'ai découvert que c'était lui qu'à son arrivée. J'ai été prise complètement au dépourvu. Ça m'a fait un choc. Et, ce soir...

— Ce soir, je suis venu m'asseoir à côté de toi.

Je suis à peu près sûre qu'il a lâché le volant pour faire de grands gestes. C'est ce qu'il fait toujours quand il est irrité.

— Nous étions entre nous, et tu ne m'as rien dit.

Je fais les cent pas, la gorge nouée.

— Bradley... il était au bar, lui aussi. Vous payiez une tournée à son équipe. Tu m'as dit toi-même que mon poste dépendait de ce contrat. Que nous aurions peut-être à repousser notre mariage! Qu'aurais-tu voulu que je fasse? Que je t'en parle à ce moment-là? Et puis...? Que se serait-il passé si tu t'étais emporté?

Silence au bout du fil.

Je m'affale de tout mon long sur le lit, laissant ma tête rebondir sur l'oreiller.

— Je suis désolée, d'accord? Je ne savais pas quoi faire. En tout cas, je comptais t'en parler aussitôt que tu appellerais.

En réalité, l'idée ne m'avait même pas effleuré l'esprit. *Revoilà le sentiment de culpabilité.*

— Si tu veux mon avis, ce mec est un abruti, murmure Bradley.

— Oui, tu as vu? Tu avais fait un super travail de recherche. Et sa façon de s'imposer lors de notre réunion? C'était quoi, ce délire?

La tension redescend dans mes épaules. Je pense qu'il a compris mon dilemme. Tout devrait s'arranger.

— C'est peut-être un con, mais nous avons besoin de décrocher ce contrat, déclare Bradley.

Il marque une courte pause, puis ajoute :

— Je crois qu'il plaît bien à Tonya.

Je me redresse d'un bond.

— Quoi?

— Oui, je l'ai vue partir juste après lui. Tu sais ce que cela signifie généralement.

Je sais exactement ce que cela implique, oui. Le nœud se resserre dans ma gorge. Tonya ne rentre jamais de bonne heure. Jamais. Surtout pas si elle est la dernière femme, le centre de toutes les attentions, et qu'il y a de potentielles affaires à faire.

Elle ne ferait pas cela... Ça ne se fait pas, entre filles ; il existe des limites claires à ne pas franchir quand il s'agit des ex.

— Je doute que Tonya et lui couchent ensemble. Nous étions...

— Vous étiez à l'université tous les trois, et tu sortais avec Bennett. J'ai adoré entendre tout ça de leur bouche.

Et pense ce que tu veux : je suis quasiment sûr qu'ils sont rentrés ensemble.

Ses mots sont comme autant de coups de poignard. Je ne sais plus quoi dire.

— Je suis désolée, d'accord ?

Je le suis, vraiment.

— Pourquoi ne viendrais-tu pas dormir ici, ce soir ? J'ai mis mon petit short en soie, celui que tu aimes tant...

En réalité, je suis emmitouflée dans le pyjama Hello Kitty en éponge que m'a offert Ellie pour mon anniversaire l'année dernière, mais j'aurais vite fait de me changer.

Après un court silence, je l'entends pousser un grondement de frustration.

— Kenz, j'arrive chez moi, là. De toute façon, puisqu'il n'a pas encore décidé s'il signerait, je vais devoir... je vais devoir trouver autre chose.

— Attends, il t'a dit qu'il n'avait pas encore décidé ?

Je n'arrive pas à croire qu'il pousse son chantage aussi loin.

— Oui, entre autres. Il veut encore y réfléchir. Ecoute, je suis claqué. Essaie de dormir, et on se voit demain, OK ? Je t'aime.

— Moi aussi, je t'aime.

De toute évidence, tout n'est pas réglé entre nous, sinon, il serait déjà en route pour mon appartement. Je raccroche, éteins la télé, puis retourne me pelotonner sous la couette. J'aurais dû lui en parler. Et Tonya n'est pas rentrée avec Shane, Bradley a juste dit cela pour me faire réagir. Il est blessé dans son orgueil. Je ne peux pas tellement lui en vouloir. Il a *tout* appris de Shane et Tonya. Et Shane fait traîner la signature du contrat.

A quoi réfléchit-il encore ? S'il n'était pas prêt à voir la vérité en face, il n'aurait jamais dû débarquer comme cela. *Argh.* Je me rabats l'oreiller sur le visage. *Nous avons besoin de ce projet.* C'est là toute l'abominable vérité.

Que se passe-t-il quand Vivian refuse l'offre d'Edward dans *Pretty Woman*, déjà ? Je soupire : Edward revient à la charge avec une limousine et des fleurs, puis grimpe jusque chez elle par l'escalier de secours et accepte de se plier à ses conditions. En position fœtale, je serre l'oreiller contre moi et ferme les yeux très fort.

On dirait bien que c'est moi qui vais devoir ramper. Oubliez *Pretty Woman* : demain c'est la sortie de *Pitié Woman*. Vraiment pas hâte à la première.

4

Nuits blanches à Indianapolis

Les paroles de Shane m'ont hantée toute la nuit. Elles résonnent encore dans mon esprit tandis que je fais mon entrée à l'agence le lendemain. « J'aimerais quelque chose dans l'esprit de ce que tu peignais à l'époque. Seule cette personne saurait réaliser le projet que j'ai en tête. » Elles tournent, tournent autour de moi comme un essaim de guêpes enragées. J'aurais besoin de répulsif.

Clive m'attend. *Génial.* Il a l'air tendu comme un string. Eh bien, on est deux. Il me fait signe de le suivre et, en moins de temps qu'il ne faut pour le dire, je suis assise face à lui dans son bureau. Il a refermé la porte derrière nous.

La panique me gagne. *Shane s'est-il retiré pour de bon ?* La gorge nouée, je défais ma veste. Je n'aurai peut-être même pas à me poser la question. Il est possible qu'il me vire sur-le-champ. Maintenant. Là. Tout de suite.

Veste soigneusement pliée sur les genoux, j'attends, préparant mentalement ma défense. Mon ancienneté dans l'entreprise. La qualité de mon travail. Les clients pour qui j'ai travaillé à travers le pays. J'avais conscience que je devrais lécher des bottes aujourd'hui, mais je ne me doutais pas qu'il y en aurait autant.

Clive s'assoit sur le rebord de son bureau et pousse un long soupir.

— Kensington, je voulais vous parler de la situation financière de l'agence et de l'importance du projet *Carriage House.*

Je me redresse, la boule au ventre, et plonge dans l'arène.

— Bradley m'a mise au courant.

— Vous comprendrez que nous avons *besoin* de ce contrat.

Le ton est sévère. Il hausse la voix :

— Nous avons déjà de la chance qu'ils aient fait appel à nous, et maintenant...

— Mais ils nous ont choisis, je m'écrie.

Mon cœur bat à cent à l'heure. Je me penche en avant, comme pour donner plus de poids à mes paroles.

— Et cela grâce à moi. A mon travail.

Mes vieilles œuvres de l'université affichées sur Facebook, mais mon travail quand même.

— Exactement, Kensington. Vous avez tout à fait raison. Et, maintenant, c'est à cause de « votre travail » que nous risquons de le perdre.

Ouille... Il est injuste. Je m'affaisse contre le dossier, l'estomac retourné. Je n'ai plus de mots. Shane ne plaisantait donc pas... Comment expliquer à Clive les raisons des réticences de mon ex à signer ? Que Shane lui a-t-il raconté, hier soir ? Clive va me mettre à la porte. C'est sûr. Je n'avais encore jamais été licenciée.

Avec un nouveau soupir, mon patron va prendre place dans son fauteuil de l'autre côté du bureau.

— Ecoutez, il va falloir y mettre un peu du vôtre. Le convaincre de signer par tous les moyens imaginables. C'est compris ?

Il sonde mon regard, les sourcils arqués si haut qu'ils menacent de disparaître sous ses cheveux.

Incroyable. Jamais je n'aurais imaginé qu'on en arrive à de telles extrémités.

— C'est compris, je vais arranger ça. Je le persuaderai de revenir sur sa décision.

Je me lève, pleine de détermination. J'avais de toute façon prévu d'accepter la proposition de Shane. Tout va bien se passer.

— Vous avez intérêt, me répond Clive en me regardant par en dessous. Je veux que vous vous en assuriez par n'importe quel moyen. C'est clair ? N'importe. quel. moyen... C'est important à ce point.

Je n'en crois pas mes oreilles... Clive continue de hocher la tête d'un air entendu. Il ne précise pas sa pensée, néanmoins je crois savoir ce qu'il insinue.

— Je le ferai changer d'avis en lui soumettant les meilleures idées possibles, Clive. C'est la seule offre sur le tapis, et la seule raison pour laquelle il signera.

Ça et la liste de films, mais inutile de mettre le patron dans la confidence. Celui-ci ricane en levant les mains au ciel.

— Bien entendu, bien entendu.

Et il fait l'innocent, en plus.

Toutefois, tandis qu'il m'ouvre la porte, il ne peut s'empêcher d'en remettre une couche :

— Je me fiche de savoir comment vous vous débrouillez, mais je veux ce contrat. Bradley a les coordonnées de Bennett ; demandez-les-lui et appelez-le. Résolvez-moi ce problème.

Il a baissé d'un ton, mais sa voix est toujours aussi tranchante.

— J'espère que c'est compris.

— Oui, parfaitement.

En réalité, non, je ne comprends pas. Je ne vois même pas pourquoi nous avons tant besoin de ce projet, à vrai dire. Comment se fait-il que l'agence soit soudain en proie à de telles difficultés financières ? Cela n'a aucun sens. Le comportement de Clive est très curieux. Quelque chose ne tourne pas rond, je le sens.

Assise à mon bureau, je me masse les tempes, incapable de détacher le regard du bureau de Bradley. La journée promet d'être longue. Je jette un coup d'œil à l'horloge de mon ordinateur. Il devrait bientôt avoir terminé sa réunion avec l'équipe des ventes. En effet, la porte s'ouvre et ses collègues sortent. Je me lève et me dirige droit vers son bureau.

Il n'y a pas que cette histoire de contrat. J'ai besoin de lui parler, qu'il m'apporte un peu de réconfort. Ensuite, j'irai trouver Shane, ravalerai le peu de fierté que je prétends avoir et accepterai son offre, pour autant qu'il soit sérieux à propos de cette liste de films. D'avance, les mots que je vais devoir prononcer me laissent un goût amer en bouche.

— Salut...

Je referme la porte derrière moi et vais m'asseoir à son bureau.

— Bonjour, mon ange, me répond Bradley en levant à peine les yeux des documents qu'il est en train de feuilleter.

Il semble préoccupé.

Je m'avance au bord du fauteuil club. Je le dérange peut-être...

— Tu as perdu quelque chose ?

Il jette un coup d'œil à sa montre, puis se met à fouiller dans un tiroir.

— Une offre sur laquelle je travaillais avec Clive. Si je parviens à convaincre le client de nous commander davantage de produits, cela sera peut-être suffisant pour sauver ton poste, pour un temps au moins.

Il referme le tiroir avec force et recommence à chercher

parmi les dossiers empilés devant lui. Est-il encore en colère contre moi ?

— Bradley, attends… Je sors du bureau de Clive. Je suis persuadée de pouvoir arranger tout ça. Il faut simplement que je réussisse à faire signer ce contrat à Shane.

Il me regarde enfin. Le bleu de sa chemise met en valeur ses yeux, les faisant paraître presque translucides. Lèvres pincées, il tapote des doigts sur son bureau.

— Y a-t-il autre chose que je devrais savoir, Kenz ? Mis à part le fait qu'il est ton ex ?

Bon, maintenant c'est clair : il m'en veut toujours.

— Non, je réponds vivement.

Sans doute un peu trop. Même si je ne fais rien de mal, la culpabilité me ronge. Je me lève et époussette machinalement ma robe pourtant impeccable.

— Je n'ai pas la moindre idée de ce qui peut bien le retenir de signer.

Techniquement, c'est la vérité.

— Et je t'ai déjà dit que j'ignorais que c'était lui notre client.

Cela ne coûte rien de le lui rappeler.

Il me considère quelques instants et ouvre le dernier tiroir de son bureau. Quelques secondes plus tard, j'ai le contrat du *Carriage House* et toutes les informations dont j'ai besoin en main.

Bradley regarde de nouveau sa montre.

— Bon sang, je suis en train de me mettre en retard, dit-il en enfilant son manteau. Je demanderai à Maggie de m'en envoyer une copie par mail.

Il me dépose un baiser expéditif sur la joue puis, sur le point de passer la porte, il fait volte-face.

— Ah, j'oubliais : ta mère nous a envoyé un mail pour nous inviter à je ne sais quoi, samedi en huit. Je ne sais pas si tu l'as vu. Je suppose qu'ils veulent fêter…

— Ah, oui. Nos fiançailles ! je le coupe, un brin requinquée.

— Eh bien, il y a aussi l'arrivée prochaine du bébé. Même si j'imagine qu'ils organiseront une fête plus officielle à la fin de la grossesse de Ren.

Je fais brusquement halte, comme poignardée au cœur. La plaie est béante. Le sang coule à flots.

— Ta mère a précisé que Ren avait déposé une liste chez Fosberg. Il faudra que nous choisissions un cadeau. Tu pourras t'en charger ?

Voyant que je ne suis plus sur ses talons, il s'arrête.

— Kenz ?

— Non seulement on doit fêter la grossesse de Ren en même temps que nos fiançailles, mais elle a déjà déposé sa liste chez Fossie ?

Cela sort un peu plus sèchement que je ne l'aurais voulu.

— Tu plaisantes ? C'est vraiment cela qui t'inquiète à cet instant ?

Il se fige, à demi retourné, la main sur la poignée de la porte. Je vois qu'il crispe la mâchoire.

— Je dois y aller. On se retrouve à la salle de gym, me lance-t-il par-dessus l'épaule.

Je le regarde s'éloigner, les yeux embués de larmes. Le dossier de Shane pressé contre ma poitrine, je fixe sans la voir la porte qui se referme. Il n'a pas tort, mais… zut ! Je n'ai aucune envie de jouer les seconds rôles. Il s'agit de *ma* fête de fiançailles. De *mon* moment de gloire. Ou, en tout cas, ce qu'il en reste.

Mon cerveau n'est plus qu'interférences statiques. Peu importe dans quel sens je tourne, l'image n'est pas plus nette. Penchée au-dessus de mon bureau, paupières closes, je me pince l'arête du nez. Je devrais être en train de passer en revue les autres projets de mon équipe, mais je n'arrive pas à me concentrer.

Je suis outrée que Shane ose débarquer de nulle part pour remuer le passé et mettre mon futur en péril, mais il faut bien avouer que... je trouve finalement cela assez flatteur. Bien que très perturbant.

« C'est de toi que je me suis inspiré. De nous. » Tout cela me rend folle. Ces mots qu'il dit, ceux qu'il refuse de prononcer...

Pourquoi m'a-t-il trompée ? Nous avions tout. Nous étions de ces couples que tout le monde rêve d'être. L'amour fougueux, les émois doux-amers... Pour la première fois de ma vie, je me sentais appréciée pour moi, telle que j'étais. Un sentiment merveilleux et libérateur.

Jusqu'à ce qu'il me trahisse et que tout s'effondre. Comment continuer à croire que ce que nous avions vécu était réel ? Qu'il avait pris cela aussi au sérieux que moi ?

Tout en répondant à quelques mails, je me creuse la cervelle afin de trouver le meilleur moyen de reprendre les négociations avec Shane. Impossible de lui parler des soucis financiers de l'agence. C'est une information sensible, et mon contrat comprend une clause de confidentialité ; nous avons d'ailleurs eu droit à un grand speech à ce propos lors d'une réunion. Je ne suis même pas autorisée à lui révéler que je risque de perdre mon emploi.

A vrai dire, ce n'est même pas que je *risque* de le perdre. Clive a été clair : je peux dire adieu à mon poste, à moins de réussir à convaincre Shane de signer. D'où l'angoisse de Bradley.

Je n'aurai qu'à m'excuser d'avoir mal réagi, d'avoir filé à l'anglaise, et compagnie. Lui dire que si rejouer une poignée de scènes de film peut aider au projet, eh bien, pourquoi pas ? Rien de bien difficile. Il suffit de s'y mettre.

Mais d'abord, je repère Ellie sur le chat Facebook.

KENZI SHAW : Tu es là ?

ELLIE-BELLE : Snoopy

C'est notre code : quand nous ne sommes pas seules, nous répondons « snoopy ». Pour ce qui est des renforts, c'est raté. Il va falloir que je me débrouille seule.

Je trouve le numéro dans le dossier et le compose sur mon portable. Les sonneries s'égrènent. Peut-être aurai-je la chance de tomber sur sa boîte voc...

— Allô ?

C'est Shane.

Quelle perspicacité ! J'ouvre la bouche pour répondre, mais demeure muette. Le souvenir de sa voix ensommeillée au téléphone lorsque nous nous appelions durant les vacances m'assaille soudain. Nous nous endormions chacun à un bout du fil, moi dans la maison familiale, lui plus au nord, chez ses grands-parents.

— Bonjour...

Ma voix me paraît fluette et distante, mais c'est un début.

— Kensington ?

— C'est moi, oui.

J'hésite, ne sachant par où commencer.

— Bon... Voilà. Vois-tu...

Une grande inspiration, et je me lance :

— Vu tout ce que nos deux boîtes ont investi dans ce projet, autant que tu fasses appel à nous. Sinon, tout le monde aura perdu du temps et de l'argent pour rien, et Clive sera très déçu. Donc, je veux bien discuter de cette histoire de scènes, si tu estimes que cela peut aider, parce que nous...

— On sent que cela sort du cœur.

Son ton sec m'arrête net. A quoi s'attendait-il ? C'est quand même fou, ça ! *Ce n'est rien. Pense à ton boulot, à ton mariage.*

— Shane, je...

— Oui. Merci, dit-il à quelqu'un, avant de revenir à moi. Et si on se retrouvait au Monument Circle dans une demi-heure ?

Puis, après une légère hésitation, il ajoute :

— Et apporte le contrat, Kensington.

Les gratte-ciel forment comme une haute enceinte protectrice autour du rond-point. Une chose que j'aime beaucoup à Indianapolis est qu'il est possible de s'y déplacer sans voiture. L'atmosphère est celle d'une grande ville, concentrée sur quelques rues seulement.

— Tu veux bien me dire où l'on va ? je demande à Shane alors que nous faisons le tour du rond-point.

Ce ne peut pas être bien loin, car nous sommes à pied.

— Nous y sommes.

Contournant un groupe de piétons, il va s'installer sur les marches du Soldiers' and Sailors' Monument, dédié aux soldats de l'Indiana ayant combattu durant les guerres d'Indépendance et de Sécession.

— Je me suis dit que cela nous ferait du bien de nous voir hors des bureaux.

Je m'assois à bonne distance et ramène ma veste contre moi. L'air est frais. Dans le souci de poser immédiatement les limites, je choisis de ramener d'office Bradley sur le tapis.

— Mes parents nous préparent un grand repas de fiançailles. Maman m'a appelée pour me prévenir, hier soir. Il y aura toute la famille. Ce devrait être sympa.

Je tire sur mes manches, puis croise les bras. Je parle pour ne rien dire. D'ailleurs, Shane ne juge même pas nécessaire de répondre.

— C'est prévu pour le samedi de la semaine proch...

— On monte ? me demande-t-il soudain.

Il se lève, désignant la tour du monument, qui culmine à plus de quatre-vingt-cinq mètres.

— Hein ? Là-haut ?

J'ai vécu à Indianapolis toute ma vie. Je travaille en centre-ville. J'y habite même, à présent. Pourtant, jamais je ne me suis aventurée à l'intérieur de la tour. Même si, un jour...

— Accompagne-moi jusqu'au sommet. Cela compte pour un. Le film est sur la liste.

Il a déjà commencé à escalader les marches. Je ne bouge pas d'un pouce.

— Tu as bien apporté le contrat ?

— Oui, mais...

— Mais quoi ? me lance-t-il en disparaissant au coin du bâtiment.

Peut-être ne se rappelle-t-il pas cet endroit, mais moi si. Je reste assise et tire mon téléphone de ma poche. En attendant son retour, je vais consulter Facebook. Je devrais sans doute retourner à l'agence. Sauf qu'il nous faut ce projet. Il *me* faut ce projet. Ce dont je n'ai pas besoin, en revanche, c'est que mon passé... *notre* passé déteigne sur le présent.

Je réprime un petit rire en repensant à la soirée d'hier, tous ensemble au bar, et poste un nouveau statut Facebook :

Passé, Présent, Futur entrent dans un bar. Il était temps !

Shane ne revient plus. Je range mon téléphone et pars à sa recherche, déjà agacée qu'il m'ait fait venir ici. Je le découvre debout devant l'ascenseur. Lorsqu'il me voit m'avancer vers lui, son visage s'illumine.

— Après toi, j'ai déjà payé.

D'un geste, il m'invite à grimper dans l'ascenseur. *C'est une plaisanterie ?*

— Hum, non merci. Si tu souhaites discuter du

contrat ou parler de la liste de films, très bien. Mais tout ce cirque ne rime à rien, alors...

Bras croisés, je lui signifie que je ne céderai pas. *Il ne se rappelle pas.*

Shane s'approche de moi et appuie une épaule contre le mur.

— Tu te souviens quand tu disais vouloir revivre toutes ces scènes ?

Je redresse la tête. *Finalement, il n'a peut-être pas oublié.* Je suis d'autant plus perdue. *Qu'attend-il, au juste ?*

Un sourire au coin des lèvres, il reprend :

— Tu n'avais pas seulement envie de « tomber amoureuse », tu voulais « l'amour comme au cinéma ». Tu te rappelles ?

Happée par son regard, je suis tétanisée de l'entendre prononcer ces mots. *Mes* mots.

— C'est inspiré d'une phrase de *Nuits blanches à Seattle*. Non seulement je me souviens de l'avoir dit, mais, à l'époque, j'y croyais dur comme fer.

J'étais même assez bête pour penser l'avoir trouvé.

Auprès de lui.

Hélas, la vie n'est pas un film.

Il s'approche encore. Près. Trop près. Je ne bronche pas.

— *Nuits blanches à Seattle* est le premier film de notre liste. Allez, viens...

Il me tend la main, comme le fait le personnage de Tom Hanks.

— On y va ?

Machinalement, je la prends, mais au moment même où nos doigts se touchent mon estomac fait un looping. Plus aucun doute : il s'en souvient. Ce n'est pas seulement *Nuits blanches à Seattle*. C'est *notre Nuits blanches à Seattle*.

Je retire ma main avec colère. Il n'a aucun droit de me faire cela.

Prenant exemple sur Sam et Annie, qui ont rendez-vous au sommet de l'Empire State Building le jour de la Saint-Valentin, nous avions prévu de nous retrouver tout en haut du monument. Je me disais que, peut-être, *peut-être*, il m'y demanderait en mariage.

Malheureusement, nous avions rompu la semaine précédente. J'ai passé ma Saint-Valentin assise là, toute seule sur les marches, à me demander où j'avais bien pu faire une erreur. Heureusement que Tonya était là pour me proposer une soirée entre filles pour me remonter le moral, ce jour-là.

Et, aujourd'hui, le voilà qui remet ça ?

Ma fierté est piquée au vif. Il n'a pas le droit de resurgir dans ma vie comme si de rien n'était pour remuer tous ces mauvais souvenirs. Je sens les larmes à deux doigts de couler. Je n'en reviens pas de tant de culot.

— Tu ne crois pas qu'il est un peu tard pour recréer notre Saint-Valentin ratée ? Tu peux rayer cette scène de la liste. Je l'ai déjà vécue, et c'est un *remake* dont je me serais bien passée.

J'avais dû me forcer à me lever le matin… me rappeler de respirer à chaque seconde de la journée… effacer de ma mémoire la perfection de ce que j'avais connu durant un temps. Et je n'avais pas de Dr Marcia Fieldstone, ni même ma famille sur qui compter pour m'aider à surmonter cela… j'étais complètement seule.

Ce fut une période atroce.

Il avait quitté le pays pour retourner travailler avec son père en Angleterre juste après notre remise de diplômes. Même si nous étions déjà séparés, son départ définitif avait laissé un vide immense dans ma poitrine. J'étais l'homme en fer du *Magicien d'Oz*. A ceci près que je ne voulais plus jamais entendre parler de cœur.

Je le regarde droit dans les yeux.

— Raconte-moi ce qui s'est passé à l'université. La vérité, cette fois.

Nul besoin d'élever la voix, mes mots résonnent comme un coup de tonnerre.

— J'ai fait une connerie, mais sans doute pas celle à laquelle tu penses, déclare-t-il à voix basse. Je sais que j'étais un peu du genre tête brûlée, à l'époque...

— Tu veux dire : entre les bagarres, les cours que tu séchais, les filles...

— Ce n'étaient que des rumeurs. Les filles, du moins. Il n'y avait que toi. Je t'adorais. Je t'aimais.

Il laisse retomber les épaules et continue d'avancer vers moi, comme pour refermer le fossé que je m'évertue à creuser entre nous.

Je suis revenue à mon point de départ, la gorge nouée par l'émotion.

— Kensington, entre le divorce cauchemardesque de mes parents et leur décision de m'envoyer aux Etats-Unis, tu étais mon phare dans la nuit. Toutes ces filles n'étaient que des rumeurs.

— Dans ce cas, je ne comprends...

— Sauf une.

Ah !

Ah...

Curieusement, le fait qu'il l'admette change tout. Peut-être espérais-je encore...

Il se rappuie contre le mur, une main dans les cheveux.

— Une fille m'a embrassé à cette fête, une fois que tu es partie. Je lui ai rendu son baiser. Nous nous sommes un peu amusés, m'avoue-t-il, semblant sonder mon regard. Mais je te promets que je n'ai jamais couché avec elle. Nous avions bu, et...

Je dois dire que je suis un peu perdue.

C'est tout ?

— Tout ça pour une pauvre session de roulage de pelles alors que tu étais ivre ? Pourquoi ne m'as-tu rien dit ?

La colère me gagne de nouveau, pour des raisons totalement différentes, toutefois.

Shane baisse la tête. Il ferme les paupières, prend une grande inspiration.

— La fille, c'était Tonya.

J'ai l'impression de recevoir un coup de poing au ventre. Du pouce, je pince la peau de mon doigt contre l'anneau de ma bague de fiançailles. C'est douloureux, mais cela me permet d'occulter tout le reste.

— *Tonya?* *La* Tonya qui m'a révélé que tu m'avais trompée et m'a payé une tournée quand...

— Kensington, cela ne...

Je l'arrête d'un geste.

— Non. Non. Ne me dis pas que cela n'avait aucune importance. Au contraire. C'est la cause de notre rupture, je te rappelle. Peu importe que tu aies couché avec elle à l'époque ou hier soir.

— Hein? Qu'est-ce que tu racontes?

— Bradley m'a dit qu'elle avait quitté le bar juste après toi, et que vous aviez probablement...

Il secoue la tête sans rien dire. Il me cache quelque chose, je le sens. Ce n'est pas vrai... il y a autre chose.

Je fixe le bout de mes pieds. A l'époque déjà, je m'attendais à ce qu'il essaie de se défendre mieux que cela.

— Ce jour-là, je ne t'ai pas laissé t'expliquer, mais tu n'as pas tellement fait d'efforts non plus, n'est-ce pas? C'était plus facile pour partir, non?

J'ai beau soulever le problème, je refuse d'y croire. Je retiens mon souffle avec l'espoir que... L'observant par en dessous, je reconnais la sincérité dans son regard.

— C'est vrai.

C'est vrai.

— Ce n'était pas prévu, mais cela m'a facilité les choses quand j'ai dû rentrer chez moi et te laisser derrière, oui.

Eh ben...

Bizarrement, je trouve cela bien pire, et... particulièrement violent.

Terriblement douloureux.

Des larmes se forment au coin de mes paupières. Ridicule. Le petit démon que j'ai mis tant de temps à faire taire se remet soudain à parader dans mon esprit en clamant à tue-tête : *Tu ne valais pas le coup ! Tu ne seras jamais assez bien !*

J'esquisse un mince sourire, qui a au moins l'avantage de refouler les larmes.

— Bien... Mission accomplie. Tu me vois enchantée que cela ait si bien marché pour t...

Shane se redresse et happe mon regard.

— J'avais vingt-deux ans, Kensington. Mon père voulait absolument que je vienne travailler pour lui. Maman s'était remise à boire, dévastée par le ballet constant de ses maîtresses, et aucun d'eux ne savait quoi faire de moi. Je vivais un véritable cauchemar. Je ne savais plus ce que je faisais.

Je suis paralysée. Mon être tout entier voudrait fuir, mais je suis comme clouée sur place. *Comment se fait-il qu'il ait toujours une telle emprise sur moi ?*

— Tonya disait que ce serait égoïste de ma part de te demander de me suivre. Et, par bien des côtés, elle n'avait pas tort. Toi, tu ne rêvais que d'une chose, c'était d'avoir ton propre atelier. Mais, tu sais, cela ne m'a pas arrêté pour autant. Tu es rentrée chez tes parents pour un week-end prolongé, et je t'ai appelée. Tous les jours.

Non. Non, c'est faux. Mon cœur bat à cent à l'heure. Je relève enfin la tête pour le regarder droit dans les yeux.

— Je ne vois pas de quoi tu parles.

— Kensington, ta mère...

Cette fois, c'est un coup de poignard dans le cœur.

— Ma mère ?

Je tente de me souvenir. Maman ne l'a jamais aimé. Elle trouvait que notre relation était trop fusionnelle. Qu'il n'avait pas une bonne influence sur moi. Que son absence de plan de carrière solide était alarmante. Quant à mon studio, elle avait toujours pensé que c'était une mauvaise idée. Mince, je comprends mieux !

— Elle m'a clairement fait comprendre qu'il valait mieux que je laisse tomber. Que nous étions trop jeunes et que je n'avais rien à t'offrir. Et, pour être honnête, c'est elle qui avait raison.

J'ai le ventre retourné. Comment a-t-elle osé ? Elle avait bien vu dans quel état j'étais. Shane essaie de me prendre la main, mais je l'en empêche.

— Si je pouvais remonter le temps, Kensington, je resterais. Je me disais simplement… oh, je n'en sais rien.

Le regard triste, il agite la tête.

— Mais, au bout du compte, tu n'as jamais créé ton studio, n'est-ce pas ? Aujourd'hui, tu…

— Aujourd'hui ? je rétorque en reculant d'un pas. Aujourd'hui, je suis sur le point de me marier.

Je fouille dans mon sac jusqu'à ce que je retrouve le contrat, puis je déniche un stylo.

— Tu as rempli ta part du marché…

Alors que Shane se saisit des documents, nos mains se touchent. La sensation de sa peau contre la mienne me chamboule.

— Tu sais, dit-il, je n'avais pas réellement l'intention de te faire du chantage, j'ai tout de même une certaine éthique, mais…

— Mais tu es convaincu que cela nous aiderait dans le processus de création. J'ai bien compris. Tant que cela reste entre nous et que tu ne dépasses pas les bornes.

— Bien sûr que non, promet-il d'un air espiègle. Tu es sur le point de te marier.

— Voilà. Tu as tout compris.

Pour le moment, plus de craintes à avoir vis-à-vis de mon emploi. Clive sera ravi ; Bradley, sûrement soulagé. Et, entre Shane et moi, les choses sont claires… rien de déplacé. Alors pourquoi suis-je plongée dans une telle confusion ? Entre ce que je désire aujourd'hui, ce que je voulais hier, ce que j'ai...

Ce que je n'ai pas.

5

27 raisons

De temps en temps, quand j'ai quelques sous de côté, je vais faire les magasins avec Ren pour investir dans un vêtement de qualité. Ue pièce de marque, qui ne se démodera pas au bout de six mois. Elle adore prouver sa supériorité sur moi dans ce domaine, ce qui rend ces après-midi particulièrement longs. Toutefois, je finis toujours par dégoter quelques trésors.

Ma dernière trouvaille en date est une petite robe rétro à col Claudine. Ajustée, la taille marquée haut, je ne l'ai mise qu'une seule fois. Deux, en comptant aujourd'hui. Elle proclame au monde que je suis confiante, maîtresse de moi-même et que je ne suis pas là pour rigoler. Je suis une femme qui en veut. J'espère seulement que ce n'est pas *too much*. On est loin du genre de tenues que je porte habituellement au bureau.

La trahison pure et simple de Tonya me rend dingue, cependant il est hors de question que j'aborde le sujet avec elle. J'y ai réfléchi toute la nuit. Cela ne ferait que la placer en position de supériorité. Si je lui demandais des comptes, elle aurait deux options : tout nier ou minimiser les événements. Quoi qu'il arrive, elle irait se plaindre à Bradley que je lui fais tout un cirque pour une broutille, et lui se demanderait pourquoi j'accorde tant d'importance à une histoire vieille de près de sept ans concernant mon ex. Ex qui se trouve désormais être un client. Cela ne ferait que créer plus de tension entre Bradley et Shane, et compliquer encore les choses entre Bradley et moi.

Je suis plutôt fière de me montrer aussi réfléchie. S'il faut choyer ses meilleurs amis, et ses ennemis davantage encore, mieux vaut maintenir ses meilleurs ennemis dans le noir. La liste noire.

Je suis de retour à mon bureau avec un gobelet de café fumant quand la porte du bureau de Clive s'ouvre. Bradley et Shane en sortent. Droite comme un *i*, j'ouvre un nouveau document et fais courir les doigts sur le clavier, feignant d'être en proie à un intense bouillonnement d'idées et de ne pas pouvoir m'arrêter.

Ils arrivent par ici. Sans lever la tête, je tape une nouvelle fois la même phrase, puis improvise. « Intense bouillonnement d'idées, je n'arrive plus à m'arrêter. Des tas d'idées. Une tonne d'idées... »

Shane est planté devant mon bureau.

— Bonjour, Kensington.

Ses cheveux en bataille sont ramenés en arrière, et il ne s'est pas rasé. Mon regard est attiré par le mince sourire qui flotte sur ses lèvres.

Aussitôt, un souvenir que je croyais oublié resurgit. Je suis dans ses bras, ses lèvres sont pressées contre les miennes. Je suis en retard pour les cours, mais nous rions. Nous nous embrassons. Il ne veut pas me laisser partir.

Et pourtant, c'est ce qu'il a fini par faire.

Je n'ai pas le temps de répondre que Bradley apparaît déjà à ses côtés, si beau et élégant dans la chemise bleu clair que je lui ai offerte pour son anniversaire.

— Bonjour, mon ange.

Levant les yeux par-dessus l'écran de mon ordinateur

portable, je lui décoche mon plus beau sourire, ignorant royalement Shane.

— Bonjour, qu'y a-t-il de prévu pour aujourd'hui ?

Je continue de taper n'importe quoi, car je suis bien trop occupée pour m'arrêter. J'écris : « Bien trop occupée pour m'arrêter. »

— Je me disais que nous pourrions peut-être faire une petite sortie afin de réfléchir au projet. Revoir la liste de films, intervient Shane.

Sans que je ne lui aie rien demandé, puisque je continue de concentrer mon attention sur Bradley. *Mon fiancé.* Qui m'en veut toujours autant.

Je fais une pause et tente de prendre un air désolé.

— Oh ! nous sommes mercredi. Bradley et moi déjeunons toujours ensemble, le mercredi.

Là. Je lui aurais au moins jeté un coup d'œil.

Bradley se trémousse avec embarras.

— Ah, non, pardon. Je ne vais pas pouvoir, aujourd'hui. Tonya et moi devons rencontrer la philharmonie d'Indianapolis. Ils envisagent une nouvelle compagne publicitaire.

Il me détaille d'un air soupçonneux.

— C'est une nouvelle robe ?

Le rouge me monte aux joues.

— Pardon ? Non, non. Tu la connais, celle-ci.

Bien sûr qu'il l'a déjà vue ! Je lui lance un regard noir, l'air de dire : « Tu ne sais pas de quoi tu parles. »

— Désolé pour le déjeuner, mon ange. Par contre, je devrais pouvoir nous avoir des billets pour un concert.

— Super !

Je souris de plus belle. Rien que pour lui. J'adore aller voir jouer l'orchestre symphonique. C'est une excuse pour s'habiller, et la salle est somptueuse. De plus, je me réjouis qu'il en ait parlé devant Shane. *Tu vois ? Nous sommes comblés !* D'ailleurs, je rayonne de bonheur.

Bradley me rend mon sourire et tapote sur ma table.

— Je l'aime beaucoup, cette robe. Tu es superbe.

Forcé de saluer Shane, il se renfrogne.

— Bennett.

Puis il s'éloigne en direction de son bureau.

Yes, Bradley! Ce week-end, je mettrai un petit quelque chose en soie ; il l'aura mérité. Je retourne à mon écran et continue d'ignorer Shane, au cas où Bradley... voilà : il vient de se retourner. La présence de Shane dans les parages l'inquiète. Il faut que je prenne soin de ne pas envenimer la situation et de rester concentrée sur les seules choses qui comptent : mon travail, ma prime, mon mariage et ma famille... en d'autres termes : *ma vie tout entière.*

Shane est toujours planté devant moi.

— Alors, à quelle heure peux-tu te libérer ?

Il fait le tour de mon bureau et jette un œil à mon écran. Qu'est-ce qu'il fabrique ? J'essaie de remettre le calendrier Microsoft Office au premier plan, mais j'ai déjà quitté l'application. Je ne peux pas refermer mon ordinateur, cela aurait l'air suspect.

D'un coup, la fenêtre de chat s'ouvre. Ellie. Shane voit-il ce qui s'affiche ? Impossible à dire. Mes oreilles se mettent à chauffer lorsque j'aperçois le contenu du message.

ELLIE-BELLE : Alors, est-ce que ton ex-Mister Angleterre t'a vue dans ta robe ? Les yeux lui sont sortis de la tête ?

Je tente vivement de donner le change et de le distraire, la voix tremblante.

— Que penses-tu de midi ? Je suis sûre que ce devrait être bon.

— En fait, j'ai un déjeuner d'affaires tardif au centre commercial. Que dirais-tu de m'y rejoindre pour 16 heures ? Devant l'entrée principale ?

— Parfait. Oh ! par contre, verrais-tu un inconvénient

à ce que l'on se retrouve à l'entrée de Fossie ? Il faut que j'aille choisir un cadeau pour le bébé sur la liste de ma belle-sœur. Je pourrais te rejoindre après...

— Fossie, 16 heures. Très bien !

Sur le point de partir, il se retourne et considère ma robe.

— Personnellement, je te préfère en salopette. Mais je comprends tout à fait que Bradley puisse aimer, me fait-il, un éclat moqueur dans le regard.

Sur ces mots, il tourne les talons et me laisse toute à mon embarras. Je me prends la tête entre les mains. *Argh...* cette foutue robe. Pour la confiance, la maîtrise de soi et l'espoir que l'on me prendrait au sérieux, on repassera.

Je devrais changer mon statut Facebook en un simple « lol ». Non pour signifier une quelconque hilarité, mais parce que l'on croirait un petit bonhomme qui se noie, bras levés pour appeler à l'aide. Ce qui résume parfaitement ce que je ressens à cet instant et n'a franchement rien de drôle.

Sur la borne du magasin, je tape le nom de Ren et patiente durant l'impression de sa liste de naissance. Je n'ai même pas encore songé à ma liste de mariage. Avec ma chance, à la période où je pourrai espérer une fête en mon honneur pour célébrer mon futur mariage, ma mère aura décidé qu'il est temps d'organiser la *baby shower* de la future maman. J'ai comme un goût aigre dans la bouche.

La liste sort ligne par ligne de la machine : berceau et commode en bois d'acajou, fauteuil d'allaitement pour la chambre de bébé, poussette tout-terrain adaptée au jogging... rien en dessous de quatre cents dollars. *Elle a perdu la tête ?*

Soudain, j'avise Shane dans l'allée centrale. *Mince,*

il est en avance! J'évite la dame qui me barre la route, poussette dans une main, enfant dans l'autre. La fillette a d'adorables boucles blondes et les joues rebondies. Lorsqu'elle me fait coucou de sa petite main potelée, je ne peux retenir un sourire.

Face à Shane, en revanche, je me rembrunis.

— Salut. Tu es là tôt. On avait dit 16 heures, non?

Je... je n'ai même pas encore commencé, dis-je en faisant un geste en direction de la borne.

Il jette un coup d'œil à sa montre.

— En effet. Mais ce n'est pas un problème.

Se remettant en marche, il désigne les rayons.

— C'est pour bientôt, ta belle-sœur?

Je calque mon pas sur le sien. *Il a vraiment décidé de m'accompagner?*

— Ah, euh... pas avant le printemps. Mais il paraît que mes fiançailles partagent maintenant l'affiche avec la célébration en famille de son début de grossesse, donc on va profiter de la fête pour lui offrir nos cadeaux pour le futur bébé.

Mon ton est plus blessé que je ne l'aurais voulu.

Shane semble perdu.

— Attends, je croyais que ta mère avait tout prévu pour tes fiançailles? Pourquoi chambouleraient-elles les plans, comme ça?

Mes joues se mettent à chauffer. J'avais oublié que je lui en avais parlé.

— J'ai dû me tromper. Le téléphone avait coupé, et je suppose que...

Je détourne le regard et marmonne :

— J'ai dû me faire des idées, c'est tout.

— Certaines choses ne changeront jamais, souffle Shane avec une expression navrée.

Puis il regarde autour de lui.

— Hum, ne bouge pas, je reviens.

Ses mots me réchauffent le cœur. Il a connu ma

famille et comprend ce que je peux ressentir. Lui s'est toujours rangé de mon côté.

Nous ferions mieux de tirer un trait sur ce dîner de fiançailles et d'en faire la réception de Ren. Ce n'est pas comme si le cœur y était, de toute façon. J'ai l'impression d'être le cheveu sur la soupe, qui vient gâcher le moment de ma belle-sœur. *Même pas digne d'avoir ma propre fête.*

Un étalage de petits chaussons attire mon attention. Ce sont des imitations en tricot de chaussures de grands couturiers. Alors que je caresse le relief des points du bout des doigts me vient un grand sourire idiot. C'est vraiment trognon! Quand je redresse la tête, Shane est de l'autre côté du présentoir; il me surveille.

Je fronce le nez.

— Ils sont si minuscules! Tu imagines les tout petits pieds, les tout petits orteils, qui vont là-dedans?

— J'imagine beaucoup de choses.

Mon corps tout entier se tétanise. Surgi de nulle part, un tsunami d'émotions me submerge. Je regarde ailleurs. N'importe où. Les chaussons. Mes mains. Les siennes.

Qu'est-ce que… ?

— Pourquoi as-tu été chercher des lecteurs de code-barres?

Son œil pétille.

— Eh bien, nous avons un accord. Et, comme ceci est le numéro quatre de notre liste, je me suis dit…

J'ai un mouvement de recul.

— Le numéro quatre?

Avant que j'aie le temps d'attraper mon téléphone pour relire le mail, il me met l'un des scanneurs portables entre les mains.

D'un geste discret, il désigne l'employée du magasin, qui considère notre manège avec curiosité.

— Si la dame là-bas te pose la question : tu t'appelles Ren.

Un sourire de gamin se dessine lentement sur son visage.

— Tu lui as dit que j'étais Ren? Je ne peux pas modifier sa liste, elle va me tuer! Et comment as-tu trouvé son nom?

— Elle est mariée à ton frère, même nom de famille...

Bip.

Je jette un œil sur ce qu'il vient de scanner. Il s'agit d'un énorme monstre en peluche, mi-hippopotame, mi-cochon, aux couleurs criardes. Hum, *non*.

— A quoi tu joues, bon sang? je lance avec une grimace. Elle ne voudra jamais de ça.

La chambre du bébé de Ren ne risque pas de contenir un quelconque monstre vert et rose fluo. Je rejoins Shane et rescanne la peluche pour l'effacer de la liste.

Il la scanne de nouveau.

Je recommence.

— Shane, arrête ça. Aucune chance qu'elle accepte ce truc dans la chambre de l'enfant.

Je passe le lecteur sur l'étiquette et jette l'animal hors de portée. J'ai un doute : est-ce que je viens de le retirer ou de l'ajouter?

Shane scanne tout et n'importe quoi. Derrière, je me démène pour réparer les dégâts.

Je m'interpose entre son scanneur et une immonde couverture assortie au monstre en peluche.

— Stop. Je n'ai aucune envie de saboter la liste de naissance de ma belle-sœur. D'ailleurs, je suis à peu près certaine que ce n'est dans aucun des films que tu as choisis.

Cela dit, cela me rappelle tout de même... J'ouvre des yeux ronds.

— *27 robes*? Alors, c'est ça, le numéro quatre? La liste de mariage de la sœur... ils enregistrent des trucs qu'elle ne pourra que détester. Non, je ne ferai pas ça à Ren.

Je ne pourrais pas. Quoique... Un autre monstre fait son apparition : un petit diable sur mon épaule, cette fois. La voix de Ren résonne encore à mes oreilles... « Tu ne voudrais quand même pas que tes cuticules en friche ruinent ton effet. Et, devinez quel autre événement se prépare pour le printemps ? »

Non, je refuse de gâcher sa joie, quand bien même elle a gâché la mienne.

— C'est ça ou on trouve un bar où s'enfiler des verres et se lancer dans une interprétation électrisante de *Bennie and the Jets*.

Scanneur en l'air, il m'interroge du regard.

— Non. Hors de question.

Après cette scène-là, les personnages finissent ensemble dans la voiture... C'est une pente glissante sur laquelle je n'ai aucune intention de m'engager.

Il scanne. *Bip*.

— OK, OK, attends. Arrête.

Tandis que je parcours la liste des yeux, il me vient une idée.

— Et si on ajoutait simplement quelques cadeaux ? *Mignons*. A des prix raisonnables, je précise en lui montrant la feuille.

Il se caresse le menton, feignant de réfléchir. Son regard perçant happe le mien.

— Très bien, on fait ça. Ça compte aussi.

Ouf, me voilà soulagée !

— Super, parce que je suis très, très douée en queues, je lance, lecteur de code-barres à la main.

C'est une réplique tirée du film ; je me laisse prendre au jeu pour le moment.

— Douée en queues..., répète Shane en riant.

De mon côté, je fais de mon mieux pour me retenir.

— Tu connais les dialogues de *27 robes* ? Ne me dis pas que tu l'as vu ?

En réalité, je suis heureuse qu'il ait compris. Sinon, ç'aurait pu s'avérer gênant.

Bon, c'est gênant, quoi qu'il arrive.

— Il est possible que je me sois découvert une plus grande passion pour les comédies romantiques que je ne l'aurais cru. C'est ta faute, ça. Tu vois ce que tu as fait de moi ?

Il ne cesse de me lancer des petits coups d'œil tandis que nous déambulons dans les allées.

Je détourne le regard. Je n'ai pas besoin d'une rétrospective, merci. Je me marie bientôt, et Shane... Eh bien, je ne sais pas à quoi il joue.

— Ooh, regarde !

Il me montre une tirelire hideuse.

— Et ça, c'est... c'est la tirelire en forme de mouton dans laquelle Ren mettra toutes les économies de bébé, je réponds, imitant machinalement James Marsden dans *27 robes*.

Shane la scanne.

— Non, Shane. C'était une réplique du film. Ren ne voudra jamais d'un truc pareil.

Il enregistre une série d'objets divers : *bip*, un petit train ; *bip*, une girafe ; *bip*, une... tirelire-tortue plaquée argent ?

Je passe derrière lui, hélas, il a scanné tant de babioles du présentoir que je ne sais pas par quel bout commencer.

— Qu'est-ce que c'est que ça ? me demande-t-il en soulevant un traversin jaune en forme de boomerang.

Intérieurement, je ricane. On l'utilise pour soutenir le bébé lorsqu'on allaite, entre autres choses. Je fais semblant de n'en avoir aucune idée et hausse les épaules.

— Peut-être un coussin de voyage pour bébé ?

— Bien entendu. Junior doit pouvoir prendre l'avion en tout confort, lui aussi.

Il se passe le polochon autour du cou, mais les deux branches glissent sur ses épaules.

— Les bébés américains sont-ils si gros que cela?

Levant les yeux au ciel, je continue de chercher un cadeau.

— Alors, combien? me lance Shane en tapotant une pile de draps et de couvertures d'enfant.

J'interromps mon geste, scanneur en l'air, et réfléchis au nombre de paires de draps dont aura besoin Ren.

— De bébés, j'entends. Combien d'enfants voudrais-tu? J'imagine que vous en avez déjà discuté, avec Bradley. Laisse-moi deviner! Je parie qu'il en aimerait 2,5 pour bien cadrer avec la moyenne nationale.

Tout en parlant, il plonge le bras dans un berceau et scanne le code-barres du couvre-lit.

— J'aimerais... c'est-à-dire...

Ma poitrine se serre. Ce n'est pas une conversation que j'ai envie d'avoir avec Shane. Je feins d'être absorbée dans la contemplation d'un cadre photo, puis lui tourne le dos.

— Bien. Je vois. Quand a lieu le mariage? Vous avez déjà arrêté une date, toi et l'homme de ta vie?

Je le fusille du regard, brusquement sur la défensive.

— Nous venons à peine de nous fiancer, et... enfin, si, au printemps, sans doute, mais...

— Tu peux au moins te vanter d'avoir un diamant digne de ce nom, à défaut du reste, marmonne-t-il en faisant biper le lecteur de code-barres.

— Pardon? Je peux savoir ce que tu veux dire par là?

Je fronce les sourcils en apercevant le hochet en argent en forme d'ours qu'il tient à la main.

— Et retire ça de la liste.

Shane se fige puis me fait face. Semblant peser ses mots avec soin, le lecteur contre la tempe, il déclare:

— Je crois que tu veux une fiesta. Pas un mariage: une fiesta.

— Je te demande pardon?

Pour qui se prend-il, à la fin?

Il me couve d'un regard amusé.

Attends, mais...

Pourquoi reste-t-il planté là, comme ça?

— J'ai dit : « Je crois que tu veux une fiesta. Pas un mariage. » Et, toi, tu réponds...

Il incline la tête de côté en m'incitant à compléter la phrase.

— Si jamais tu as un trou, j'ai les répliques sur papier, poursuit-il en fouillant dans l'une de ses poches.

Il n'est tout de même pas sérieux? Eh bien si, il a une poignée de fiches. Incroyable... Il me les tend.

— Ou alors, je peux te les souffler, se ravise-t-il. Voyons voir, je t'ai dit...

— Laisse, je l'ai. Donne-moi juste le temps...

Je me repasse la scène du film dans la tête.

— Bon, tu dis : « Je crois que tu veux une fiesta, bla-bla-bla », et je te réponds... « C'est quoi ton problème, hein? »

Je souris en me remémorant le dialogue entre les deux protagonistes.

— « Tu as eu droit aussi à un beau mariage, et puis ta femme t'a quitté? » je déclame sans grand entrain, histoire de jouer le jeu.

Si échanger quelques répliques suffit à sauver le projet, cela n'a rien de très compliqué, et il ne devrait pas y avoir de problème.

— Bingo, rétorque Shane en pointant un index dans ma direction.

C'est tout. C'était sa seule réplique.

Un ange passe.

Je n'arrive pas à me rappeler la suite, troublée par l'étrange expression qu'il arbore.

Impossible de la déchiffrer.

Un tic agite ses lèvres.

Je repense à ce que je viens de dire. « Et puis ta femme t'a quitté? »

Oh. Dans le film, la fiancée de Kevin Doyle l'a laissé en plan à l'église. Cela signifierait-il que Shane...

— Oh! Shane, je suis... Je croyais que nous ne faisions que réciter le texte. Je ne voulais pas...

Les coins de sa bouche se retroussent. *Le fourbe.*

— Tu te fiches de moi?

Devant son air amusé, j'attrape le gros coussin de voyage pour bébé qui n'en est pas un et lui en assène un coup.

— Aïe, hé! c'est plus dur qu'il n'y paraît.

Il rit en battant en retraite, au cas où il me prendrait l'envie de recommencer.

Ce que je ne manque pas de faire.

Bim! Sur la tête. Puis mon arme calée sous le bras, je reprends mon tour du présentoir, comme si de rien n'était. Il a de la chance qu'il ne s'agisse que de répliques de film, parce que dire que je n'étais intéressée que par la fiesta et non par le mariage aurait été plus que déplacé. La vie de couple m'importe plus que tout, bien sûr. Toutefois, il n'y a aucun mal à vouloir la grande cérémonie et la fête qui vont avec! Ce que je laisserais volontiers de côté, en revanche, c'est cette veilleuse en forme d'hippopotame.

Je la repose et entreprends d'étudier un journal de grossesse de plus près. La couverture en tissu est de couleur crème, et un joli ruban vert fait office de fermoir.

— Tu devrais l'offrir à ta belle-sœur, déclare Shane.

— Je ne sais pas trop, dis-je en le reposant. Je suis à peu près sûre qu'elle le détesterait, ce n'est pas trop son genre.

— Non, c'est le tien. Et c'est pour cette raison qu'elle devrait l'aimer.

Avec un hochement de tête entendu, il passe au présentoir suivant, et le concert de bips reprend.

Je jette un coup d'œil à ce qu'il est en train d'ajouter et soupire. Je reviendrai demain avec Ellie pour remettre la liste en ordre. Et j'appellerai Ren pour lui dire que j'ai ajouté quelques articles à des prix raisonnables. Mais seulement une fois que j'aurai traité le problème. Mon regard se pose de nouveau sur le journal. C'est vrai qu'il me plaît.

Je sens que l'on m'arrache le coussin en arc de cercle de sous le bras.

— Hé!

Je pousse un cri de douleur. En effet, il est plus dur qu'il n'en a l'air.

Du coin de l'œil, j'avise une employée du magasin. Elle nous a vus.

Shane recommence à faire tournoyer le traversin. Je fais un pas de côté, esquive... Je le réprimande à voix basse :

— Shane!

Génial, voilà la dame.

— Excusez-moi, nous apostrophe-t-elle en hâtant le pas. Ce n'est pas l'endroit pour cela. Monsieur? Monsieur!

— Toutes nos excuses! s'esclaffe Shane, non sans me redonner un petit coup de polochon au passage.

Celui-ci fait mouche.

Quel gamin, c'est dingue!

— Monsieur, je ne peux pas vous laisser...

— Pardon! C'était le dernier. Nous avons terminé. Il ne nous reste qu'à payer...

Du bout du coussin, il désigne le journal que je tiens à la main, puis il rend les deux lecteurs de code-barres à la vendeuse.

Prenant la direction de la caisse, je lui demande s'il compte acheter le traversin.

— Pourquoi? Je ne devrais pas?

J'espère qu'il plaisante. Il s'arrête devant un présentoir, sur lequel trône une boule à neige plaquée argent abritant une voiture de course.

Je ne vais tout de même pas le laisser acheter un

coussin d'allaitement! Tandis qu'il fait tournoyer les paillettes de plastique blanc autour de la piste miniature, j'essaie de lui arracher le traversin.

Surpris, il sursaute.

La boule lui échappe des mains. *Eh merde!* Nous tentons tous les deux de la rattraper. Comme une patate chaude, elle rebondit de ses mains dans les miennes. Enfin, Shane la recueille au creux de son coude, comme un ballon de football. Seulement, au même moment, je la retiens du bout des doigts et me retrouve la main coincée contre son torse.

L'espace d'un instant, nous sommes figés ainsi, pliés en deux, emmêlés l'un contre l'autre.

Je perçois la chaleur de son corps. Le parfum de sa peau envahit mes sens. Ses iris mouchetés d'or en fusion me captivent, et, tout comme celui de la boule à neige, mon petit univers est bouleversé.

La même vendeuse nous réprimande avec un soupir d'agacement.

— Je vais devoir vous demander de sortir, maintenant.

Shane et moi avons beau nous redresser lentement, je ressens comme une pointe de vertige. Le lasso de la culpabilité a tôt fait d'emprisonner cette émotion inattendue. *Mais pourquoi me sentir si coupable?* Je n'ai rien fait de mal.

Shane brandit la boule d'un air triomphant et la montre à l'employée.

— Vous voyez? Même pas une égratignure.

Alors qu'il se retourne pour la reposer sur l'étagère, son coude cogne dans un ours en cristal. Comme au ralenti, l'objet va s'écraser sur le sol dans un grand bruit de verre.

Sans même ciller, la vendeuse nous demande :

— En espèce ou par carte?

Arrêtée au feu, je consulte mon téléphone. Trois appels en absence. L'un de ma mère, les deux autres de Bradley. Après avoir tapé mon code, j'attends patiemment que la voix de synthèse termine de réciter le numéro et l'heure du coup de fil dans mon haut-parleur Bluetooth.

« Salut, mon ange... »

Bradley semble inquiet.

« Il est presque 18 h 30, et je suis à la salle de sport. »

Eh merde, quelle idiote !

« J'aurais apprécié que tu me préviennes si tu avais du retard. Je... bon, je t'attends encore dix minutes devant la salle et, si tu n'arrives pas, je commencerai sans toi. Appelle-moi quand tu auras ce message. »

Un klaxon retentit derrière moi. C'est vert.

— C'est bon, c'est bon : j'y vais ! je grommelle avec un signe de la main.

J'avais complètement oublié notre session de sport. Comment est-ce arrivé ? Nous sommes mercredi. Nous nous entraînons toujours ensemble les mercredis et jeudis. Je jette un coup d'œil à l'horloge du tableau de bord. Déjà 19 h 30 ? Depuis la console du volant, je supprime le message et écoute le suivant.

« Chérie, où es-tu passée ? »

Cette fois, il est réellement anxieux. J'ai honte...

« J'ai contacté Clive. Il m'a dit que tu étais partie tôt et que tu devais rencontrer Shane Bennett. Ça ne te ressemble pas. Appelle-moi. »

Je supprime et passe au troisième.

« Bonjour, Kensington. C'est moi, maman. »

Je sais, maman...

« Je ne comprends pas pourquoi tu m'as raccroché au nez. Je t'avais pourtant dit que je reviendrais à toi une fois que j'aurais répondu à mon autre appel. »

— C'est *toi* qui as raccroché, maman, je soupire en m'engageant dans ma rue.

Maintenant que je sais qu'elle ne m'a jamais transmis

les messages de Shane, ce n'est pourtant pas l'envie de lui raccrocher au nez qui me manque.

« Je t'appelais pour te parler de notre réunion familiale. De toute façon, j'ai envoyé le mail, alors j'imagine que tu es au courant. Je voulais surtout m'assurer que tu ne prendrais pas le sac à langer pour Ren, parce que c'est ce que... »

Elle cause, elle cause. Elle n'a pas tout à fait saisi le concept de « message ». Cela dit, ce n'est pas si différent d'une discussion de vive voix avec elle.

« C'est un Gucci, et il est sensationnel. Très Ren. Elle va l'adorer... »

Un *bip*, et puis plus rien. Il n'y avait plus de place sur le répondeur. Elle a probablement continué de monologuer.

Elle lui a pris un sac Gucci ? Un sac *à langer* Gucci ? Tandis que je pénètre dans la résidence, je remarque la BMW de Bradley, garée devant l'immeuble.

Flûte !

Bradley est assis sur le canapé, la télé allumée. Quand j'entre, il a le téléphone à l'oreille.

— J'étais en train d'essayer de te joindre, déclaret-il en raccrochant. Que s'est-il passé ? Tout va bien ?

Il est visiblement agité.

— Je suis vraiment désolée.

Je pose mes affaires sur le plan de travail, et Bradley me rejoint côté cuisine.

— Je me suis inquiété de ne pas te voir à la salle. Clive m'a dit que tu avais rendez-vous avec Bennett ? me demande-t-il, la mâchoire crispée.

La véritable question est implicite.

— Hum, c'est ça... Nous avons passé en revue les films et scènes à utiliser dans les visuels. Oh ! et puis j'ai fait un saut chez Fossie pour acheter un cadeau à Ren, comme tu me l'as demandé. Tiens, regarde ! dis-je en ouvrant mon sac pour lui montrer le journal de grossesse que j'ai trouvé.

Il fronce les sourcils, l'air dubitatif.

— Avec Bennett?

— Non! Enfin, si, mais...

Mon rythme cardiaque s'affole. La culpabilité me noue le ventre.

— Shane voulait parler du projet. Il était au café du centre commercial pour un déjeuner d'affaires ou je ne sais quoi, donc nous nous sommes rejoints là-bas. J'ai fait d'une pierre deux coups, c'est tout.

Cela a beau être la vérité, la culpabilité me ronge toujours.

Ce qui est parfaitement ridicule, car je n'ai rien à me reprocher et aucune intention de faire quoi que ce soit de mal. J'ouvre le frigo et fais mine de fouiller pour laisser traîner un peu les choses. Si seulement j'avais pu me rappeler que c'était notre soirée sport... J'attrape la bouteille et me retourne enfin.

— J'aurais dû appeler, c'est vrai, toutefois, il a signé. Ce qui signifie que je vais devoir travailler avec lui...

D'une moue, je m'efforce de lui faire comprendre que je n'y peux rien.

— Oui, je sais..., grommelle-t-il en croisant les bras sur la poitrine. Ce qui ne me plaît pas, c'est que vous vous voyiez en dehors des heures de bureau. Ça me met mal à l'aise. Donc, bon... il ne faudra pas que ça se reproduise.

Ce n'est pas une suggestion.

Incapable de formuler une réponse quelconque, je croise alors son regard. Bleu. Pas une miette d'or à l'horizon. Mon estomac se noue. Il est jaloux. Peut-être est-ce parfaitement naturel. Comment réagirais-je si les rôles étaient inversés?

— Tu as raison, excuse-moi.

Il se décrispe. Son expression un peu radoucie, il me soulève le menton pour me déposer un doux baiser sur les lèvres.

— Tu veux un peu de vin ?

Il est déjà en train de se verser un verre.

— Euh, pourquoi pas ? Je vais me changer et je reviens.

Même en tenue décontractée, Bradley est extrêmement bel homme. Avec ses cheveux blonds coupés court et son rasage impeccable, il est toujours d'une élégance irréprochable. Je réprime un petit rire. Bradley ressemble beaucoup à George, le patron de Jane dans *27 robes*. Il est la perfection incarnée. Quant à Shane ? Il se rapproche bien plus d'un Kevin Doyle. Même coiffure, ombre de barbe et accent britannique en plus.

Ren est Tess, toujours à voler la vedette à tout le monde. Tonya serait l'amie de Jane. Comment s'appelle-t-elle, déjà ? Je sais que l'actrice est Judy Greer, mais le nom du personnage est-il cité ? Je ne crois pas.

Ce parallèle me fait l'effet d'un coup de poing au ventre. *Serais-je comme Jane ?* Trop gentille pour dire non, sans arrêt à se mettre en quatre pour faire plaisir aux gens autour d'elle. Non, ce n'est pas moi. Je sais dire non.

— Que fais-tu, mon ange ?

Ce que je fais ? Je refais le casting de *27 robes*.

— J'arrive tout de suite ! je lui réponds depuis l'autre bout du couloir en enfilant mon pantalon de jogging.

Lorsque je reviens au salon, Bradley est de retour devant la télé. Alors que je me blottis contre lui, il se penche pour m'embrasser. Ses lèvres sont chaudes et répondent parfaitement aux miennes. Je m'écarte, aux anges. *Il est bel et bien mon George.*

Me plantant un dernier petit baiser sur la bouche, il déclare :

— Et si nous avancions le mariage ?

Je tombe des nues.

— Quoi ?

— Avançons notre mariage ! Puisque ton poste n'est plus en danger, pourquoi attendre ? Le bébé de Grayson et Ren est prévu pour le printemps, alors nous pourrions profiter des mois prochains pour nous marier, comme ça aucun événement n'empiète sur l'autre.

Immédiatement, je vois rouge et me raidis.

— Pourquoi devrions-nous tout planifier autour de la grossesse de Ren ?

— Ce n'est pas du tout ça, grogne Bradley, agacé. Il s'agit simplement de nous assurer que cette journée soit la tienne. D'accord ? Aucune interférence, conclut-il en me déposant un baiser sur le nez.

— Et pas le temps d'organiser les choses convenablement non plus.

Je me dégage de ses bras et m'affale contre le dossier du canapé. Je ne veux pas attendre trop longtemps, mais je n'ai pas envie de me précipiter pour autant. Et un mariage d'hiver ne me tente vraiment pas.

— Comment veux-tu que nous nous en sortions ? Tu ne te rends...

— Nous engagerons des organisateurs de mariage !

Tout excité, il fait de grands gestes en m'exposant son idée.

— S'il te plaît, réfléchis-y. Je t'aime, Kenz, et j'ai trop hâte pour attendre plus longtemps. Pas toi ?

— Si, mais...

Mon esprit tourne à cent à l'heure. Il y a tant à faire !

— Nous n'y arriverons jamais.

J'ai hâte de me marier, mais je veux faire ça bien.

— Nous pourrions peut-être en discuter ce week-end avec maman et lui demander ce qu'elle en dit.

Un goût aigre m'envahit la bouche. Je sais déjà ce qu'elle en pensera : si cela arrange Ren, elle sera forcément pour.

— J'ai failli oublier. Je monte dans le Michigan ce week-end pour un match à Lansing. Places en loge. Je n'ai pas le choix, c'est un client qui m'invite. Par contre, poursuit-il en me caressant la joue, je t'ai eu des billets pour un concert de l'orchestre philharmonique. Vas-y avec Ellie ou ta mère. Vous pourrez parler dates de mariage.

Je hausse les épaules avec un petit sourire triste.

— Si tu veux...

Le mariage d'une femme est le jour le plus important de sa vie. Je n'ai vraiment pas envie de faire cela par-dessus la jambe. J'espère qu'il l'a compris, au moins...

Argh! Je suis bel et bien Jane. J'aurais dû refuser, dire non. Ce n'était pas compliqué. La panique m'envahit. Rien d'étonnant, non ? Surtout avec le retour de Shane et son idée de liste de scènes de cinéma... oh, tiens, un film ! Je bondis hors du canapé, requinquée.

— Et si on regardait un film ? Que dirais-tu de *27 robes*, par exemple ?

Je farfouille à la recherche du DVD.

— Pourquoi pas *Jason Bourne 2*, plutôt ? Ou *Die Ha*... ?

— *Non* ! Allez, je te promets que tu vas l'aimer, celui-là. Et je vais même faire du pop-corn.

Voilà. Je suis capable de dire « non », la preuve ! Cette soirée promet d'être super. Nous allons créer nos propres souvenirs cinématographiques. Car j'ai déjà mon happy end, n'est-ce pas ?

6

En loques, mode d'emploi

Avec le développement des réseaux sociaux, le monde du marketing a radicalement changé. Cela signifie moins de graphistes et davantage de programmeurs. A une époque, avant mon arrivée à l'agence, Clive employait plus d'une vingtaine de graphistes. Aujourd'hui, nous sommes moitié moins, pour la même charge de travail.

En observant mon équipe, je constate effectivement que personne ne se tourne les pouces. Le planning confirme : nous sommes surbookés. Comment pouvons-nous avoir des ennuis financiers ? J'aurais deux autres petits projets à attribuer, néanmoins tout le monde est occupé. Je rédige un court mail pour demander si quelqu'un se sent de prendre en charge ce surplus de travail, puis pose la tête au creux de mes mains.

Cette histoire est louche. Les projets pleuvent. J'aurais même du travail pour un graphiste supplémentaire. Où file tout cet argent ?

Jetant un coup d'œil sur Facebook, je constate que Ren monopolise mon fil d'actualité par ses bavardages constants à propos de sa grossesse. « Du bleu ou du rose pour bébé Shaw ? » Foursquare indique qu'elle se trouve actuellement chez le gynécologue-obstétricien du Carmel Hospital — avec ma mère, si l'on en croit le tag.

Quelle surprise !

Je commente en lui souhaitant bonne chance, même si j'en aurais sans doute plus besoin qu'elle. Il va falloir que je l'appelle à propos de sa liste de naissance. Mais d'abord, je dois réparer mes bêtises. Puis me remettre au travail. Avoir décroché le contrat ne signifie pas que le plus dur est fait.

Ellie et moi sommes assises à une table du petit resto italien du centre commercial. J'ai l'impression de passer ma vie ici. Non seulement les boutiques y sont fabuleuses, mais on y trouve aussi bien de grands restaurants que des snacks modestes. En d'autres termes, de quoi foutre en l'air tous les régimes du monde.

Nous nous partageons un plateau de dégustation des spécialités de la maison, composé de trois types de pâtes différents : spaghettis, raviolis et fettucines. Une corbeille de pain vient compléter cette fête du glucide.

— Bon, je t'ai raconté toute l'histoire avec Shane, n'est-ce pas.

La fourchette dans la bouche, Ellie acquiesce.

Je baisse la voix et adopte un ton menaçant.

— Si tu racontes quoi que ce soit, ne serait-ce que le plus minuscule détail...

Je me penche par-dessus la table pour ajouter à la dimension dramatique de la conversation.

— ... je dirai à tout le bureau que les seins sur la photocopie affichée dans la salle de pause sont les tiens.

Ellie cesse de mâcher, abasourdie.

— Tu n'oserais pas.

— Oh que si ! Je ne ris vraiment pas.

Après une gorgée de thé, je m'éclaircis la voix et reprends :

— Bien. Tu te rappelles que c'est Tonya qui m'a avertie que Shane me trompait, à l'université ? Figure-toi qu'il ne s'agissait en réalité que de quelques baisers alors qu'il était bourré, et que c'était avec Tonya elle-même.

La mâchoire de ma collègue manque de se décrocher. Elle se plaque les deux mains sur la bouche.

Je hoche la tête, laissant la révélation-choc faire son effet.

— Mais attends : ce n'est pas tout.

Les mots sont douloureux et peinent à sortir...

— Shane a appelé chez mes parents le week-end où je suis rentrée chez eux. C'est *ma mère* qui lui a dit de laisser tomber. De *me* laisser tomber.

Ellie ouvre de grands yeux ahuris.

Je lui raconte comment je suis parvenue à obtenir de Shane qu'il signe le contrat, puis lui parle de la liste. Je lui tends mon téléphone portable afin qu'elle juge par elle-même.

Elle lit les titres à mi-voix.

1. *Nuits blanches à Seattle*
2. *Pretty Woman*
3. *Le Journal de Bridget Jones*
4. ~~*27 robes*~~
5. *Dirty Dancing*
6. *16 bougies pour Sam*
7. *Love Actually*
8. *Un monde pour nous*
9. *Vous avez un message*
10. *Le Mariage de mon meilleur ami*

Je scrute sa réaction, le ventre serré. D'une certaine manière, partager tout cela rend la chose... comment dire... plus réelle? Sans doute *trop*.

Les yeux comme des soucoupes, Ellie retrouve la parole.

— Ce type est incroyable. Tu me le prêtes?

Avec un gloussement, elle se penche de nouveau sur la liste, puis me jette un regard soupçonneux.

— *27 robes* est barré. Qu'est-ce que vous avez fait hier? Bradley est au courant, au moins?

Mon cœur cesse un instant de battre. J'aurais mieux fait de me taire. Je minimise les événements en déclarant que nous n'avons fait qu'enregistrer quelques objets supplémentaires sur la liste de naissance de Ren.

— Ce n'était rien, vraiment. Un petit échange de répliques dans un contexte similaire à celui du film, histoire d'en tirer un peu d'inspiration pour la refonte du projet. Par contre, je préférerais que cela reste entre nous. La situation est assez bizarre comme ça, tu comprends.

Je pensais me sentir soulagée, hélas, ce n'est pas le cas. Loin de là, même. Ce foutu sentiment de culpabilité aura ma peau. Même les calories ingérées lors de ce déjeuner ne m'apportent aucun réconfort.

Changeons de sujet :

— En parlant de choses bizarres... tu as remarqué une baisse dans ta charge de travail? J'ai ouï dire que l'agence était dans une assez mauvaise passe.

Ellie fronce le nez.

— Non. Pas du tout. En fait, j'ai plutôt l'impression de crouler sous les projets. Je suis en train de prendre du retard. D'où tiens-tu cela?

— Je suis sûre que ce n'est rien, mais...

Piochant à mon tour dans les pâtes — *mince, ce qu'elles sont bonnes!* —, je lui fais part de tout ce que je sais. Puisque nous travaillons ensemble, cela n'est pas considéré comme une violation de la clause de confidentialité.

Ellie m'écoute, les yeux écarquillés, la fourchette suspendue à mi-chemin entre son assiette et sa bouche. Flûte. Je n'avais aucune intention de lui faire peur. Je voulais simplement son avis concernant Clive : ses menaces de licenciement, son discours au sujet de nos prétendues difficultés financières alors que nous sommes de toute évidence surchargés de travail, et son exhortation à faire *n'importe quoi* pour obtenir la signature de Shane.

Je termine sur un sourire qui se veut rassurant.

— Je ne sais pas... Peut-être Clive faisait-il seulement du cinéma.

— Il faut avouer qu'il est très théâtral, admet-elle.

— Bon. Puisque nous avons un tas de boulot, il n'y a pas à s'en faire !

En théorie, du moins.

Shane est arrivé à l'agence il y a dix minutes, et Clive l'a installé dans la salle de conférences. Notre cher client a exigé de rencontrer toute l'équipe responsable du projet. Je ne comprends pas pourquoi, je n'ai encore rien dessiné. J'ai la boule au ventre. La porte est fermée, les stores baissés.

Je frappe ? Mieux vaut que je frappe.

Je cogne discrètement au battant et m'apprête à ouvrir la porte, quand Tonya et Bradley font leur apparition dans le couloir. Je lâche la poignée et les salue avec un faible sourire.

— Bonjour, mon ange. Tout va bien ?

— Hein ? Oui, oui. Bien sûr.

Pourquoi cette question ? Ai-je l'air d'avoir fait quelque chose de répréhensible ? En tout cas, je n'arrive pas à me débarrasser de cette impression.

Tonya me passe devant et ouvre la porte avec un air moqueur.

— Interdiction de boire, cette fois !

Levant les yeux au ciel, je tourne les talons en leur lançant que je reviens tout de suite. Avisant Ellie au bout du couloir, je lui fais signe de me rejoindre.

— Je t'engage. A partir de maintenant, tu travailles sur le projet *Carriage House*. Je t'expliquerai plus tard. Viens.

Aussitôt, je l'entraîne vivement jusqu'à la salle de réunion.

— Kenz, à quoi tu joues ? s'inquiète-t-elle.

— Chut ! Plus tard !

C'est tout juste si je ne la pousse pas à l'intérieur.

Tonya se tourne vers Bradley.

— Ellie n'est pas sur ce projet !

— C'est moi qui lui ai demandé de venir, dis-je en lui tirant une chaise à l'avant de la table. J'ai pensé qu'il nous fallait le regard d'une femme en ce qui concerne les fonctionnalités.

Ce n'est pas un argument en l'air. Tous les autres programmeurs du projet sont des hommes !

En vérité, j'ai surtout besoin d'une opinion extérieure, d'un œil critique pour m'aider à y voir clair et à démêler le problème. Si tant est qu'il y ait un problème... Peut-être ai-je simplement besoin d'une présence, de quelqu'un pour me ramener à la raison quand je péterai un plomb et déciderai de mettre mon poing dans la figure de Tonya.

Shane met son téléphone en veille et le range dans sa poche.

— Très bien, bienvenue, dit-il à Ellie.

Celle-ci lui rend son sourire avec un gloussement. Shane me regarde, visiblement déconcerté. J'essaie de lui faire comprendre que je n'ai aucune idée de ce qui est passé par la tête de ma collègue, malheureusement, je ne suis pas sûre de contrôler ce que fait mon visage.

— Dans ce cas, il ne manque plus que Clive, déclare-t-il sans me quitter des yeux.

Je détourne le regard, le rouge aux joues, et m'aperçois que Bradley nous surveille. L'attention d'Ellie est accaparée par Shane, tandis que Tonya ne se préoccupe que de sa bouteille d'eau. A noter que Shane et elle ne s'adressent pas un regard. Cela mérite d'être signalé.

— Ah, ça fait du bien, ironise Tonya après avoir terminé sa gorgée d'eau et feint de s'étrangler.

— C'est nouveau ? je lui demande à voix basse en remarquant la tenue qu'elle porte aujourd'hui.

Je ne l'avais encore jamais vue avec. Elle n'a pas l'air donnée.

Fronçant les sourcils, elle fait mine de ne pas comprendre à quoi je fais référence. Peu importe, elle a saisi l'allusion. Des pieds à la tête, tout est neuf. Les commerciaux sont rémunérés à la commission. Elle ne ferait pas les boutiques si l'argent ne rentrait pas.

— Alors, alors, annonce Clive en faisant son entrée dans la pièce. Dites-nous ce que vous avez en tête, monsieur Bennett.

Les panneaux installés sur le rebord du grand tableau sont couverts. Je joue nerveusement avec ma bague de fiançailles en attendant que Clive prenne place. Il commence par fermer la porte derrière lui, puis s'assoit sur le rebord de la table de conférence. Bien sûr, les sièges, très peu pour lui. Je reporte mon attention sur Shane tandits qu'il dévoile les panneaux de présentation un à un.

— Bien, je ne serai pas long. J'ai fait imprimer quelques œuvres qui selon moi correspondent à ce que nous recherchons. Ce n'est pas le graphisme que je vous demanderai d'étudier, mais l'esprit de ces toiles et les réactions qu'elles provoquent.

La panique. Voilà ce qu'elles provoquent.

Ces trois toiles sont de moi.

Je n'en reviens pas. Il a imprimé des copies de trois tableaux réalisés à l'université, ceux que j'ai postés dans ma galerie de photos sur Facebook. Mes yeux vont et viennent entre lui et les reproductions. Un petit sourire entendu flotte sur ses lèvres.

Deux de ces illustrations représentent des couples crayonnés aux coloris contrastés. La troisième est un portrait en gros plan. Je ne sais pas comment je dois réagir. Bientôt suivi du reste de l'équipe, Clive se lève pour les inspecter de plus près. Shane explique qu'il s'agit d'impressions de copies trouvées sur Internet, et que la qualité de l'image laisse par conséquent à désirer. *Et s'ils trouvaient que ce sont les toiles qui laissent à désirer ?*

Je suis en train de vivre mon pire cauchemar. Me voilà complètement à nu.

Shane fait mine de parcourir la salle du regard.

— Si seulement l'artiste le voulait bien...

Non, non, non, non...

— ... elle pourrait peut-être même vous présenter les originaux.

Suivant son regard, tout le monde se tourne vers moi.

Hum... chiotte ?

Bradley me décoche un regard interloqué.

— Ces toiles ne sont pas le travail de Kenzi !

Je hausse les épaules.

— Si. Elles datent de l'université. Je les ai laissées chez mes parents.

Ce que je ne précise pas, c'est qu'elles sont planquées sous ma boîte étiquetée « Kensington ».

— Je ne les ai jamais vues.

La lueur qui anime ses prunelles me rappelle son ton de la veille.

— Oh... elles sont dans mon album Facebook.

Aussitôt, je regrette ma réponse. Maintenant, il va falloir que je lui explique comment Shane y a eu accès.

Pour ma défense, je n'ai jamais eu l'intention de le conserver parmi mes contacts... Bradley, lui, n'est pas inscrit sur Facebook, seulement LinkedIn, afin de se créer des réseaux.

Je me raidis. Shane essaie-t-il de semer la zizanie dans mon couple ? Est-ce pour cette seule raison qu'il est reparu dans ma vie ?

— Le dessin est simple, mais provoque une vive émotion dans le cœur du spectateur, déclare Shane, plein d'enthousiasme. Il suffit d'un regard pour ressentir ce qui a pu inspirer l'image.

Désignant le premier couple enlacé sur un fond de paysage urbain stylisé, il conclut :

— L'amour...

Mon cœur se serre. Shane ne sait pas quand ni pourquoi j'ai peint ces toiles. Cependant, c'est *nous* qu'elles représentent. Enfin, pas littéralement. Plutôt l'*idée* de nous, insufflée dans ce couple par mes coups de pinceau.

Passant au suivant — un couple se promenant dans un parc, main dans la main —, il poursuit :

— Le romantisme... Quant à celle-ci...

Tonya fait la grimace.

— Sans vouloir te vexer, Kenz, tu as peint celle-là dans le noir ?

Il s'agit d'expressionnisme abstrait. L'inversion des couleurs est volontaire, tout comme la technique d'application à grands coups de pinceau. C'est la juxtaposition de teintes opposées qui crée la dynamique du portrait. La fille n'était qu'un modèle parmi d'autres durant un cours, mais son regard mélancolique m'avait captivée. Il ne m'a d'ailleurs plus quittée depuis.

— C'est précisément ce qui me parle, Tonya. Imaginez ce mélange de couleurs et de réalisme sous la forme de fresques dans le hall d'accueil.

Je redresse la tête. Mon travail, sous forme de fresques murales ?

— J'ai acquis les droits d'utilisation pour les images des films et je voudrais les combiner en une fresque de ce style à la fois pour le web, notre documentation commerciale et la salle de cinéma.

Son regard finit par s'arrêter sur le mien.

— C'est ce que je souhaite voir dans les propositions de concept.

— Je vois, cela ne devrait pas poser de problème. Kenzi peut commencer à s'en charger dès maintenant, décrète Clive. Parfait. Droit au but, productif... si seulement tous mes meetings pouvaient être expédiés aussi rapidement !

Il se lève, très vite imité par tout le monde, et un brouhaha de bavardages s'élève dans la salle. Tandis que Shane tire son téléphone de sa poche pour prendre un appel, Ellie se faufile à mes côtés.

— C'est vraiment toi qui as peint tout ça ?

Elle semble admirative.

Même Bradley continue à détailler mes œuvres.

Cela n'a rien à voir avec un album Facebook. Je n'ai nulle part où me cacher. Je suis à découvert. C'est moi qui suis exposée là, à l'état brut, percée à jour. J'inspire profondément et retiens mon souffle, dans l'espoir de refouler mes larmes. Je suis submergée par l'émotion. On me voit...

Je jette un rapide regard du côté de Shane. Depuis l'autre bout de la pièce, il m'observe, téléphone à l'oreille, l'air fier de lui.

— Oh ! j'ai failli oublier, lance Tonya à l'assemblée. Vendredi soir, nous organisons une petite fête en l'honneur des fiançailles de Bradley et Kenzi. Je vous enverrai un mail.

Qu'est-ce qu'elle raconte ?

Elle remarque mon air éberlué.

— C'était censé être une surprise mais, quand Bradley m'a prévenue que vous avanciez le mariage, je me suis trouvée à court de temps. En tout cas, je me demande vraiment comment vous comptez planifier un mariage en six semaines ! lâche-t-elle avec dédain.

Pardon ?

— Six semaines ? Mince, alors ! Pourquoi ne m'as-tu rien dit ? s'extasie Ellie.

Euh, peut-être parce que je n'étais pas au courant ? J'ai soudain l'impression d'être transportée dans *La Proposition*, au moment où le personnage de Sandra Bullock annonce qu'elle et son assistant se sont fiancés, alors qu'il n'en est rien.

A ceci près que Bradley et moi le sommes bel et bien, fiancés.

Mais jamais il n'a été question de se marier dans six semaines. J'interroge sévèrement l'intéressé du regard.

Clive lui offre déjà une poignée de main en guise de félicitations.

— Merci, répond Bradley. Il est vrai que c'est un peu précipité, mais...

— Ah, « précipité », c'est peu dire ! se gausse mon patron en coulant un regard amusé vers mon ventre.

Les autres ne tardent pas à l'imiter.

Hein ? Quoi ?

Le voici enfin, mon moment. Par contre, il est tout sauf plaisant. Je jette un coup d'œil à Shane, de l'autre côté de la salle de réunion. Il est toujours planté devant mes toiles de jeunesse. Il a brusquement mis fin à sa communication et me fixe intensément. Me voilà complètement déstabilisée. Mortifiée.

Mais certainement pas enceinte !

Trop tard, le doute est installé. Les regards convergent.

Je rentre le ventre.

Dorénavant, je ne sortirai plus sans une culotte sculptante. Voire deux l'une sur l'autre. Ou carrément une combinaison modelante intégrale.

Non seulement je ne vais avoir ni le temps ni le budget

pour le mariage de mes rêves, mais il sera éternellement terni. Car, dès que nous serons mari et femme, j'entends bien tomber enceinte — ce qui ne manquera pas de conforter les gens dans l'idée que je l'étais déjà avant de prononcer mes vœux.

Je repense au *Mariage de mon meilleur ami*, juste avant qu'ils passent sous le pont, en bateau. Michael dit : « On se lance dans le mariage, et ensuite... on est emporté par son élan et on oublie qu'on l'a choisi. »

J'ai certes fait le choix d'épouser Bradley. Toutefois je n'ai jamais signé pour des fiançailles de six semaines. Pas plus que je ne voulais que tout le monde me croie en cloque.

Ça, c'est un tout autre film.

Je ne suis pas du tout d'accord... La colère me gagne. A quoi joue Bradley ? Si je pouvais attraper une chaise et la lui aplatir sur la tête, je le ferais. Nous n'avons encore discuté de *rien* en détail.

Clive me claque des doigts sous le nez. Puis deux fois encore, plus vivement.

— Hééé ho ! vous m'entendez, Kenzi ?

— Mmm, pardon ?

— La sortie annuelle en compagnie de nos clients au *River Paintball* est prévue pour mardi prochain, après le travail. Assurez-vous d'être *tirée* à quatre épingles, me dit-il, riant à sa propre plaisanterie. D'autant plus que vous ne pourrez pas participer, en raison du...

D'un œil entendu, il porte de nouveau son attention sur mon abdomen.

— Clive, je ne suis pas...

Désignant mon ventre avec des gestes frénétiques, je secoue la tête, cherchant vainement le soutien de mon fiancé.

— Ah, bien sûr, bien sûr..., rétorque mon patron, goguenard, avant de reprendre sa discussion avec Bradley.

Ce dernier ne bronche pas, à croire qu'il n'a pas saisi

l'allusion. Mon regard se porte sur Tonya et Shane, au fond de la pièce. En plein conciliabule, ils jettent coup d'œil sur coup d'œil dans ma direction.

J'ai compris. Avec un regard noir à Bradley, je prends la porte.

Une sortie digne de *Just Married (ou presque)*.

7

Pretty Paumée

Assise sur un banc du centre commercial, je regarde les gens déambuler. A travers le toit en verre de l'atrium, un rayon de soleil vient me caresser le visage. Cette légère sensation de chaleur est délicieuse. Mon téléphone n'arrête pas de sonner. D'abord Bradley, puis Ellie, et maintenant maman. Je réponds avec un soupir. Que dire ? J'aime me faire du mal.

— Bonjour, maman.

— Salut, Kenzi. En réalité, c'est tante Greta. J'ai emprunté le téléphone de ta mère.

Dieu soit loué !

— Elle et moi déjeunons avec Ren. Ça papote bébé, et elle voulait que je t'appelle pour vérifier que tu as bien reçu son message concernant la petite sauterie combinée qu'elle vous a concoctée.

Eh mince ! Il faut que je m'occupe de la liste de naissance ! Le téléphone calé entre l'épaule et l'oreille, je me lève d'un bond et file en direction de chez Fossie.

— Ah, oui. J'ai eu une partie du message. Elle a continué de parler après que ça a coupé.

Greta éclate de rire.

— Ça ne m'étonne pas d'elle... Dis-moi, que se passe-t-il ? Ça n'a pas l'air d'aller.

Pas du tout.

Je me racle un peu la gorge, surprise qu'elle l'ait si vite perçu.

— Un simple problème avec un client.

— Comment cela ? Quel client ?

— Eh bien... il s'agit de, euh... de Shane Bennett.

— Shane ? *Le* Shane Bennett ?

Prise d'un vertige soudain, je me fige net.

— Lui-même. Il est de retour. C'est très compliqué.

— Oui, en effet. Je comprends. Bradley est au courant de votre passé commun ?

Par où je commence ? Afin de ne pas gêner le flot des passants, je me rapproche du mur pour me tamponner les yeux.

— Kenzi ?

— Oui, Bradley est au courant. Cela ne lui plaît pas beaucoup, mais nous avons besoin de ce contrat. Oh ! et il compte avancer le mariage à la période de Noël. *Ce* Noël. C'est-à-dire dans six semaines.

Quelques larmes s'échappent et me roulent sur les joues.

— Il vient de l'annoncer à tous nos collègues de bureau.

Ma voix déraille, je bute sur les mots.

— On dirait qu'il est jaloux. Ne t'en fais pas. Si tu préfères attendre un peu, il suffit de le lui dire.

J'entends ma mère qui l'appelle dans le fond.

— Kenzi, ne laisse jamais les autres décider pour toi, poursuit tante Greta. Ta mère voit rarement ce que je fais d'un bon œil, et peut-être n'est-elle pas toujours d'accord ou du moins ne comprend-elle pas tous tes choix, mais ces décisions n'appartiennent qu'à toi, compris ?

— En théorie..., je marmonne.

Pas sûre qu'elle m'ait entendue.

— Pardonne ma curiosité, mais comment Shane a-t-il vieilli ?

Mon silence est plus éloquent que n'importe quelle réponse.

— C'est bien ce que je pensais, lâche Greta en riant. Bon, la duchesse me fait mander. Je suppose que notre table est prête. N'hésite pas à m'appeler si besoin, d'accord ? Et accorde-toi la permission de réfléchir à ce que tu veux réellement. *Je t'en supplie.* Je t'aime fort, ma jolie.

— Moi aussi, je t'aime. Et merci du conseil, dis-je avant de raccrocher.

Ce qu'il y a de sûr, c'est que Bradley va m'entendre à propos de cette histoire de mariage hâtif. Le problème, c'est que je me retrouve à lui dire que je préférerais attendre ! Comment lui expliquer ce revirement ? Il y a quelques jours encore, je lui faisais toute une histoire à l'idée de repousser l'événement. Et, à présent qu'il souhaite avancer la date, ça ne me convient pas non plus ?

Seulement, il est impossible d'organiser un mariage de rêve en six semaines... Même dans les films, ils n'en sont pas capables.

Dans *Meilleures Ennemies*, Liv et Emma paniquent de n'avoir que trois mois et demi pour préparer leur mariage. Dans *Un mariage trop parfait*, Mary est stressée de devoir organiser celui de Steve et Francine en l'espace de trois mois. Et ce n'est que du cinéma ! Ma vie, elle, n'est pas une fiction.

Même si je m'imaginais plus ou moins que le jour de mon mariage serait digne d'un film.

Le lecteur de code-barres bipe au gré des objets que je déscanne et rescanne chez Fossie. Tout en remettant la liste de naissance de Ren en ordre, je parle à Bradley, le portable coincé entre l'épaule et l'oreille. Enfin, il parle, et je l'ignore de toutes mes forces.

Vu l'écho, il doit m'appeler de la voiture.

— Je te demande pardon, Kenzi... Très franchement, je ne pensais pas qu'avancer le mariage te poserait problème. Au contraire, je croyais que tu en serais ravie. Nous en avions discuté.

Je refoule ma colère et ravale la foule de paroles bien senties qui me viennent à l'esprit. Son idée a beau être ridicule, il ne pensait pas à mal.

— Bradley, nous avons parlé de l'avancer. Dans ma tête, il s'agissait de se marier dans quelques mois. Pas six semaines !

Je scanne la parure de bain la plus élégante, même si ma préférence va aux sorties de bain avec les minuscules oreilles d'animaux cousues à la capuche.

— C'est vrai, tu as raison. Je me suis peut-être un peu laissé emporter.

Bel euphémisme. Soulevant l'une des capes à oreilles, je souris. C'est tellement mignon ! Décidément, je ne peux plus m'arrêter d'ajouter des choses à cette liste...

Finalement, peut-être devrions-nous nous marier dans six semaines. Rien que tous les deux, dans l'intimité. Plus vite nous aurons officialisé notre union, plus vite nous pourrons commencer à essayer de faire un enfant. Peu importe ce qu'en pensent les gens. Ce n'est pas comme si maman me harcelait pour démarrer les préparatifs... J'aime autant penser à autre chose, car je sens de nouveau les larmes me monter aux yeux. Mon plus grand souhait est de tomber enceinte. Je veux m'y mettre dès que possible. Le problème, c'est que je tiens également à mon mariage parfait. Tout se bouscule, rien ne s'enchaîne comme prévu.

Est-ce vraiment les meilleurs moments de ma vie que je suis en train de vivre ?

Pas si on m'en empêche sans cesse...

— Mon ange ?

— C'est trop tôt. Il y a tant à faire ! Nous devons trouver le lieu où nous célébrerons le mariage, commander les invitations, trouver une robe, réserver une salle pour la soirée... Six semaines, ce n'est pas suffisant, Bradley. Je préfère que l'on reste sur l'idée d'un mariage au printemps.

Voilà, c'est dit. J'ai pris ma propre décision. Personne ne pourra dire que je suis comme Jane, de *27 robes*!

Pourquoi n'aurais-je pas droit à un grand et beau mariage? Il n'y a aucune raison que je me prive une fois de plus.

Un gros ours en peluche tout doux me fixe de ses prunelles en boutons brillants.

— Oui, pourquoi pas, on pourra en reparler. Ce soir, si tu veux? J'arrive chez tes parents, là. Je dois voir ton père pour le tenir au courant de son placement pub. Mais je passerai te voir après. J'espère que tu me pardonnes?

— Oui, OK, pas de problème.

Je raccroche et m'empare de l'ours. Couleur blanc et crème, il a vraiment l'air d'avoir besoin d'un câlin. A moins que ce ne soit moi? L'enveloppant de mes bras, je le serre contre mon cœur.

— Kensington...

Je lève la tête. Jean sombre, T-shirt à encolure en V. Cheveux en bataille et yeux mouchetés d'or. Chagrin passé et trouble présent.

— Comment as-tu su où... ?

— Ellie s'est dit que tu étais sans doute venue réparer...

Sans achever sa phrase, il désigne le scanneur de code-barres que je tiens à la main.

Super. Merci, Ellie-Belle... Je fais mine d'être absorbée par des objets que j'ai pourtant déjà passés en revue, mon ours sous le bras. Je ne suis pas encore prête à le lâcher.

— Tu as des enfants? A ta connaissance, du moins.

Cela sort plus sèchement que je n'aurais voulu.

— Excuse-moi, ce n'est pas ce que je...

— Non. Pas d'enfants.

Il approche, les pouces calés dans ses poches de pantalon.

Le divorce difficile de ses parents l'a marqué, et, à une époque, il pensait que la vie était déjà bien trop compliquée pour s'encombrer d'enfants.

— Si je me rappelle bien, tu n'en veux pas, c'est ça?

— Je n'ai jamais dit cela. Mais il ne me viendrait pas à l'idée d'en faire avec la première personne venue, c'est certain.

Il me croit enceinte. Je le vois à son regard. Avec une dernière petite caresse discrète, je repose l'ours derrière moi, dans un fauteuil à bascule.

— Excusez-moi! nous interpelle la vendeuse d'hier en hâtant le pas dans notre direction.

Elle agite les bras, espérant sans doute attirer notre attention. A son approche, Shane lève les mains comme pour se rendre.

Je m'efforce de la rassurer :

— Nous sortons. Tenez, dis-je en lui rendant le lecteur de code-barres. Tout est dans la boîte!

Elle nous regarde partir avec un soupir agacé, surveillant Shane de son œil réprobateur.

— J'ai prévu d'aller m'acheter une robe pour samedi soir, dis-je en quittant la section puériculture pour gagner l'escalator. J'emmène Ellie à la philharmonie, puisque Bradley ne sera pas là pour m'accompagner.

Du coin de l'œil, je l'observe un instant, avant de détourner le regard. Je n'aurais jamais dû lui dire cela, ça ne le regarde pas!

Shane baisse la voix.

— Kensington, dis-moi pourquoi tu as avancé le mariage? Six semaines, ce n'est... c'est vraiment court.

— Je n'attends pas d'enfant, Shane.

Le soulagement se lit sur son visage. Je crois. Oui, on dirait bien qu'il respire mieux.

Je ne lui laisse pas le temps de répondre.

— Et je n'ai rien avancé du tout. Je ne sais pas à quoi pensait Bradley. Il a évoqué l'idée hier soir quand j'ai loupé notre session de gym habituelle, mais...

Mon ventre se noue. J'ai l'impression de trahir Bradley en prononçant ces mots.

— Enfin bref, nous allons trouver une solution, je marmonne.

Nous descendons de l'escalator, et je me tourne vers lui.

— Bon, je vais y aller, dis-je en faisant un geste en direction du rayon femme.

— T'acheter une robe ?

— Voilà, alors...

Je balance gauchement la tête.

— Tu n'as quand même pas oublié que l'un des films sur notre liste comprend une célèbre scène de shopping, j'espère ? Donc, s'il te faut une nouvelle tenue...

Je fais la grimace.

— Oh ! je ne suis pas sûre que ce soit le moment. La journée a déjà été...

Shane soutient mon regard. Un sourire canaille au coin des lèvres, il semble m'inviter à céder à la tentation.

Sur mon téléphone, je retrouve le mail dans lequel figure la liste qu'il a intitulée « L'Amour comme au cinéma ». La seule vue des noms sur cette liste me chamboule. Soudain, mon cœur frémit. Je lève les yeux.

— *Pretty Woman.*

— Tout à fait.

Depuis un coin de mon esprit, Greta me souffle : « Accorde-toi la permission de réfléchir à ce que tu veux réellement. » Mes orteils se recroquevillent dans mes chaussures. Je jette un coup d'œil au rayon femme.

Lorsque mon regard se porte de nouveau sur Shane, j'ai l'impression d'entendre chanter Roy Orbison et je revois la scène comme si j'y étais. Edward et Vivian remontent la rue d'un pas vif ; elle ébouriffe ses boucles folles. Avant de pénétrer dans la boutique, Edward lui demande d'arrêter de gigoter...

Ce n'est qu'une session de shopping, après tout. J'y allais, de toute façon.

Je m'accorde la permission.

— Rassure-moi : tu ne vas quand même pas me faire jeter mon chewing-gum ?

Chez Fossie, le gigantesque coin essayage est pourvu de nombreux canapés et sièges afin de permettre aux maris et autres de patienter confortablement. L'endroit est excessivement chic et accueillant, avec tout ce marbre blanc et ce lustre en cristal. Shane boit du petit lait.

— A qui est-ce que tu parles ? A moins que tu ne sois simplement en train de reproduire la scène à la lettre ? Tu me fais un coup à la Richard Gere ?

C'est le deuxième coup de téléphone qu'il reçoit depuis que nous sommes là. Le premier avait l'air confidentiel ; il l'a expédié à voix basse. Je me demande si ce n'était pas une femme à l'autre bout du fil. Il sort sans doute avec quelqu'un, voire plusieurs filles à la fois...

Il couvre le microphone de l'appareil.

— C'est Clive. Il pense que nous nous sommes retrouvés pour discuter du concept à la lumière de la nouvelle orientation qui a été donnée au projet.

Il me montre la pile de vêtements à ma taille que les vendeuses ont posée sur le divan.

— Et c'est ce que nous faisons. Allez, on s'y remet, m'ordonne-t-il en me faisant signe d'activer la manœuvre.

Puis il revient à son interlocuteur.

— Oui, tout à fait. Je crois qu'il serait judicieux d'en faire passer une à la radio, mais uniquement aux heures de grande écoute, quand les gens sont dans les bouchons.

Bon, je veux bien croire qu'il s'agit de Clive. Soudain, mon cœur s'emballe, mais pas forcément pour les raisons qu'il faudrait : j'ai promis à Bradley que je ne verrais plus Shane en dehors du bureau. Toutefois, n'avait-il pas précisé : « en dehors des heures de travail » ? Il me semble bien que si. Mais qu'arrivera-t-il s'il l'apprend de la bouche de Clive ? *A quoi est-ce que je joue, bon sang ?*

Je joue à *Pretty Woman* pour faire plaisir à un client et sauver mon job, ainsi que de nombreux autres. Ce n'est qu'une séance de shopping. Rien d'autre.

Shane raccroche. Croisant brièvement son regard, je fais mine d'être absorbée par le tri des tenues qui me sont proposées. J'en choisis deux et les lui montre tour à tour. A la première, une petite robe courte satinée, il hausse les épaules. La longue jupe noire et le décolleté plongeant de la seconde remportent en revanche son approbation.

Enfin, il raccroche.

— Mary Kate, Mary Francis, je crois qu'il va nous falloir davantage de cirage, récite-t-il à l'intention des vendeuses, dont aucune ne s'appelle Mary quoi que ce soit.

Il est aux anges. A mon avis, il s'amuse autant que ces dames. Il s'est fait un plaisir de leur expliquer ce que nous faisions et leur a même donné des répliques à lire. Elles se régalent.

— Que pensez-vous de celle-ci ? Et si on vous donnait du rouge ? Sa robe n'est-elle pas rouge, dans le film ? demande la première Mary, la plus âgée des deux.

— Je la voyais plutôt prune, non ? répond l'autre, que Shane a rebaptisée Mary Kate.

— Sandy ! appelle la première Mary. Tu te souviens de la couleur de la robe, dans *Pretty Woman* ? Tu sais, quand ils vont à l'Opéra ?

Je sais très bien que cette robe est rouge, mais j'espère secrètement que l'on m'en proposera une jaune, comme celle d'Andie Anderson dans *Comment se faire larguer en 10 leçons*. Lorsque Kate Hudson se retourne avec coquetterie pour exhiber son dos à Matthew

McConaughey, on comprend immédiatement qu'elle se sent bien dans sa robe, bien dans sa peau. C'est à ce sentiment que j'aspire.

— Oh! vous allez à l'Opéra, s'enquiert la seconde Mary auprès de Shane, tandis que j'émerge de la cabine vêtue de la longue robe noire.

— A la philharmonie, je réponds en tournant sur moi-même afin de permettre à Shane de m'admirer sous toutes les coutures.

Je vois qu'elles lui ont apporté un café. A cet instant, il *est* Richard Gere. Les vendeuses boivent ses paroles, fascinées par son accent britannique. Il y a des choses qui ne changeront jamais.

J'étudie son comportement envers la plus jeune des Mary. Elle est mignonne, avec un petit rire adorable, toutefois Shane semble insensible à ses tentatives de flirt. Tiens? Finalement, il se pourrait que certaines choses aient bel et bien changé...

— Bon... je la mets dans la pile des « pourquoi pas »?

— Oui, pourquoi pas? Pour un autre jour, peut-être, me répond-il avec un petit air narquois.

Un jour, peut-être est une autre comédie romantique. Hilarant. C'est ce qu'a en tout cas l'air de penser Mary Kate.

Je retourne m'enfermer dans la cabine d'essayage avec une nouvelle tenue. Cette fois, il s'agit d'une robe à bretelles d'un bleu profond, fendue sur le côté.

— Vous allez adorer celle-ci, je vous le promets, dit je ne sais quelle Mary. Je pose les chaussures devant la porte.

J'enfile la robe. Elle est jolie; le tissu est très doux et tombe parfaitement.

Quand j'ouvre la porte, Shane sirote son café, appuyé contre le fauteuil, les yeux braqués sur moi. J'ai toute son attention. *Trop?* Le poids de son regard me met mal à l'aise, aussi je baisse les yeux et lisse les plis de ma robe.

— *Mercy! rrraouh*, chantonne-t-il en reposant sa tasse.

Je ris. Lui aussi a la chanson en tête. S'il avait su que nous interpréterions cette scène aujourd'hui, il aurait été capable d'apporter la bande originale. Le sourire ne me quitte plus.

Me regardant droit dans les yeux, Shane approche sans battre un cil. Je retiens mon souffle. Des papillons tout neufs testent leurs ailes au creux de mon ventre. Une lueur coquine dans le regard, il reprend, une octave plus bas :

— Celle-ci a sa place dans la pile des « sans hésiter ».

Mon corps tout entier frémit sans que je ne lui aie rien demandé. J'accuse le coup, à demi assommée par cette vague de sensations inattendue.

Shane se retourne, carte de crédit à la main, et regarde les vendeuses tour à tour.

— Je dois y aller, donc... Mary Kate, Mary Francis ?

La plus jeune pousse un gloussement, accompagné d'un grand sourire niais qui me fait rire malgré moi.

— C'est moi, Mary Kate ! Et, elle, Mary Francis. Vous avez déjà oublié ?

— Où avais-je la tête ? Bien. Elle aura besoin d'une robe à tomber par terre, d'une paire de chaussures, ainsi que de tout ce qui va bien. Je peux compter sur vous pour prendre soin d'elle ?

Les deux femmes acquiescent à l'unisson.

— Parfait ! Elle a ma carte.

Un silence.

— J'ai dit : « Elle a ma carte », et vous me répondez...

Il leur fait signe que c'est à leur tour mais, ne les voyant pas réagir, il poursuit :

— « Et nous l'aiderons... »

— Oh !

Avec un petit rire, elles échangent un regard et complètent :

— Et nous l'aiderons à s'en servir !

— Voilà ! Ce n'est pas trop tôt, s'esclaffe Shane, avant de revenir à moi.

Les deux femmes s'activent, s'occupant de remettre en ordre certaines tenues déjà essayées. Toutefois, je remarque qu'elles évitent de s'éloigner et continuent d'écouter notre conversation.

Je souris avec embarras.

— Merci. Cette distraction était... bienvenue. En revanche, j'ai de quoi payer. Tu n'as pas à pousser le jeu de rôle aussi loin, ou...

— J'insiste. Je te l'offre parce que j'en ai envie. Par contre, je te demanderai un petit quelque chose en échange.

Je fronce le nez.

— Je te rappelle que je ne suis pas réellement une prostituée...

Par-dessus son épaule, je vois les Mary échanger un regard et pouffer de rire. Un nouveau sourire canaille étire les lèvres de mon ex.

— Bon, dans ce cas, je vais devoir songer à un autre genre de contrepartie.

Figée, je lève les yeux à la rencontre des siens, presque effrayée de ce qu'il va bien pouvoir exiger en retour. *Que va-t-il encore inventer ?* Je suis sur le point de me marier. C'en est trop. Je ne peux pas...

— Comme... une cravate.

Prise au dépourvu, je m'étonne :

— Une cravate ?

— Exactement. Si je ne m'abuse, la belle Vivian offre une cravate à Edward, non ?

Je confirme avec un petit rire.

— Très bien. Je vais te... trouver une cravate.

Ça va. Une cravate, cela reste raisonnable. Aucune équivoque.

Shane fait mine de partir, puis se ravise.

— Au fait, je rentre...

— Comment ça ? Tu pars ?

Encore ?

— Je rentre à la ferme. Je ne vis pas dans le coin, je te rappelle ! C'est à trois heures de route. Bref, je disais donc : je m'en vais, mais je serai de retour en fin de matinée demain. Appelle-moi si tu as besoin de quoi que ce soit.

— Ah, d'accord. OK, même si je doute que cela s'avère nécessaire, dis-je en mettant une distance entre nous. De mon côté, je devrais avoir une nouvelle proposition prête sous peu.

Puisque c'est uniquement de cela qu'il s'agit : son projet.

Avec un hochement de tête, il se dirige vers la sortie. A mi-chemin, il s'arrête et me lance une dernière réplique du film, assez haut pour que les Mary l'entendent.

— Continue toute seule, j'ai du travail qui m'attend. Et c'est *vraiment* très joli, ajoute-t-il.

Mary Kate lui court après afin de le raccompagner, lui demandant s'il compte revenir bientôt. Elle lui donnera probablement son numéro. Je les regarde s'éloigner, complètement hébétée.

Mary Francis me dévisage en secouant la tête.

— Celui-là, si vous le laissez s'échapper, c'est que vous ne le méritez pas.

Mon ventre se serre. *A la base, c'est lui qui m'a laissée tomber...*

— Oh ! hem... nous ne sommes pas... Enfin...

— Si vous n'en voulez pas, je le prends volontiers, lance une voix de femme depuis l'autre cabine d'essayage.

J'avais oublié que je n'étais pas seule...

Nous éclatons de rire.

Bon, je l'admets : je m'éclate. A recréer des scènes de film, bien sûr. Rien d'autre. Je me prends totalement au jeu ; à tel point que je dois mettre un peu la pédale douce. Un minimum, au moins. Parce que, là, je suis à cent pour cent Vivian. Je me sens spéciale. Je voudrais poursuivre Shane pour lui balancer : « Bien fait ! C'est bête... Grosse erreur ! » Et je ne sais plus ce que je dois en penser. Tout cela est tellement déroutant.

Après avoir rassemblé quelques robes de plus, je retourne m'enfermer dans ma cabine. Seulement, au lieu de les essayer, je m'affaisse sur le tabouret rembourré. Les larmes me brouillent la vue, alors je ferme simplement les paupières, la tête posée contre la cloison. Je peux tout à fait me payer mes propres fringues, et cette histoire de scènes de film n'a rien à voir avec moi ; il s'agit uniquement de faire avancer le projet de Shane. Pourtant, cela me touche beaucoup plus personnellement.

On sait tous ce que Vivian veut dire quand elle murmure à Edward : « Faites-vous traiter comme de la crotte, vous finirez par le devenir. » Ces mots trouvent un écho en chacun de nous, je crois.

En tout cas, moi, je la comprends.

Et ce sentiment n'est pas nécessairement provoqué par des paroles blessantes. L'absence de mots, comme d'actions, a parfois le même effet.

Tu ne mérites même pas que l'on ait une véritable conversation avec toi. Jamais ma mère ne m'a vraiment dit en quoi elle pensait que Shane avait une mauvaise influence. Jamais elle ne m'a dit ce qu'elle pensait de quoi que ce soit.

Tu ne mérites même pas que l'on te présente des excuses. Tonya ne se soucie pas le moins du monde de la portée de son geste. Et ne parlons pas de la parade favorite de ma mère : « Oh ! finalement, tout s'est bien terminé, non ? » Ce n'est pas une manière d'admettre ses torts, c'est me signifier que cela n'a aucune importance. Que *je* n'ai aucune importance !

Tu n'es qu'un fardeau pour les gens censés t'aimer. Associer ma fête de fiançailles à une autre célébration n'est qu'un exemple parmi tant d'autres des choses que mes proches font par devoir, et non parce que cela leur fait plaisir. Chaque événement important de ma vie est teinté de culpabilité, car — ainsi qu'on ne manque jamais de me le rappeler — quelqu'un a dû donner de son temps et de son argent pour mon bonheur.

— Tout va bien, là-dedans, madame ? Vous désirez peut-être essayer une autre taille ?

Reniflant un coup, j'essuie mes larmes d'un revers de main avant de m'éclaircir la voix.

— Euh, oui, tout va bien. Auriez-vous une robe dans les tons jaunes à me proposer ? Longue ?

Elle répond qu'elle revient tout de suite, et je l'entends qui hèle une collègue afin qu'elle l'aide à trouver ce que je recherche. Ce qu'il faut retenir de la scène du shopping, dans *Pretty Woman,* ce ne sont pas les vêtements ou leur prix, ni même le fait qu'ils vont à ravir à Julia Roberts. Ce qui compte, c'est que, lorsque Vivian sort de cette boutique, elle n'est pas seulement une « belle femme », elle est une femme transformée.

A chaque fois, cela me bouleverse.

C'est la raison pour laquelle on ne peut s'empêcher d'adorer ce personnage. Tout le monde veut que Vivian se sente exceptionnelle. Chacun veut la voir enfin croire qu'elle est une femme à part.

Et elle n'est pas la seule à en avoir besoin... *Même si, pour ma part, c'est sans doute davantage ma vie que j'ai besoin de voir changer.*

8

Comment être totalement larguée en 5 leçons

Bradley était sorti quand je suis revenue au bureau. Il avait laissé un mot sur mon clavier pour me rappeler qu'il passerait me prendre à 18 heures pour notre séance à la salle de sport. *Urgh...* je n'ai aucune envie de faire de l'exercice, mais je ne peux pas me permettre de lui faire faux bond une deuxième fois. Cela dit, après le coup du mariage dans six semaines, il ne l'aurait pas volé. Je l'avertis par texto que nous devrons faire un rapide saut chez mes parents d'abord.

Pour une raison que j'ignore, je ne cesse de repenser aux originaux des tableaux que Shane a fait imprimer. J'ai envie de les revoir, de faire courir mes doigts sur la toile pour sentir la matière, le relief... et, pourquoi pas, les exposer chez moi ?

Une fois les derniers mails de la journée envoyés, je m'étire avec un bâillement, puis file à la salle de pause pour remplir ma bouteille d'eau. J'oublie toujours de la prendre quand je vais faire du sport. Cette fois, au moins, elle sera dans mon sac.

Ellie et Tonya occupent la table. *Génial.* Je ne suis

vraiment pas d'humeur à faire face à l'autre faux jeton de Tonya.

Tiens, la paire de seins non identifiée a encore été décrochée du tableau d'affichage... Avec un soupir, je désigne l'espace habituellement occupé par la photocopie.

— Il ne faut pas te leurrer, Ellie-Belle, elle réapparaîtra.

Je fais le plein au distributeur d'eau.

— Je m'en fiche. Ça me fait juste de la peine pour cette pauvre fille, me répond l'intéressée entre deux bouchées de sa salade.

Dans le but de contrebalancer notre excès de calories d'hier, elle ne mangera que des aliments verts et jaunes dans les jours qui viennent.

— Je n'avais pas terminé mon déjeuner, tente-t-elle de se justifier en voyant que je l'observe.

Tonya plisse les yeux et ricane.

— Ils ne seront jamais à court de copies. Si l'original est bon, nous pourrons admirer ces nibards en papier pour le restant de nos jours. Franchement, qui irait se faire tatouer là ?

Se carrant contre le dossier de sa chaise, elle ajoute d'un air innocent :

— Mais attends, Ellie-Baby, ce n'est pas toi qui t'étais fait tatouer ?

Ellie me jette un bref regard implorant tandis que je prends place à la table. J'ai toujours soupçonné Tonya d'être à l'origine de la plaisanterie, toutefois, incapable de le prouver, je ne m'en suis jamais mêlée.

— Et sinon, comment ça se passe avec le projet de Shane Bennett ? s'enquiert Ellie avant d'enfourner une nouvelle bouchée de sa salade.

Je sais qu'elle essaie de changer de sujet, mais elle est sérieuse, là ? N'a-t-elle rien trouvé d'autre ?

— Bien. Je travaille toujours sur l'agencement des images, rien de spécial.

Je fais mine de m'assurer que le bouchon de ma bouteille est bien serré.

— Je songe à me faire faire un autre tatouage, persiste Tonya, sans quitter un instant sa victime des yeux. Peut-être un cœur. Pourquoi pas... hmmm, là.

Elle pointe alors son propre sein du doigt.

Faisant tournicoter sa fourchette dans sa salade, Ellie s'empresse de continuer l'interrogatoire :

— Donc, toi et Shane, vous êtes sortis ensemble, c'est ça ? On dirait bien qu'il en pince toujours pour toi, tu ne trouves pas ?

Mais à quoi est-ce qu'elle joue ?

— Voilà qui explique les petites virées en douce, marmonne Tonya, le nez dans sa tasse de thé. Enfin, à ce qu'on m'a dit.

— A ce qu'on t'a dit ? je m'indigne, le cœur battant.

Je décoche un regard assassin en direction de mon autre collègue. Dès le moment où l'on confie un secret à quelqu'un, ce n'est plus un secret. C'est un peu comme allumer un bâton de dynamite. Peu importe la longueur de la mèche, on sait pertinemment que la flamme finira par atteindre l'explosif, qui ne manquera pas de nous éclater à la figure. *Qu'a-t-elle été lui raconter ?*

Tonya prend appui sur ses coudes.

— Alors, comme ça, vous remettez le couvert, Shane et toi ?

— Hein ? Bien sûr que non ! je lui réponds aussitôt avec virulence. Je suis fiancée, je te rappelle, Tonya. Et contrairement à d'autres, j'évite de faire des choses dans le dos des gens, de leur mentir, puis de me prétendre leur amie.

Tonya blêmit. Soudain, Ellie fait un signe du menton en direction de la porte. Nous tournons toutes les deux la tête. Terry, du département des ventes, est figé dans l'embrasure, sa tasse de café vide à la main. Il lève son mug, comme pour nous demander la permission de venir le remplir. Ellie se contente de hausser les épaules.

Tonya et moi nous toisons en silence en attendant le départ de notre collègue masculin. Mes narines palpitent au rythme de ma respiration saccadée. Je dois me retenir pour ne pas la gifler. Ouvrant de grands yeux paniqués, Ellie enfourne fourchette sur fourchette de salade, sans doute pour éviter de dire encore un mot de travers. *Bonne idée.* Sinon, je risque de lui en filer une à elle aussi.

A peine Terry a-t-il tourné les talons que j'explose.

— Tu pensais réellement que je n'apprendrais jamais ce que tu as fait ? Qu'il ne finirait pas par tout avouer ? Comment as-tu osé ?

Lèvres pincées, Tonya se lève et va replacer sa bouteille d'eau dans la porte du réfrigérateur, qu'elle referme avec une telle violence que l'appareil manque de basculer. Les gobelets en plastique empilés au sommet oscillent. Sans un mot, elle quitte la pièce d'un pas rageur. *Incroyable.*

Le regard courroucé dont je gratifie Ellie fait instantanément effet.

— Je lui ai juste dit qu'il était parti à ta recherche et t'avait donné un coup de main pour ton shopping. Et que vous aviez passé l'après-midi ensemble, hier. Rien de compromettant, conclut-elle en engloutissant une pleine fourchette de laitue.

Ah oui, rien de compromettant ? Le truc, avec les secrets, c'est que l'on est censé les garder pour soi. Il est tout à fait possible qu'elle ait sans le vouloir composé le code de lancement d'un missile qui risque de tout ravager sur son passage.

Penchée au-dessus de la table, je lui explique sèchement ma façon de penser :

— Et si Tonya en parle à Bradley, et qu'il le prend mal ? Ils sont proches, tous les deux. Ce n'est pas impossible. Imagine que Bradley s'en prenne ensuite à Shane et que, de rage, Bennett prenne ses cliques et ses claques ? Nous ne pouvons pas nous permettre de perdre ce contrat, Ellie !

— Kenz, je suis vraiment désolée... Mais je te promets : je lui ai seulement dit que vous aviez passé un moment ensemble. C'est tout. Et cela concernait le travail. Je crois que tu t'en fais pour rien.

Pour rien ? Je n'en serais pas aussi sûre. Mais peut-être est-ce encore ce foutu sentiment de culpabilité : à force de se demander qui est au courant de quoi, on finit par se méfier de tout le monde. J'avale une gorgée d'eau avec lassitude.

Comment en suis-je arrivée là ? Dimanche dernier, Bradley et moi étions fous de joie à l'idée d'exhiber ma bague de fiançailles et de commencer à planifier notre mariage. Et, *bam* ! Tout à coup, Ren est enceinte, Shane refait surface, mon job est en péril, et je découvre que Tonya est en réalité l'ennemi numéro un. Ajoutez à cela l'éventualité d'un mariage expéditif, une fête de fiançailles partagée avec quelqu'un d'autre, et ma mère... Je ne sais même plus comment aborder le problème de ma mère.

Je me prends la tête entre les mains. Tout cela en cinq jours seulement. Même pas une semaine complète !

Bradley et moi nous sommes arrêtés chez mes parents sur le chemin de la salle de sport. Il est resté discuter avec eux au rez-de-chaussée pendant que je fouille le placard de mon ancienne chambre, à la recherche de mes toiles de l'université.

Je me suis précipitée à l'étage afin d'éviter maman. Je ne peux pas lui demander des comptes au sujet de Shane devant Bradley. Pas avec tout ce qui se passe en ce moment.

En équilibre sur le tabouret de ma mère, je tâtonne autour de ma boîte à souvenirs. Je pensais que mes tableaux étaient empilés dessous, mais non. Rien. *Où sont-ils passés ?*

Je pivote sur moi-même. Elle a bien dû les ranger par là... Descendant de mon perchoir, je fouille parmi les diverses boîtes et panières de matériel de scrapbooking posées au sol. Peut-être les a-t-elle calés au milieu ? Je ne les vois nulle part.

— Hé, maman ?

Je me redresse et me penche dans l'embrasure.

— Maman...

Leurs voix ont beau monter jusqu'à moi, eux ne m'entendent pas.

J'appelle de nouveau depuis l'escalier : pas de réponse. Lorsque je déboule en trombe dans la cuisine, Bradley et mon père sont assis à la table. Maman ressert mon père en café, tandis que Ren se tient debout près de l'évier. Ses longs cheveux sont coiffés en une queue-de-cheval impeccable. Aujourd'hui, c'est jean décontracté.

Elle me salue d'un signe de tête et d'un sourire poli.

— Bonjour tout le monde. Hum, maman, qu'as-tu fait des tableaux que j'ai réalisés à l'université ?

— Pardon, ma chérie ? Je ne suis pas certaine de savoir de quoi tu parles, me répond-elle en levant à peine la tête. Tu veux de la crème ? poursuit-elle à l'adresse de mon père. J'ai acheté celle que tu aimes, à base de whisky.

Puis, à Ren, elle demande.

— Comment te sens-tu ?

Papa tend sa tasse à ma mère tandis qu'elle sort la crème de whisky du réfrigérateur.

— Il y a quelqu'un ?

C'est Grayson qui nous appelle depuis le hall. La porte claque avec un bruit sec derrière lui. Ren et lui habitent au bout de la rue, ce qui fait qu'ils sont tout le temps fourrés ici.

— Dans la cuisine, répond ma mère tout en versant

suffisamment de liqueur dans le café de mon père pour qu'il change de couleur. Et, Ren, tu devrais t'asseoir. Tu passes trop de temps...

— Maman, s'il te plaît. Nous ne restons qu'une minute. Ils étaient sous ma boîte, dans ma chambre. Tu ne t'en souviens vraiment pas ?

Je suis prise de sueurs froides.

Grayson passe la porte de la cuisine.

— Hé, Bradley, j'ai aperçu ta voiture. Excuse-moi, je n'ai pas eu le temps de te rappeler. La journée a été chargée. Quoi de neuf ?

Bradley jette un coup d'œil dans ma direction, puis reporte son attention sur mon frère.

— Et si nous déjeunions ensemble demain ?

Grayson opine de la tête.

— Très bien, super. Passe-moi quand même un coup de fil avant, histoire d'être sûr que je peux me libérer...

Je n'écoute plus. Je surveille ma mère, qui a entrepris de vider le lave-vaisselle.

— *Maman ?*

— Quoi, encore ? Kensington, enfin...

Elle fait volte-face, un plat dans chaque main, visiblement excédée.

Mes épaules se crispent.

— Mes toiles ! Où sont-elles ?

D'une moue, elle me signifie qu'elle n'en sait rien.

— Tout ce qui était à toi est rangé dans la boîte.

Comme elle me tourne le dos pour ranger un verre dans le placard, j'insiste :

— Elles étaient *sous* la boîte. Il y en avait cinq ou quelque chose comme ça. Réfléchis. Les as-tu mises ailleurs ?

Posant un deuxième verre sur l'étagère au-dessus de sa tête, l'autre main déjà prête à saisir le suivant, elle se retourne.

— Eh bien, si elles ne sont pas là où tu les as laissées,

je ne sais pas quoi te dire de plus. D'ailleurs, pour être parfaitement honnête, j'aurais besoin de place dans ce placard. Alors, si tu veux toujours de cette boîte, tu pourrais peut-être l'emporter ? Grayson, un café ? Il est frais.

— Tu veux dire qu'elles ont disparu ?

La rage me vrille le ventre. J'étais déjà furieuse contre elle, mais alors là… C'en est trop. Mes yeux lancent des éclairs.

— *Tu t'en es débarrassée ?* je hurle, avant de me tourner vers mon père. Tu l'as laissée les foutre en l'air ? Il s'agissait de mes toiles d'étudiante, de mon travail !

Elles étaient comme une partie de moi.

Bradley ne comprend clairement rien à ce qui se passe. Mon père, lui, lève les mains au ciel, me signifiant qu'il ne sait pas plus de quoi je parle. Alors que Ren ouvre la bouche, ma mère lui coupe la parole.

— Kensington, tu n'attends tout de même pas de moi que je tienne à jour un inventaire de tes affaires d'université ? me réprimande-t-elle. Tu prendras un café ?

C'est tout ?

Sidérée, j'accuse le coup. Elle ne comprend vraiment rien à rien. Elle ne voit pas…

— Toutes les récompenses que Grayson a reçues au lycée sont toujours exposées au sous-sol, mais, moi, tu jettes mes tableaux ?

Elle ne se contente même plus d'oublier mes œuvres au fond d'un tiroir, elle les fait carrément disparaître aux oubliettes !

Tout comme elle a fait disparaître Shane.

Sans un mot de plus, je me précipite à l'étage, montant les marches quatre à quatre. Elle n'a même pas pris la peine d'appeler pour me demander ce que je souhaitais en faire. Elle ne les a sans doute même pas regardées. Merde, elle ne sait même pas de quoi je veux parler ! Et elle croyait savoir ce qui était le mieux pour Shane et moi ? *Elle n'avait aucun droit...* Les larmes finissent par franchir la barrière de mes cils. Tout se confond à la fois dans la pièce et dans ma tête.

Sur la pointe des pieds, je donne de petits coups dans le fond de la boîte de manière à pouvoir la tirer vers moi puis l'attraper.

De retour en bas, les bras chargés, je repasse devant la cuisine. Grayson est en train de dire à Bradley qu'ils devraient s'organiser une séance de golf. Papa parle de la chambre du bébé avec Ren.

Je poursuis mon chemin, me contentant de lancer un « J'y vais ! » sonore par-dessus mon épaule. Pas sûre qu'ils m'aient entendue. Peu importe. A cet instant précis, je m'en fiche pas mal. La boîte calée sur ma hanche, j'actionne la poignée de l'entrée. Je ne m'embête pas à la refermer. Tout ce que je veux, c'est retourner à la voiture. Alors que je traverse l'allée d'un pas furibond, j'entends Bradley qui m'appelle.

— Kenz ? Kenzi !

Lorsqu'il apparaît sous le porche, j'ai déjà ouvert le coffre. Il repasse la tête dans l'embrasure une seconde.

— Hé, Grayson, je te rappelle demain. Au revoir tout le monde !

Claquant le coffre, je croise son regard stupéfait. D'un simple coup d'œil, je lui fais comprendre qu'il vaut mieux qu'il ne pose pas de questions.

Il ne me demande donc rien.

Pourtant, j'aurais aimé.

Quand on fréquente une salle de sport, il existe certaines règles, un code tacite auquel tout le monde adhère. Bien qu'elles ne soient marquées nulle part, chacun les connaît.

Tout d'abord, il y a les horaires. Novices ou experts en fitness, tout le monde est le bienvenu au petit matin.

L'après-midi est réservé aux furieux : bodybuilders de compétition et autres reines du tapis de course. En soirée, c'est davantage pour le plaisir des yeux : le créneau des beaux et belles gosses.

Ensuite, ne surtout pas hésiter à mater. Parce que les autres ne se gêneront pas. L'exercice, en revanche, est en option.

Dans mon état, cette session sera tout de même bienvenue. En raison de notre arrêt minute chez mes parents, Bradley et moi sommes en retard. *Super, Tonya est là...* Elle a sans doute réservé un cours avec Troy.

Je déteste travailler avec ce type. Ce tas de muscles nous met systématiquement en compétition à coups de petits défis absurdes, dont le seul but est probablement de nourrir ses fantasmes minables. Franchement, qui se fiche de savoir combien de sauts en étoile ou de burpees nous sommes capables de réaliser en moins de trois minutes ?

— Tu t'entraînes avec Tonya ? me demande Bradley.

L'ambiance a été crispée sur le chemin. Je n'avais pas envie de discuter et je suis toujours énervée contre lui à propos de la date du mariage. De toute façon, tout le monde m'exaspère.

— Je pense que je vais me contenter d'un peu de cardio, j'ai besoin de me défouler, je grommelle en lui tendant mes affaires pour qu'il les mette dans le casier.

— D'accord.

Avant de se diriger vers le coin des haltères, il se penche pour m'embrasser.

Je me détourne et attrape mes écouteurs. Je ne veux pas de ses baisers. J'aurais davantage besoin de son écoute. De son soutien. Tout de suite, je n'ai qu'une seule envie : celle de m'abandonner à la musique tout en brûlant toutes les calories que je n'aurais pas dû ingurgiter, et tout oublier.

Tonya s'échauffe sur le tapis de course, vêtue d'un

petit short de jogging et d'un débardeur de sport jaune. Ce genre de haut avec soutien-gorge intégré est idéal pour moi. Tonya, par contre, mériterait un peu plus de soutien pour cette poitrine. Le fait qu'elle ne s'embarrasse pas d'un second soutien-gorge ne semble déranger personne, et surtout pas l'homme avec qui elle est en pleine discussion.

Deuxième règle propre aux salles de sport : ne jamais choisir la machine voisine d'une machine occupée s'il y en a d'autres de libres, à moins que vous ne connaissiez la personne, et que cela ne la dérange pas. Je doute que Tonya soit ravie que je m'installe à côté d'elle, hélas, l'appareil est le seul disponible pour le moment.

Sans lui prêter la moindre attention, je démarre mon tapis. Inclinaison à deux pour cent, vitesse d'échauffement niveau 3, soit un pas plutôt rapide.

— Ah, te voilà, cette fois, siffle Tonya entre ses dents.

Je n'y pensais même plus. Ce n'est pas seulement Bradley que j'ai laissé tomber hier, Tonya m'attendait également. *Qu'est-ce qui lui fait croire que je lui parle encore, d'ailleurs ?*

— Troy m'a dit qu'il pourrait nous prendre dans dix minutes, reprend-elle d'un ton monocorde.

Elle augmente l'inclinaison de sa machine à trois pour cent.

— Je vais passer mon tour, merci bien.

Je modifie ma vitesse d'un demi-cran avant de reprendre :

— Sinon, tu comptes me présenter des excuses, un jour ?

Tonya jette un coup d'œil à l'écran de mon tapis puis, sans un mot, augmente à la fois son inclinaison et sa vitesse jusqu'au 4.

Saloperie... Je la rattrape et la dépasse d'un demi-cran.

— C'est une blague, j'espère ? C'est tout de même toi qui m'as dit qu'il me trompait...

La gorge soudain nouée, je bois un coup d'eau. Mon souffle se précipite.

— ... et je découvre que c'était avec toi. Toi!

Sa mâchoire manque de se décrocher.

— Attends, tu veux dire que tu me fais tout ce cirque à propos de Shane, et d'un truc qui date de l'université? *Merde, alors...*

— « Merde », c'est le mot. La moindre des choses serait de me présenter des excuses.

— C'était il y a un million d'années, Kenz!

Ses mots sortent par saccades.

— Ce n'était... rien... du tout.

J'interromps ma marche avec un regard noir. Les pieds calés sur le rebord fixe du tapis, je m'emporte :

— Parle pour toi! Tu m'as dit qu'il avait couché avec une autre! Et comme une imbécile je t'ai crue!

Tonya descend elle aussi de sa machine, puis prend une grande inspiration.

— Tu étais prête à tout quitter pour le suivre au Royaume-Uni...

— Donc tu as volontairement saboté ma vie?

Incroyable. Toute la frustration accumulée — ma mère, Bradley, Shane, elle... tout jaillit en une explosion de rage.

— Tu veux que je te dise, Tonya? Tu n'es qu'une menteuse et une hypocrite!

J'ai trop haussé le ton. Je m'en rends compte à l'instant où les mots quittent mes lèvres. Toute la salle m'a entendue. Bradley s'est même retourné, de surprise.

— Mets-la un peu en sourdine, veux-tu! siffle ma collègue.

Elle s'éponge le front de sa serviette, puis la repose sur la console de l'appareil et remonte sur le tapis.

— Regarde la vérité en face : rien ne l'empêchait de te dire qu'il s'agissait de moi, de te *supplier* de le pardonner. Mais il ne l'a pas fait ! Et, en réalité, c'est ça qui te rend dingue.

Ses paroles me font l'effet d'un coup de poignard en plein cœur.

— Va te faire voir.

Gonflée à bloc par la colère et l'adrénaline, je saute sur la machine et pousse ma vitesse à 5. Le clop-clop de mes baskets sur le revêtement de la surface de course s'accélère. Je trottine déjà à un bon rythme.

M'espionnant du coin de l'œil, Tonya ne se contente pas de modifier ses réglages pour égaler ma vitesse : elle augmente également l'inclinaison de son tapis non pas d'un mais de deux crans. La voilà à neuf pour cent !

Je surenchéris avec une vitesse de 5,5 et une inclinaison de dix pour cent. La sueur commence à perler à mon front. Mes jambes ne sont pas aussi longues que les siennes, et je dois désormais courir. En côte.

Elle souffle, jette un coup d'œil à l'écran de ma machine, puis me défie du regard. *Qu'elle ne s'avise pas...*

Bam. Son inclinaison est maintenant de douze pour cent. Ses cheveux lui collent au visage, malheureusement, lâcher la barre pour les repousser n'est plus une option.

La machine ne monte pas à plus de quinze pour cent. Je ne me fais aucune illusion sur la façon dont tout cela va se terminer. C'est du Tonya tout craché, de vouloir rivaliser avec moi sur tout et n'importe quoi. Et il est hors de question que je la laisse gagner. *Pas cette fois.*

J'appuie quelques secondes sur le bouton, dépasse le niveau 12 pour m'arrêter au 13. *Vlan, dans les dents !* Afin de ne pas perdre l'équilibre, je m'accroche à la poignée des deux mains. Derrière moi, mes pieds claquent bruyamment sur le tapis ; je fais de mon mieux pour tenir le rythme.

Tonya me fusille du coin de l'œil. Ma machine se met à biper, et un message clignote à l'écran. « Ralentissez...

Ralentissez… » Mon rythme cardiaque atteint les cent soixante-quinze pulsations par minute!

Peu importe! Aujourd'hui, j'en ai ma claque, de tout le monde. Je cours lourdement sur le tapis roulant; l'appareil ne cesse de sonner, le moteur gémit…

Tonya m'imite et monte à quatorze pour cent. *Flûte!* Je n'ai aucune envie d'aller jusqu'à quatorze pour cent… Cela devient ridicule. Elle est pliée en deux, agrippée au rail, tentant désespérément de tenir le coup.

Nos pas résonnent comme des coups de tonnerre tandis que nous faisons la course dans cette côte imaginaire. Nous avons l'air de deux folles furieuses. Tout le monde nous regarde. Certains s'approchent pour mieux assister à ce concours d'imbécillité.

Troy-boy se place entre nous, un sourire idiot plaqué sur le visage.

— Plus haut! Plus haut! Plus haut! scande-t-il, bientôt imité par une partie de la foule.

— Plus haut! Plus haut! Plus haut!

Tonya n'en a rien à faire de moi. Ma propre mère se fiche de ce que je ressens. Qu'en est-il de Bradley? Ai-je même un jour compté, pour Shane? J'en ai ma claque. Dans *Comment se faire larguer en 10 leçons*, Andie, le personnage de Kate Hudson, demande à Ben: « Vrai ou faux : en amour comme à la guerre, tous les coups sont permis? » Sa réponse est censée déterminer à quel point elle va le malmener.

Eh bien, moi, je dis « faux ». Tout ne devrait pas être permis! Je suis fatiguée que l'on me malmène et que l'on me mente. Si Tonya veut la guerre…

Je lève la main bien haut, puis l'abats de toutes mes forces sur le bouton.

Le tapis se lève d'un cran. Me voilà à quinze pour cent! *Le maximum!*
Ha! Gagné!
J'entends que l'on m'acclame.

Troy-boy appuie la main sur le bouton d'arrêt de nos machines ; les tapis ralentissent, puis s'abaissent.

Merci, mon Dieu.

Nous nous effondrons, dégoulinantes de sueur et hors d'haleine. *Merde*, mes poumons sont en feu. Je suis à deux doigts de vomir. La main plaquée sur la bouche, Tonya se précipite en direction des toilettes. Bradley la suit du regard, puis se tourne vers moi.

« Qu'est-ce qui se passe ? » mime-t-il.

Oh. Donc ça, ça l'intéresse ? S'il vient me voir et me fait une remarque quelconque, je ne réponds de rien.

9

Hantée par son ex

Nous sommes vendredi. J'ai passé la matinée à peindre la nouvelle maquette pour le *Carriage House*. Non pas avec un bon vieux pinceau, mais à l'aide d'un logiciel de peinture numérique, d'une tablette graphique et d'un stylet. Je chatte aussi avec Ellie, tout en regardant l'heure tourner.

Nos collègues nous organisent une petite fête de fiançailles au *Ditty*, après le travail. Et, contrairement à celle qu'a prévue ma famille, celle-ci sera rien que pour nous. Tonya avait tort. Mes parents n'ont pas attendu que le ventre de Ren commence à pointer pour mettre l'organisation de mon mariage de côté.

De toute façon, ils n'avaient même pas encore pris la peine de se pencher dessus.

Aujourd'hui, j'ai opté pour une tenue évolutive en vue de notre soirée. Elle consiste en une robe droite sans manches grise, achetée sur les conseils de Ren il y a déjà quelque temps, et une paire d'escarpins à tomber à la renverse. Pour le bureau, j'ai assagi la robe en la couvrant d'un cardigan et noué mes cheveux en une queue-de-cheval lâche. Mais, dès que la fin de la journée sonnera, adieu lainage et coiffure sage.

Quand je suis arrivée, ce matin, Tonya m'avait laissé un café sur le bureau. Je suppose que je peux m'asseoir sur les excuses, mais, au moins, elle sait pourquoi je lui en veux. Ma mère, elle, n'en a toujours pas la moindre idée ; en revanche, elle s'est excusée. *Deux fois.* D'abord dans un mail, puis dans un message vocal, me demandant si j'avais bien reçu son mail. Pourquoi m'envoyer un mail, si c'est pour m'appeler quand même ?

ELLIE-BELLE : Il les a réellement rebaptisées Mary Kate et Mary Francis ?

KENZI SHAW : Je t'assure ! Et elles étaient super enthousiastes.

ELLIE-BELLE : Je meurs… C'est génial ! Moi aussi je veux mon instant *Pretty Woman* !

Je n'ai pas eu l'occasion de reparler à Shane depuis hier. Je surveille de près le chat Facebook, au cas où le petit voyant vert s'allumerait à côté de son nom. Ils ont sans doute Internet, à la ferme. Enfin, ce n'est pas certain. Le petit rond reste gris. Peut-être parce qu'il est déjà en route ? Aucune idée. Quoi qu'il en soit, il n'est pas en ligne ; ce qui m'arrange, car j'aime mieux qu'il ne sache pas que je suis connectée. Je pourrais désactiver le chat, seulement je ne verrais plus s'il se connecte et je ne pourrais plus discuter de lui avec Ellie. Très mature, comme raisonnement.

Les captures d'écran fournies par Shane en arrière-plan, j'ai créé un autre calque, sur lequel j'ai presque terminé de poser les couleurs. C'est le calque « tout cracra », un nom de mon invention pour désigner l'ébauche de chacune de mes illustrations. Je travaille ensuite les détails afin de donner du relief et de la perspective à l'ensemble.

Comme je n'arrivais plus à dormir et que nous avons

besoin de terminer le prototype pour ce projet au plus vite, j'y ai passé une partie de la nuit. M'abandonner à nouveau à mon processus de création s'avère plutôt apaisant, presque relaxant. J'en avais sans doute bien besoin.

Michel-Ange est connu pour avoir dit que chaque bloc de pierre renferme une statue, et que c'est le rôle du sculpteur de la découvrir. Il en va de même avec la peinture. L'œuvre finale existe déjà. Il ne tient qu'à l'artiste de la révéler. J'ai tenté d'expliquer cela à Bradley, hélas, il n'a pas vraiment saisi l'idée. A vrai dire, je ne suis pas entièrement sûre de comprendre moi-même. Je me contente de l'accepter.

A coups de minces traits de stylet, j'entreprends le tracé des images principales. Là, je reproduis l'affiche de *Love Actually*.

J'ai une tendresse toute particulière pour l'histoire du personnage de Colin Firth et de sa femme de ménage, qui ne parle que le portugais. L'une de mes scènes préférées du film est celle où il parcourt la ville avec la famille entière de la jeune femme derrière lui. Il la demande alors en mariage dans sa langue, pour s'entendre répondre dans la sienne. Pour eux, la langue ne s'avère pas du tout une barrière.

Je me mords la lèvre, en proie à un sentiment de... de quoi, exactement ? Je m'emballe, complètement, transportée par le thème. *Ce qui était d'ailleurs le but, non ?* N'était-ce pas ce que Shane souhaitait ? Que je me souvienne combien j'aime toutes ces comédies romantiques, afin que cela se lise dans mon travail ? C'est pour cela qu'il a établi la liste de « L'Amour comme au cinéma ».

J'ouvre son mail afin d'y jeter un énième coup d'œil.

- 1. *Nuits blanches à Seattle*
- 2. *Pretty Woman*

Abattue, je fixe l'écran sans le voir.

Si Shane se démène autant, c'est pour son projet, pas pour moi. Et toutes ces scènes sont tirées du grand écran, rien à voir avec la réalité. J'en viendrais presque à regretter qu'il soit reparu dans ma vie, car la comparaison est pour le moins démoralisante.

Tiens, voilà Bradley. Je réduis la fenêtre de chat et poursuis mes essais de couleurs. Je tente d'obtenir un beau brun roux mais, vu que je suis cantonnée à la palette de couleurs numériques RVB, mon mélange à base de couleurs primaires ne donne qu'un marron gris terne.

— Bonjour, mon ange.

Il jette un rapide coup d'œil à mon moniteur, puis pose le derrière contre mon bureau, tournant le dos à l'écran.

Ce qu'il fait élégant et sophistiqué dans sa chemise blanche impeccable... Baissant les yeux sur mon gilet fuchsia et la mince ceinture assortie, il fronce les sourcils.

— Tu vois la vie en rose, on dirait.

— Ah, oui, je suppose.

Ce n'était pas un choix réfléchi. Ce matin, j'ai simplement eu envie de mettre un peu de couleur.

Bien qu'il n'y ait personne autour, il se penche à mon oreille et me souffle :

— Ecoute, j'ai repensé à ce que tu m'as dit, à propos du mariage, et si tu préfères le faire au printemps nous le ferons au printemps. Je m'en fiche. Moi, tout ce que je veux, c'est toi.

J'arrête un instant de touiller mes couleurs numériques pour le dévisager. Il me contemple de son regard bleu lagon. Tout ce qui l'intéresse, c'est *moi*...

— Mais ne voudrais-tu pas quand même considérer une date plus rapprochée ? Pour moi ? poursuit-il alors avec un sourire tout miel en me tendant un post-it. Je sors de mon déjeuner avec Grayson. Nous en avons un peu parlé, et il m'a dit que Ren connaissait quelqu'un. Il vient de me rappeler pour me donner son numéro.

Je considère le bout de papier. « *Bethany Chesawit. Organisatrice de mariage.* » Sous le nom, il a gribouillé une adresse et un numéro de téléphone.

Je le regarde, incrédule.

— Bradley, nous n'avons même pas encore arrêté de date !

— Je sais, mais cette femme est censée être la meilleure, et elle doit une faveur à Ren, donc elle veut bien te recevoir lundi. De cette manière, tu pourras te faire une idée du temps que cela devrait prendre pour tout planifier.

— Comment cela, « je » pourrai me faire une idée ? Tu ne viens pas ?

— Non. Souviens-toi, je pars aussitôt après la fête et je ne serai pas de retour avant lundi soir. Pourquoi ne pas demander à ta mère, ou même à Ren, de t'accompagner ?

ELLIE-BELLE : OK, me revoilà.

Bradley tourne la tête au son de la notification, mais ne cherche pas à en savoir plus.

— Nous nous marierons quand tu voudras, mais n'oublie pas que le plus tôt nous serons mariés, le plus vite nous pourrons essayer de faire cet enfant, déclare-t-il avec un sourire penaud. J'y ai beaucoup pensé, ces derniers temps... Je suppose que cela signifie que je suis prêt.

Mon cœur fait un bond dans ma poitrine. *Il y a beaucoup pensé.* C'est tout juste si je n'entends pas le tic-tac de mon horloge biologique. La trentaine approche à grands pas ! En le voyant comme ça, devant moi, avec ses cheveux blonds et ses iris couleur azur, je ne peux m'empêcher de penser à la petite fille du centre commercial. Tenait-elle de son papa ?

Je laisse retomber les épaules et esquisse un sourire.

— Très bien. Cela me permettra effectivement de savoir combien de temps je peux prévoir pour l'organisation. En revanche, je tempère, un index en l'air, je ne te promets rien. Et certainement pas un mariage sous six semaines !

C'est ce dont j'ai toujours rêvé. Le mariage, la famille... et il dit qu'il est prêt.

Repoussant une mèche de cheveux de ma joue, il vient y déposer un chaste baiser, avant de reporter son attention sur l'écran.

— C'est pour Bennett ?

— Exactement...

J'aime assez la tournure que cela prend. Je suis même plutôt fière de moi. Je fais pivoter l'écran afin que Bradley puisse étudier mon travail plus en détail, toutefois il ne s'attarde pas dessus.

— Vivement que ce projet soit bouclé et qu'il déguerpisse.

— Tiens, Bradley, c'est justement toi que je cherchais, appelle Clive depuis l'embrasure de son bureau.

Le voilà reparti, non sans m'avoir lancé un clin d'œil.

— On se voit plus tard !

Je le regarde s'éloigner, avec ses épaules larges, sa classe innée et sa chevelure dorée. C'est Bradley. Et je l'aime. Nous partons sur de bonnes bases, et il est prêt.

Ma vie ne sera peut-être jamais digne d'un film, mais cela ne veut pas dire qu'elle ne sera pas belle.

Lorsque Ellie et moi sommes rentrées de notre pause déjeuner, la porte de la salle de conférences était fermée. Rien de dramatique en soi. C'est le principe d'une porte : cela s'ouvre et se ferme. Seulement, Shane est censé être arrivé pour sa réunion avec Clive et Bradley, et je serais prête à parier qu'ils sont tous les trois derrière.

Une journée entière sans lui m'a permis d'y voir un peu plus clair. J'ai examiné la situation sous tous les angles et suis parvenue à la conclusion qui s'imposait.

Shane n'est qu'un fantôme du passé. Un ancien petit ami dont la soudaine réapparition a fait resurgir de vieilles émotions. Les scènes de film n'ont fait qu'ajouter à cette confusion. Tout cela est à mettre sur le compte du stress ; entre mon mariage, mon travail, l'annonce de la grossesse de Ren, Tonya... Cela fait beaucoup à la fois.

D'après Ellie, il faudrait que je mette ces sentiments à l'épreuve. Elle appelle cela le TPV. Test des Papillons dans le Ventre.

Puisque je n'ai pas eu de contact avec lui depuis près de vingt-quatre heures, et qu'aucune réinterprétation de scène de film culte n'est venue me chambouler les esprits, le test devrait être probant. Et cela ne devrait vraiment poser aucun problème. Ni embrasement ni feux d'artifice... une minuscule flammèche au souvenir d'un ancien amour, peut-être. Pas plus. Tout à fait acceptable, selon moi.

J'ai très hâte de lancer le TPV, afin de pouvoir vite oublier toutes ces SCSB — Sornettes Concernant Shane Bennett. Le mariage, c'est la stabilité, une famille fondée avec une personne sur laquelle on peut compter. Pas une attirance irraisonnée pour quelqu'un à qui l'on ne peut pas faire confiance. Le TPV prouvera que je suis parfaitement capable d'enterrer le passé et ses fantômes.

— Alors, Kenzi, prête pour cette fête de fiançailles ? Il est bientôt l'heure ! me lance Maggie, la réceptionniste, sur le chemin de son bureau.

— Merci, j'ai hâte ! je lui réponds avec enthousiasme.

Un enthousiasme de courte durée, car je viens d'entendre quelqu'un actionner la poignée de la porte de la salle de conférences. Voilà, le moment est arrivé. Opération TPV en marche.

KENZI SHAW : C'est parti. A tout de suite.

Nerveuse, je me mâchonne un ongle. Je ferme la fenêtre de discussion ainsi que le navigateur et me concentre sur mon travail en cours, continuant néanmoins à scruter les allées et venues par-dessus l'écran, cachée derrière mes cils.

La porte s'ouvre. J'aperçois le bas d'un jean sombre. C'est lui. Il ne porte que des jeans. Il est immobile. Plus rien ne bouge. Le bureau entier semble plongé dans le silence, comme figé. Le seul bruit qui résonne encore est celui de mon cœur qui bat la chamade.

Levant les yeux avec circonspection, je constate qu'il est encore en pleine discussion avec Clive. Il porte un pull à col V par-dessus un T-shirt, une ombre de trois jours au menton. Je ne saurais plus dire si sa barbe pique ou s'assouplit au fil de la journée. Ce dont je me souviens, en revanche, c'est de la lui avoir un jour rasée. Après lui avoir appliqué de la mousse sur le visage, j'avais fait glisser le rasoir avec précaution le long de sa mâchoire, jusqu'à ce qu'il sursaute soudain, comme si je l'avais coupé. Ce qui était évidemment faux et avait conduit à une bataille de mousse à raser.

Clive s'en va. Je replonge la tête sur mon écran ; seuls les pieds de Shane sont encore dans mon champ de vision. Il est toujours planté devant la salle. Qu'est-ce qu'il fabrique ? Je sens son regard sur moi. Mon cœur s'emballe.

Lentement, je lève la tête.

Mon estomac fait un saut périlleux.

Ses yeux sont fixés sur moi.

J'ai l'impression de revivre l'instant où je l'ai vu pour la première fois. Durant un cours, alors que je laissais mes yeux vagabonder à l'autre bout de l'amphithéâtre, je l'avais découvert là, avec ses cheveux en bataille, sa chemise froissée et ses yeux d'un brun mordoré. Il me regardait. Nous avions ainsi entretenu une longue conversation muette ; nul besoin de mots pour nous comprendre.

La conversation est toujours la même, seulement, entre-temps, elle est devenue défendue.

Les coins de sa bouche se retroussent imperceptiblement, et il soutient mon regard. Je devrais me détourner, mais je n'y parviens pas. L'émotion m'étreint la poitrine. Derrière l'ongle que je mâchouille, je sens poindre un sourire. Mon visage se crispe dans l'espoir de le contenir.

Reste de marbre. Il ne le mérite pas. Retiens-toi...

Ses yeux s'illuminent, et... *oh !* il est vraiment irrésistible.

Les papillons prennent leur envol. Des tonnes et des tonnes de papillons.

— Voilà un sourire comme j'aimerais en voir plus souvent, déclare Bradley en apparaissant derrière Shane.

Adieu papillons, bonjour nœud dans le ventre...

Il est tout naturel que Bradley pense que mon sourire lui était destiné puisqu'il vient à ma rencontre et se trouve être mon fiancé.

Eh merde. J'ai lamentablement échoué au test.

J'étais censée tout avoir sous contrôle.

Etre capable d'empêcher mon passé de compromettre mon présent.

Il n'y a plus de quoi sourire.

— Salut, je m'exclame avec un enthousiasme feint.

Je suis sûre que j'ai l'air coupable. En tout cas, je me *sens* coupable. A force, cela doit commencer à se voir.

Bradley s'assoit sur le rebord de mon bureau, comme Clive a l'habitude de le faire. Jetant un coup d'œil en direction de la salle de conférences, je m'aperçois que Shane a tourné les talons et de nouveau disparu à l'intérieur.

— Je n'ai pas pu m'empêcher d'y réfléchir encore et je crois que tu devrais passer un coup de fil à Ren pour qu'elle t'accompagne chez cette organisatrice de mariage, lundi. Cela vous permettrait peut-être de vous rapprocher, toutes les deux. Cela serait sans doute bénéfique à votre relation.

Il cherche des solutions. Il essaie d'aider.

Et moi, j'échoue au test.

— Oui, tu as raison, cela lui fera sans doute plaisir. Je l'appelle tout de suite, dis-je en tâtonnant dans ma poche à la recherche de mon téléphone.

Tout ce qu'il voudra. Je suis la pire fiancée du monde. Le pire *être humain* du monde.

— Parfait. Très bien, je dois terminer deux ou trois petites choses avant que l'on y aille, déclare-t-il en se redressant avec une claque sur sa cuisse. On se retrouve dans une demi-heure ?

Avec un dernier sourire, il regagne son bureau.

Je lorgne autour de moi, presque persuadée que tout le monde a été témoin de notre échange et peut lire mes pensées les plus inavouables.

ELLIE-BELLE : Alors ?

KENZI SHAW : C'est quoi, la réplique, dans *Le Mariage de mon meilleur ami*, déjà ? Après : « Je suis une fosse à purin » ?

ELLIE-BELLE : Qu'est-ce que tu racontes ?

KENZI SHAW : C'est « Moins que ça ». Je suis encore moins que ça. Je suis la pourriture qui se nourrit de la fosse à purin. La saloperie qui souille la pourriture, qui stagne sous la merde.

ELLIE-BELLE : C'est une réplique de film, ça ?

Pas exactement. Mon dos se crispe. Les muscles de ma nuque et de mes épaules se contractent tandis que je jette un coup d'œil du côté de la salle de conférences. Notre TPV m'a davantage fait l'effet d'une charge de TNT. C'est la catastrophe. Tout est sur le point de sauter. Tous mes projets. Tout ce que j'ai toujours désiré. Un grand *bang! boum! badaboum!* et tout ça pour quoi ?

Il s'agit d'un projet intégrant des comédies romantiques; c'est la seule raison de la présence de Shane dans nos bureaux. Il ne me voit pas faire ma vie avec Bradley ? Cela ne veut rien dire. Shane n'est pas Julianne dans *Le Mariage de mon meilleur ami.* Il n'est pas là pour me supplier de revenir sur ma décision, comme elle auprès de Michael : « Choisis-moi. Epouse-moi. Laisse-moi faire ton bonheur. »

Non. Tout ce qu'il m'a dit, c'est qu'une collaboration pourrait s'avérer intéressante, et que j'étais la personne la plus à même de mener ce projet à bien. Puis il s'est excusé pour ses erreurs passées.

Bon, j'ai toujours des sentiments pour lui. *Et après ?* Feux d'artifice et relation amoureuse sont deux choses différentes. La passion finit toujours par faiblir avec le temps, non ? Je me raidis, stylet en l'air. Un poids m'écrase soudain la poitrine.

Cela faisait sept ans que je n'avais pas revu Shane.

Il tient le rôle de Connor Mead... et je suis le personnage de Jennifer Garner : Jenny Perotti. *Qu'est-ce que disait l'oncle, déjà ?* J'effectue une rapide recherche sur Google. Là, *Hanté par ses ex.* C'est ça... « Le pouvoir dans une relation appartient à celui des deux qui n'en a rien à cirer. » Il n'y a rien de plus vrai. Tant que je n'aurai pas tiré un trait sur toutes ces vieilles émotions qui sèment le trouble dans mon esprit, Shane aura cette emprise sur moi.

Il en a toujours été ainsi. Et pas seulement avec moi : il avait cet effet sur toutes les filles. A l'époque, je donnais sans doute l'impression de ne pas me soucier que chacune de mes camarades d'université pense avoir une « connexion » avec lui ; en réalité, j'avais surtout fini par m'y habituer. Toutefois, chez Fossie, Shane n'a pas semblé intéressé par les tentatives de séduction de la plus jeune des Mary. J'avais enfin toute son attention.

Bref, quoi qu'il en soit, je vais devoir faire intervenir un chasseur de fantômes.

Ah, et j'ai promis à Bradley que j'appellerais Ren ! Je compose rapidement son numéro, un œil sur la porte de la salle de réunion.

— Allô ?

— Ren, bonjour... Kenz à l'appareil.

Non, mais, je rêve ! On dirait ma mère.

— Pardon, tu sais très bien que c'est moi...

— Salut, Kenzi.

— Je t'appelais pour savoir si cela t'intéresserait de m'accompagner, lundi. Bradley m'a dit que l'organisatrice de mariage était une amie à toi, donc...

— Oh ! ne t'inquiète pas, je comptais bien venir avec toi ! Par contre, je ne pourrai pas rester très longtemps. Mais je serai au moins là pour te mettre sur la bonne voie.

C'est bien connu, je suis incapable de prendre une décision sensée toute seule. Quoique... elle n'a peut-être pas tort, en fait. Cela me rappelle que je ne lui ai toujours rien dit pour la liste de naissance. Enfin bon, ce n'est pas le moment d'aborder le sujet.

— OK, parfait. On se retrouve là-bas lundi, alors ?

Après m'avoir conseillé de me présenter en tenue

correcte, elle se dépêche de raccrocher afin de rejoindre ma mère et le décorateur. Ils préparent la chambre du bébé. Pas le temps d'organiser mon mariage, pas la place de garder mes tableaux, pas la moindre idée de ce qui peut bien me rendre si folle de rage, mais...

L'idée d'un mariage secret me plaît de plus en plus. Nous devrions peut-être nous lancer une bonne fois pour toutes avant que je fasse une bêtise et que Bradley me quitte, lui aussi... Je me masse le cou et roule les épaules pour évacuer les tensions. Je suis censée travailler, pas cogiter.

— Alors, Kenzi, ça avance, ce nouveau concept pour Bennett ?

Penché par-dessus mon épaule, Clive considère mon travail. Je ne l'ai même pas entendu faire le tour de mon bureau. Shane n'est clairement pas le seul fantôme à l'agence...

J'effectue un zoom arrière afin de lui donner une vue d'ensemble des scènes que Shane veut voir représentées. Aux dix films de la liste aisément identifiables se sont ajoutés quelques autres, comme *Quand Harry rencontre Sally* et *Rose bonbon*. C'est une longue fresque horizontale, qui pourra également être découpée et remaniée en fonction des différents objets marketing envisagés.

— Shane y a-t-il déjà jeté un œil ? me demande Clive.

Toujours penché au-dessus de moi, il mâche bruyamment son chewing-gum dans mon oreille. Une odeur de menthe poivrée envahit l'atmosphère.

— Non, pas encore. Je voulais d'abord avancer un p...

— Non, c'est très bon, il va adorer. A ta place, je sauvegarderais et le préviendrais que c'est bientôt terminé.

— Mais ce n'est pas le cas !

— C'est-à-dire que j'aimerais lui envoyer la deuxième facture ; cela me paraît justifié, vu l'avancée de ton travail.

Il se redresse, bras croisés sur la poitrine, et continue de considérer attentivement l'écran de mon ordinateur.

Sachant que nous facturons en trois fois, nous avons déjà reçu un paiement à la signature du contrat. Le prochain sera dû quand le concept aura été approuvé, et le troisième à la livraison. C'est la première fois que je le vois si pressé de facturer un client. Ma maquette est loin d'être terminée. *Je ne suis pas prête.*

Sans me laisser le temps de protester, Clive pivote sur ses talons et fait mine de s'en aller.

— Ah, j'oubliais, dit-il en se retournant. Je les ai conviés à notre petite sauterie. Comme ils viennent de loin, il aurait fallu leur payer un restaurant, de toute façon.

Pardon ? Je manque de m'étrangler.

— Qui donc ?

Clive ouvre de grands yeux.

— Eh bien, Peterson. Bennett. Nos clients, pardi !

Ça y est : la coupe est pleine. Elle a débordé sur ma tenue de fête, et je n'ai plus le temps de me changer.

— Ce n'est quand même pas un problème, si ? me demande-t-il pour la forme.

Il a invité Shane à ma fête de fiançailles.

Si, effectivement. Cela risque d'être un problème.

10

Le conseil de ma meilleure amie

Me voilà débarrassée de mon gilet et de ma queue-de-cheval. En revanche, il n'est pas impossible qu'une queue de diablesse m'ait poussé dans le bas du dos. Je suis même surprise que personne n'ait encore marché dessus. J'ai l'impression d'être un monstre, indigne de tant de gentillesse.

J'ai pourtant tout pour être heureuse.

Bradley et moi allons avoir une fête rien qu'à nous, et le *Ditty* est l'un de mes lieux préférés dans le centre d'Indianapolis. Pendant l'heure du service, le bar-restaurant est animé par un pianiste, auquel se joint un autre musicien plus tard dans la soirée pour un duel de piano endiablé. Vers minuit, l'endroit tient plus du karaoké géant que d'autre chose.

Lorsque nous faisons notre entrée, je suis ballottée entre un tas d'émotions contradictoires.

— Là, je les vois, me dit Bradley en désignant une rangée de tables installées le long du mur.

Une main sur mes reins, il me guide jusqu'à la fête.

La moitié de l'agence est déjà là. Une serveuse distribue des cocktails à Tonya et Ellie, tandis que Maggie, la réceptionniste, nous fait signe de les rejoindre. J'avise quelques gars du service de programmation informatique, ainsi que la plupart des commerciaux. Clive n'est nulle part en vue, pas plus que Rand Peterson ou quiconque ayant un fort penchant pour les jeans.

— Eh, ma belle, tu en jettes! lâche Tonya, une paille entre les lèvres.

Tiens, encore une tenue de luxe que je ne lui avais encore jamais vue. Visiblement, elle pense qu'un café de chez Starbucks suffit à se faire pardonner.

Bah, laisse tomber. Si j'en fais tout un plat, cela risque de gâcher la soirée; et autant épargner à Bradley davantage de détails sur mon passé avec Shane.

Les conversations se croisent par-dessus la musique et les bruits de couverts. Il y a déjà une chouette ambiance. Le pianiste joue *Knock on Wood* et, chaque fois qu'il arrive au refrain, les gens frappent en rythme sur les tables. Cela me rappelle *Casablanca*. Dans le film, un pianiste chante lui aussi une chanson avec la phrase « touchons du bois » pour refrain, et les clients du bar font la même chose. La chanson n'est pas la même, mais l'atmosphère n'est pas si différente.

— Tu es superbe, me complimente Ellie alors que je prends place à côté d'elle.

— Je te remercie, Ellie-Belle. Tu n'es pas mal non plus!

Puis je décroche mon plus beau sourire forcé à Tonya.

— Si tu as un moment, demain, nous pourrions peut-être discuter?

J'aurais dû faire carrière à Hollywood, car j'enchaîne les prestations d'actrice avec brio. Quoi qu'il en soit, je n'ai aucune intention de lâcher l'affaire. Même si elle refuse de s'excuser, je mérite une explication digne de ce nom.

— Aucun problème, me répond-elle, de toute évidence soulagée. Demain, sans faute.

Quelques minutes plus tard, nous sommes vingt à la table. Tout le monde bavarde, la boisson coule à flots, et les amuse-bouches viennent d'être servis. Le paradis. J'avoue que c'est plutôt agréable de voir tous ces gens réunis ici, pour nous. Cela me ferait presque oublier tout le reste. Avec un sourire pour Bradley, je goûte à mon verre.

— Aïe !

Ellie vient de me filer un coup de pied. Et pas un petit. Je lui décoche une œillade assassine. Les escarpins à bouts pointus devraient être interdits par la loi.

Elle fait un petit geste du menton, Clive, Rand Peterson et Shane s'avancent vers nous. Pas de papillons. J'ai verrouillé tous les accès.

Les seules chaises libres se trouvent en face de nous. Ce qui signifie que Shane va passer la soirée à nous observer, Bradley et moi. Les heureux fiancés. L'angoisse me vrille le ventre. Comment suis-je censée reprendre pied, s'il est toujours dans mes pattes ?

— Bonsoir, je lance à leur approche, avant d'éclater de rire à une remarque de Bradley.

Je n'ai pas la moindre idée de ce qu'il vient de dire.

Avec un sourire provocant, Tonya rejette ses cheveux en arrière.

— Salut, les garçons. Ce n'aurait pas été une fête, sans vous !

— D'autant plus que c'est moi qui vais devoir régler la note, soupire Clive en s'asseyant.

— Aussi, oui...

Reportant son attention sur Shane, elle ouvre de grands yeux.

— Bonsoir, toi. Tu es bien séduisant, ce soir.

Bradley tourne vivement la tête vers Tonya, comme pour lui signaler d'un regard qu'elle ferait bien de se calmer. *Hein ? Depuis quand ce qu'elle fait le regarde-t-il ?*

Prenant place face à moi, Shane répond à ma collègue.

— Eh bien, pour te dire la vérité, je ne me suis pas changé, mais merc...

— Tu ne trouves pas, Kenz? Que Shane est irrésistible? poursuit-elle en arquant les sourcils.

C'est à moi de la fusiller du regard. *A quoi joue-t-elle?* Je croyais que nous avions enterré la hache de guerre pour la soirée? Shane nous dévisage tour à tour, embarrassé.

Je fais mine de ne pas avoir entendu, soudain fascinée par ce que fait le pianiste. Oui, aucun doute : il joue du piano.

Bradley pose un bras protecteur derrière mon dos. L'agacement que je ressens se lit aussi sur son visage. Il est tout à fait naturel que la présence de Shane l'importune. Ce n'est pas malin de la part de Clive de les avoir invités. Cela dit, je ne suis pas certaine que Clive soit au courant de quoi que ce soit. Il est tellement focalisé sur ce contrat depuis le début que je doute qu'il ait fait attention au reste.

— Pardon, Ellie. Tu dis?

Je me penche vers elle, comme si je n'avais pas entendu ce qu'elle me racontait.

Déconcertée, mon amie me murmure à l'oreille qu'elle n'a pas dit un mot. Je parcours notre groupe de collègues des yeux avec un rire.

— C'est clair!

Je ne vais pas pouvoir passer la soirée à faire cela…

Bradley papote avec Terry, assis à sa gauche. Je lève mon verre, bois un coup. *Et si j'en commandais un autre?*

Shane ne détache pas le regard de moi.

Mon estomac fait un brusque looping. *Bon sang…*

— Tu es magnifique, Kensington.

Et revoilà les papillons… Nouvel échec au TPV. Malgré moi, je lui souris, les joues en feu. Alors que je dois être rouge comme une pivoine, Bradley se retourne. Il a très probablement entendu et ne manquera pas de remarquer que j'ai soudain pris des couleurs. J'avale une nouvelle gorgée de mon cocktail. Il fait très chaud, tout à coup. Très soif, aussi.

— Bennett, Kenzi m'a dit qu'elle serait bientôt prête à vous livrer la maquette. Donc vous allez rentrer à la ferme ? C'est bien dans une ferme que vous vivez, non ?

Pas de doute, il a surpris la remarque de Shane.

Clive intervient, coudes sur la table.

— Oh ! c'est bel et bien une ferme, mais elle est située à deux pas du lac Michigan, près de la ville de La Porte. Très touristique. Et la propriété est vraiment splendide... j'ai eu l'occasion de la visiter lors de notre premier contact pour le *Carriage House*, n'est-ce pas ?

— Tout à fait. Nous espérons ouvrir dans l'année, acquiesce Shane en toute modestie.

— Un sacré projet que vous avez entrepris là, Shane. C'est vraiment quelque chose !

Clive a vu le *Carriage House* de ses yeux ? Ce n'est donc pas du vent ? Je ne peux m'empêcher d'être un peu surprise, voire épatée. Je savais que Shane en était le propriétaire, bien entendu, mais je ne m'étais jusqu'à présent pas représenté le projet comme quelque chose de concret. Le Shane de mon souvenir avait toujours un tas d'idées grandioses, mais cela s'arrêtait là.

— D'ailleurs, Kenzi aussi devrait aller y jeter un œil, décrète Clive en faisant rouler sa pinte entre ses mains. Si vous comptez décorer vos murs de sa fresque, il serait bon qu'elle se fasse une idée des proportions des lieux.

Le clin d'œil qu'il me lance est sans équivoque : « Fais *tout ton possible* pour satisfaire M. Bennett. » Avec un dernier regard appuyé par-dessus le bord de son verre, il prend une gorgée de sa bière.

— Oh ! ce serait super ! Kenz serait trop contente ! s'extasie Tonya en joignant les mains.

Qu'est-ce qu'elle fabrique ? De deux choses l'une : soit elle a décidé de me soutenir, soit elle est en train de me poignarder dans le dos. *Une fois de plus.*

Je croise le regard de Shane. D'un commun accord, nous ne disons rien. Je n'ai strictement aucune envie d'expliquer que je connais déjà sa ferme. C'était il y a une éternité, et le moment est mal choisi pour faire référence à notre passé commun. C'est déjà bien assez perturbant de le voir participer à ma fête de fiançailles.

Shane considère Clive un instant.

— Vous n'avez pas tort, cela serait sans doute très utile. Je comptais y remonter mardi soir, après notre sortie paintball.

S'appuyant contre le dossier de sa chaise, il reporte le regard sur moi.

— Si tu en as envie, je serai ravi de t'y emmener pour te montrer le restaurant-cinéma. Si vous souhaitez nous accompagner, Bradley, vous êtes bien sûr le bienvenu.

Le menton en l'air, Bradley émet un petit reniflement dédaigneux.

— A moins que l'idée d'un séjour à la ferme ne vous dégoûte ? lâche Shane, lèvres pincées.

Clive ne laisse pas à Bradley le loisir de répondre.

— Ah, c'est que nous ne pouvons pas nous permettre d'envoyer toute l'agence en classe verte ! De toute façon, Bradley et moi avons une réunion avec les enseignes Colts mercredi matin.

Le patron l'a coincé. La présentation pour Colts est d'une importance capitale. Bradley l'a mauvaise ; je le vois à son sourire forcé et à la façon dont il tapote son verre du bout des doigts. Je le comprends.

Il continue de fixer Shane.

— Dans ce cas, tu devrais avoir terminé pour, disons... le vendredi suivant, non ? Au plus tard ?

Sans se départir de son air sévère, il se tourne vers moi dans l'attente d'une réponse.

J'acquiesce, la gorge serrée. Je n'ose plus ni déglutir ni parler.

— Bien. Parce que je suis sûr que Shane a très hâte de reprendre sa vie *à la ferme*, crache Bradley.

Avalant une longue gorgée de bière, il glisse un bras autour de mes épaules et passe les doigts dans mes cheveux. La tension est palpable.

— J'adooore les soirées entre collègues, s'exclame Tonya, avant de pousser un cri de douleur.

Ellie lui a collé un coup de pied dans le tibia; j'en mettrais ma main à couper.

— Donc Rand et vous serez en ville ce week-end? s'enquiert cette dernière sans crier gare. Aïeuh! mais ça va pas?

Cette fois, le coup de pied vient de moi. Ellie sait parfaitement que Bradley sera à Lansing jusqu'à lundi soir. La dernière chose dont j'ai besoin, c'est qu'il se fasse des films à propos de ce qui pourrait se passer durant son absence.

Notre serveuse et deux de ses collègues surgissent, les bras chargés de plateaux. *Sauvée!* Tout avait déjà été commandé pour tout le monde lorsque nous sommes arrivés afin de faciliter le déroulement de la soirée. Divers plats sont placés au centre de la table. Tout le monde se sert, passe le saladier à ses voisins et y va de ses commentaires à propos du repas. Tout le monde sauf moi.

Le menton au creux de la main, je regarde dans le vide. Clive vient de me désigner volontaire pour un séjour d'une nuit en compagnie de Shane. Je termine mon verre et demande à Bradley s'il veut bien m'en commander un autre.

Nous nous étions mis d'accord : pas de cadeaux. Un dîner était déjà bien suffisant. Pourtant, Maggie glousse et fait passer quelque chose sous la table. Ils trament un truc. La voilà qui fait des messes basses à Clive. Lorsqu'ils s'aperçoivent que je les observe, ils jouent les innocents.

Ellie semble sur le point d'exploser. Avec un éclat

de rire, elle examine une petite fiche, puis se tourne vers Bradley.

— Bradley, comment vous êtes-vous rencontrés ? lui demande-t-elle d'une voix forte.

Chacun cesse ce qu'il était en train de faire pour tendre l'oreille.

— Euh, eh bien... au bureau, répond-il.

Il semble aussi désarçonné que moi. Elle sait déjà comment nous nous sommes rencontrés ! Pourquoi cette question ? Et qu'est-ce que c'est que ces fiches ? Ils semblent tous en avoir.

— Bouh, nul ! lance Tonya.

Clive s'agite, une main en l'air, sa fiche fermement pincée entre deux doigts.

— Mettez-y un peu de piment, Bradley... Inventez quelque chose !

— Attendez, attendez, je sais ! intervient Shane avec un sourire jusqu'aux oreilles.

Lui aussi se met à parler fort. Mais il n'a pas besoin de fiches.

— Dans un hôpital psychiatrique !

— Pardon ? Vous êtes tous soûls à ce point ? interroge Bradley en jetant un coup d'œil à la tablée, complètement perdu.

Sa remarque déclenche l'hilarité.

Après avoir relu sa fiche, Ellie crie :

— N'était-ce pas grâce à Dionne Warwick ?

J'ai l'impression d'assister à une mauvaise pièce de théâtre, dans laquelle tous mes amis auraient un rôle.

— Oh ! c'est à moi, s'écrie Maggie en se mettant debout, antisèche à la main.

Elle place l'index sur la ligne à lire, puis déclame d'une voix retentissante :

— Qui est Dionne Warwick ?

Tous hurlent en même temps :

— Sacrilège !

J'éclate de rire. *Ce n'est pas vrai...* J'ai enfin compris. Je sais ce qu'ils sont en train de faire : ils gratifient le restaurant tout entier d'une reconstitution du *Mariage de mon meilleur ami*, récitant chacun leur tour une réplique du film. Leur manque de talent manifeste ne m'a pas empêchée de reconnaître la scène du dîner de répétition !

J'oublie tous mes soucis et me laisse prendre au jeu.

Shane balaie l'assemblée du regard, heureux comme un pape.

— Je suis sûr que Bradley a vu la ravissante Kensington et, à ce moment-là... à ce moment précis...

Ses yeux plongent dans les miens.

Enchantée, je rayonne de bonheur.

— Il a compris qu'il était peut-être follement amoureux...

A cet instant, le pianiste entame un morceau, et l'attention de chacun est captivée par la musique.

A l'exception de la mienne. Et de celle de Shane.

Nos amis entonnent le premier couplet à base de *moment I wake up* et de *before I put on my make-up*, et je me laisse porter à la fois par les paroles et par le moment.

Le club tout entier se met finalement à hurler : *I say a little prayer for you!*

Surprise, je tressaille et étouffe un rire. C'est absolument extra.

On enchaîne sur le couplet suivant, puis le restaurant reprend le refrain. *Forever and ever, you'll stay in my heart...*

Bradley est comme frappé de stupeur. Shane exulte. Je suis complètement estomaquée. Ils étaient tous dans le coup. *Tous.*

— C'est un film de la liste ! je crie à Shane sans réfléchir, toute à mon excitation.

C'est pour cette raison que Rand et lui sont restés. Tout était prévu. Clive était au courant ; tout le monde savait! Mon cœur pourrait exploser de bonheur. Cette fois, il ne s'agit pas de réveiller un quelconque sentiment de manière à ce que je puisse le retranscrire dans mon travail. Ce moment m'appartient. Shane a organisé tout cela *pour moi*, et c'est la surprise la plus géniale du monde.

— *Forever and ever, you'll stay in my heart…*

— Quelqu'un pourrait-il m'expliquer ce qui se passe? demande Bradley, provoquant une nouvelle vague d'hilarité.

Maggie et Ellie chantent à tue-tête en me pointant du doigt. La serveuse m'attrape par la main et m'entraîne vers le piano.

— Hein? Non! Non!

On est en plein milieu du refrain et, lorsque je me retourne, je ne peux retenir un grand éclat de rire. Les larmes roulent sur mes joues. *Je n'en peux plus!*

À l'exception de Bradley, tous nos collègues ont revêtu une paire de maniques en forme de pinces de homard et les agitent au-dessus de leur tête en braillant :

— *Forever and ever, you'll stay in my heart…*

Ce n'est pas possible, comment… oh, j'adore.

— Je crois qu'il va falloir que je revoie ce film, me souffle Bradley, probablement pour la centième fois.

Il est tard et il doit partir pour Lansing, aussi fait-il le tour de la table pour serrer les mains et remercier tout le monde d'être venu.

Maggie et Clive ont leur manteau à la main, et ce dernier est en train de payer.

— Je reviens, dis-je à Ellie. Je vais raccompagner Bradley.

Main dans la main, nous marchons jusqu'à l'entrée du restaurant. En réalité, je sautille plus que je ne marche. Je suis toujours sur un petit nuage.

À la porte, Bradley s'arrête et me prend les deux mains.

— Ça t'a plu ?

— Bien sûr que cela m'a plu !

J'ai vraiment passé un excellent moment.

— Je n'ai rien compris à ce qui s'est passé, ce soir, avec les homards chantants, fait-il dans un rire. Je me rappelle que tu m'as forcé à regarder ce film, mais...

— J'ai vraiment aimé. Franchement, j'ai adoré.

Et c'est la vérité. Je ne me départis plus de mon sourire.

— Je suis certain que ta famille nous aura également préparé un beau dîner de fiançailles, reprend-il en me caressant la joue du bout des doigts.

— Ma famille pense que c'est une bonne idée de coupler notre dîner de fiançailles avec une célébration de grossesse pour Ren. Et je doute fort qu'ils puissent faire mieux que ce soir.

Il redresse le menton.

— Je n'aurais jamais cru que tu aimais autant les maniques et...

— Tu n'as pas idée !

Avec un petit rire, il m'attire contre lui.

— Très bien. Je le note pour les anniversaires de mariage et les Noëls. Tu n'en manqueras jamais.

Il dépose un petit baiser sur le bout de mon nez.

— Pfff... je n'ai aucune envie de m'en aller. Tu ne restes pas, si ?

— Non. Pas longtemps, du moins. De toute façon, je rentre avec Ellie.

Il coule un regard en direction de la table et, avant que je puisse réagir, ses lèvres sont pressées contre les miennes. Puis il s'écarte avec un sourire coquin et me tapote les fesses.

— Je t'appelle quand j'arrive là-bas.

Je n'ai pas besoin de me retourner pour deviner que les yeux de Shane sont rivés sur moi. Je sais qu'il nous regarde. Le petit cinéma de Bradley lui est destiné.

Pour ce qui est du reste, je suis perdue. Ce soir, je suis tiraillée entre raisonnement boiteux et émotion brute.

Bradley tourne finalement les talons et passe la porte. C'est tout. Pas d'épanchements, de « je t'aime » à n'en plus finir, ni de commentaire extatique à propos de cette soirée magique. Non, juste un « je t'appelle quand j'arrive » et une tape sur le derrière. Enfin... il a tout de même dit qu'il aurait préféré ne pas avoir à s'en aller, c'est déjà ça.

De retour à la table je vois qu'un autre groupe d'invités est sur le point de s'en aller. Il ne reste plus grand monde. Même Tonya est en train d'enfiler son manteau. *Non !* Tonya s'en va déjà ? Je fais la liste des hommes qui viennent de quitter le club. Je la connais... Il y a Terry, le commercial ; mais il est marié, et pas du tout son genre. Rod et Patrick du service de programmation sont également partis il y a peu ; cela dit, il me semble qu'ils sont en couple tous les deux, donc je doute que Tonya soit *leur* genre.

— Quelqu'un t'attend ? Un nouvel homme dans ta vie peut-être ? je lui demande, pleine d'espoir.

— Non. Je suis seulement fatiguée.

Elle remonte la fermeture Eclair de sa veste, puis dégage ses cheveux, restés prisonniers du col.

— C'est cela... Tu crois que je n'ai pas remarqué toutes tes nouvelles fringues, peut-être ?

Rajustant la lanière de son sac à main sur son épaule, elle lance un regard derrière moi, accompagné d'un geste du menton.

— Et toi, tu veux bien me dire ce qui se passe avec le prétendant numéro deux, là-bas ?

Mon sourire retombe.

— C'est bien ce qu'il me semblait, poursuit-elle sans me laisser le temps de répondre. Bonne nuiiit, chantonne-t-elle en se dirigeant vers la sortie. Je t'appelle demain, me lance-t-elle sans se retourner.

OK… bref. Pivotant sur moi-même, je balaie rapidement la salle du regard. Ellie est au bar et discute avec Rand Peterson. Tous les autres sont partis.

A l'exception de Shane.

Il approche. Je souffle un bon coup et marche à sa rencontre. J'avoue ne plus y comprendre grand-chose. Rien dans ses paroles n'a jamais suggéré qu'il désirait davantage que mon amitié ; ses actions, surtout ce soir, en revanche…

Il me fait signe de patienter une seconde et tourne les talons pour aller parler au pianiste. Un billet vert passe de sa main à celle du musicien, puis ce dernier entame l'intro bien connue de *As Time Goes By.*

Il est sérieux ? Je ris. C'est le thème de *Casablanca.* OK, donc il est toujours à fond dans cette histoire de films. Il s'amuse. Si je me rappelle bien, il s'agit de la chanson des héros, hélas, Ilsa est mariée à un autre. Quelques personnes s'avancent sur la piste de danse. Shane les contourne pour me rejoindre.

Je lui décoche un petit sourire en coin.

— Il ne récupère pas la fille, tu sais ?

— Lui, peut-être.

Mon cœur bondit dans ma poitrine, je souffle :

— Qu'est-ce que tu fabriques ?

Il m'attrape par la main, m'enroule un bras autour de la taille et m'attire à lui.

— Je danse. Avec toi, murmure-t-il à mon oreille.

Je m'écarte et le regarde droit dans les yeux.

— Je suis uniquement venue te voir afin de te remercier pour ce soir et… et je suis fiancée, bon sang ! Pour être parfaitement honnête…

Tendue, je poursuis d'une voix tremblante :

— … tu ne fais que compliquer les choses.

Voilà, je l'ai dit.

Un sourire espiègle lui flotte sur les lèvres.

— Tu aurais dû… porter une autre robe, dans ce cas.

Waouh. Impossible de rester de marbre.

— Vraiment? *Coup de foudre à Manhattan*?

De nouveau, il m'attire contre lui.

— Kensington, cela n'a rien de compliqué; nous ne faisons que danser.

Ce n'est pas si simple... C'est un film, ça aussi. Dans lequel Meryl Streep a une aventure secrète avec son ex-mari.

Sa paume est chaude contre la mienne. Nous sommes si près l'un de l'autre que je perçois la chaleur de son corps, son souffle près de mon oreille... Je ferme les paupières dans l'espoir de me débarrasser de ce ridicule sentiment de culpabilité. Non, ce n'est vraiment pas simple.

En dépit de mes réticences, je me cale contre lui. Je crois que je suis un peu pompette. Un mélange de musc et de bois de santal me chatouille les narines. Familier, réconfortant, mais pas sans danger pour autant.

— Tu as aimé cette scène? me demande-t-il en ramenant ma main contre sa poitrine.

Je me retrouve enveloppée de ses bras, pressée contre lui, entourée de Shane. Encerclée par la tentation.

— Mmm-hmm, très contente, je marmonne en continuant d'onduler au rythme de la musique, toujours transportée.

Shane ricane doucement à mon oreille.

— Je ne suis pas sûr que l'on puisse en dire autant de Bradley.

Toujours maudite.

— Il n'a pas tout compris à ce qui se passait, c'est tout.

— Mais, toi, est-ce qu'il te comprend, au moins?

Je n'en crois pas mes oreilles. Mon sourire béat retombe.

— Parce que j'en doute sincèrement, poursuit-il. Je crois qu'il ne te connaît pas si bien que cela, Kensington.

Je recule d'un pas, plus du tout dans le rythme — la musique me semble soudain beaucoup trop forte. Si ma main est toujours nichée au creux de celle de Shane, et que son autre bras demeure enroulé autour de ma taille, il y a désormais un gouffre entre nous, un vide creusé tant par les vieilles rancœurs que par les interrogations nouvelles. Par exemple le but de cette soirée : était-ce en lien avec le projet ou cette histoire est-elle en train de prendre une tournure plus personnelle ?

— Tu t'es fiancée avec lui, car cela fait bien sur le papier. Il plaît beaucoup à tes amis, ainsi qu'à ta très chère famille.

J'arrache ma main à la sienne.

— Tu ne sais pas de quoi tu parles...

— Bien sûr que si. Tu t'es fait une idée précise de ce que tu désirais dans une relation, et Bradley entre dans le moule, n'ai-je pas raison ? J'ai connu cela, moi aussi. J'étais sur le point de me marier.

Je le dévisage, bouche bée. *Il a failli se marier ?*

— Sauf que j'ai su prendre le recul nécessaire, et je me suis rendu compte que ce n'était pas la vie dont j'avais rêvé. Elle ne me convenait pas. Et Bradley ne te convient pas non plus. Je crois que tu en as conscience, mais tu as peur de décevoir les gens autour de toi ou de prendre le risque de te lancer.

— Parce que je ne devrais pas avoir peur, peut-être ? Tu crois que je n'ai pas été déçue, moi ?

Je peine à croire ce qui sort de ma bouche. Je bats en retraite. Dans ma tête, mon cœur, toutes les sirènes d'alarme se déclenchent. De grandes idées, jamais rien de concret. Moi aussi, il m'a quittée. Peut-être pour les mêmes raisons ? *Dans quoi suis-je en train de m'empêtrer ?*

Shane semble chercher ses mots.

Je n'attends pas qu'il les trouve. Mes pieds me conduisent déjà loin de lui. Ce n'était pas du tout ainsi que je m'étais imaginé que les choses se passeraient. Je ne sais pas à quoi je pensais, à quoi je pense... ou même si je pense.

Ravalant les larmes de frustration qui me montent aux cils, je me fraie un passage au milieu des danseurs pour rejoindre Ellie et Rand. Ellie termine son énième verre. Elle n'est pas plus en état de conduire que moi. *Eh merde.*

— Rand, est-ce que cela vous embêterait de nous déposer, Ellie et moi. Maintenant, je veux dire. Je suis vraiment désolée. Je... il faut absolument que je rentre.

Je me mordille la lèvre, refusant d'en dire davantage.

Rand jette un coup d'œil au-dessus de mon épaule — en direction de Shane, je présume. Puis il revient à moi et se lève.

— Non, bien sûr. Aucun problème.

Après avoir récupéré mon sac, je me dirige vers la porte sans attendre personne et sans un regard en arrière. Shane ne me suivra pas. Je songe soudain au *Mariage de mon meilleur ami.* Quand Julianne fait tout pour conquérir Michael, et qu'au bout du fil George lui demande : « Et qui court après toi ? Personne, tu piges ? La voilà la réponse. »

A ceci près que je n'ai posé aucune question, moi.

Et je ne suis pas certaine de le vouloir.

— Merci de rester avec moi, cette nuit, dis-je à Ellie en me tournant sous la couette pour lui faire face.

Je n'aurais pas supporté de rester seule, ce soir. En guise de pyjama, je lui ai prêté un T-shirt et un pantalon de jogging. En revanche, c'est tout juste si j'ai eu le courage de me changer ; je ne me suis même pas démaquillée. Je suis toujours un peu soûle.

— Pas de souci. Grâce à toi, je ne coucherai pas avec Rand, me répond-elle en remontant la couverture sous son menton. Dormir avec toi, c'est tellement plus raisonnable.

Un petit rire m'échappe.

— Je croyais pourtant qu'il te plaisait, non ?

— Oui, il me fait rire. Par contre, il est super grand. Tu crois que cela influe sur...

— La taille de ses pieds ? je m'esclaffe.

— Oulà là ! J'ai de quoi m'inquiéter, alors, glousse-t-elle, avant de se redresser sur un coude. Bon, est-ce que tu vas enfin me dire ce qui s'est passé ?

— Bradley, tu l'aimes bien, non ?

Je ne sais même pas où je veux en venir avec cette question.

— Euh, oui. Tout le monde l'apprécie. C'est un type bien. Pourquoi ?

— Shane n'est pas de cet avis. Il dit que Bradley ne me correspond pas, que je suis seulement avec lui parce que, sur le papier, il a tout pour plaire, en particulier à ma famille...

L'étau se resserre sur ma poitrine, je ne parviens pas à terminer ma phrase. J'ai mal à la gorge à force de retenir mes larmes.

Ellie se redresse, son oreiller sur les genoux.

— Ta famille te rend dingue. Ce n'est pas un secret.

Je m'assois à mon tour et m'adosse à la tête de lit, ramenant les jambes contre moi.

— Kenz, si je te dis quelque chose, tu me promets de ne pas me jeter du lit ?

Je resserre les bras autour de mes genoux.

— OK, tant que c'est une ode à mon incroyable talent et ma plaisante personnalité.

— Certes, il y a cela, dit-elle en me donnant un petit coup de coude complice. Bon. Bradley est génial. Je l'aime bien. Vraiment. Mais quand tu es avec Shane tu es complètement transformée. Il se passe un truc entre vous. Je ne vous ai pas énormément vus ensemble et, pourtant, je trouve la différence flagrante.

— Mais à aucun moment il ne m'a dit que je l'inté-ressais, seulement que Bradley n'était pas fait pour moi.

S'il souhaitait me voir redevenir celle que j'étais, c'était pour que j'appréhende mieux son concept.

Avec une longue et profonde inspiration, je lève les yeux au plafond.

— Et puis tout à coup il m'invite à danser. C'est à la fois magique et horrible, et j'ai envie de me jeter par la fenêtre, parce que cela me rappelle ce que nous partagions à l'époque. Et que j'aimerais retrouver, peut-être.

Je me tourne de nouveau vers mon amie.

— Même les raisons qu'il m'a données pour expliquer son comportement à l'époque de l'université sont tout à fait valables. Cela dit, il m'a aussi dit qu'il avait failli épouser quelqu'un, donc bon, il a visiblement encore du mal à s'engager. Je ne sais pas, c'est juste que...

Ellie repousse la mèche de cheveux qui lui barre le front et appuie les deux coudes sur le coussin.

— Juste que quoi?

— J'ai simplement eu l'impression qu'il avait imaginé cette soirée rien que pour moi. Pas pour le projet, *pour moi*.

Je souffle un grand coup et secoue la tête.

— Je me suis fait des idées et j'ai tout mélangé.

— Tu sais, c'est bien Shane qui a organisé ce truc de la chanson. Je t'assure. Il m'a chargée de dégoter des maniques et d'envoyer les mails pour que cela semble venir de moi. Par contre, c'est lui qui a tout imaginé. Il a même appelé le *Ditty* pour s'assurer qu'ils joueraient le jeu.

Ellie semble observer ma réaction, mais je demeure silencieuse. Il me faut un peu de temps pour digérer l'information. Je n'avais pas rêvé : il a fait tout cela pour moi.

— OK, reprenons à zéro : raconte-moi ce qui te plaisait à propos de Shane lorsque vous étiez ensemble.

— Pourquoi?

— Fais-moi plaisir...

— Je n'en sais rien, je soupire. Il était mon meilleur ami. Il admirait mes tableaux. Je veux dire : il les aimait sincèrement.

Je m'interromps un instant, le temps de me redresser et de replacer mes bras autour de mes jambes.

— Quand j'étais avec lui, je me sentais toujours à part, spéciale. Il me prenait par la main, même quand ses copains étaient dans le coin. Et, bien entendu, si qui que ce soit faisait une remarque, il le défonçait.

Je ris.

— J'adorais le regarder boxer. Sa combativité, l'adrénaline... Ses cheveux bouclaient encore plus quand il avait transpiré. Et sa voix, la façon dont il prononce mon nom et écoute réellement ce que j'ai à dire...

— Ecoutait, tu veux dire. La façon dont il t'écoutait, répète Ellie avec un petit sourire. Tu utilises le présent.

Je me laisse aller en arrière et rabats la couette sur moi.

Ellie tire dessus afin d'exposer mon visage.

— Maintenant, parle-moi de Bradley.

— C'est Bradley. Il est prévenant et sait faire preuve de pragmatisme, de responsabilité. Et Dieu sait que le pragmatisme n'est pas mon fort !

Extirpant mes bras de sous la couette, je les plaque par-dessus, de chaque côté de mon corps.

— Et, oui, ma famille l'adore. Et puis ? Encore heureux ! Pourquoi ne l'aimeraient-ils pas ? Il parle politique et services de santé avec mon père et mon frère. Maman et Ren défaillent chaque fois qu'il leur décoche son sourire de Ken. C'en est même drôle.

— Ça, c'est ce que ta *famille* aime chez Bradley, Kenz.

— Moi aussi, ça me plaît ! je réplique, sur la défensive.

Mon amie m'adresse une grimace sceptique, puis s'allonge sur le côté, face à moi.

— Non, ce que tu aimes, c'est que cela plaise à ta famille.

— Je peux savoir ce que tu insinues, Ellie ?

— Ce que je constate, c'est que Bradley a parfaitement sa place dans ta famille.

Je hausse un sourcil.

— Et?

— Mais pas toi.

S'ensuit un silence à crever les tympans.

Je ne sais même pas où est ma place. *C'est fou ce que la jalousie névrotique peut rendre lucide.* Je ris intérieurement. C'est la réplique de George, dans *Le Mariage de mon meilleur ami*, mais, en réalité, je ne suis pas jalouse. Ce qui ne veut pas dire que je ne suis pas une « pourriture ».

Ellie s'enfonce dans le lit, serrant l'oreiller dans ses bras.

— Ne t'en fais pas, d'accord? Tu finiras par trouver une solution.

On dirait bien qu'elle a sommeil.

— De toute façon, demain, c'est soirée philharmonique, continue-t-elle dans un long bâillement. Ça te changera les idées, promis. Pense à quel point tu vas être belle dans cette robe jaune.

La robe que Shane m'a payée.

11

Lucky Woman

J'ai sorti ma tenue et je termine tout juste de me lisser les cheveux. Il ne me reste plus qu'à enfiler robe et chaussures, et je serai prête pour le concert. Ellie devrait passer me prendre dans moins d'une heure. *Les billets!* Je les décroche du pense-bête en liège de la cuisine et les fourre dans mon sac.

Ayant dû partir tôt pour son cours de yoga, Ellie m'a abandonnée pour la journée, seule avec mes pensées. Pas très judicieux. Tonya ne m'a jamais appelée. *Comme c'est bizarre…* Elle en est quitte pour deux messages sur son répondeur.

Bradley est lui aussi injoignable. S'il est au match, il n'entend sans doute pas son téléphone. Que lui dirais-je, de toute façon? Vu qu'il accompagne des clients, nous ne risquerions pas de nous lancer dans une grande discussion à cœur ouvert. Etait-ce ce que j'espérais en l'appelant? La conversation qui changerait nos vies? Je n'en sais rien. Peut-être.

Je n'arrête pas de repenser à hier soir. Shane a fait lire et jouer les répliques du *Mariage de mon meilleur ami* à tout le monde. La scène repasse en boucle dans ma tête à la manière d'un menu de DVD. Tout comme dans le film, ça a été un instant de perfection ; seulement, cette fois, j'en étais la star.

Shane avait tout organisé pour moi. Bradley, lui, se contente de ce que ma famille nous prépare. Soit une journée à partager le feu des projecteurs avec Ren. J'avoue avoir du mal à saisir. Que fait-il de mes sentiments, de mes envies ?

Et puis il y a eu cette danse.

Cette unique danse. D'une dangereuse intimité. Une lenteur à couper le souffle.

Bradley n'a même pas cherché à m'entraîner sur la piste. C'était notre fête de fiançailles, et m'inviter à danser ne lui a sans doute même pas effleuré l'esprit. Je ne lui en veux pas : il n'aime pas cela, mais quand même... Les paroles de Shane tournent et tournent en boucle dans mon esprit comme un requin en chasse.

Il rentre dans le moule, mais n'est pas fait pour moi.

Il plaît à ma très chère famille.

J'ai juste trop peur de les décevoir.

Paupières closes, je tente de me vider la tête. Shane a au moins raison sur un point : j'ai peur.

De prendre la mauvaise décision. De regretter mes choix. De lui.

Je m'installe à mon ordinateur et me connecte sur Facebook pour passer le temps.

Nouveau statut :

Certaines personnes mériteraient d'être accompagnées de sous-titres.

Avec un soupir, j'entreprends de consulter mon fil d'actualité. Il est encombré de photos du nouveau chiot de Tina. Effectivement : adorable sous tous les angles. Shannon, du lycée, a posté une photo de chat. Celui-ci est dans les bras d'un pompier torse nu. *Like.*

Curieusement, ni Ren ni m'a mère n'a actualisé son

statut depuis un moment. Aucun lien vers de ravissants accessoires pour bébé, aucune photo de l'avancée de la chambre de l'enfant... Lors du dernier déferlement, elles songeaient à une décoration sur le thème de l'arche de Noé. Depuis, plus rien. Comme si le logiciel informatique fan de puériculture qui semblait jusque-là avoir pris le contrôle de leurs comptes avait soudain buggé.

Etrange.

Lorsque mon téléphone se met à sonner, je me jette dessus, trop heureuse de cette nouvelle distraction. Il s'agit d'Ellie. Les yeux rivés sur la pendule, je peine à faire glisser l'écran de verrouillage. Elle n'a pas intérêt à me faire faux bond.

— Pitié, dis-moi que tu es en chemin.

Tout en parlant, je me lève pour aller décrocher ma robe de son cintre.

— Oui et non. Cela t'embêterait que l'on se rejoigne là-bas ? Je dois passer chez ma mère en vitesse pour récupérer la robe que je veux porter. Je pensais l'avoir ici.

— OK, rendez-vous dans l'entrée, mais uniquement parce que tu me paies pour ça.

— Hein ?

J'éclate de rire.

— C'est dans *Pretty Woman*, quand il l'appelle pour lui donner rendez-vous dans l'entrée. Comme il lui a interdit de répondre au téléphone, il la rappelle pour vérifier, et, bien sûr, elle décroche.

Je récite sur le même ton faussement exaspéré que Julia Roberts :

— « Alors, arrêtez de me téléphoner... » Ça te revient ?

— Euh, non, pouffe Ellie.

— Oui, bon, désolée. Je suis encore en pleine immersion. Je te retrouve là-bas.

Comme je ne vois pas Ellie arriver, je m'assois devant un verre au bar du Circle Theatre. Le cadre est d'une autre époque ; l'ambiance et le charme suranné des lieux baignés dans la lumière tamisée de lustres en cristal. Seuls les diamants de ces dames étincellent davantage. Mon caillou surdimensionné est d'ailleurs parfaitement à sa place.

Je suis ravie de ma robe. Si ce n'est pas la réplique exacte de celle que porte Kate Hudson dans *Comment se faire larguer en 10 leçons*, elle y ressemble néanmoins fortement, avec sa taille élancée et sa couleur bouton d'or.

Je balaie l'espace des yeux à la recherche de mon amie. Elle devrait être là depuis longtemps. Sur mon trente et un, j'ai très hâte de m'abandonner à une autre tragédie que la mienne, ce soir. Les spectateurs commencent à se diriger vers les portes de la salle.

Qu'est-ce qu'elle fiche, bon sang ?

Mon téléphone se met soudain à vibrer. Si elle me pose un lapin, elle peut compter sur moi pour afficher un poster grandeur nature de la photocopie de ses seins dans la salle de pause. Ah, ce n'est pas elle. Je ne reconnais pas le numéro. J'appuie sur « Ignorer » et replace mon portable dans ma pochette. De nouveau, il vibre. Toujours le même numéro. Et si jamais Ellie avait égaré son téléphone et essayait de me contacter avec celui de quelqu'un d'autre ? Sa voiture est peut-être tombée en panne ? Mille scénarios me venant à l'esprit, je me dépêche de décrocher avant que l'appel bascule sur répondeur.

— Allô ?

— Bonsoir, Kensington.

Tout à coup, l'air me manque. Ce n'est pas Ellie...

C'est Shane.

J'ouvre la bouche pour lui répondre, mais aucun son n'en sort.

— Allô ? Tu es toujours là ?

— Comment as-tu eu mon numéro ?

La question me semble légitime. Jamais je ne lui ai communiqué mon numéro. Nous avons uniquement chatté sur Facebook. Bon, il y a bien cette fois où je l'ai appelé...

— Ellie. Elle...

— Tu lui as parlé ? Elle devrait être ici.

Je me raidis sur mon siège.

— Est-ce qu'elle va bien ?

Et si elle avait eu un accident ? Ils sont peut-être à l'hôpital.

Shane laisse échapper un petit rire.

— J'ai bien peur qu'elle soit occupée ailleurs. Rand l'a embarquée pour un dîner romantique. La pauvre !

— Tu veux rire ?

Ellie n'est pas sur son lit de mort : elle me pose bel et bien un lapin.

Je vais la tuer.

— Non. Donc, j'ai comme l'impression qu'elle ne pourra pas venir. Bien entendu, il serait dommage de te laisser assister seule à ce concert symphonique. Qui serait là pour t'admirer dans ta robe jaune ?

Je fronce les sourcils.

— Je ne t'ai jamais dit de quelle couleur était ma robe...

Il me semble. Je me rappelle lui avoir expliqué pour quelle occasion il m'en fallait une. Après tout, c'était l'unique raison de cette séance de shopping. En revanche, il n'était plus là lorsque je l'ai choisie, et je suis pratiquement sûre de ne pas lui en avoir parlé. Et pourquoi est-ce lui qui me prévient, plutôt qu'Ellie ?

— Je parie que tu es assise seule au bar, ton verre intact devant toi.

Je baisse les yeux sur mon cocktail, auquel je n'ai effectivement pas touché. Je suis prise de sueurs froides. *Qu'est-ce que c'est que ce plan ?* Je regarde autour de moi, puis jette un coup d'œil par-dessus mon épaule, le plus discrètement possible.

— Tu cherches. Tu t'interroges... est-ce possible ? Est-il là ?

Je n'y crois pas ! Il s'inspire des répliques de Rupert Everett à la fin du *Mariage de mon meilleur ami*. Il est là. Il ne peut qu'être là. Shane, pas Rupert Everett. Je me lève et balaie le hall du regard.

— Et, tout à coup, la foule s'écarte et...

Je concentre mon attention sur la porte, parcourant les visages de tous ces hommes et ces femmes en tenue de gala, quand soudain je remarque la silhouette d'un homme à vingt mètres de là. Vêtu d'un costume sombre, les cheveux en bataille, il tient un téléphone contre son oreille. Il vient dans ma direction. Son visage mal rasé se fend d'un sourire cabotin. Ce n'est pas possible d'être aussi beau.

— Fin, élégant, i*rrr*radiant de charisme, continue-t-il en roulant ses *r* tel Rupert Everett.

Il a capté mon regard et ne le lâche plus.

— Il s'avance vers toi, la démarche d'un félin dans la jungle.

Ce n'est pas vrai, je rêve ! J'ai le sourire jusqu'aux oreilles. Je peine à croire qu'il est vraiment là. En costume. Tiré à quatre épingles. Face à moi, il raccroche enfin. Il sent si délicieusement bon...

Je demeure muette de stupeur. Moi qui comptais faire le vide et mettre cette histoire de côté le temps du concert, c'est raté. Je replonge en plein dedans.

Sa cravate attire mon attention. C'est celle que je lui ai choisie. Je l'ai laissée avec le reste de ses affaires dans la salle de conférences pendant qu'il discutait dans le bureau de Clive, hier, puis cela m'est sorti de l'esprit.

Son sourire s'adoucit.

— Tu peux raccrocher, maintenant, Kensington.

Oh. Avec un petit rire, j'abaisse lentement la main et coupe mon téléphone.

J'avale péniblement ma salive. Le jeu est dangereux. Et, cette fois, ce n'est plus de Shane que je me méfie. Je ferais mieux de prendre mes jambes à mon cou. Tourner les talons et filer. Hélas, je suis comme clouée sur place.

— Tu es en retard.

— Tu es stupéfiante, me répond-il en hochant la tête, visiblement conquis.

Dans le film, la réplique suivante est : « Vous êtes pardonné. » S'il est possible que je l'aie bel et bien pardonné — après tout, il m'a présenté ses excuses et même fourni des explications... —, je ne suis pas prête à prononcer ces mots, même pour de faux. Mes joues doivent rosir à vue d'œil.

— Ma robe n'a pas grand-chose à voir avec celle de *Pretty Woman*, j'ai opté pour...

— C'est encore mieux.

Un sourire se dessine peu à peu sur mes lèvres.

— Que fais-tu là ?

— C'est sur notre liste. En deuxième position : *Pretty Woman.*

Je le dévisage, perplexe.

— Nous avons déjà...

Il hausse les épaules.

— L'occasion se présentait, je n'allais tout de même pas la laisser passer ? Mais il manque quelque chose.

Il n'est tout de même pas sérieux ? « Il manque quelque chose. » C'est ce que déclare Edward à Vivian au moment où ils s'apprêtent à partir pour l'Opéra. Je ne tiens plus en place, le choc de le voir ici soudain remplacé par un frisson d'excitation. Je connais la suite.

Il me présente un écrin rectangulaire. Je ne parviens pas à détacher le regard de la boîte bleue. Lorsque je relève enfin les yeux, je suis incapable de retenir un sourire. C'est incroyable. J'en aurais presque le tournis !

La joie se lit dans les yeux bruns de Shane. D'un signe du menton, il m'encourage à inspecter de plus près l'écrin à bijou, qu'il tient à la main, prêt à l'ouvrir.

— Surtout, ne t'emballe pas, celui-ci ne vaut pas un quart de million de dollars.

« Ne t'emballe pas », facile à dire ! Je me penche, une main contre le cœur, tandis qu'il soulève lentement le couvercle. *Non !* J'éclate de rire.

— Un collier de bonbons ?

L'un de ces colliers aux perles de sucre colorées, enfilées sur un bout d'élastique.

— Au cas où tu aurais un petit creux pendant le concert, déclare-t-il avec un sourire en coin.

Il fronce le nez.

— Il m'a coûté vingt-cinq cents. Même pas besoin de le rendre !

Il m'a sacrément bien eue ! Je souris tant que mes joues commencent à me faire mal.

— Tu ne t'imagines quand même pas que je vais porter ce truc ?

— Il va quand même falloir le prendre.

Je sais pertinemment qu'il va rabattre le couvercle de l'écrin dès que j'en approcherai la main. Comme dans le film. Et je meurs de hâte.

Relevant la tête, je remarque qu'un couple d'un certain âge particulièrement bien habillé s'est arrêté et nous observe. Avec un sourire enthousiaste, la femme me fait signe de me jeter à l'eau. J'avance doucement la main, approchant les doigts jusqu'au bord de l'écrin. Je jette un dernier regard résolu à Shane et plonge la m...

Clac !

Je sursaute. La vieille dame éclate alors d'un grand rire, attirant les regards d'autres passants. Je leur adresse un signe de tête complice. D'abord à elle, puis à son cavalier. L'air enchanté, elle place la main au creux du

bras de ce dernier, et tous deux prennent la direction
de la grande salle. C'est génial, j'ai tellement de chance.

— Si j'oublie de te le dire, tout à l'heure...

Sous le coup de l'émotion, ma voix déraille. Les larmes
me brouillent la vue.

— ... j'ai vraiment passé une très bonne soirée.

— Tu es sûre que tu ne veux pas y retourner ? me
demande Shane tandis que nous nous promenons sur
le bord du canal.

Nous avons quitté le concert à l'entracte et déambulons
à présent tranquillement le long du cours d'eau artificiel
qui traverse le centre-ville.

— Non, on est bien, là.

Je l'étudie du coin de l'œil. Il semble avoir un peu
froid ; probablement parce qu'il m'a prêté sa veste de
costume.

Nous avons suivi une berge durant un moment, avant
de traverser le canal pour repartir dans le sens inverse, si
bien que nous sommes presque revenus à notre point de
départ. Sur le chemin, je lui ai déballé toutes les anec-
dotes que je connais à propos du film *Pretty Woman*.
Comme le fait que refermer la boîte sur les doigts de
Julia Roberts soit une improvisation de Richard Gere.
Cela n'était pas dans le script. Seulement, l'éclat de rire
de l'actrice était si merveilleusement spontané qu'ils ont
décidé de le conserver au montage. Il était *vrai*. Cette
scène n'est pas seulement culte, elle est authentique. On
peut difficilement faire mieux.

Il y a un pont pratiquement à chaque coin de rue, et
les pédalos alignés le long du bord viennent doucement
cogner contre les berges bétonnées.

Shane croque dans une perle de mon collier en bonbons
et me lance un petit regard. Voilà quelques minutes que
nous sommes silencieux. Tout en marchant, je remue

mon poignet d'avant en arrière. Le discret cliquetis des breloques contre ma peau a un effet apaisant.

Quelque part dans un coin de ma tête, une petite voix s'élève, proférant de funestes avertissements. *Tu vas trop loin... Tu n'arriveras pas à faire marche arrière...* Néanmoins, à cet instant, je ne suis plus celle qui s'inquiète de ce que lui dit la petite voix. Je ne suis même plus fiancée. J'ai de nouveau vingt ans et je vis l'amour comme au cinéma.

Et ce moment aussi est authentique.

— Il ne te rendra pas heureuse, Kensington.

Est-ce à cela qu'il pense, là, maintenant ? Repoussant les cheveux qui me tombent sur le visage, je détourne le regard. Je concentre toute mon attention sur le flot de gens qui quittent le Circle Theatre. Le concert doit être fini. Les voituriers collectent les tickets des spectateurs afin d'aller récupérer leurs voitures. Une file de taxis patientent, prêts à embarquer des passagers. Je devrais y aller. Toutefois je ne suis pas encore prête à quitter Shane.

Pas plus que je ne l'étais à l'époque.

Nous n'avons pas évoqué notre dispute d'hier soir. Si l'on peut appeler cela une dispute. En revanche, j'ai eu tout le temps de réfléchir à ses arguments et, cette fois, je suis mieux préparée.

Je lui réponds d'une voix calme et posée.

— Shane, rien ne t'autorise à débarquer comme ça, après une éternité, en... en décrétant que ma vie n'est pas satisfaisante.

Je m'arrête et plante le regard dans le sien.

— Ce n'est pas parce que tu te sens une âme d'enfant perdu, de Peter Pan, et que te poser et fonder une famille ne t'intéresse pas que cela te donne le droit de juger ceux qui en éprouvent le désir.

— Je n'ai rien d'un enfant, proteste-t-il, avant d'ajouter à mi-voix, et je ne suis plus perdu.

A défaut de savoir quoi répondre, je me remets à marcher.

Shane me scrute intensément.

— Qu'est-ce qui te fait penser que je ne veux pas fonder une famille ? J'en ai très envie. Seulement, pas avec n'importe qui.

Nos regards se croisent, mais je détourne rapidement les yeux.

— J'ai vingt-neuf ans — presque trente —, et un homme que toute ma famille apprécie, que j'aime, et qui ne m'a jamais menti ni laissée tomber souhaite m'épouser. *Moi*. Qui souhaite plus que tout fonder une famille.

Mon regard se perd sur la rive opposée.

— Alors qu'est-ce qu'il peut bien manquer à ma vie ? je demande à voix basse, presque pour moi-même.

Mal à l'aise, je me tais. Comment ai-je pu poser cette question tout haut ?

Shane accélère le pas pour me dépasser et se retourne, m'arrêtant d'une main. Ses yeux cuivrés me fixent avec une intensité brûlante.

— Moi. C'est moi qui manque à ta vie.

A ces mots, mon cœur s'emballe. Je respire avec difficulté.

Shane repousse une mèche de mes cheveux et me soulève le menton. Il n'est plus qu'à quelques centimètres de moi. Je ne bouge pas d'un pouce, clouée au sol. Les prunelles fermement plantées dans les miennes, il s'avance.

Ma bouche s'entrouvre, à la recherche de... soudain elles sont là. Les lèvres de Shane. Pressées contre les miennes. Si délicatement qu'elles me font l'effet d'un murmure. Il m'embrasse avec une retenue, une douceur, une lenteur délibérée. Exquise.

Je défaille. Le sang tambourine dans mes tympans. Mes mains sont posées sur sa poitrine, comme pour le repousser, mais... je suis incapable de résister. Il glisse les doigts dans mes cheveux et m'attire davantage contre lui. Son baiser se fait plus intense. Sa barbe naissante m'érafle le menton. Le goût de ses lèvres est à la fois familier et mystérieux ; une saveur aigre-douce sur ma langue. *Mon Dieu, je voudrais... je...* m'arrache à son étreinte.

Il faut que j'y aille.

12

Kenzi Shaw : l'âge de raison

Pas besoin de mettre *All by Myself* à fond, je mime très bien la chanson toute seule, assise entre mon paquet de chips et ma bouteille de vin presque vide. Toutefois, contrairement à Bridget Jones au début du film, j'ai des messages qui m'attendent sur mon répondeur. Six, pour être exacte. Trois d'Ellie, deux de Shane, plus un de Bradley. Sur les six, je n'ai pas envie d'en écouter un seul.

J'ai troqué ma splendide robe bouton d'or contre un ensemble bien douillet de chez Victoria's Secret. Tu parles d'un secret : un pantalon de jogging et un sweat à capuche. Capuche que j'ai d'ailleurs rabattue sur ma tête et serrée si fort qu'il ne reste qu'un petit trou, tout juste suffisant pour y voir clair et ingurgiter le vin nécessaire à ma survie. Je me sens mieux dans ce petit cocon. Je ne sais pas pourquoi. Tout ce que je peux dire, c'est que je ne suis pas près d'en sortir. Mon téléphone sonne de nouveau. Comment se fait-il que cette pauvre Bridget n'ait pas reçu un seul coup de fil de la soirée ?

— Moi, je t'aurais appelée, Bridget.

Je termine mon verre et me traîne jusqu'au réfrigérateur, avec la certitude que Bradley a pris soin de renouveler mon stock de bouteilles. Tiens : un autre exemple typique de la prévenance dont il sait faire preuve. Un sentiment de culpabilité me saisit la gorge.

Shane m'a embrassée.

Et je ne l'ai pas franchement repoussé. Pourquoi ne l'ai-je pas arrêté ? « Moi. C'est moi qui manque à ta vie. »

J'ouvre une deuxième bouteille de vin sucré, m'en sers un verre et attrape mon portable. La seule personne censée me joindre aujourd'hui, celle dont j'attendais vraiment l'appel, s'est défilée. Alors, ouais... je passe un coup de téléphone à Tonya. C'est un raisonnement on ne peut plus logique.

Le message d'accueil de son répondeur se met en route. « Bla-bla-bla, parlez après le bip. » Je me doutais bien qu'elle ne daignerait pas répondre.

— Hé, Tony. C'est moi. Dis-moi, nous n'avions pas convenu de discuter, aujourd'hui ? Tu as égaré mon numéro ?

Le portable calé entre la capuche de mon sweat et ma joue, j'entreprends de faire des glissades dans le couloir grâce à mes chaussettes à poils longs. A chaque mot que je prononce, je prends un peu plus de vitesse.

— Tu veux que je te dise ? Un café déposé en douce sur le coin d'une table n'a jamais fait office d'excuses.

Je fais demi-tour et repars dans l'autre sens, glissant comme sur des patins à glace, un bras tendu en avant pour garder un semblant d'équilibre.

— Je veux dire, franchement : comment as-tu pu me faire un coup pareil ? Sans même daigner me demander pardon, après ? Tu as quand même fricoté avec mon petit ami, je te rappelle... avant de me mentir à propos de ce qui s'était passé. Bref, en gros, c'est *toi* qui es à l'origine de notre rupture !

Ravalant mes larmes, je file poursuivre ma représentation de Bourrée on Ice au salon, sur ce que j'imagine être l'air de *All by Myself.* Encore heureux que je le sois, « toute seule », d'ailleurs ! De quoi dois-je avoir l'air ?

— Donc, bon, je pense avoir mérité un petit « désolée, Kenzi », non ? Ce qui ne signifie pas que j'accepterais tes excuses pour autant, bien entendu.

Je tourne autour de la table basse, déblatérant toutes les âneries qui me passent par la tête. Les larmes se déversent à flots sur mes joues. J'ai beau avoir entendu l'avertissement indiquant la fin de l'enregistrement, je continue ; je fais des huit, pendue au téléphone, ne m'interrompant de temps à autre que pour descendre une gorgée de vin. Mes regrets valsent comme des grains de maïs dans une machine à pop-corn.

Si seulement je n'avais pas quitté la fête plus tôt, ce soir-là. Si seulement Tonya n'était pas venue. Si seulement Shane ne l'avait pas embrassée...

Je m'arrête brutalement.

Si seulement je n'avais pas rendu son baiser à Shane.

Je laisse retomber la main qui tient le téléphone, le retenant de justesse du bout des doigts. Le chagrin et la culpabilité m'écrasent le cœur.

Mes jambes refusant de me soutenir plus longtemps, je m'écroule sur le sol. Je raccroche et tente de réfléchir à tout cela posément.

Si j'ai quitté Shane, c'est uniquement car Tonya m'avait révélé qu'il m'avait trompée avec quelqu'un. Mais jamais celui-ci ne m'a avoué qu'elle était ce quelqu'un, ni même qu'il s'agissait seulement d'un ridicule baiser. Quant à cette hypocrite de Tonya, elle n'a eu aucun scrupule à garder le secret durant toutes ces années.

Ce soir, j'ai rendu son baiser à Shane. Horrifiée, j'écarquille les yeux : je ne vaux pas mieux qu'eux ! S'agissait-il d'un « ridicule baiser », entre nous aussi ? Dois-je en parler à Bradley ? Dois-je rompre avec lui ? Mes joues ruissellent de larmes brûlantes.

Bon sang, que suis-je en train de faire ?

Soudain, on frappe à la porte. Il est plus de minuit.

Shane ignore où j'habite, et Bradley ne sera pas de retour avant lundi soir, soit demain, maintenant.

Un nouveau coup résonne contre le battant.

Allez-vous-en! Je veux être « aaall byyy myyyseeeeeelf ».

L'importun insiste.

— Kenz? Ouvre cette porte!

D'une manière ou d'une autre, j'arrive à me traîner jusqu'à l'entrée. Ecartant le rebord de ma capuche, je plaque l'œil sur le judas et découvre le visage de ma collègue.

— Ellie?

Contre toute attente, je suis plutôt heureuse de la voir.

— Kenzi, est-ce que tout va bien? Je n'arrivais pas à te joindre. Laisse-moi entrer, me demande-t-elle en frappant de nouveau à la porte.

Puis je l'entends ajouter :

— Elle est là.

Comment ça, elle n'est pas seule? Je me tords le cou afin de voir qui l'accompagne.

— Qui est... avec toi?

Je l'entends parler, mais seul son visage déformé est dans mon champ de vision. Elle est au téléphone. La lentille du judas lui fait d'énormes lèvres de poisson.

— Je suis venue avec Rand. Shane nous a dit que tu t'étais enfuie. Tu m'ouvres, oui ou non?

— Rand Peterson est là? *Rand* Peterson?

J'aime la manière dont sonne son nom.

Tout ceci me rappelle *Un mariage trop parfait*, lorsque, trop ivre pour ouvrir la porte de son immeuble, Jennifer Lopez lit les noms sur l'interphone et sonne chez tout le monde.

— Rand Peterson? Vous connaissez Nancy Pong? Si un jour vous avez besoin de m'emprunter du sucre, je ne pourrai pas vous dépanner, parce que vous ne me connaissez pas.

Voilà, je fais mes propres scènes. Pas besoin de sa liste stupide.

— Kenz, ouvre-nous. Shane aimerait savoir si tu verrais un inconvénient à ce qu'il passe.

Non, mais, il rêve, lui ?

— C'est lui, au téléphone ? Dis-lui… dis-lui…

Tout en essayant de me remémorer la réplique du film, quand le personnage de Matthew McConaughey revient frapper à la porte de Jennifer Lopez, je fais glisser mes jambes en grand écart, fermement agrippée à la poignée. Ellie et Rand échangent quelques mots étouffés.

— Ah oui ! Dis-lui que c'est simple : j'aime Bradley, et il m'aime. Alors, à part les mesures pour le smoking de Shane, je n'ai rien à connaître de lui. S'il te plaît…

Allez-vous-en.

Sauf que je ne veux pas que Shane s'en aille. Pas plus que je n'ai besoin de ses mesures.

— Kenz, qu'est-ce que c'est que ce délire, bon sang ? s'impatiente Ellie en recommençant à cogner sur la porte. Il voudrait vraiment te voir. Tu es d'accord pour que je lui donne ton adresse ? S'il te plaît… ?

— Non. Certainement pas !

Je dérape et m'étale à grand bruit dans l'entrée.

— Ce n'est rien ! Je suis juste Ridiculement Ivre, Engourdie et Nulle.

Surtout engourdie, en fait. Ce qui est heureux, car cette chute va laisser des traces.

Il me faut encore leur assurer trois fois que tout va bien et promettre à Ellie de l'appeler demain matin pour qu'ils consentent enfin à me laisser tranquille.

Au bout d'un moment, je finis par me relever pour aller fouiller parmi mes DVD et remettre la main sur *Le Journal de Bridget Jones*. Je lance le film et me pelotonne sur le canapé.

J'ai les traits bouffis d'avoir trop pleuré, la tête qui

tourne d'avoir trop bu, et mon univers entier semble avoir basculé.

Le visage de ma future fille m'apparaît, encadré de boucles blondes. Elle agite un petit panneau m'indiquant que je suis virée. Je m'éponge les yeux et entonne à voix basse la chanson du générique, en modifiant un peu les paroles : ce n'est pas que je ne « veux pas me retrouver seule », mais que je *vais* me retrouver seule. Ma vue se trouble, je ne vois plus l'écran à travers mes larmes. Eh merde... la vérité, c'est que je le suis déjà, seule.

— Je te promets que, si je le pouvais, je t'appellerais, ma Bridget...

Shane et Bradley ont tous les deux essayé de me contacter, ce matin. Ainsi que ma mère. Je n'ai toujours pas écouté un seul de leurs messages... En revanche, je vais passer un coup de téléphone à Ellie. Après tout, elle a fait l'effort de venir s'assurer en personne que j'allais bien. Et moi qui ne m'étais même pas rendu compte qu'elle appréciait à ce point la compagnie de Rand Peterson... Tout à coup, je m'aperçois que j'étais tellement préoccupée par mon petit nombril que je ne me suis absolument pas intéressée à ce qui se passait dans sa vie.

Je compose le numéro et laisse sonner. Une fois, deux fois, trois fois... Je me frotte la hanche, désormais ornée d'une ecchymose violacée après ma cascade de la veille. Mon crâne se porte étonnamment bien, au vu des circonstances. Peut-être ne devrais-je plus boire que du vin ?

— Kenzi ? chuchote Ellie au bout du fil.

— Salut, toi. Et désolée.

— Tu vas bien ?

Je l'entends se déplacer à travers son appartement.

— Shane m'a de nouveau appelée, pour savoir si j'avais de tes nouvelles.

— Pourquoi parles-tu à voix basse ? je murmure moi aussi.

— Pardon ?

— Ellie, pourquoi est-ce que l'on chuchote ?

— Parce que Rand est ici.

Je hurle dans le combiné :

— Quoi ? Rand Peterson ?

— Chhhhh !

— Il est resté chez toi ? Tous les deux, vous avez... ?

— Je sais, je sais. C'est juste que... il me plaît vraiment beaucoup, Kenz.

Au seul son de sa voix, je devine un sourire béat.

— Alors, cette théorie à propos de la taille de chaussures, elle s'est vérifiée ?

— Je ne peux pas te parler maintenant, répond-elle doucement, tandis que j'entends remuer derrière elle. En tout cas, tu devrais vraiment appeler Shane. D'accord ? Passe-lui un coup de fil et rappelle-moi après pour m'expliquer. J'aimerais savoir ce qui s'est passé.

Et tu n'es pas la seule...

— Très bien. A plus tard, Ellie-Belle.

Hors de question que je contacte Shane. J'éprouve soudain un désagréable pincement au cœur. Qu'aurais-je bien à lui dire ?

J'appuie sur le bouton du répondeur et mets le haut-parleur, enfin résolue à écouter mes messages. C'est la voix d'Ellie qui s'élève en premier.

« Kenzi, Shane vient de m'appeler pour me demander si je t'avais parlé. Où es-tu ? Que s'est-il passé ? Rappelle-moi. »

J'efface le message de mon amie et laisse tourner le deuxième. Encore Ellie.

« Kenzi, réponds au téléphone, bon sang ! Je commence

à m'inquiéter. Si tu ne me rappelles pas très vite, je passe chez toi. »

Ah. Donc ça aurait pu être évité. Je supprime.

« Kensington. »

Le simple fait d'entendre sa voix fait tressaillir mon cœur. Pétrifiée, je fixe mon téléphone d'un œil hagard.

« Je ne voulais pas... écoute, tu ne veux pas plutôt me rappeler ? S'il te plaît ? »

Sans savoir pourquoi, j'appuie sur la touche 9 afin de sauvegarder le message.

« Bonsoir, mon ange. »

La voix de Bradley me paraît rauque, comme s'il avait attrapé quelque chose.

« Je souhaitais simplement m'assurer que tu étais bien rentrée de ton concert. Appelle-moi ou envoie-moi un texto quand tu seras à la maison. Je suis étonné que tu ne sois pas déjà revenue, en fait. N'aie pas peur de me réveiller, j'attendrai. »

Il semble inquiet. La gorge serrée, j'efface son message et attends que le suivant se lance. Il commence par un silence. Ce ne peut être que Shane.

«... je serais passé. Kensington. Je t'en prie, rappelle-moi. »

Cette fois encore, je sauvegarde.

« Mon ange... »

Revoilà Bradley.

« Ellie m'a dit que tu ne t'étais pas sentie bien au concert. J'espère que ce n'est rien de sérieux. Je te rappellerai quand je serai de retour, demain soir. Je t'aime. »

Il m'aime. Et, maintenant, Ellie est forcée de mentir pour me couvrir.

Quelle idiote... je suis vraiment méprisable !

J'efface le second message de Bradley. Je dois une fière chandelle à Ellie, sur ce coup. Que vais-je dire à Bradley ? Si je ne lui confie pas ce qui s'est passé, je ne vaudrai pas mieux que Shane et Tonya. Mais, si je lui raconte tout, nous pouvons tirer une croix sur ce contrat. Bradley voudra tuer mon ex. Je perdrai sans aucun doute mon travail, et il décidera peut-être même d'annuler le mariage.

En attendant que le message suivant démarre, je me masse la nuque dans l'espoir d'éliminer toute la tension accumulée.

« Bonjour, Kensington. C'est moi, ta mère. »

Oui, maman, je n'ai pas oublié qui tu étais. Enfin une personne qui n'aura pas contacté Ellie.

« Que penses-tu des invitations ? Elles sont magnifiques, n'est-ce pas ? Les réponses commencent à arriver. Tout le monde a très hâte ! »

Les invitations... Voilà quelques jours que je n'ai pas été chercher le courrier ! Si nous devons annuler le mariage, que vais-je dire à ma famille ? Mon ventre se noue à l'idée de me retrouver assise seule parmi les convives, sachant que cette journée était censée être aussi la mienne.

« J'aimerais que tu sois là plus tôt pour aider à tout préparer. Oh ! et Ren m'a dit qu'elle t'avait mise en contact avec cette organisatrice de mariage très prisée avec qui elle est amie ? J'espère que tu la remercieras bien. Elle a vraiment dû faire des pieds et des mains. Heureusement que cette femme lui devait un service. Bien, je dois y aller. Je déjeune avec les filles, ce midi. »

Effacer. Effacer, effacer. Voilà, elle a disparu.

Si seulement je pouvais faire pareil pour moi. J'enfile la capuche de mon sweat et tire sur les liens.

C'est lui qui m'a embrassée.

Bon... il m'a embrassée, je lui ai rendu son baiser, puis je me suis ressaisie et l'ai repoussé. Seulement je n'en avais aucune envie. Je resserre un peu plus la ficelle de ma capuche. Seul mon nez de Pinocchio est encore visible. Allez, soyons logiques, rationnels et honnêtes. Je n'ai rien à cacher, puisque je suis seule.

Les paroles de Shane me reviennent à l'esprit. « Il ne te rendra pas heureuse, Kensington. » Qu'en sait-il ? Bradley ne m'a jamais menti, lui. Il ne m'a pas non plus laissée tomber comme une vieille chaussette. Non, il est à mes côtés, là, maintenant. Et il désire fonder une famille.

Je ferme les paupières et imagine ma vie avec Bradley. Il ne fait aucun doute que nous aurions une maison splendide. Nous essaierions très vite de faire un enfant. Il serait prêt à engager une nounou, mais il est possible que je décide de ne pas reprendre le travail. Cela ne le dérangerait pas. J'aurais tout ce que ma famille espère pour moi.

Mais qu'en est-il de moi ? Qu'est-ce que j'attends de la vie ? Quid de mes rêves d'amour « comme au cinéma » ? Bradley est-il mon preux chevalier, et sommes-nous destinés à nous sauver mutuellement, tels les héros des plus belles histoires romantiques ?

Soyons honnêtes.

Bradley m'aime. Il est une épaule solide, sécurisante... mais où est l'étincelle ? Face à lui, je suis certaine de passer le Test des Papillons dans le Ventre d'Ellie haut la main.

Zéro papillon. Notre film est en train de faire un flop.

Et Shane, alors ? La passion est bien là, mais qui me dit que ce n'est pas tout ce qu'il a à offrir ? A-t-il véritablement changé depuis l'époque de l'université ou ne suis-je qu'une aventure de plus ? Une lubie qui finira par lui passer ?

Je tire un peu plus sur la ficelle de mon sweat. Je n'aurai jamais le courage d'affronter tout le monde demain. Ren encore moins que les autres. Pourtant, nous devons nous retrouver à la première heure chez l'organisatrice de mariage.

Alors que je commence à me demander s'il devrait même y avoir un mariage...

13

Dangerous Dancing

« Faites demi-tour dès que possible. Faites demi-tour dès que possible. »

La voix mécanique de mon GPS semblerait presque agacée. Je n'arrête pas de louper ma sortie. Ce n'est pourtant pas intentionnel !

« Faites demi-tour... »

— C'est bon, je tourne ! je tourne !

Je connais une agence de mariage qui ferait bien d'investir dans un meilleur fléchage. Nous sommes lundi, et je suis bien contente que Bradley m'ait pris ce rendez-vous. C'était l'excuse idéale pour demander un jour de congé. J'en avais bien besoin.

Soudain, j'ai comme mal au cœur. Parviendrai-je à donner le change, face à Ren ?

Ah, ça y est, j'y suis.

« Dans cent... »

— Oh ! mais tu vas la fermer, toi ?

Je presse « Arrêter la navigation ». Ma stratégie de survie est simple : je respecte ma promesse d'assister à ce rendez-vous et je tiens ma langue. De toute façon, Ren ne restera pas, donc je n'aurai pas à essayer de faire bonne figure trop longtemps.

Une bouffée de déception m'envahit le cœur. Il s'agit de l'un de ces grands moments de ma vie qui devraient être plaisants, réjouissants. Et le voilà lui aussi gâché. Seulement, cette fois, c'est entièrement ma faute.

Enfin, bref. Cela ne devrait pas nous prendre plus d'une heure, au maximum.

Lorsque je passe la porte du Palais du Mariage, j'ai l'impression de pénétrer dans un univers parallèle. Des haut-parleurs diffusent *You're Beautiful* en sourdine, et l'intégralité de la décoration est à base de motifs floraux blanc et rose poudré. Un peu comme si les fées du *shabby chic* s'étaient penchées sur les lieux pour y vomir.

J'ai atterri au pays d'Oz et ai d'une manière ou d'une autre mis le puissant et magnifique magicien en rogne.

Je ris sous cape. Les souliers de rubis de Dorothy, la pantoufle de vair de Cendrillon... finalement, on en revient toujours à l'essentiel : les chaussures !

— Vous devez être la future madame Bradley Connors ! couine la réceptionniste quand je m'avance vers l'accueil.

Vêtue d'un chemisier à jabot, elle parle d'une voix trop enjouée, le nez ridiculement froncé.

— Le futur marié est en route, je présume ?

Mon cœur se serre. Je doute qu'il y ait encore un futur marié une fois que je lui aurai tout avoué.

— Euh... non. Ma belle-sœur ne devrait pas tarder à nous rejoindre, en revanche.

Son sourire s'évanouit. On pourrait croire que je viens de faire une remarque dégoûtante.

— Ah, bon, donc pas de futur marié. Très bien, prenez place dans le salon d'attente. Je préviens Bethany que vous serez seule, avec un membre de la famille pour conseil. L'autre couple est déjà là.

L'autre couple ? Ce n'est pas une session individuelle ? Ah, bien sûr que non, voyons. Je lui rends son sourire affecté, puis la regarde partir.

Une demi-heure — maximum.

Le carillon de l'entrée m'annonce l'arrivée de Ren. Elle a le teint cireux, les yeux bouffis.

— Salut. Est-ce que tout va bien?

— Tu te doutes bien que non, soupire-t-elle en s'asseyant lourdement. Je suis enceinte. Quand je ne suis pas malade, je meurs de faim, et Grayson refuse de comprendre.

Elle pose son sac sur ses genoux et se laisse aller contre le dossier du siège.

— Quiconque ose dire que la grossesse est une période merveilleuse n'a clairement jamais porté un enfant. C'est absolument horrible.

Ses commentaires me vrillent le ventre. La voilà qui se plaint d'attendre un bébé, alors que mon mariage risque fort d'être annulé, repoussant du même coup tout espoir pour moi de me retrouver bientôt à sa place. Au moins, elle aura un enfant au bout. Qu'est-ce que j'aurai, moi?

Ce que j'aurai mérité, sans doute.

Mon téléphone sonne. Je filtre toujours les appels, mais il s'agit cette fois d'Ellie.

— Salut.

— Kenz, répond-elle d'une voix qui me semble lasse. J'ai essayé de...

Soudain, la musique se fait plus forte, et la porte à double battant derrière le bureau de la réceptionniste s'écarte dans un grand souffle. Une jolie petite blonde fait son apparition et nous rejoint d'un pas sautillant.

— Bonjour, bonjour! Bethany Chesawit, votre organisatrice de mariage, déclame-t-elle d'une voix qui semble boostée à l'hélium.

Son sourire est d'une blancheur aveuglante. Montée sur des talons de dix centimètres, elle porte un pull bleu pastel beaucoup trop décolleté sur une petite jupe fluide.

— Oh! Ren, personne ne m'a dit que tu étais arrivée!

Elle attire ma belle-sœur dans une étreinte superficielle et fait claquer deux bises en l'air.

Son attention se porte ensuite sur ma personne, mais Ellie se rappelle brusquement à moi.

— Kenzi ?

— Euh, Ellie ? Je te rappelle dans une minute, dis-je, avant de raccrocher.

Je vais pour serrer la main que me tend Bethany, toutefois elle la tient à un drôle d'angle. On dirait une princesse qui attend son baise-main. Lui attrapant le bout des doigts, je les secoue maladroitement.

J'ai été transportée dans *La Quatrième Dimension* et je viens de faire la connaissance de la fée du mariage.

Un quart d'heure — *maximum.*

Nous la suivons et entrons au pays du Pour-la-Vie. Je n'invente rien. Il y a réellement inscrit : « Pays du Pour-la-Vie » au-dessus de la porte. Le lettrage est orné de petits cœurs et de fleurs. Si Ren savait à quel point je lui en veux d'avoir eu cette idée...

— Bien, bien. Nous avons une journée chargée ! Nous devons nous occuper du choix de la musique, des fleurs et de vos couleurs, piaille-t-elle en nous menant à travers un couloir tapissé de bandes roses et argent. Nous allons nous installer dans cette pièce.

Elle me tire une chaise, puis va attraper un classeur sur l'étagère.

— Avant de démarrer, il va bien entendu nous falloir un thème.

Elle me décoche un sourire étincelant. Décidément, c'est une manie de froncer le nez comme cela, ici ?

— Notre autre couple a déjà commencé ; je vais voir où ils en sont et je reviens.

Ren a ouvert le catalogue et compulse déjà les photos des mariages imaginés par Bethany.

— Alors, dis-moi, quelles sont vos couleurs ?

— Eh bien, nous n'avons pas encore décidé de tout cela.

Elle hausse les sourcils.

— Vous n'avez pas encore arrêté votre choix de couleurs ? C'est pourtant la première chose à déterminer !

La seule couleur que je suis à même de déterminer, c'est la sienne : verdâtre. Elle n'a vraiment pas l'air bien.

— Kenz, je ne te sens pas très emballée... Moi, j'étais sur un petit nuage quand il a fallu planifier mon mariage. Tu n'as pas hâte ?

Elle tourne la page et pousse le classeur vers moi.

— Que penses-tu de cela ?

Me voyant faire la grimace, elle passe à la page suivante.

— Peut-être suis-je un peu perdue...

Je n'arrive pas à croire que je viens de l'avouer tout haut. A Ren.

— C'est pour cela que je suis là, bébête ! Pour te guider, t'aider dans tes choix. Mais un peu plus d'enthousiasme de ta part ne ferait pas de mal. Oh ! regarde ça ! s'écrie-t-elle en pointant une photo du doigt.

Elle n'a pas du tout compris où je voulais en venir.

— Quand je dis : « perdue », j'entends « à propos de Bradley ».

Voilà. La vérité éclate au grand jour. Pourquoi lui dire une chose pareille ? A quoi est-ce que je pensais ? La gorge sèche, j'attends sa réaction.

Elle relève brutalement la tête.

— Comment ? Tu veux dire que...

La main plaquée sur la bouche, elle se tord en deux, soudain blanche comme un linge. Mince, elle va... Vive comme l'éclair, elle se relève et se précipite en direction des toilettes de l'accueil.

Ce n'est pas tout à fait la réponse que j'avais anticipée. Mon téléphone se remet à sonner. Je n'ai cependant pas le temps d'y répondre, car revoilà Bethany Chesawit.

— Ren ne va pas bien ?

— Elle est enceinte, dis-je pour toute explication. Vous savez, je vous suis reconnaissante d'avoir accepté de me recevoir, vraiment. Mais entre Bradley qui n'a pas pu se libérer et Ren qui est malade... je crois que nous devrions reporter ce rendez-vous.

Des voix nous parviennent depuis le couloir.

— Madame Chesawit, navrée de vous déranger, mais le fiancé de mademoiselle Shaw vient d'arriver.

Mon cœur manque un battement. C'est vrai ? Bradley est rentré plus tôt ? Peut-être avait-il finalement une réelle envie de participer aux préparatifs. Cela pourrait être une bonne chose de passer ce moment ensemble. La réceptionniste s'écarte et révèle...

Shane.

Je n'ai pas le temps de placer un mot, Bethany se lance dans son speech bien rodé : « Bonjour, bonjour ! Bethany Chesawit, organisatrice de mariage de choc, bla-bla-bla. » Puis elle lui tend la main pour qu'il la baise, la serre ou que sais-je.

Perplexe, Shane nous examine tour à tour.

— Ravi de faire votre connaissance, mais je crains qu'il n'y ait...

Je bondis de ma chaise.

— Mesdames, verriez-vous un inconvénient à nous laisser seuls un instant ? dis-je avec un sourire crispé.

C'est tout juste si je ne les pousse pas hors de la pièce.

— Oh ! aucun problème. Je vais aller voir comment va Ren.

Bethany sourit, l'air néanmoins déroutée.

Refermant la porte derrière elles, je me retourne vers Shane.

— Qu'est-ce que tu fiches ici ?

— Tu ne prenais pas mes appels et tu n'es pas allée travailler, alors...

— Alors tu t'octroies le droit de surgir au beau milieu de mes préparatifs de mariage ? D'ailleurs, comment as-tu su... ?

Je m'ébroue et tente de retrouver mes esprits.

— Tu sais quoi ? Laisse tomber. Mais sache que la grande prêtresse du mariage, là, connaît ma belle-sœur, Ren. *Ren !* je m'emporte à voix basse. Et Ren est ici en ce moment même...

Je le gratifie d'une pichenette dans le dos.

— A quoi est-ce que tu pensais en débarquant ici, bon sang ?

C'est trop de choses à gérer en même temps. Je m'affole. La panique me gagne pour de bon.

De nouveau, je le frappe entre les omoplates. Il se met hors de portée de mes coups.

— Hé ! je voulais simplement te parler.

— Et tu étais obligé de te faire passer pour Bradley, pour ça ?

— Non. Je comptais attendre devant, mais on ne m'a pas laissé l'occasion d'en placer une, figure-toi. La femme avec le chemisier à froufrous...

— Que va penser Ren ? Bradley finira forcément par apprendre que tu es passé...

Allez, une crise de plus à traiter... L'étau se resserre sur ma poitrine, et ma respiration se fait chaotique.

On toque à la porte, et le battant s'entrouvre.

— Pardonnez-moi, mais Ren a dû rentrer. Pauvre agneau... Elle ne se sentait vraiment pas bien. Elle m'a demandé de vous dire qu'elle vous appellerait plus tard.

Bethany passe la tête dans l'entrebâillement.

— Et reporter notre rendez-vous n'est pas envisageable. Je suis dé-bor-dée ! Mais, puisque votre homme est là, nous pouvons y aller n'est-ce pas ?

Je lui offre mon plus beau sourire forcé.

— Si vous pouviez nous accorder encore rien qu'une petite minute...

L'organisatrice hésite une fraction de seconde, puis referme la porte.

Tout bien considéré, ce n'est pas si désastreux. Non, vraiment... On ne parle pas d'un ouragan, d'une éruption de tornades ravageant la ville ou d'incendies de forêt incontrôlables. Ni même d'une crue subite. Non. Cela n'est rien d'autre qu'un petit incident de parcours, la série de pépins habituels. Il suffit de ne rien dramatiser et de faire face.

Si ces femmes pensent que Shane est Bradley, elles n'iront dire à personne qu'un autre type que mon fiancé est venu me rejoindre, si? Comment pourraient-elles avoir cette idée, si nous ne leur disons rien? Il n'y a plus qu'à espérer que Shane tiendra sa langue, à présent. Et qu'Ellie apprendra à tenir la sienne à l'avenir. Reste Rand, qui est au courant pour la soirée à la philarmonie. Je devrais peut-être mettre un contrat sur sa tête. Au moins, lui se tairait définitivement.

Il s'agit de faire semblant, quoi? dix minutes? Maximum.

Je pointe un index menaçant en direction de son menton et siffle entre mes dents :

— Tu es Bradley. Tu as intérêt à jouer le jeu ou je t'étripe. Et fais un petit effort sur l'accent.

L'œil rieur et le visage fendu d'un sourire hilare, Shane s'étonne :

— Tu as un problème avec mon accent?

Après avoir de nouveau frappé à la porte, Bethany nous rejoint à la table.

— Je suis désolée, mais, hélas, nous avons un emploi du temps très serré. Sommes-nous prêts?

Shane bombe le torse.

— Nous sommes prêts. N'est-ce pas, *mon ange*? débite-t-il d'un ton constipé.

Il se fiche de moi?

Le sourire de Bethany vacille, et elle le dévisage un instant. Avec un petit rire nerveux, je signifie à Shane d'un regard sévère qu'il ferait mieux de se tenir à carreau. Il se contente de hausser les épaules avec un sourire.

Me voilà dans de beaux draps…

A la réflexion, je ne serais pas contre une petite tornade ou un tremblement de terre. Que dit le poème de Forest E. Witcraft, déjà ? Dans cent ans, personne ne se souciera de savoir dans quel état étaient ta maison et ton compte en banque, bla-bla-bla. Ce type ne connaissait clairement pas ma mère. Ni Ren. Elles s'en soucieraient. Cent ans, ce n'est rien.

Bethany ne cesse de faire des allers-retours entre nous et l'autre couple. Apparemment, nous lambinons, tandis que monsieur et madame Super-Amoureux prennent toutes leurs décisions à vitesse grand V.

— Alors avez-vous trouvé la combinaison de couleurs qui proclamera haut et fort à vos invités votre identité propre, qui leur dira « Voilà, c'est nous » ?

Existe-t-il une palette de couleurs pour proclamer que c'est un merdier total ?

Je n'ai pas réellement étudié les photos. Je n'ai fait que tourner distraitement les pages en marmonnant toutes sortes de menaces voilées.

Tout est à deux doigts de se casser la figure. Chaque petit mensonge me rapproche un peu plus de la catastrophe.

— Euh... partons sur quelque chose de simple, à base de blanc et de dégradés de roses, dis-je avec un rire nerveux, avant de refermer le catalogue quelque peu violemment. Au point où nous en sommes, plus rien ne m'importe. Je m'en fiche. Préparez-moi un truc vite fait, qu'on en finisse.

— Chic ! Parfait. Maintenant, si vous voulez bien me suivre, nous allons sélectionner une chanson pour votre première danse.

— Formidable...

Dans mon empressement à me lever, je renverse ma chaise. Heureusement pour moi, je la rattrape à temps et laisse échapper un gloussement fiévreux. Ça y est, j'ai franchi le point de non-retour. Très honnêtement, je doute de pouvoir en supporter beaucoup plus et je crois que Bethany l'a compris. Et si je mandatais quelqu'un pour un double meurtre ? Rand Peterson, puis mon organisatrice de mariage. Une pierre, deux coups. On me fera peut-être même un prix.

— Je vous laisse y aller, les amoureux, déclare-t-elle en nous indiquant le fond du couloir. Je vais chercher notre autre couple. J'en ai pour une seconde. Vous allez voir, cela va être é-pa-tant.

Elle nous regarde prendre la direction de la salle qu'elle vient de nous indiquer avec l'un de ses sourires qui lui font plisser le nez.

Mais qu'est-ce que c'est que ce tic ? D'autant plus qu'il est contagieux, car, bien malgré moi, je lui réponds par la même grimace.

Je fonce droit vers la porte au fond du couloir rose et argent sans même attendre Shane. L'avantage, si nous sommes en compagnie d'un autre couple, c'est qu'il n'aura peut-être pas à ouvrir la bouche.

Je pousse le battant et, stupéfaite, découvre la salle réservée au choix de la musique. Elles l'ont aménagée en une mini salle de bal.

— Kensington, tout va bien se passer, affirme Shane pour me rassurer en entrant à ma suite.

Je me retourne pour lui faire face, mais Bethany arrive déjà avec ses autres clients.

— Kenzi ? Kenzi Shaw ? Mon Dieu, ça alors !

Alors, là, c'est le pompon...

— Kenzi, c'est moi : Liza Evans ! Enfin, bientôt Liza Evans-Matison. Je te présente Ryan.

La jeune femme sautille, tout excitée. Puis explique à son fiancé :

— Kenzi et moi avons fréquenté le même lycée. Nos mères jouent souvent au tennis ensemble, au club. La mienne n'en croira pas ses oreilles, quand je lui dirai qui j'ai croisé aujourd'hui !

— Salut. Waouh... Incroyable, non ? je m'exclame, m'efforçant de paraître tout aussi enthousiaste.

Cela commence à faire un peu trop de gens à éliminer.

D'une pression sur sa télécommande, Bethany tamise les lumières. La boule à facettes pendue au plafond se met en marche, et Céline Dion entonne l'une de ses grandes ballades musclées. Tout le monde s'émerveille de voir la salle transformée en une véritable discothèque.

— Très bien, mes tourtereaux. Prenez votre partenaire par la main, et dansons, claironne Bethany par-dessus la musique.

Je ne pensais pas qu'elle puisse monter plus haut dans les aigus...

— Nous allons écouter quelques extraits des chansons les plus populaires pour les premières danses. Quand l'une d'elles vous parle, dites-moi « stop ».

Stop !

— C'est parti ! lance-t-elle en frappant deux fois de suite dans ses mains.

Je sursaute.

The Power of Love dégouline maintenant des haut-parleurs. Saisie, Liza ouvre grands les yeux et la bouche, puis proclame cette chanson la meilleure de tous les temps. Ryan et elle s'enlacent et se mettent à tournoyer en riant sur la piste. Je suis au bord de la crise de nerfs. C'est la faute d'Ellie, s'il est ici. Elle aussi va devoir mourir.

— Allez, on danse ! nous encourage Bethany en claquant des mains.

Shane me tend la main. Je me mets en position et le vois rire dans sa barbe.

— Ne rigole pas ! je grommelle.

La musique gagne en intensité, et nous faisons de notre mieux pour garder le rythme.

— Ça n'a rien de drôle, Shane.

Pourtant, je suis forcée d'avouer qu'il y a quelque chose de comique à la situation.

— C'est un désastre, un véritable désastre. Et, toi ! Un coup tu te contentes de hocher la tête comme un pantin, un coup tu te la joues « John Wayne », façon patate chaude dans la bouche... Rends-toi compte, enfin : sa mère connaît la mienne ! Pitié, dis-moi que c'est un cauchemar et que je vais me réveiller...

Nous continuons de tournoyer sur place.

Liza et son fiancé virevoltent et bavardent. Paupières mi-closes, Bethany se balance au rythme de la musique. Je me demande si elle n'est pas shootée.

— Continuez jusqu'à ce qu'une chanson vous touche tout particulièrement, lance-t-elle, avant de zapper sur une ballade soul.

— C'est surréaliste, je murmure, quelque peu radoucie.

Ce n'est qu'une danse. Une simple danse. J'étouffe un petit rire. Cela me rappelle le film *Le Mytho*, dans lequel Jennifer Aniston doit faire semblant d'être la femme d'Adam Sandler. Tout compte fait, ma vie ressemble davantage à un film que je ne l'aurais pensé. Bon, on respire, on danse, ce n'est rien. « Rien » comme dans « Retraite Impérative sous peine d'Effondrement Nerveux ».

Bethany nous surveille, aussi j'affiche mon plus beau sourire sur commande.

— Je te rappelle que ce n'est pas moi qui ai prétendu être Bradley, *mon ange*, susurre Shane à mon oreille.

En dépit de l'angoisse, c'est la sensation de son souffle sur ma peau qui fait s'emballer mon cœur.

— Et comment aurais-tu voulu que j'explique qui tu étais ? je rétorque à voix basse. Et cesse de m'appeler « mon ange ».

Paupières closes, je pouffe. Il paraît tellement ridicule, quand il imite Bradley.

— Tu aurais pu te contenter de me présenter comme un collègue de travail. Et nous nous serions mis d'accord pour discuter plus tard.

Ah... L'idée ne m'avait même pas effleuré l'esprit. Mes joues s'empourprent.

— J'ai paniqué, OK ?

Il m'enlace alors plus étroitement.

— Est-ce que j'ai dit que je me plaignais, Kensington ?

Je m'écarte afin de marquer une distance, affrontant son regard.

— Tu n'aurais pas dû m'embrasser.

— Je ne recommencerai plus, à moins que tu ne me le demandes, et que ce machin ne soit plus à ton doigt, déclare-t-il en fixant ostensiblement le diamant à mon annulaire.

Mon sang ne fait qu'un tour. Je comprends où il veut en venir, mais que me propose-t-il ? Une aventure ? un espoir ? une vie entière ensemble ?

Un clic de la télécommande, et la chanson s'arrête brutalement, laissant place à *I've Had the Time of My Life* du film *Dirty Dancing*.

Je n'en crois pas mes oreilles. Nous échangeons un regard, et un grand sourire se dessine sur les lèvres de mon cavalier. Le morceau résonne à travers la salle de bal. Le moment semble idéal... Tête inclinée de côté, Shane semble me dire : « Pourquoi pas ? »

— Bethany, pourriez-vous nous jouer celle-ci jusqu'au bout, si cela ne vous embête pas ? lui demande-t-il d'une voix forte par-dessus la musique, sans même attendre mon avis.

Le regard fermement rivé au fond de mes prunelles, il place ses deux mains sur son cœur, et les soulève en rythme. *Baboum. Baboum.*

Je ne vois plus que lui. Un peu groggy, je me repasse mentalement les scènes les plus marquantes du film.

— C'est un feeling. Un battement de cœur. *Go-gong.*
Go-gong.

Sa voix grave est envoûtante. Plaçant ma main sous
la sienne, il continue de mimer les pulsations.

— Ferme les yeux, Kensington.

Il m'attire contre lui et commence à onduler, ma main
toujours pressée contre son torse. Je sens son cœur qui
tambourine dans sa poitrine. *Go-gong. Go-gong.* OK,
OK. On respire. On pense à l'océan. Aux mouettes.

Au bout d'un moment, mon propre pouls s'apaise
et se calque sur le sien, si bien que je ne sais plus où
finissent les battements de son cœur et où commencent
les miens. M'abandonnant à la mélodie, enveloppée des
bras de Shane, je me sens chavirer. Les moments clés
de *Dirty Dancing* me reviennent en mémoire, comme
cette scène, où Patrick Swayze enseigne les pas à Jennifer
Grey. Où il lui apprend à écouter. *Go-gong. Go-gong.*

Je recule d'un pas et délivre la réplique avec un
sourire malicieux.

— Reste ferme, c'est du spaghetti, ton bras.

Corrigeant sa position, je délimite le vide entre nous.

— Regarde, ça c'est *mon* espace de danse, et ça c'est
ton espace de danse.

Une lueur d'amusement traverse les yeux plissés de
Shane.

— Mais, moi, je me fiche de l'espace, dit-il en me
collant de nouveau à lui.

— Elle a raison, il faut rester bien ferme! crie Bethany.

Sa voix stridente a tôt fait de me ramener sur terre.

— C'est cela, parfait!

Elle nous rejoint puis, pressant rapidement sur sa
télécommande afin de faire défiler les chansons, s'arrête
sur *Hungry Eyes*. Elle tire sur le bras de Shane et me
positionne.

— Et vous devez démarrer sur le deux. Un, deux. Bien!

Elle accompagne le mouvement.

— Un, deux. C'est ça. Vous le tenez. Restez bien ferme !

Elle vient se placer derrière moi, une main sur ma hanche, l'autre entre mes omoplates.

C'est pas vrai...

— Oui, bien. Levez la tête.

Le sourire jusqu'aux oreilles, Shane lui jette un coup d'œil par-dessus mon épaule avant de revenir à moi. Je fais de mon mieux pour ne pas rire. Ce n'était pas cette scène-là que je m'étais imaginé réinterpréter avec lui. Tout de suite, nous dansons comme Johnny et Baby en compagnie de Penny, la partenaire habituelle de Johnny. Liza et son fiancé ont cessé de tournoyer et nous admirent.

— Il faut que l'on fasse le porté, s'esclaffe Shane.

— Qu'est-ce que tu racontes ?

Je m'immobilise, ce qui force Bethany à s'arrêter aussi.

— Tu sais bien, le porté, dans le film. Je suis sûr que Bethany peut nous montrer comment faire, n'est-ce pas ?

Il recule.

Je proteste. Je doute fort que nous en soyons capables. De plus Johnny et Baby s'entraînent dans un champ, puis dans l'eau. Des endroits où ils peuvent tomber sans se faire mal...

— Oh ! il y arrivera, m'assure Bethany en revenant au début de la chanson. Il vous suffit de lui faire confiance. Tout ce qu'il vous faut, Kenzi, c'est un peu d'élan. Quand vous serez assez proche, vous pliez les genoux et vous sautez. Bradley fera le reste.

Je les regarde tour à tour. Seraient-ils devenus fous ?

— Allez !

Shane fait quelques pas de plus en arrière. Me tendant la main, il me fait signe d'approcher, comme Patrick Swayze durant le spectacle final à la pension Kellerman.

J'éclate de rire, avec la certitude que nous allons finir par terre et probablement nous briser quelques os.

— OK, d'accord.

Je n'arrive pas à croire que je vais faire une chose pareille. Penchée en avant, les mains sur les cuisses, je me positionne pour un départ en trombe. Je cours vers Shane avec un grand sourire idiot. Devant lui, je m'élance dans les airs ; il m'attrape par la taille, je lui pose les mains sur les épaules, il me soulève et… et…

— Ha ! mon Dieu !

Je n'ai pas volé très haut, néanmoins nous ne sommes pas tombés non plus.

— On recommence, décrète Bethany. Et, cette fois, faites-lui vraiment confiance.

OK, je reviens à ma place, prête à réessayer.

Shane est en position.

— Attention, tu risques de me blesser si tu ne m'écoutes pas. Ce n'est pas ça, la réplique ?

— N'est-ce pas ce qui s'est passé ?

Son regard se fait plus doux.

— Je te promets que cela n'arrivera plus jamais, Kensington.

Mon cœur s'emballe. Je me lance. Ses mains sont sur ma taille. Je saute… et… nous… Incroyable. Je vole dans les airs ! Je vole ! Je suis Jennifer Grey ! Ha, ça vous en bouche un coin, hein ?

— Tenez la position, Kenzi. C'est bon ! s'enflamme Bethany, au comble de l'excitation.

C'est bon, c'est bon… voilà qui est vite dit. On a fait plus gracieux. Les bras de Shane ne sont pas assez tendus et, au lieu de projeter les miens devant moi, je m'accroche à ses épaules. Mais ce n'est pas si mal. Liza et Ryan battent des mains et nous acclament en sautant sur place.

Oh oh… Non !

— Ah !

Je bascule vers l'avant.

— Aaah, aaargh !

Shane fait quelques pas en arrière, tentant de conserver l'équilibre. Par réflexe, je rabats les jambes et rejette le haut de mon corps en arrière pour glisser au sol. Je me retrouve les bras à son cou, les jambes enroulées autour de sa taille.

Il m'a rattrapée.

J'éclate de rire.

— Oh! bon sang! Excuse-moi.

Tout le monde applaudit.

Shane se penche et me murmure :

— Allez, souris, Bébé.

C'est l'une des dernières répliques de Johnny, à la fin du film. La fin de leur histoire d'amour.

Toutefois, je ne suis pas sûre que ce soit la fin de la nôtre.

14

Confessions d'une accro aux rom-coms

Nous sommes mardi. J'ai eu toute la nuit pour digérer les événements de la veille. Toute la nuit pour trouver une solution. Lorsque j'arrive à l'agence, j'essaie de relativiser. En définitive, le ciel ne m'est pas tombé sur la tête. Ren ne savait visiblement rien quand je lui ai passé un coup de fil, et Bradley n'avait pas l'air chamboulé quand il m'a appelée. Avec un peu de chance, l'escalade des catastrophes s'arrêtera là. Pour le moment, du moins.

Personne d'autre n'est encore arrivé. J'allume les premiers néons et dépose mes affaires sur mon bureau. J'ai pris de quoi me changer pour la séance de paintball de ce soir, plus un petit sac de voyage que j'ai laissé dans la voiture, des fois que Clive ne démorde pas de son idée de m'envoyer à la ferme pour que Shane me la fasse visiter. Ou au cas où je déciderais de prendre la tangente et de m'envoler pour Vegas à la dernière minute.

Cette option est loin de me déplaire. Elle élargit très certainement le champ des possibilités. Mon plan B consiste à faire ce qui me rend heureuse, vivre ma vie comme je l'entends. Appelons donc Las Vegas un solide plan C.

En attendant, j'ai revêtu mon habit d'optimisme et

de confiance en moi. Car je vais en avoir besoin, si je veux tenir la journée. Mon armure se constitue d'une petite jupe à poches orange, d'un haut à manches longues et de talons compensés. Je veux avoir l'air prête à conquérir le monde.

Même si je suis loin de l'être.

Mes yeux bouffis et injectés de sang ne manqueront pas de me trahir. La nuit a été longue.

Je n'arrive toujours pas à croire qu'à l'époque ma mère ait fortement suggéré à Shane de laisser tomber ; qu'elle soit parvenue à le convaincre que c'était mieux pour tout le monde. Sans parler de Tonya, soi-disant persuadée que j'aurais fait une erreur en partant avec lui. Qu'est-ce que c'est que cette manie de tout décider à ma place ? Maman, Tonya, Bradley, et même Shane. Je me souviens de ses mots de la veille : « Je ne recommencerai plus, à moins que tu ne me le demandes, et que ce machin ne soit plus à ton doigt. » Ce n'est plus lui qui décide. Il me laisse enfin mon libre arbitre. Sans me faire aucune promesse, non plus...

Mais est-ce réellement ce que je souhaite ? Cela changerait-il quelque chose ? Non. Le passé est le passé, et c'est à moi de définir quel sera mon futur. Sans me laisser influencer par les gens qui m'entourent.

J'espère seulement que je saurai conserver mon sang-froid pour mener mon plan à bien.

Mon premier réflexe lorsque j'allume mon ordinateur est d'ouvrir Facebook. Toujours aucune mise à jour de la part de Renson ni de ma mère. Etrange. Certes, Ren n'est pas très en forme. Pourvu que la grossesse ne me rende pas aussi malade qu'elle quand viendra mon tour ! S'il vient un jour. Ce qui n'est pas garanti, si j'applique le plan B.

J'appréhende aussi de croiser Tonya. Bien qu'elle ait forcément reçu mes monologues avinés de ce week-end, elle ne m'a jamais rappelée. Ai-je le droit de lui en vouloir ? Oui, tout à fait. Et je lui en veux à mort.

Elle aurait dû s'excuser platement, me dire que c'était une énorme erreur. Nous étions censées nous disputer, hurler. Je m'attendais à ce qu'elle essaie de remuer ciel et terre pour se faire pardonner, mais, en réalité, tout cela lui passe au-dessus de la tête.

Parce que je ne compte pas. *Je ne suis pas assez bien...* Le front posé au creux de mes mains, je m'affaisse sur mon bureau. Il faut que j'arrête de vouloir être « assez bien » pour les autres et que j'apprenne à être assez bien pour moi. Mes critères. Ma vie. Mes choix.

Avec un soupir déterminé, je tape un court mail impersonnel à l'adresse de Shane, l'invitant à venir faire le point sur le projet. Il doit approuver mon travail afin de nous permettre d'enclencher la deuxième étape. Pour ce qui est de notre accord officieux, nous n'avons pas beaucoup progressé, toutefois ma maquette est, elle, désormais suffisamment avancée. Clive m'a déjà demandé de la lui fournir, de manière à pouvoir envoyer la facture. Je clique ensuite sur son tout premier mail et copie-colle la liste de films à la fin de mon message.

J'ai parfaitement conscience de ce que cela sous-entend. C'est une manière de lui dire que j'ai toujours l'intention d'honorer ma promesse. Que j'en ai même envie...

Je barre le numéro dix, ainsi que le cinq, puis, avant de me dégonfler, presse « Envoyer ».

- 1. *Nuits blanches à Seattle*
- 2. ~~*Pretty Woman*~~
- 3. *Le Journal de Bridget Jones*
- 4. ~~*27 robes*~~
- 5. ~~*Dirty Dancing*~~
- 6. *16 bougies pour Sam*
- 7. *Love Actually*

J'ouvre mon fichier pour le projet *Carriage House* et continue de détailler ma reproduction des posters de *Nuits blanches à Seattle* à petits coups de stylet. J'en ai placé deux dans mon collage : le principal, sur lequel Meg Ryan et Tom Hanks se couvent des yeux, et l'image de l'Empire State Building illuminé d'un cœur à ses fenêtres.

Nuits blanches à Seattle est inspiré du film de 1957 intitulé *Elle et Lui*, lui-même remake d'un film du même nom, datant de la fin des années 1930. Dans les versions originales, les protagonistes décident de se retrouver au sommet de l'Empire State Building un jour de janvier comme un autre, et non à la Saint-Valentin.

Toujours dans l'original, l'homme, Nickie, est peintre. Pourtant talentueux, il demeure inconnu et n'a jamais réellement tenté de percer dans le monde de l'art, jusqu'à ce que sa rencontre avec Terry, le personnage de Deborah Kerr, l'y pousse.

Je m'identifie à tant de niveaux. Shane me redonne l'envie de croire en moi. Même si ce doit être sans lui à mes côtés.

Une notification tombe sur mon portable : j'ai un nouveau message sur mon répondeur. Je prends une grande inspiration, essuie les larmes prises au piège de mes cils, puis presse « Ecouter ».

C'est tante Greta.

— Salut, ma grande. Fais-moi plaisir et rappelle-moi quand tu auras eu ce message.

C'est tout. L'organisatrice a-t-elle vendu la mèche ? Ren aurait-elle à son tour tout dit à maman, qui aurait prévenu Greta ? Je compose le numéro de cette dernière, préparée au pire. Mon cœur bat à cent à l'heure. Aujourd'hui, je comptais limiter les dégâts, pas me faire dégommer par la boule de démolition.

— Tu n'as pas traîné !

— Bonjour, tante Greta. Est-ce que tout va bien ?

Quelle idée de lui demander cela !

— Oui, je suis sûre que ce n'est rien.

Est-ce moi ou semble-t-elle un peu sur les nerfs ? Ou bien je me fais des idées ? Argh, je n'ai aucune envie d'expliquer ce qui s'est passé hier. Cela ne fait pas partie du programme de la journée. Et je compte bien m'en tenir à mon plan.

— As-tu parlé à Ren ?

Eh merde. Houston, on a un problème !

— Nooon, pourquoi ?

Un poids me tombe sur l'estomac. Ma mère a dû piquer une de ces crises quand Ren lui a répété ce que lui a certainement déballé Bethany Chesawit ! J'aime de plus en plus mon plan C.

— Elle a dormi chez ta mère. Je crois que...

Hein ?

— Qu'est-ce que tu me racontes ? Je l'ai eue au téléphone, et elle ne m'a rien dit.

— Grayson fait sa tête de mule, pour ne pas changer, et Ren... Ren est Ren, les hormones en bonus. Un mélange du tonnerre. Elle l'a laissé en plan hier.

— C'est pas vrai ! Moi qui pensais que le couple parfait ne connaissait pas les prises de bec...

Peut-être n'était-elle donc pas seulement malade ?

Cela fait rire tante Greta.

— C'est carrément la guerre. Je me disais qu'elle s'était peut-être confiée à toi ?

Ma mâchoire manque de se décrocher.

— A moi ? Pourquoi veux-tu qu'elle se confie à moi ? Elle s'est réfugiée chez sa chère belle-mère. Je suis sûre qu'elles ont dû en disc...

— Non. Impossible de lui faire cracher le morceau. Ta mère ne savait plus quoi faire, alors elle m'a appelée à la rescousse. Ren est retranchée là-bas et n'arrête pas de pleurer. Grayson a bien tenté de discuter, mais elle refuse de le voir. A mon avis, elle en a gros sur le cœur. Tu sais, je n'ai pas l'impression que tu t'en rendes compte, mais je crois qu'elle t'admire beaucoup. Tu es un peu la sœur qu'elle n'a jamais eue.

Tout ce qu'il y a de sûr, c'est que nous nous chamaillons comme deux sœurs.

Aussitôt après avoir raccroché, j'appelle Ren sur son portable. La moindre des choses serait de lui laisser un message. Ce n'est pas parce que je ne l'apprécie pas toujours que je souhaite son malheur. Je répète ce que je vais lui dire dans ma tête. « Je suis inquiète, j'espère que cela va s'arranger, appelle-moi si tu as besoin de quoi que ce soit, bla-bla-bla. » C'est bon, le speech est rodé.

— Allô ?

Elle a répondu dès la première sonnerie.

Soudain, envolé, le speech.

— Allô ? répète-t-elle.

Sa voix est éraillée, comme si elle venait tout juste de sécher ses larmes.

— Oh ! salut, euh... désolée, je pensais tomber sur ton répondeur.

Le silence s'étire.

Argh, bon, OK... Je me carre dans mon fauteuil et me lance.

— Est-ce que tout va bien ?

Cela suffit à lui faire lâcher les écluses. C'est une plaisanterie ? Personne n'avait donc songé à lui poser la question ? Me voilà partie pour vingt minutes d'une Ren en larmes, m'expliquant que Grayson ne lui est d'aucun soutien et ne comprend pas ce qu'elle vit, et qu'elle ne veut pas trop en dire à ma mère, de peur qu'elle ne s'en mêle et ne rejette la faute sur elle.

Ah, ça... je connais bien.

Vingt minutes à l'écouter me dire que ses nausées matinales sont loin d'être cantonnées au matin. Vingt minutes à l'entendre angoisser de ne pas savoir à quoi s'attendre quand le bébé sera là. Vingt minutes à me dire que nous avons décidément bien plus en commun que je ne le croyais.

— Tu te souviens, l'autre jour, quand tu t'es énervée à propos de tes tableaux d'études ? Et que tu as dit à Mama Shaw — et à tout le monde, en fin de compte — ce que tu avais sur le cœur ?

Oh oh... Je fais la grimace, sentant venir la leçon de vie.

— Hum, oui ?

— J'aimerais tellement avoir ce courage ! Pouvoir exprimer tout ce qui me tracasse, peu importe si cela paraît ridicule ou que j'ai l'air d'une cinglée.

— D'accord...

Je ne suis pas sûre de savoir comment je dois le prendre.

— Ce que je veux dire, Kenz, c'est que... j'ai toujours peur, si Grayson me voit péter les plombs — mais, vraiment : comme tu le fais, parfois —, oh, je n'en sais rien... j'ai peur de le perdre, conclut-elle sur un reniflement. De *vous* perdre, tous...

— Ren...

Je ne sais pas comment la consoler.

— Pourtant, toi, tu ne t'en soucies jamais, même avec *Bradley*, alors que vous n'êtes même pas encore mariés ! Tu te contentes de dire ce que tu penses et tu te fiches...

— Détrompe-toi, ça me touche. Ce sont eux qui s'en fichent, je rétorque, aussitôt piquée au vif. Ils n'en ont strictement rien à faire ! C'est pour ça que je me mets dans des états pareils, figure-toi.

— Bien sûr qu'ils en ont quelque chose à faire. Ta maman était vraiment bouleversée quand tu es partie. Ils se sont même disputés, elle et ton père.

Je me redresse.

— C'est vrai ?

— Je t'assure..., soupire-t-elle tristement.

Je reste silencieuse un moment, le temps d'assimiler cette révélation.

— Tu sais quoi, Ren ? Nous sommes une famille, OK ?

Difficile à croire, mais c'est bien de ma bouche que sortent ces mots. Pire : ils sont sincères.

— Personne ne te laissera tomber. Et, pour être vraiment honnête, j'adorerais que tu pètes un peu les plombs de temps en temps, toi aussi. Personne ne te demande d'être si parfaite. Pour tout dire, je me sentirais moins ridicule si tu t'y mettais !

— Tu sais, la grossesse, c'est bien plus dur que ce que j'imaginais. C'est un énorme chamboulement, et...

De nouveau, sa voix se brise.

— C'est un énorme chamboulement, et Grayson doit s'investir et t'aider. Rentre chez toi et dis-lui ta façon de penser. N'hésite pas à lui rentrer dedans. Je te promets que tu ne le perdras pas. Grayson t'aime, mais tu sais comment il est...

— Oui, tu as sans doute raison, dit-elle en riant. Je vais tenter. Je crois que cela vaut le coup d'essayer. Merci, Kensington.

Je l'entends renifler et poser le téléphone le temps de se moucher.

— Et, Kenz..., ajoute-t-elle en reniflant encore. Hier, tu disais que tu n'étais plus très sûre, à propos de Bradley ?

Malgré toutes ses préoccupations, elle se souvient de cela ?

Je ressens comme un coup au cœur et ne parviens à articuler qu'un minuscule « oui ».

— Ecoute-moi : même si je suis en colère contre Grayson — et Dieu sait s'il sait me mettre hors de moi ! — je reste persuadée qu'il est l'homme de ma vie. L'homme qu'il me faut. Qui d'autre rirait à mes blagues nulles ? Ou me préparerait un sandwich au fromage grillé quand j'ai passé une mauvaise journée ? Tu vois ce que je veux dire ? Une vie à deux, ce n'est déjà pas facile… alors il faut que tu sois sûre de toi.

Maintenant, c'est moi qui pleure. Ren ne me juge pas le moins du monde. Non, elle me conseille seulement de bien réfléchir. D'être sûre. *Qui l'aurait cru ?*

— Je te remercie, Ren.

Je tamise un peu la lumière, plongeant la salle de conférences dans une semi-obscurité jaunâtre. Les trois reproductions de mes toiles sont toujours perchées sur le rebord du tableau. Ce n'est vraiment pas si mal. Bien entendu, je peux m'asseoir sur les originaux. Mais j'ai désormais la satisfaction de savoir que maman s'en veut.

Je retire ma bague de fiançailles et la fais machinalement rouler entre mes doigts. Je pourrais peut-être ouvrir mon propre studio. Pourquoi n'ai-je jamais tenté l'aventure ? Je le regrette tellement.

Cette histoire d'organisatrice de mariage me hante. Pas à cause de cette folledingue de Bethany Chesawit, mais de Mary Fiore, d'*Un mariage trop parfait*. Dans le film, Steve confie à son ami qu'il trouve que sa fiancée est géniale. « Seulement, peut-être que ce que je trouve génial est vraiment génial… mais n'est pas aussi génial que quelque chose de plus génial ? » poursuit-il en faisant allusion à son coup de cœur pour Mary.

Et si rien de plus génial ne se présente jamais à moi ?

Serai-je capable de faire ma vie seule ?

Voilà ce qui m'a tenue éveillée toute la nuit. Et Ren a raison : il faut être sûre de soi. Et, cette fois, je le suis. Je n'ai plus qu'à trouver le courage d'agir.

— Salut. Qu'est-ce que tu fais là, toute seule ?

Ellie se tient dans l'embrasure, une expression embarrassée sur le visage. Elle n'aurait pas dû parler à Shane de l'organisatrice de mariage, hier, et je suis bel et bien furieuse, mais pas contre elle. Pas réellement.

Je prends le temps de m'essuyer les joues avant de lui faire face.

— Hé, salut !

— Kenz, j'ai essayé de te prévenir que Shane allait débarquer, m'explique-t-elle en approchant de quelques pas.

— Oui, enfin, après lui avoir dit où il pourrait me trouver, hein, je rétorque en m'enfonçant dans mon fauteuil.

— Oui, bon...

Elle tire une chaise et s'assoit à côté de moi.

— Mais je t'assure que je n'ai cédé que sous la torture.

Je lui décoche un regard sceptique. Telle que je la connais, elle a sans doute cherché elle-même l'adresse pour lui imprimer l'itinéraire !

— Est-ce que tout va bien ? Ça n'a pas l'air.

Je parviens à esquisser un sourire.

— Ça ne tardera pas à aller mieux.

De toute évidence encore nerveuse, elle se mordille l'intérieur de la lèvre.

— Alors... tu ne veux pas me dire ce qui s'est passé, hier ?

Je ris malgré moi, puis lui raconte comment elles ont pris Shane pour Bradley, sa ridicule imitation...

Ellie me dévisage, incrédule.

— Mais comment ont-elles pu confondre Shane avec Bradley ?

Je relève le menton et balaie la question d'un geste.

— Longue histoire. Bref...

Je lui fais le récit de notre porté à la *Dirty Dancing*, puis lui confie que je connaissais en réalité l'autre couple — enfin, la future mariée, que sa mère connaît bien la mienne, etc. Puis je me penche et lui avoue en confidence :

— Samedi soir, après le concert, il m'a *embrassée*.

Elle a beau être déjà bouche bée, je décide d'enfoncer

le clou. Après tout, pourquoi pas ? C'est la journée des grandes révélations.

— Et, hier, il m'a dit que cela n'arriverait plus, à moins que... je ne me débarrasse de ce truc, fais-je en tapotant ma bague de fiançailles, et que l'on annule le mariage.

— Le mariage est annulé ?

Pétrifiée dans l'encadrement de la porte, Tonya me dévisage avec des yeux ronds.

— Alors, dis-moi ce qui te ferait plaisir, me demande Bradley tandis que nous nous dirigeons vers sa BMW pour aller déjeuner, en dépit de l'heure tardive. Que dirais-tu d'une pizza ?

Seulement si ladite pizza se trouve en Italie... A cet instant, je voudrais être partout sauf ici. Ma décision est-elle vraiment prise ? « Il faut que tu sois sûre. » J'en suis sûre et certaine. C'est parti :

— Hum, en fait, j'aurais aimé que l'on parle.

Les portes de la berline se déverrouillent avec un bruit électronique.

— Si tu veux. Nous discuterons en mangeant. Je meurs de faim.

Dans quoi suis-je en train de me lancer ? Je ne vais quand même pas faire cela ? Et pourtant, si. Hors de question de faire machine arrière. Toute ma vie j'ai laissé les critères des autres définir ce que je valais. Aujourd'hui, c'est fini.

Je n'ai plus la force de toujours essayer de me plier à ce qu'on attend de moi.

Il est temps de mettre en marche le plan B, que j'aurais d'ailleurs dû baptiser plan « Moi ». Même si cela signifie qu'il n'y a pas réellement de plan. Plan B n'étant qu'une autre façon de dire que le plan A ne fonctionne plus.

— Bradley, je ne peux pas t'épouser.

Les mots restent suspendus dans l'air.

Bradley s'est figé au beau milieu de son geste, les clés sur le contact.

— Je, euh...

Un étau me compresse la poitrine. Je ne veux pas lui faire de mal. Ce n'est pas du tout mon intention !

Il semble un instant désorienté, mais se redresse très vite, levant les mains, paumes au ciel.

— Mon ange, si c'est l'organisatrice qui ne te plaît pas, ou que sais-je, nous pouvons en changer.

Il parle pour ne rien dire, mais je lis à son expression qu'il a compris. Le sang tambourine à mes tempes. Cette situation est surréaliste. Une part de moi se demande vaguement ce que je suis en train de faire, même si, en réalité, il n'y a plus aucun doute dans mon esprit.

Je retire la bague de mon annulaire et la lui tends. Les larmes perlent à mes paupières.

Je murmure, sincère :

— Je suis désolée, Bradley.

Il inspire, les ailes de son nez pincées, puis expire longuement en se frottant le menton d'une main.

— Qu'est-ce qui te prend, Kenz ? C'est une blague ? Que va dire ta famille ?

— Que va dire ma famille ?

Il ne fait que me conforter dans ma décision.

— Là, tout de suite, je me fiche pas mal de ce qu'ils vont en dire. Et toi, pourquoi est-ce que cela t'importe ?

Je cherche une nouvelle fois à lui rendre la bague.

Ses yeux couleur lagon sondent les miens tandis qu'il referme mon poing sur l'anneau et l'enveloppe de sa main.

— Tu sais que je t'aime. Tu sais que nous sommes bien, ensemble. Nous nous marierons quand tu l'auras décidé, mais réfléchis bien à ce que tu es en train de faire, Kenzi. Ne prends pas une telle décision sur un coup de tête.

Il dépose ma main sur mon cœur, puis s'affaisse de nouveau contre le dossier de son siège.

Bradley ne m'a jamais menti. Il n'a rien fait de mal. Il me dit qu'il m'aime.

— Je t'aime aussi, Bradley, mais...

Pas comme au cinéma.

La voilà, la vérité vraie. Le plus lourd et inavouable de mes secrets. Il est temps que je le lui confesse.

— Je crois... non... je *sais* que je veux plus. Je veux...

Je lui fais face, bien déterminée à lui faire comprendre.

— Je veux ce que je vois dans les films, j'aimerais...

— Hein ?

— Non, je t'en prie, écoute-moi jusqu'au bout. Tu vois, quand deux personnages se rencontrent, on est pleins d'espoir pour eux ? Alors on rit, parfois aux larmes, de toutes les petites péripéties embarrassantes qu'ils subissent sur le chemin de l'amour. Puis vient la grande déclaration romantique, et on est fous de joie pour eux, parce qu'ils se sont enfin trouvés ! Ils sont enfin ensemble, et tout est bien qui finit bien. Et, même si l'issue était complètement prévisible, on pleure comme des madeleines. Enfin, *je* pleure...

Effectivement, je me rends soudain compte que les larmes m'inondent les joues, bien que j'affiche un grand sourire. Je ne suis pas certaine que ce que je raconte ait un sens quelconque.

Bradley retrousse les lèvres.

— Bon, je ne comprends pas tellement où tu veux en venir avec tout ça, mais nous vivons dans le monde réel, pas dans un film, et...

— Mais je ne veux pas du monde réel ! Tu ne m'écoutes pas !

— OK, OK. On se calme deux secondes.

La bague de fiançailles toujours au creux de la main, je me laisse aller contre le siège passager. C'est un cauchemar. Les larmes coulent sans discontinuer. Si j'ai la certitude que c'était la chose à faire, pourquoi est-ce si difficile ? Je m'éclaircis la voix et reprends :

— Je sais que cela a l'air de surgir de nulle part et que cela n'a semble-t-il aucun se...

— C'est Bennett, c'est ça ?

Avec un pincement au cœur, je me force à croiser son regard. Il est blessé.

— Non. Rien à voir. Il s'agit de moi. Je ne sais pas comment ni pourquoi mais, à un moment donné de ma vie, j'ai fini par perdre de vue qui j'étais, ce que je désirais vraiment... Oui, je voudrais me marier et faire des enfants, mais je...

— Je ne saisis pas, Kenz. Vraiment, je...

Raide comme un piquet, il paraît complètement désorienté.

Bien sûr qu'il est perdu ! Moi-même je commence tout juste à démêler ce que je ressens.

— Bradley, je te demande pardon. Je t'aime, mais ce n'est pas suffisant. Ce n'est pas...

Il m'interrompt d'un geste de la main.

— Stop. Arrête. Ne dis plus rien, je t'en supplie. Tu... *merde*, Kenzi !

Les yeux embués, il semble écœuré. Sans même un regard, il démarre la voiture.

— Je te demande juste de bien réfléchir à ce que tu es en train de détruire. Je... il faut que j'aille m'aérer la tête.

La culpabilité me dévore les entrailles, me ronge comme de l'acide. Je lui fais signe que je comprends. Je lui dois au moins cela. Il mérite que je lui laisse le temps d'absorber tout ce que j'ai pu lui dire.

La main tremblante, j'ouvre la portière.

Je suis en état de choc. Assise à mon bureau, écouteurs dans les oreilles, je peins furieusement, dans l'espoir de voir les dernières heures de la journée passer plus vite.

Je devrais prendre un avion pour Las Vegas. Sans rire. Mes bagages sont prêts. Il me manque un maillot de bain, mais rien ne m'empêche d'en acheter un là-bas. Je pourrais emmener Ellie. Ce qui se passe à Vegas reste à Vegas, non ?

Je pourrais y rester, moi aussi. A ce stade, plus rien n'est impossible.

Ma mère a encore appelé. Je ne suis pas prête à lui parler. J'ignore même si elle appelle à propos de l'organisatrice de mariage ou parce que Bradley a contacté mon frère. Parce que, s'il lui a passé un coup de fil, Grayson sera assurément allé tout rapporter à maman.

Bradley n'est pas revenu après sa pause déjeuner. Je peux difficilement lui en vouloir. Ellie doit certainement avoir une réunion à l'extérieur, car je ne la vois pas en ligne. Tonya apparaît à l'autre bout du couloir. Lèvres pincées, regard fixe, elle semble se diriger vers la porte d'un pas plus vif que nécessaire.

J'ai du mal à réaliser : je viens d'annuler mon mariage. Je suis en train de tout risquer, et pour quoi ? Shane ne m'a rien promis. Rien. Il me pousse à investir de mon temps, m'appâte à l'aide de cette liste oh-si-romantique, puis se défile et, de son accent british mâtiné d'américain le plus sexy, me demande si je veux bien rompre mes fiançailles pour qu'il puisse, éventuellement, m'embrasser de nouveau.

Le pire étant que… j'ai suivi ses instructions à la lettre ! J'ai rompu mes fiançailles avec un bel homme, parfaitement stable. Seulement, je ne l'ai pas fait pour Shane. Promis. C'est mon propre plan. Celui où je grimpe tout en haut de la tour pour me sauver moi-même.

Sauver cette fille avec de la peinture dans les cheveux, qui croit encore aux contes de fées. Même si elle a tout de même bien mûri. Car il ne s'agit peut-être pas de « vivre heureux » avec une autre personne, mais de « vivre heureux » avec soi, être bien dans ses baskets.

Je devrais aussi penser à trouver un nouveau travail. Si Clive dit vrai à propos de la situation financière de l'agence, commencer à prospecter pour un nouvel emploi serait plutôt judicieux.

Triple lutz piqué de mon estomac : pourquoi ne pas lancer mon propre studio pour de bon ?

Reste à savoir pourquoi j'ai gardé la bague ! Pourquoi n'ai-je pas encore appelé tante Greta ou maman pour leur annoncer la nouvelle ? Ou même Ellie ? Je n'ai prévenu personne. Je me contente de guetter le retour de Bradley et de consulter mon téléphone toutes les deux minutes, au cas où j'aurais manqué l'un de ses appels. *Va-t-il revenir ?*

Quant à la sortie paintball avec nos clients après la fermeture des bureaux... Eh bien, Shane y sera. Bradley est censé participer, et Tonya ne peut manquer cela. Jetant un coup d'œil à l'horloge, je sens mes cheveux se dresser sur ma tête.

J'ai le sentiment de vivre le calme avant la tempête.

15

Play-boy à maudire

Le terrain de paintball ressemble à un parcours de combattant de folie. Bottes de foin et pneus de tracteurs sont disséminés autour de fortins en bois et de murs de pierres. Nous n'avons pas réservé de session privée, ce qui signifie que nous ne serons pas le seul groupe. Il y a des arbitres, ainsi que des règles d'engagement. Je n'ai pas la moindre idée de ce que sont ces règles, parce que je n'écoute pas un traître mot.

— Arrête de le dévorer du regard, me chuchote Ellie pendant que j'enfile ma tenue de combat.

Tenue très seyante, d'ailleurs : une espèce de barboteuse noire avec une fermeture Eclair sur le devant, et un logo géant à l'arrière. Autant me peindre une cible dans le dos !

— Qui donc ?

J'ouvre de grands yeux innocents, mais je sais très bien à qui elle fait allusion. Shane se tient entre Clive et Rand Peterson, concentré sur le discours de l'arbitre. Il a revêtu une tenue quasi militaire. Un trait de peinture noire sous chaque œil et une ceinture de munitions à la taille, il tient son marqueur plaqué contre sa hanche. Ç'aurait pu être une vision des plus sexy si son espèce de fusil n'était pas d'un bleu criard et couronné d'une boule transparente.

OK, ce n'est pas vrai, il est quand même super sexy.

Il ne cesse de regarder dans notre direction. Sans doute parce que je n'arrête pas de lancer de petits coups d'œil dans la sienne. Je fais mine de ne pas y prêter attention.

— Tiens, baisse-toi un peu, me demande Ellie.

Elle m'étale une pâte qui ressemble fort à du cirage sur les joues.

— Je doute que ce soit absolument nécessaire, dis-je.

Je la laisse quand même faire.

Tout le personnel de l'agence est là, à l'exception de Bradley. Pour l'instant, je ne le vois nulle part. Tonya est en train d'aider Maggie à s'équiper, comme si elle et notre réceptionniste étaient les meilleures amies du monde, tout en faisant du charme à des clients. Tonya ne prendra pas part au jeu — elle est au-dessus de cela —, mais a tout de même enfilé une combinaison, en signe de soutien. Elle ne m'a pas adressé la parole de tout l'après-midi. Peu importe. Je n'ai de toute façon plus rien à lui dire.

Sinon, Shane non plus ne m'a pas dit un mot depuis hier. Et je n'ai toujours pas raconté quoi que ce soit à ma mère. Elle a appelé deux fois ; je n'ai pas répondu. La seule personne avec laquelle j'ai discuté aujourd'hui est Ellie ; toutefois, quand celle-ci a remarqué que ma bague de fiançailles n'était plus à mon doigt, je lui ai dit que j'aimais mieux ne pas en parler.

— Voilà Bradley, murmure-t-elle en pointant le doigt devant nous, interloquée.

J'ai du mal à y croire, moi aussi. L'angoisse m'étreint. Il est venu. Je ne m'y attendais vraiment pas. Jamais je n'aurais pensé le voir débarquer ici... Que vais-je bien pouvoir dire ?

L'avisant au loin, Clive le rejoint avec de l'équipement, mais Bradley se contente de fixer Shane d'un regard noir.

Je croyais qu'il était allé « s'aérer la tête » ? Il semble encore plus furax, le front et la mâchoire crispés. A-t-il parlé à quelqu'un ? Tonya se tourne vers lui, puis vers moi.

Une sirène hurle, et nous voilà lâchés dans cette immense prairie, jonchée d'obstacles et d'abris. En comptant les clients, nous sommes une trentaine de joueurs de l'agence Safia, contre une vingtaine d'autres personnes. La deuxième sonnerie marquera le début de la partie. Tiens, finalement, j'écoutais peut-être les règles d'une oreille !

— Ellie, par là !

Mon lanceur à pompe dans une main, je lui attrape le bras de l'autre. Je me sens soudain l'âme d'un renégat sanguinaire. Je suis remontée contre tout le monde, moi la première, et j'ai décidé d'en...

Le signal retentit.

— Merde !

Je rabats la visière de mon casque et commence à trottiner vers un bord, où sont empilés des pneus de machines agricoles.

— Voilà notre stratégie : on se planque.

— On se planque ? C'est quoi, cette stratégie ?

Les billes de peinture sifflent au-dessus de nos têtes comme autant de moustiques.

— La meilleure !

Je cours maintenant à toutes jambes. Les autres joueurs se jettent de tous côtés en beuglant. C'est de la folie. Les gigantesques pneus de tracteurs sont entassés en escalier. Nous escaladons les piles successives, puis nous laissons tomber au centre de la troisième. Depuis notre cachette, les tirs et les cris nous parviennent assourdis.

— Dans *Play-boy à saisir*, la fille passe la partie entière à couvert et, à la fin, elle bondit hors de sa cachette et dégomme le dernier joueur en lice. On va faire ça.

Une balle de peinture vient s'écraser sur le pneu du haut.

— Tout ce que je me rappelle de ce film, c'est le « rouler des doigts » et le V la victoire.

Une autre bille fend l'air et éclate à deux doigts de nos casques. La surprise nous arrache un cri, puis nous jetons un coup d'œil par-dessus le rebord comme deux petits animaux méfiants, le canon de nos marqueurs calé sur le caoutchouc du pneu.

— Regarde, c'est Bradley, souffle Ellie en le désignant du bout de son fusil.

On dirait Rambo, tout en rage et en muscles.

— Et là, Shane. Ils se tirent dessus. Bradley lui crie quelque chose... Dis-moi, il ne penserait pas que Shane y est pour quelque chose dans ta décision de rompre, des fois ?

— Possible, oui. Même très probable.

Je les regarde échanger des tirs, chacun évitant soigneusement les balles de l'autre. Rand couvre Shane. L'un d'eux touche presque Bradley, qui est assisté par Clive. J'ai du mal à voir en quoi cela constitue un renforcement de la cohésion entre collègues ou même un cadeau de remerciement aux clients de l'agence.

Maggie, la réceptionniste, traverse soudain le terrain à découvert en agitant les bras dans tous les sens.

Elle est touchée ! La voilà à terre. Hors-jeu. *Merde, c'est pas vrai ! Mais arrêtez de lui tirer dessus, bon sang !* Tonya sort de la zone sécurisée pour voler à son secours.

Ellie lui fait signe de venir se mettre à l'abri.

— Tonya !

— Qu'est-ce que tu fabriques ? Qu'elle aille se faire voir, elle n'est même pas dans le jeu ! je hurle.

Trop tard. Tonya atteint le sommet de la pile et se laisse glisser dans notre trou.

— La vache ! Ils ne sont pas bien !

Elle s'affaisse sur le sol, à bout de souffle.

— C'est sacrément douloureux, halète-t-elle en m'observant fixement.

— Si tu ne joues pas, pourquoi t'es-tu équipée ?

— Ils n'ont pas voulu me laisser participer, à moins que je... Peu importe, je voulais te parler.

Un nouveau tir rebondit sur le bord du pneu et éclabousse son épaule.

Nous nous recroquevillons davantage dans notre cachette.

Je pousse un soupir exaspéré.

— Maintenant ? Tu crois vraiment que c'est le moment ?

— Ecoute, je suis sincèrement désolée, OK ? Je ne sais pas quoi te dire de plus. Seulement que... ce n'était pas prémédité, d'accord ? Je te demande pardon, cent fois pardon.

J'interroge Ellie du regard, puis me tourne de nouveau vers Tonya. Pourquoi s'excuser maintenant, alors qu'elle refusait de le faire jusque-là ?

— Je... et puis zut ! Cela date d'avant ton arrivée à l'agence. Quand vous avez commencé à vous voir, cela n'avait rien de sérieux, et puis ça l'est devenu, alors on a tout arrêté. Et, un jour, on s'est revus. Vous faisiez une pause ou, en tout cas, vous vous étiez disputés.

Pardon ? Qu'est-ce qu'elle raconte ? Une autre bille de peinture frôle nos têtes.

L'agitation extérieure semble tout à coup fusionner en un vrombissement indistinct. Je vois parfaitement Tonya et j'entends ce qu'elle me dit, mais je ne parviens pas à en saisir le sens. Ellie a baissé les yeux. Ma bouche est grande ouverte, mais je reste sans voix.

« On s'est revus. Vous faisiez une pause. » Ma mâchoire est à deux doigts de tomber par terre. *Bradley ?*

Elle est en train de parler de Bradley ?

— Merde, s'affole Tonya. Tu ne savais pas...

Elle se tourne vers Ellie.

— Elle ne savait rien ? Eh merde, merde, *merde.*

Je croyais que c'était pour cette raison que tu avais rompu vos fiançailles. Bradley m'a dit que tu avais dû tout découvrir.

Elle se redresse, saisie de panique.

Une rafale en provenance d'en haut manque de peu sa poitrine. Elle hurle. J'interroge Ellie du regard, déboussolée.

— Je viens de l'apprendre, Kenzi. Je ne savais pas quoi faire...

Parce qu'elle aussi était au courant ?

Tonya est de nouveau tapie près de moi.

— Kenz, qu'est-ce que tu fais ? Ne pointe pas ce truc sur moi ! Je suis désolée, je suis...

Lentement, elle lève les mains en signe de reddition.

Frappée de stupeur, je peine à digérer l'information. Tonya couche avec Bradley ? Tonya et Bradley. Tonya et Shane... Ma respiration se fait sifflante. Chassant mes larmes, je la toise d'un air menaçant.

Je la mets en joue. Place mes doigts sur la détente.

— Disparais de ma vue.

Sans se faire prier, Tonya s'extirpe hors de la colonne de pneus et s'enfuit. Je suis comme paralysée. Les larmes roulent sur les joues d'Ellie.

C'est tout juste si je parviens à articuler entre mes dents serrées.

— Va-t'en, s'il te plaît.

— Kenz, je les ai simplement entendus parler. Je te le jure.

Une douleur sourde pulse au creux de ma poitrine.

— J'ai rompu avec Bradley avant de savoir. Alors je... laisse-moi. Tu seras gentille.

Tandis qu'elle s'extirpe de notre cachette, une balle passe à un cheveu de sa tête. Ramenant mes jambes contre moi, je reste blottie en boule à l'intérieur de mon pneu. On dirait bien que je n'avais pas besoin d'une cible dans le dos de cette combinaison : j'ai toujours été une proie facile.

Je me sens terriblement mal. Et moi qui craignais tant de blesser Bradley ! Les larmes me brûlent les joues. Je déglutis avec peine, ravalant mon envie de hurler.

Mon plan B vient de se muer en simple stratégie de survie.

De toutes les comédies romantiques que j'ai vues dans ma vie, je ne me souviens pas d'une seule où la fille se retrouve assise au milieu d'une roue de tracteur surdimensionnée après avoir été trahie par son fiancé et ses deux meilleures amies. Certes, j'avais rompu d'abord, et on ne peut pas dire qu'Ellie m'ait véritablement poignardée dans le dos. Elle a juste découvert le pot aux roses avant moi. Tonya, en revanche...

Deux fois.

Ce n'était pas une bague de fiançailles, mais une goupille de grenade. A l'instant où je l'ai retirée, tout mon petit monde a volé en éclats.

Et maintenant ?

Je ne suis pas venue avec ma voiture, donc difficile de rentrer chez moi. Je pourrais rester au fond de mon trou et faire feu sur quiconque aurait la mauvaise idée de jeter un coup d'œil à l'intérieur. Cela aurait sûrement un effet cathartique.

Je considère un moment mon lanceur à pompe. Je n'ai pas tiré une seule bille. Le chargeur est plein, et Ellie a oublié ses munitions derrière elle. Une décharge d'adrénaline me parcourt le corps.

Sûrement.

Les bruits de la partie de paintball percent soudain à travers le brouillard de mon esprit. Des cris retentissent encore, et j'entends des balles qui se croisent, néanmoins les rangs semblent s'être éclaircis. La voix de Patrick Swayze dans *Dirty Dancing* résonne à mon oreille. « On ne laisse pas Bébé dans un coin. » Et on ne laisse pas

Kenzi dans un pneu. On ne la laisse pas non plus se marier avec n'importe qui sous prétexte que c'est ce que l'on veut pour elle. Toute cette frustration accumulée, ces efforts constants pour satisfaire les gens autour de moi durant tant d'années... les émotions bouillonnent et menacent de déborder.

Je ne fais rien pour les retenir.

Les munitions de secours d'Ellie en bandoulière, je me redresse centimètre par centimètre pour scanner le périmètre.

— Kenzi ?

J'aperçois Ellie. Sa voix est à peine audible ; elle renifle. *Elle ne m'a pas abandonnée.* Elle s'est simplement mise à l'abri à l'autre bout de la rangée de pneus.

Les mots se bousculent, trop pressés de sortir :

— Je suis désolée. Je t'adore tellement. Tu es ma meilleure amie ! J'ai entendu la conversation de Tonya au téléphone. Au début, j'ignorais à qui elle parlait, et puis elle a prononcé le nom de Bradley... Je t'aurais tout dit, je te le jure !

Je balaie les alentours du regard avant d'escalader le rebord pour la rejoindre. Ses yeux sont rouges et gonflés d'avoir pleuré, et je sens que les miens s'embuent de nouveau. Je ravale mes larmes : il faut que je reste concentrée.

— Ce n'est pas grave. Je comprends. Moi aussi, je t'adore. Et si tu tiens tellement à te faire pardonner, dis-je en lui pressant l'épaule d'une main vigoureuse, couvre-moi.

Le soulagement que je lis dans ses prunelles laisse très vite place à l'épouvante.

— Quoi ?

— Je rentre dans le tas ! je lui lance par-dessus mon épaule en m'engageant en courant à terrain découvert.

Je saute par-dessus le tronc disposé là de manière

stratégique et me dirige vers l'empilement de palettes. Ellie s'époumone derrière moi.

Une bille jaune me frôle l'oreille.

Quelques gouttes viennent tacher ma tenue de combat. J'oriente le canon de mon marqueur en direction du tireur. Il s'enfuit et... *bam! prends ça!*

— Dans ta tronche! je vocifère à l'adresse de ce parfait inconnu.

Il est couvert de taches violettes. Le moins que l'on puisse dire, c'est que cela défoule! Je continue de le mitrailler tandis que je bats en retraite vers l'abri suivant.

Le gars proteste:

— C'est bon, je suis éliminé, arrête!

Cours toujours. Je mets un point d'honneur à tirer une dernière rafale mauve dans sa direction. Une chance pour lui que je vise comme une quiche.

Ellie et moi parvenons à deux pas de l'endroit où Bradley et Clive se sont retranchés. Rand s'acharne sur Bradley. *Parfait.* Qu'il lui fasse la peau. Shane est lui aussi dans mon champ de vision. Au son d'une nouvelle rafale, quelqu'un franchit une autre barricade façon ninja.

— Kenzi!

Ellie me pousse pour que j'avance. Deux types foncent vers nous en nous arrosant de balles. Alors que nous fuyons en hurlant, j'avise Tonya. Non loin de la délimitation du terrain, toujours en tenue, elle discute avec des clients. Branchez les guitares. Je veux une bande-son agressive, sauvage. L'heure de la revanche a sonné.

Je me redresse.

Ellie me tire par la manche pour me forcer à m'accroupir, mais c'est hors de question.

— Qu'est-ce que tu fiches, Kenzi?

Je m'avance en direction de mon ancienne collègue et amie.

— Kenz!

J'accélère.

Je charge.

J'ouvre le feu.

Dans un film, c'est à ce moment exact que démarrerait le ralenti. Mes munitions violettes jailliraient du canon en une pluie de couleur pour atteindre ma cible avec une précision chirurgicale. Nous ne sommes cependant pas dans un film et, pour la précision, on repassera. J'arrose le sol, éclabousse une chaise longue, puis une autre, et manque de peu le client qui s'en était approché.

— Kenzi, stop ! rugit Bradley en agitant les bras.

Je ne l'écoute pas. Je concentre toute mon attention sur l'arrière-train de cette comédienne, cette manipulatrice doublée d'une hypocrite qui tente de m'échapper. Je touche un poteau, un duffel-coat... *Ah ! Je l'ai eue à la jambe ! Bam ! L'autre jambe !*

— Kenzi ! Attends, arrête !

Tonya s'abrite derrière un arbre. Je la tiens. Je décharge mon arme dans sa direction.

— Kenz, stop ! Elle est peut-être enceinte !

Je m'arrête, clouée sur place.

D'un coup, la terre entière s'est arrêtée de tourner.

Je laisse mollement retomber le bras, le fusil soudain lourd au bout de mes doigts.

Tonya surveille la scène depuis son arbre, toujours à demi dissimulée par le tronc. C'est à peine si elle est aspergée de mauve. Ses lèvres bougent, mais je ne comprends pas un traître mot à ce qu'elle me raconte.

— Enceinte ? je répète, à voix trop basse pour être entendue.

Il se pourrait qu'elle attende un enfant ?

Celui de Bradley.

Lorsque je me retourne enfin, tout le monde me dévisage. Clive. Nos clients. Mon équipe de graphistes. Des gens que je n'ai jamais vus de ma vie. Et même Maggie. J'entends Ellie prononcer quelques mots. Shane est là, lui aussi. Je le vois. Il s'avance vers moi.

Oh ! ce n'est pas vrai...

Il a tout vu. Tout entendu. Il sait.

Je prends mes jambes à mon cou.

Je n'ai pas de voiture. Mince, je n'ai pas... Je cours à travers le parking. Il faut que je mette le plus de distance possible entre eux et moi. Comment vais-je faire ! *Réfléchis.* Je ne suis plus qu'adrénaline. Seulement, là où elle devrait m'aider à choisir la confrontation ou la fuite, elle me hurle de foutre le camp, et plus vite que cela !

Pantelante, je fais le tour des portières. Je crois que c'est la voiture de Clive. Elle est fermée à clé. J'ai déclenché l'alarme. *Eh merde !* Je les entends m'appeler. Ils arrivent ! Je pivote sur moi-même pour trouver une solution. N'importe laquelle. Là : une camionnette publicitaire *River Paintball*. Un tout jeune punk est en train de la décharger par le côté.

— Ça te dirait de te faire cent dollars ? je lui crie en me précipitant dans sa direction.

Je hurle comme une furie. J'ai l'air d'une cinglée.

— Hein ? fait-il avec des yeux ronds.

C'est de l'eye-liner qu'il porte ?

— Deux cents. Tout ce que je te demande, c'est de me tirer de là !

Jetant un coup d'œil par-dessus mon épaule, je les vois qui se rapprochent.

L'adolescent suit mon regard.

— Euh...

— Parfait ! On y va. C'est parti.

J'ai déjà bondi sur le siège passager.

— Grouille !

Il fait le tour au pas de course et s'installe au volant.

— Démarre ! On y va, on y va... Allez !

La camionnette se met en route au moment même où Shane et Ellie pénètrent sur le parking, suivis de

Bradley et Clive. Ils se dirigent chacun vers leur voiture. Visiblement, c'était bien celle de Clive...

J'examine mon chauffeur plus en détail. Les cheveux coiffés en une fausse crête, il porte de ces espèces de boucles d'oreilles en forme de mini-donut qui étirent les lobes. Un anneau lui emprisonne la lèvre inférieure. Les yeux écarquillés, il ne cesse de me jeter de petits regards apeurés. C'est à ce moment que je me rends compte que j'ai toujours le fusil entre les mains. Je l'abaisse.

— Je ne suis pas en train de te kidnapper, je te le promets.

Mes poumons me brûlent ; j'ai l'impression de suffoquer.

— OK. Vous avez dit deux cents, hein ?

J'acquiesce. Nous allons devoir passer à mon appartement pour l'argent. Je n'ai ni mon sac ni ma carte bancaire. Heureusement, j'ai une clé de secours. Dans la poche intérieure de la combinaison, mon téléphone sonne. Quelqu'un klaxonne derrière nous. *Non, mais, je rêve !*

— Vas-y, fonce ! je hurle.

Je me retourne pour voir de qui il s'agit. C'est Clive. Et Bradley est avec lui. Cette saleté de Bradley.

— Fonce ! Là, prends la 465 !

— Hein ? Merde, vous abusez, m'dame...

Il a beau protester, il obtempère, et nous voilà sur l'autoroute.

Mon portable continue de sonner. Sans regarder de qui provient l'appel, je décroche et aboie un « quoi ? » retentissant.

— Kensington, c'est moi, ta mère. J'espère que tu ne réponds pas à tout le monde de cette manière ! Dieu du ciel ! Je ne t'ai pas élevée de cette manière...

Plaquant le téléphone sur ma poitrine, je montre un panneau du doigt au jeune homme.

— Prends la direction nord. Tu suis le nord.

Laissant ma mère poursuivre ses babillages, je jette un coup d'œil derrière nous. Clive et Bradley continuent de nous filer le train, la main pressée sur le klaxon. Ellie et Shane ont rejoint le cortège dans la Range Rover de ce dernier. Maman parle, parle...

— Maman, maman! Ecoute, ce n'est vraiment pas le moment.

— Qu'est-ce que tu fabriques? As-tu au moins écouté ce que je viens de dire? Pourrais-tu m'expliquer pourquoi Trish Evans me dit que sa fille a fait la connaissance de ton fiancé anglais chez l'organisatrice de mariage? Anglais? Je sais que Bradley était en voyage d'affaires. Te rends-tu compte de quoi cela a l'air?

Nous changeons de file. Cela continue de klaxonner, derrière.

— Que se passe-t-il, Kensington?

Etre interpellée par mon nom me ramène à la conversation.

— Tu veux savoir ce qui se passe, maman? Très bien, comme tu voudras : je suis actuellement assise dans une camionnette appartenant à un site de paintball, en compagnie d'un goth dégénéré même pas encore majeur. Pardon, j'ajoute à l'adresse de l'ado.

Il se contente de hausser les épaules.

— J'essaie de semer mon patron et Bradley sur la 465. Oh! et le mariage est annulé. J'ai rompu nos fiançailles. Il n'est pas l'homme qu'il me faut, c'est clair? Et devine qui est de retour dans le coin? Tu ne vois pas? Je vais te donner un indice : il est anglais! Et tu l'as fait fuir il y a des années de cela... Accélère, bon sang!

Clive et Bradley sont à présent à notre hauteur sur la file d'à côté. Ils klaxonnent, hurlent... Mon jeune chauffeur, qui m'écoute tempêter au téléphone, n'a pas l'air d'en croire ses oreilles. Je regarde dans le rétroviseur s'il est possible de changer de file.

Ma mère essaie de dire quelque chose, mais je l'interromps pour mieux reprendre mon coup de gueule.

— Alors j'ai tout plaqué. Et c'est là que j'ai découvert qu'il couchait avec Tonya. Tonya! Il se tape *Tonya*!

— L'anglais? me demande l'adolescent.

— Non, mon fiancé, Bradley. Même si elle prétend que c'est arrivé quand nous nous étions disputés et avions temporairement rompu. Comme si cela changeait quelque chose! Oh! et tu ne sais pas quoi, maman? je lâche en revenant à ma conversation téléphonique. Il se pourrait bien que ton Bradley chéri l'ait mise en cloque. Tonya est peut-être enceinte. *Enceinte*!

— La salope, marmonne l'ado.

— Ah, tu trouves, aussi?... Donc, non, maman, ce n'est pas le moment, et je me contrefiche de ce que peut bien penser la mère de Liza Evans, et encore plus de savoir si tu approuves ou non!

Pas de réponse. Je n'arrive pas à croire que j'ai dit un truc pareil.

Une voiture de police se cale derrière nous.

— Il faut que je raccroche.

— Je suis absolument désolée! dis-je à l'adolescent pour la cinquième fois au moins.

C'est sa première contravention.

— Ne t'inquiète surtout pas pour l'amende, c'est moi qui paierai!

Il se tient les deux mains bien en évidence sur le volant, le regard rivé droit devant lui. Comme il me l'a déjà répété à deux reprises, c'est ce qu'on lui a appris au cours de conduite en cas de contrôle routier. Il aura dix-sept ans la semaine prochaine. C'est le policier qui a fait la remarque quand il lui a pris son permis et les papiers du véhicule.

Clive et Bradley se sont rangés derrière nous. Shane et Ellie sont garés à la queue. Le policier a contrôlé tout le monde et revient à présent vers nous. Cela commence à faire un moment que nous sommes arrêtés. Le jeune homme semble stressé. Je tente de le détendre en lançant de mon ton le plus encourageant :

— Pense à tout l'argent que tu vas avoir, pour ton anniversaire !

J'ai déjà ajouté cinquante dollars aux deux cents promis.

Il continue de bouder, le trait d'eye-liner sous ses yeux à présent brouillé.

L'officier de police se penche à la vitre et lui rend ses papiers.

— Toi, lui dit-il, je te laisse repartir avec un avertissement. Vous, en revanche, poursuit-il en me pointant du doigt, dehors.

— Dehors ?

Oh non, merde... Il ne va quand même pas m'arrêter ? Vais-je passer la nuit en prison ? Je n'ai ni portefeuille ni pièce d'identité. J'ouvre la portière, puis me tourne vers mon mini Steve McQueen.

— Je te poste l'argent, promis. Je l'enverrai à *River Paintball.*

Le policier me demande de le suivre. Je pensais qu'il me conduisait à sa voiture, mais voilà qu'il se dirige vers celle de Clive. Que fait-il ? Je ralentis de manière à mieux discerner sa trajectoire. Ne le voyant pas s'arrêter, je continue à sa suite.

Passant devant la voiture de mon patron, je remarque que la vitre est baissée. Je me penche et toise Bradley, assis côté passager.

— Tu es un gros naze.

Puis, à Clive, je lance.

— Considère-moi en congé jusqu'à la fin de la semaine.

Il accepte d'un signe de tête.

Comme je reprends mon chemin, Bradley m'appelle.

— Kenzi !

Sans me retourner, je rejoins l'officier de police auprès de la Range Rover de Shane. Je ne peux me résoudre à le regarder en face. J'aime mieux ne pas savoir ce qu'il pense de moi et de toute cette affaire. J'ai tellement honte...

L'homme se tourne vers Shane et Ellie.

— Ramenez-la à la maison. Je ne veux plus entendre parler de ces histoires.

Puis il s'adresse finalement à moi :

— Pour mémoire, vous avez raison : ce type est un gros naze.

Je ne sais pas ce qu'ils lui ont raconté mais, à cet instant, j'ai l'impression d'avoir affaire au policier le plus cool de la planète. J'ouvre la portière arrière avec un demi-sourire. Clive et Bradley ont redémarré, le policier remonte dans son véhicule, et Shane sonde mon reflet dans le rétroviseur. Il semble sur le point de dire quelque chose.

— Laisse, lui intime Ellie.

Elle passe par-dessus l'accoudoir central pour me rejoindre sur la banquette arrière.

Sans un mot, Shane regagne la route et prend la première sortie. Nous devons retourner au terrain de paintball pour que je récupère mes affaires.

Avec un soupir, je laisse rouler ma tête contre l'épaule de mon amie. L'adrénaline est retombée, ne laissant derrière elle qu'une vaste étendue de rien. Je me sens abandonnée, trahie... et perdue. Je suis complètement déboussolée.

Je comptais finir cette journée victorieuse ; au lieu de cela, mon plan B, mon plan « Moi », m'a explosé à la figure.

La camionnette du terrain de paintball est de retour sur le parking. Le gamin est en grande discussion avec ce que je suppose être son supérieur. Je n'ai toujours pas prononcé un mot. Ellie est restée près de moi. Lorsque

Shane se gare, Clive et Bradley nous attendent sur l'aire de rassemblement. Bradley tient mon sac à la main.

— Je m'en occupe, déclare Ellie. Vous deux, vous ne bougez pas de là.

Elle file sans nous laisser le temps de discuter. Shane sort de la voiture. Ma portière s'ouvre, et il est debout devant moi. Impossible de lever les yeux. Je suis tétanisée.

— J'aimerais que l'on remonte tous les deux à la ferme, comme prévu. Tu y seras tranquille, et cela te permettra de faire le vide, d'accord ?

Il me prend par les mains. Les siennes sont douces.

— Allez, viens.

Il me guide jusqu'au siège passager. En silence, il boucle ma ceinture et referme la portière.

Ellie est revenue avec mes affaires et tend mes sacs à Shane. Avant de s'éclipser, elle tapote à ma vitre et mime : « Je t'aime fort. »

Moi aussi, ma belle.

Shane se coule de nouveau à la place conducteur et démarre le moteur. Mes épaules s'affaissent, et j'appuie le front contre la fenêtre. Mon reflet déformé me rend mon regard.

C'est drôle… j'ai de la peinture dans les cheveux.

16

La paix à tout prix

La nuit est tombée. Nous quittons la route principale pour une petite route de campagne. Les feux des
voitures que nous croisons illuminent l'habitacle par
intermittence. Shane demeure silencieux, mais j'ai bien
vu qu'il profitait du moindre changement de station de
radio ou autre réglage de température pour m'observer
à la dérobée.

Ne sachant quoi dire, je me tais, moi aussi. Je n'ai
toujours pas prononcé un seul mot. Par où commencer ?
Cette journée n'a été qu'une longue suite d'événements
cataclysmiques. Mes projets d'avenir n'ont pas simplement pris une nouvelle direction ; ils se sont détricotés
vitesse grand V, puis enroulés autour de mes chevilles
pour mieux me faire trébucher.

Je réprime un éclat de rire, essuie mes yeux humides
et finis par me masser le front. Shane me lance un coup
d'œil curieux.

— J'ai eu une journée sacrément chargée...

On dirait que j'ai retrouvé la parole. Je suis récompensée
de mes efforts par un sourire tendre. Il hoche la tête.

— C'est vrai que tu n'as pas chômé.

Je suis persuadée qu'il pense que le choix a été fait pour moi. L'idée me rend malade.

— J'ai rompu avec Bradley à l'heure du déjeuner, avant de savoir. Tonya a cru que c'était à cause d'elle, et elle s'est vendue.

Je lui jette un bref regard, puis baisse de nouveau les yeux sur mes mains.

Sur mon doigt nu.

Shane se gare brusquement sur le bas-côté.

Je redresse la tête.

— Que fais-tu?

— Tu n'as pas dit un mot depuis deux heures et demie, Kensington. Alors, si tu te sens prête à parler, j'ai bien l'intention de t'écouter.

Dans sa bouche, cela signifie « ce que tu as à dire m'intéresse », et non « j'attends des explications ».

Je me mordille un ongle. Encore faut-il trouver les mots!

— J'ai rompu après notre discussion d'hier, mais ma décision était déjà prise.

Je tiens à lui faire comprendre que cette décision est bel et bien la mienne, et que ce qu'il a pu me dire ne m'a aucunement influencée.

Les phares d'une voiture balaient un instant l'intérieur du 4x4, chassant les ombres du visage de Shane. Les éclats d'or dans ses yeux étincellent.

Les larmes me montent aux yeux. Accrochées à mes cils, elles menacent de déborder. C'est moi qui ai fait le choix de quitter Bradley. Mais, si j'ai finalement trouvé le courage d'admettre qu'il ne représentait pas tout ce que j'attendais d'une relation, cela ne m'empêche pas de regretter amèrement de devoir tirer un trait sur certaines choses.

— Je voulais tellement fonder une famille. Avoir un bébé..., dis-je en me tamponnant les yeux. Et je n'avais pas la moindre idée de ce qui se passait avec Tonya.

Enfin, je me doutais qu'elle voyait quelqu'un. Elle avait tout un tas de nouvelles fringues, mais, je ne savais pas... pas avant que... enfin, tu as bien vu.

Je rougis. Je me sens tellement bête !

Shane tend le bras par-dessus l'accoudoir et me prend la main.

Je me concentre sur sa main qui recouvre la mienne. Si rassurante. Lorsque je retrouve l'usage de ma voix, je suis de nouveau au bord des larmes.

— Ma famille ne comprendra jamais... Ils se ficheront de savoir comment je vais. De ce que je ressens. Du mal que cela peut me faire. Tout ce qui leur importe, c'est la façon dont ils vont s'en trouver affectés.

Shane secoue la tête, il semble navré.

— Ils se trompent dans leurs priorités. Ce n'est pas nouveau.

— Je sais bien, mais... même si au fond de moi je sais qu'ils ne changeront jamais, je suis encore surprise de ce genre de réactions.

Surprise et blessée. Je hausse les épaules.

— J'ai honte, surtout.

— Tu ne devrais pas avoir honte. Tu devrais être furieuse.

Des larmes. Toujours plus de larmes. Une vraie fontaine. Quelle humiliation ! Pourtant, c'est lui qui a raison. Je devrais être hors de moi. Bradley me trompait sous mon nez, et qui sait depuis combien de temps ? Et, pendant ce temps-là, je m'efforçais par tous les moyens de me convaincre que nous étions le couple idéal, que j'avais une chance inouïe qu'il veuille bien de moi, que ma famille l'adore.

Shane soulève l'accoudoir et en tire une petite boîte de mouchoirs. Je me mouche, puis en prends aussitôt un second.

Je relève la tête, mais peine à soutenir son regard.

— Bradley m'a menti. Tonya m'a menti. A *deux* reprises.

Je laisse aller ma tête contre le siège.

— Quand on y réfléchit, cela n'a pas grande importance, qu'il m'ait trompée, parce que je me mentais déjà à moi-même. C'est ça, le pire. Je crois qu'au fond de moi je savais.

Shane me fait face. L'espace d'un moment, nous nous regardons simplement, les yeux dans les yeux. La vérité étalée au grand jour nous rapproche plus que jamais.

Mais qu'est-ce que ce vacarme ? Battant des cils, je découvre le lit sur lequel je suis allongée, baigné d'un mince rayon de soleil voilé en provenance de la fenêtre double. Je bâille et ouvre grands les yeux, puis m'étire sous la couette fermement bordée. Les gazouillis me parviennent à présent hauts et clairs ; des oiseaux, voilà ce qu'était ce bruit. Ils donnent l'impression d'être des centaines sous la fenêtre. Je jette un regard du côté du canapé.

Plus de Shane.

Je me redresse, l'oreille aux aguets. N'entendant aucun bruit de pas, je me lève et scrute le vide par-dessus la rambarde. Personne. Quand nous sommes arrivés, hier soir, je n'ai pas vu grand-chose de la maison, il faisait si sombre. Il s'agirait plutôt d'une maisonnette tant elle est minuscule à l'intérieur. Ce n'est pas l'habitation principale, que je connais pour y être venue avec lui il y a si longtemps.

J'attrape mon portable, posé sur la table de nuit, puis retourne me blottir sous les couvertures. J'ai l'impression d'être à des millions d'années-lumière, alors qu'en réalité il suffirait d'un coup de fil pour me ramener au présent. La journée d'hier me revient lentement en mémoire, et mon cœur se fait lourd.

Repoussant les cheveux qui me tombent sur le visage, je cligne des paupières, les yeux encore embués de sommeil, et consulte mon répondeur. La voix métallique m'annonce que j'ai treize nouveaux messages. *Treize ?* Rien que l'idée me vrille le ventre. D'autant plus que c'est sans compter les appels manqués.

Bradley.

« Kenzi, il faut que l'on parle. *Je t'en supplie.* »

Le seul son de sa voix fait perler les larmes au coin de mes paupières.

« Tu ne peux pas t'enfuir comme ça et refuser de me laisser m'expliquer. Ce n'est pas ce que tu crois. Il faut qu'on en discute. S'il te plaît. »

Effacé. Les huit messages suivants sont aussi de lui. *Pourquoi s'acharne-t-il autant ?* Tonya attend probablement son enfant. A chaque message, sa voix se fait de plus en plus urgente, et je crois qu'il a bu. Il parle de plus en plus fort et articule de moins en moins.

Il y en a un autre de ma mère. Je ne prends même pas la peine de l'écouter et le supprime aussitôt. Le suivant a été laissé par mon frère.

Grayson m'a appelée ?

« Kensington, je ne sais pas exactement ce qui se passe, mais Bradley vient de me joindre. Il dit que vous vous êtes disputés et que tu es partie avec un autre type. C'est une blague, Kenz ? Tu es fiancée, bordel ! »

Etais fiancée. Sur le point de me marier. Mes larmes coulent sans retenue, à présent.

« Maman m'a appelé plusieurs fois, elle aussi. Elle est vraiment bouleversée par toute cette histoire. Elle était en pleurs parce qu'elle t'avait eue au téléphone complètement ivre ou je ne sais trop quoi. Tu veux bien la rappeler ? Et Bradley, également ? Il va falloir régler ce problème, et vite. Ça ne sent pas bon. »

Supprimé. Je n'avais encore jamais été aussi retournée. J'ai l'impression que mes entrailles ne forment plus qu'une boule douloureuse au creux de mon ventre. Pourquoi est-ce que Grayson ne cherche jamais à discuter avec moi ? Pourquoi ne prendre en compte que la version de Bradley ? En tout cas, les événements ont ébranlé la famille entière.

La voix de Ren me fait soudain dresser l'oreille.

« Salut. Kensington... Comment te sens-tu ? »

Elle parle à voix basse, presque un murmure.

« Grayson est... enfin, il s'inquiète. »

Est-ce qu'elle a fini par lui expliquer le fond de sa pensée ? Se sont-ils réconciliés ?

« Bradley l'appelle non-stop. Rappelle-moi. »

Elle m'a demandé comment j'allais. J'efface son message en essuyant mes larmes. Je crois que je vais la prendre au mot et la rappeler. Le dernier message est d'Ellie.

« Salut, ma belle, je venais seulement prendre de tes nouvelles. Bradley n'est pas beau à voir. Il est passé, hier soir, complètement ivre. Je ne l'avais encore jamais vu dans cet état. Il dit que Tonya essayait de le piéger et qu'il n'a pas su quoi faire. Je lui ai dit qu'il aurait simplement dû se la coller derrière l'oreille. J'espère que tu ne m'en voudras pas. »

Je pouffe intérieurement.

— Jamais de la vie, Ellie-Belle.

« Il dit aussi qu'il n'est pas sûr de croire à cette histoire de grossesse, comme si cela changeait quoi que ce soit au problème. Tu savais qu'ils étaient sortis ensemble avant que tu rejoignes l'agence ? »

Non. J'avais compris qu'ils étaient bons amis, mais pas à ce point.

« Sans doute que oui, mais ce n'est toujours pas une excuse. Et puis, franchement, remettre le couvert ? Je me fiche de savoir si vous vous étiez disputés. C'est une connasse. Oh ! ta mère aussi a appelé, elle était très... »

Il n'y avait plus de place, le répondeur a cessé d'enregistrer. Mon cœur bat la chamade. De nouveau, je me retrouve face à mon semblant de vie. J'éponge mes larmes et repose mon téléphone.

Un bébé.

Je m'enfonce entièrement sous la couette et plonge le visage dans mes mains. Dans *L'Amour à tout prix*, le personnage de Peter Gallagher demande à Lucy de l'épouser en s'exclamant : « Ma famille t'adore, pourquoi pas moi ! » C'est un raisonnement parfaitement ridicule et, pourtant, n'étais-je pas un peu en train de faire la même chose ? N'est-ce pas en partie pour cette raison que j'avais accepté la demande en mariage de Bradley ? Ma gorge se serre, et la digue finit par rompre sous la pression. Les larmes coulent entre mes doigts, et je suis prise de sanglots incontrôlables.

« Il a fallu un coma pour que je me réveille », dit Peter dans le film. Par là, il entend « se rendre compte de ce qui est important », de ce qu'il manquait jusque-là à sa vie. Est-ce qu'un coma pourrait m'aider à oublier ? Tout ce que je veux à cet instant, c'est dormir et ne plus penser à rien.

— Kensington ?

On me secoue doucement par l'épaule.

— Kensington. Allez, on se réveille, fait la voix de Shane. Tu ne vas quand même pas dormir toute la journée ?

Je me suis rendormie ? Je ne l'ai même pas entendu rentrer. Je repousse les cheveux collés à mes joues et ouvre péniblement les yeux. La lumière est aveuglante, même sous la couette.

— Désolée, je lâche faiblement.

Je me racle la gorge et réessaie :

— Quelle heure est-il ?

— C'est déjà l'après-midi.

Je sens le matelas se creuser lorsqu'il s'assoit près de moi.

— Tu comptes rester là-dessous longtemps?

Il tire un peu sur la couette, me découvrant le haut de la tête.

D'un geste vif, je la rabats et la maintiens en place pour qu'il ne recommence pas.

— Oui, c'est fort possible.

L'idée ne me déplairait pas. D'une, je me sens en sécurité dans mon cocon; de deux, j'aime mieux ne pas savoir à quoi je ressemble. Alors, si je me cache, c'est pour son bien-être autant que pour le mien.

Il pousse un soupir.

— Est-ce que ça va?

— Non…

Les pensées se bousculent. A tâtons, je trouve mon téléphone et sors la main de la couette pour le lui montrer.

— J'ai écouté mes messages. Je n'aurais pas dû.

Depuis ma caverne de couvertures, je lui résume la situation.

— Apparemment, Bradley est passé chez Ellie et a même contacté mon frère, qui m'a ensuite appelée. Ma mère est en larmes. Bradley m'a laissé un million de messages et s'est pris une cuite. Il se demande si Tonya est réellement enceinte ou si elle a menti, et… Je n'en sais rien. C'est n'importe quoi.

Le grand n'importe quoi.

Shane change de position, et je glisse involontairement dans le creux près de lui.

— Kensington, si tu le souhaites, je te ramène chez toi. Je comprendrais si tu décidais d'aller régler ces histoires. Initialement, tu ne devais rester qu'une journée, mais j'espérais…

Je n'aurais pas dû me préoccuper de ces messages. J'aurais dû continuer de tenir la réalité à distance au lieu de laisser ce téléphone débile me ramener brutalement à elle.

Je n'ai aucune envie de rentrer chez moi. Ma vie m'y attend, et moi je n'attends plus rien d'elle. Je ne suis pas prête.

— J'aimerais mieux rester. A moins que...

Mon cœur se serre. Il ne tient peut-être pas à être mêlé à tout cela. Pourquoi le voudrait-il ? Tous mes doutes resurgissent.

— Enfin, je comprends... Si tu n'as pas envie de prendre part à...

— Je suis heureux que tu sois là, Kensington, me rassure-t-il doucement. J'aimerais que tu restes.

Paupières closes, je laisse mes épaules se détendre. *Il veut bien de moi ici.*

— J'étais simplement parti courir. Le temps de prendre une douche, et nous pourrons aller jeter un coup d'œil au *Carriage House*, d'accord ?

Il se relève, et le matelas reprend sa forme.

— Oh ! je t'ai aussi pris quelques petits trucs pour plus tard. Je, euh... j'ai tout posé sur le rebord de la fenêtre. Tu sais, la vue n'est vraiment pas mal, d'ici. Tu devrais venir voir. C'est même pour cette raison que j'ai choisi ce cottage.

Je parviens à articuler un « merci », mais ne me découvre pas avant d'entendre l'eau couler. Repoussant la couette, je lance un regard en direction de la salle de bains. La porte est fermée ; je peux m'asseoir et me repeigner un peu du bout des doigts. Devant la fenêtre se trouve un petit sac plastique marqué d'un logo rouge. « Video Max ». Il a loué des films. Il ne doit pas avoir les chaînes câblées, ici.

La couette enroulée autour des épaules, je m'approche à pas de loup pour en examiner le contenu. *Quand Harry rencontre Sally* et *Collège attitude*. Souvent, les meilleures comédies romantiques ne traitent pas tant du petit ami que l'on rêverait voir sortir de l'écran que de l'héroïne à laquelle on peut aisément s'identifier. Un sourire naît sur mes lèvres. Une soirée en compagnie de Meg Ryan et de Drew Barrymore ? *La perfection.*

Curieuse, je m'avance à la fenêtre. Elle n'est pas occultée par des rideaux, mais par deux grands volets intérieurs à demi rabattus. Je tire sur le crochet pour les écarter.

Ça alors ! Effectivement : quel panorama !

Des tournesols à perte de vue ; leurs petites têtes rayonnantes tournées vers le soleil. La maison se situe certainement sur une légère hauteur, car l'allée serpente en contrebas. L'horizon est une explosion de verts et d'ors, encadrée de collines ondoyantes brunes, prêtes pour les semis. C'est d'une beauté à couper le souffle.

J'époussette la vitre pour mieux admirer le paysage, puis décide d'ouvrir carrément la fenêtre. Je lutte un moment avec les battants, qui ont gonflé dans le châssis, et ils finissent par céder. Lorsque je parviens enfin à les repousser vers l'extérieur, un air mordant me fouette le visage et les oiseaux protestent.

Je resserre la couette autour de moi et prends place sur le rebord. Deux coccinelles progressent dans ma direction. Je songe soudain au film *Sous le soleil de Toscane.* L'amie de Frances lui dit que, petite fille, lorsqu'elle chassait les coccinelles, elle n'en trouvait jamais aucune ; mais, dès qu'elle cessait de chercher, elle en voyait finalement partout.

Sans doute me suis-je trop acharnée, moi aussi. *J'ai trop cherché les coccinelles...*

J'ajuste de nouveau la couette sur mes épaules et me penche dans l'encadrement pour mieux embrasser les champs dorés du regard. Ce serait l'endroit idéal pour peindre. Je respire l'air frais à pleins poumons. D'autres coccinelles sont apparues. Soudain, quelque chose me chatouille.

Qu'est-ce que...

Quelque chose m'a... *oh!* Quelque chose me grimpe dessus! Je bondis, rejetant vivement la couette derrière moi pour secouer mon débardeur. L'insecte tombe à l'intérieur. Cette sale bestiole est dans mon débardeur! Sur moi. Contre ma peau. Avec un hurlement, j'essaie de le chasser de la main, mais ses pattes griffues sont accrochées à mon petit haut. *Il ne veut pas partir...*

Dégaaaage! J'agite violemment mon caraco, puis finis par l'arracher carrément pour le jeter à travers la pièce. Je tends les bras et inspecte frénétiquement mon corps. Je vérifie qu'aucun autre intrus ne s'est invité sur mon torse, puis me retourne pour examiner mes épaules, mon dos et...

Shane se tient dans l'embrasure de la porte.

Avec un sourire gêné, je croise les bras sur ma poitrine nue. Une serviette lui couvre les hanches; ses boucles trempées lui dégoulinent sur le front et le cou. *Tiens, c'est nouveau, ça...* Un tatouage lui court le long de l'épaule gauche jusqu'en haut du bras, les volutes tribales suivant la moindre courbe de ses muscles.

— Hum, une coccinelle... elle s'est glissée sous mon débardeur.

Ses lèvres se fendent d'un sourire malicieux, coquin.

— Elle en a de la chance.

17

7 bougies pour nous

Entièrement peint en blanc, à l'exception d'un soubas-sement en pierres des champs grises, le *Carriage House* est bâti à flanc de colline. La grange a été entièrement relookée. Le résultat est épatant. Je suis impressionnée... non, plus qu'impressionnée.

Je suis scotchée.

— Shane, c'est... enfin, waouh! je balbutie en gravis-sant les dernières marches menant à la terrasse qui court sur l'arrière.

La pergola est décorée de guirlandes électriques, offrant à coup sûr une nuit étoilée à qui souhaiterait dîner dehors. Shane me guide, radieux. Son large sourire fait apparaître de petites rides au coin de ses yeux.

— Nous avons de quoi accueillir des clients à l'inté-rieur comme à l'extérieur pour un dîner standard. Mais la véritable attraction...

Il déverrouille l'immense porte double de la grange et fait rouler chaque pan sur sa glissière.

— ... est là-dedans.

L'immense salle à charpente apparente est encore en travaux. De la mezzanine, nous avons vue sur l'écran géant qui occupe tout le mur du fond.

— Les cuisines sont juste en dessous, et les fresques — *tes* fresques — feront le tour, dit-il en désignant les murs encore nus. Viens voir.

Je le suis au bas de l'escalier, les yeux encore bouffis par les grandes eaux de ce matin. Je n'ai pas avalé grand-chose en guise de petit déjeuner. Je ne sais pas vraiment ce que je fais là — ni ce que je fais tout court, en réalité —, mais la distraction est bienvenue, et je suis émerveillée par le travail qu'il a réalisé. Certes, il n'a jamais été à court de grandes idées, et j'étais au courant de ses projets pour le *Carriage House*, mais voir le concept se matérialiser est extraordinaire. *Il est allé jusqu'au bout.* Peut-être est-ce là un signe de sa nouvelle maturité ?

Rayonnant, Shane me fait visiter les cuisines, la salle, puis la partie cinéma. J'adore le voir si heureux. Même si son jean a connu des jours meilleurs, et si ses boucles folles ont séché dans tous les sens, je ne l'ai jamais trouvé aussi beau qu'en cet instant. Enfin, sans compter tout à l'heure, à sa sortie de la douche.

Je contemple les espaces vides, destinés à accueillir mes fresques. Mon travail sera affiché… absolument partout. Un soupçon d'euphorie me gagne. Soudain, mon cœur s'arrête. Bouche bée, je reste plantée là, à battre des cils. Je n'en crois pas mes yeux.

— C'est une plaisanterie ?

Le couloir est orné de trois toiles. *Les miennes.*

Les deux illustrations représentant un couple et le portrait aux couleurs inversées, qui ont disparu de sous ma boîte à souvenirs.

Maman ne les avait donc pas jetées !

Je les avais démontées afin de les stocker à plat. Il les a de toute évidence fait remonter sur châssis. Elles sont pendues à hauteur de regard, chacune illuminée d'un spot. Ainsi mises en valeur, elles sont… *magnifiques.*

Estomaquée, je le dévisage. Les pouces enfoncés dans

ses poches de jean, il s'adosse au mur avec un sourire en coin.

— Comment as-tu fait ? Où les as-tu eues ? Et quand ?

Mon cerveau se lance à toute vitesse dans l'analyse de tout ce que cela implique. Mon regard navigue entre mes tableaux et Shane.

— J'ai fait un saut chez tes parents à peu près un mois avant notre première réunion. J'ai même déjeuné avec ton père, figure-toi.

Je redresse vivement la tête.

— Tu rigoles ?

— Je suis passé chez eux, et puis nous en sommes venus à parler.

— Et en quel honneur avais-tu décidé de « passer » ?

Le sourire jusqu'aux oreilles, il secoue la tête, comme s'il n'avait jamais entendu de question plus ridicule.

— Pour te voir, pardi. Mon intention n'a jamais été de débarquer sans crier gare à ton bureau. Et, comme je te l'ai dit, c'est beaucoup à toi que je dois l'idée du *Carriage House*. Alors j'étais venu te demander si cela t'intéresserait de m'aider à développer le concept.

Le coin de ses lèvres se retrousse.

— Et cela me donnait une raison de te rendre visite.

— Et après ? Un déjeuner en compagnie de mon père a suffi à te décourager ? Ne me dis pas qu'il t'a dit...

L'idée me serre le cœur. *Pas lui...*

— Non, non. Bien au contraire. Il a été très cordial, et nous avons eu une longue conversation. C'est quand je lui ai expliqué mon projet et que mon idée était inspirée de tes tableaux, de ton amour du cinéma, etc. qu'il m'a confié où tu travaillais. Et, quand je l'ai redéposé chez lui, il a été me chercher les toiles.

— Il te les a *données* ?

— Je ne comptais pas les garder, dit-il en riant. Seulement m'en servir d'exemple lors de notre première réunion. Même si j'avoue qu'ils rendent plutôt bien sur ce mur...

Je ne comprends plus rien.

— Pourtant, tu ne les as pas apportées : tu as utilisé des tirages de mes photos sur Facebook.

— C'est vrai.

— Et à aucun moment tu n'as daigné prendre contact avec moi, mis à part via Facebook ; et, même là, tu n'as jamais mentionné...

— Je sais.

Je lève les mains paumes au ciel et hausse un sourcil interrogateur. Les explications que j'attends ne viennent pas.

— Shane... ?

— Ton père m'a dit que tu étais fiancée, alors...

Mal à l'aise, il change de position et colle l'épaule au mur.

— Je n'en sais rien. Je suppose que je ne voulais pas m'immiscer...

Un petit rire monte de ma gorge.

— Pourtant, tu ne t'es pas tellement gêné !

— Seulement après t'avoir vue avec lui, et...

Il pince les lèvres, le regard soudain froid.

— Il ne te méritait pas. Je ne pouvais plus me permettre de prendre de gants.

Alors que je tente de digérer ce que me dit Shane, les mots de Ren me reviennent en mémoire. « Ta maman était vraiment bouleversée quand tu es partie. Ils se sont même disputés, tous les deux. » Je comprends mieux pourquoi ma mère faisait semblant de ne rien comprendre : Bradley était là, ils ne pouvaient rien dire. Elle devait être en colère contre mon père, et... comme je me sens coupable ! Et, si elle n'a pas évoqué le sujet au téléphone, eh bien... c'est sans doute qu'elle ne voulait pas voir Shane réapparaître dans ma vie.

Maman est pro-Bradley. *L'est-elle encore, après les révélations d'hier ?*

— Donc, oui, je suis toujours en possession de tes tableaux. Je les aime énormément. Je n'ai tout simplement pas trouvé le moment...

Je m'approche avec un sourire et lui dépose un baiser sur la joue.

— Tu as acheté mes chaises.

— Je n'ai aucune idée de ce que tu racontes mais, si ça peut te faire plaisir, OK : j'ai acheté tes chaises.

Je souris de plus belle.

— Le film *Phénomène*. Tu t'en souviens, de celui-là ?

Il semble réfléchir, mais je poursuis sans attendre sa réponse :

— Lace, jouée par Kyra Sedgwick, fabrique toutes sortes de fauteuils, qu'elle essaie péniblement de vendre. Brusquement, ils partent comme des petits pains, alors elle en fait davantage.

Je n'ai pas l'impression qu'il se souvienne du film, mais je continue quand même :

— En vérité, c'est George, joué par John Travolta, qui les achète tous. Son jardin en finit rempli.

Je conclus ce maigre résumé par un haussement d'épaules, puis désigne mes toiles d'un geste du menton.

— Donc, voilà. Tu as acheté mes chaises.

— Effectivement !

Il se redresse avec un sourire tendre.

— Je reviens tout de suite, assieds-toi si tu veux, me propose-t-il en me montrant un grand box surélevé, avant de disparaître dans les cuisines.

Un air de musique s'élève des haut-parleurs placés le long du mur, et Shane refait son apparition avec... Je fronce les sourcils.

— Qu'est-ce que c'est que ce truc ?

Des fleurs. Une *couronne* de fleurs ?

— C'est pour toi ! dit-il en la plaçant au sommet de mon crâne avec un soin démesuré.

Il est si près de moi ; le parfum de son après-rasage m'emplit les sens. Une fragrance familière aux accents boisés mêlés de son odeur naturelle. Je retire aussitôt la couronne afin d'admirer les fleurs sauvages, tressées de manière lâche pour former un cercle rose et blanc. Je souris, toujours perplexe. *A quoi joue-t-il encore ?*

— Non.

Shane me reprend la couronne des mains et me la fixe solidement dans les cheveux. Il remet une dernière mèche en place, puis laisse son regard s'attarder sur la composition.

— Tu dois la garder sur la tête, et... donne-moi deux secondes.

Il s'éclipse de nouveau à l'arrière.

Du bout des doigts, je palpe les fleurs qui m'ornent la tête et esquisse un sourire. Mes yeux se perdent dans la contemplation de mes tableaux, baignés de la douce lumière de l'entrée. En exposition. Pas oubliés dans un placard, non, mais à la vue de tous. Les larmes perlent à mes paupières.

Une nouvelle chanson démarre : *If You Leave* d'Orchestral Manœuvres in the Dark. Jouant avec les manches de ma veste, je me surprends à fredonner les paroles. Voilà des années que je ne l'avais pas écoutée. *Seven years went under the bridge, like time was standing still...*

« Sept ans se sont écoulés. »

Cela fait en effet sept ans... *Bien vu.* Le chanteur se demande ensuite ce qu'il va bien pouvoir devenir. Ah ! la question à un million de dollars !

Mon téléphone recommence à vibrer dans ma poche. Il n'a pas arrêté de la journée. Je le sors, tout en m'imposant un ferme rappel des règles : je n'ai pas le droit d'écouter les messages, seulement de consulter l'écran.

Trois appels manqués.

Je fais défiler les notifications : deux sont d'Ellie, la troisième de Bradley. Histoire de couper court à la tentation, j'ouvre plutôt mes mails pour me remettre la liste de « L'Amour comme au cinéma » en mémoire. J'ai bien compris que Shane tramait quelque chose.

- 1. *Nuits blanches à Seattle*
- ~~2. Pretty Woman~~
- 3. *Le Journal de Bridget Jones*
- ~~4. 27 robes~~
- ~~5. Dirty Dancing~~
- 6. *16 bougies pour Sam*
- 7. *Love Actually*
- 8. *Un monde pour nous*
- 9. *Vous avez un message*
- ~~10. Le Mariage de mon meilleur ami~~

Le six, c'est le numéro six.

Shane confirme mon intuition en surgissant des cuisines avec un gâteau d'anniversaire. La couronne, la musique des années 1980, le gâteau... Mon cœur pourrait exploser de bonheur.

Il s'agit de *16 bougies pour Sam*.

C'est complètement fou !

Shane me décoche un sourire.

— Il me semble que tu es censée être assise là, déclare-t-il en me montrant la table. En tailleur.

La gorge serrée et les cils déjà bordés de larmes, je m'installe sur le solide plateau de bois. Je croise les jambes en tailleur, puis tire un peu ma jupe sur mes genoux. Dans le film, l'anniversaire de Samantha est éclipsé par le mariage de sa sœur, tout comme mon mariage est semble-t-il passé au second plan à l'annonce de la grossesse de Ren. Je suis invisible. Je ne compte aux yeux de personne, et les plus grands moments de ma vie passent à la trappe. C'est là que Shane entre en scène — à la manière du beau Jake Ryan —, organisant tout cela pour moi. *Rien que pour moi.*

Il pose le gâteau devant moi, puis gravit la marche du box et vient tout doucement poser les fesses sur la table.

— Ouf, c'est bon. J'avais un peu peur qu'elle cède sous mon poids.

Les yeux embués de larmes, je ris et le contemple, assis là, face à moi.

— Je ne sais pas comment te remercier...

— Tu n'as pas à me remercier, me répond-il avec un sourire en coin.

— Si... *pour être venu me chercher*, je récite dans un souffle quasi inaudible.

Je souris faiblement, assaillie par l'émotion.

Je m'essuie les yeux et me racle la gorge en le regardant allumer les bougies. Deux, quatre, six...

— Sept ? Tu en as oublié quelques-unes.

Il plonge ses yeux couleur de miel dans les miens, puis susurre :

— Je n'ai manqué que sept anniversaires.

Ma respiration s'accélère. J'avais vingt-trois ans quand il m'a quittée, il y a sept ans. Sept anniversaires. Une éternité s'est écoulée depuis ce temps-là, pourtant, entre nous, c'est comme si le temps s'était arrêté.

— Joyeux anniversaire, Kensington. Fais un vœu.

Je baisse les yeux. Je me souviens parfaitement de ma réplique. De la scène.

Du baiser.

Une petite braise s'est allumée au creux de mon ventre. Les papillons de nervosité y convergent, attirés par cette lueur intérieure. Qu'ils ne s'en approchent pas trop. Ils pourraient s'y brûler les ailes.

Observant Shane par-dessous mes cils, je me mordille la lèvre. Dois-je lui donner la réplique, même si je sais ce qui suit ? Même si je sais que je ne suis pas encore tout à fait prête ? Même si j'ignore ce qu'il attend réellement de moi ?

Il ne me laisse pas le temps de me décider.

Une main devant lui pour ne pas basculer, il se penche vers moi et murmure lui-même :

— Le mien est déjà exaucé.

Sa voix est rauque, à peine audible ; ses lèvres à un souffle des miennes.

Soucieux de ne pas brûler les étapes, tout en restant fidèle à la scène, Shane dépose un long et doux baiser au coin de ma joue, déchaînant une nouvelle nuée de papillons.

C'est là que s'arrête le dialogue.

Puis l'image se fige sur le baiser entre Samantha et Jake, et le générique défile au rythme d'une mélodie hypnotique. Le spectateur comprend que tout ira bien. Samantha s'en sortira. Quelqu'un a fini par la voir.

Shane, lui, m'a toujours vue.

— Quelle est ta couleur préférée ?

Dans le temps, c'était le bleu. Je veux rattraper mon retard et tout réapprendre de lui, ne serait-ce que parce que cela m'occupe l'esprit, les nerfs, et me tient éloignée de mon téléphone.

Nous nous sommes installés dans les fauteuils à bascule du balcon, à l'étage de la maison principale. La brise est agréable, et l'endroit paisible avec sa vue sur le jardin. Je me rappelle venir m'asseoir ici avec un thé glacé, en compagnie de Shane et ses grands-parents, il y a des années de cela.

— Hmm, bleu, je dirais, déclare finalement Shane.

— Toujours bleu ? Bleu tout court ? Pas bleu ciel ni bleu outremer ?

Poussant sur mes orteils, je recommence à me balancer.

— Savais-tu qu'il existe cinquante-neuf nuances de bleu ? Et encore, c'est sans compter les couleurs inventées, comme « bleu Canard-WC ».

Shane sourit.

— « Bleu Canard-WC » ? Superbe nom pour un pigment. Non, je reste sur du bleu tout bête.

Je fais la moue.

— Comme tu voudras. Question suivante. Ton chiffre favori ?

— Hmm, le deux, sans doute. Et le cinq, aussi. Oui, j'aime assez le cinq.

Voyant très vite ce qu'il entend par là, j'arque un sourcil amusé.

— Le numéro cinq était *Dirty Dancing* et, le deux, *Pretty Woman*. Je n'aurais pas cru que tu apprécierais autant notre session shopping...

— J'ai surtout apprécié de te regarder.

Je souris.

— Je crois que ce qui t'a surtout plu, c'est le cirage de pompes des deux Mary.

Il hausse les épaules.

— Ce qui m'a réellement fait plaisir, c'est de te voir heureuse, Kensington.

Je croise son regard, et mes joues s'empourprent. On ne parle pas, un instant de silence, comme une entente muette. Et peut-être une minuscule pointe de bonheur.

— J'en avais besoin, dis-je dans un souffle. Merci pour tout, Shane.

— Mais de rien.

Un sourire comblé aux lèvres, il laisse aller sa tête contre le dossier du fauteuil.

Les arbres bruissent dans le vent léger ; des moineaux se chamaillent pour l'accès à une mangeoire pendue à l'une des branches. Je me cale dans mon fauteuil pour relancer les bercements.

Ce qu'on est bien, là.

— Je crois que ton grand-père aurait grandement approuvé tes projets pour le *Carriage House*. Tout ce que tu as entrepris. Je suis sûre qu'il serait très fier.

Shane ne s'est pas attardé sur le sujet de la perte de son grand-père. Il m'a seulement dit qu'il lui avait tout légué, y compris la tâche de veiller sur sa grand-mère.

Il cesse immédiatement de se balancer pour me fixer droit dans les yeux.

— As-tu pensé à quitter l'agence Safia pour de bon ? A créer enfin ton propre studio ?

Je reporte le regard sur l'horizon. Les jaunes ont viré au brun chaud dans le crépuscule.

— Argh, je ne sais pas...

— Tu pourrais profiter de cette histoire pour le faire.

Il se penche par-dessus l'accoudoir de son fauteuil.

— Je t'engagerais. Tu n'aurais pas besoin de retourner chez Safia.

Je fronce les sourcils.

— Et je travaillerais pour toi à la place, c'est ce que tu veux dire ?

— Non, répond-il en riant. Tu travaillerais à ton compte, et nous aurions l'honneur d'être ton premier client, ou même ton seul client, ce qui te permettrait de... je ne sais pas, moi... *peindre* ?

Le sang pulse bruyamment à mes tympans. Cela a toujours été mon souhait le plus cher. Seulement la vie en a décidé autrement, et je n'ai jamais eu l'occasion de mettre mes projets à exécution. Perdue dans mes pensées, je songe à tout ce qui est, n'est pas, n'est plus... Mes aspirations demeurent les mêmes qu'hier : un mariage, un enfant... Pourtant, jamais elles n'ont été plus hors de portée qu'aujourd'hui.

D'un autre côté, il se pourrait que je me sois par ailleurs rapprochée de moi, de ce que je suis réellement.

— Est-ce que le cottage te plaît, alors ? me demande-t-il avec une fébrilité évidente.

— Je l'adore. Et tu avais raison : la vue est splendide.

— Que dirais-tu de le transformer en atelier ? Ton atelier ?

— Pourquoi voudrais-tu... ?

— C'est juste une idée, à toi d'y réfléchir. Mais, si tu le souhaitais, tu pourrais t'installer ici. L'été, l'endroit grouille de touristes. Cela pourrait t'aider à te faire un nom.

Puis, sur le ton de la confidence, il ajoute :

— En tout cas, j'aimerais beaucoup que tu restes dans le coin.

Il aimerait me garder près de lui...

Carrée dans mon fauteuil à bascule, je retourne ses mots dans ma tête. Je ferme les yeux et essaie de m'imaginer dans la maisonnette. Je peins. Les fenêtres sont grandes ouvertes et un petit vent pénètre à l'intérieur, chassant les vapeurs de peinture. Je pourrais m'en donner à cœur joie sans craindre de tout salir. Et Dieu sait si je salis quand je peins. J'en mets partout.

Shane aime mon travail. Il aimerait que je reste. Pourquoi cela me fait-il furieusement penser à *Pretty Woman* ? Edward propose à Vivian de lui offrir un appartement, une voiture, un crédit illimité pour le shopping : tout ce qu'elle veut. Seulement, la seule chose qu'elle désire en réalité, c'est lui. « C'est tout ce dont je suis capable pour l'instant », lui répond-il.

Shane m'offre un endroit où vivre, mon propre studio, et peut-être même une histoire d'amour, qui sait ? Toutefois, à cet instant, c'est plus que je ne suis capable d'accepter.

— Je crois que c'est trop rapide, dis-je. Je crois réellement que tenter ma chance une fois pour toutes et ouvrir mon propre atelier est la meilleure chose à faire, mais...

Avec un soupir, Shane esquisse un sourire hésitant.

— Mais pas ici, avec moi...

— Pas dans l'immédiat.

Je me redresse en m'humectant les lèvres.

— Je crois que c'est quelque chose que je dois faire seule, dans un premier temps, du moins. Me débrouiller par moi-même. Je ne sais pas si cela te paraît sensé ? Il est vrai que jusqu'à hier j'étais fiancée, et que la semaine dernière encore je pensais que ma vie était lancée dans la bonne direction, et puis tu débarques, et...

Shane sonde mon regard.

— Tu n'es plus la jeune femme impulsive que j'ai connue. Tu n'es plus si prompte à faire le grand plongeon, tu agis avec davantage de réserve.

Un sourire vient retrousser le coin de ses lèvres.

— Tu as bien grandi, ma foi.

Je souris, puis pousse un grand soupir. Après avoir visité la ferme et vu tout ce qu'il avait accompli, je commence à me dire que je ne suis pas la seule.

La quiétude de la campagne est brusquement troublée par le bruit de pneus sur le gravier de l'allée. Sa grand-mère doit être là.

De toute évidence, il ne l'attendait pas.

— Je vais voir, dit-il en disparaissant à l'intérieur.

Je me lève moi aussi pour défroisser ma robe et rajuster ma coiffure. Je suis nerveuse de la revoir après tout ce temps. Je ne devrais pas. Elle m'a toujours appréciée. Tout va bien...

Shane revient en trombe à l'étage et se penche dans l'embrasure du balcon, la mâchoire crispée.

Je ne comprends plus rien.

— Quoi ? Qu'est-ce qu'il y a ?

— C'est Bradley.

18

Crazy Stupid Bradley

Tandis que Shane se précipite vers l'escalier, je cours à la fenêtre. *Eh merde!* Bradley est bien là. Il a garé sa BMW à côté du SUV de Shane. *Que fiche-t-il ici?* Mon rythme cardiaque grimpe en flèche. Je me rue vers la porte de la chambre, puis me ravise et retourne à la fenêtre. Personne dehors.

En revanche, des voix me parviennent du rez-de-chaussée. L'échange n'est pas franchement amical. Oh! ce n'est pas vrai! Non, non, non, non... Sans prendre le temps de réfléchir, je m'élance dans le couloir. Ce n'est qu'à la mi-escalier que je les aperçois enfin. Bradley me voit, lui aussi. Descendre de l'étage. Chez Shane. Je sais très bien de quoi cela a l'air. Je suis sûre qu'il croit... Ses yeux ne sont plus qu'une mince fente suspicieuse. OK, cela ne fait même plus aucun doute pour lui.

Je m'immobilise sur la dernière marche, tétanisée. Cela ne devrait pas me toucher. Je ne devrais pas me sentir coupable d'être ici. Pourtant, c'est le cas. Je suis morte de honte.

— Tu nous laisses quelques minutes, Bennett?

Shane ne le quitte pas des yeux.

— Si Kensington veut que je m'en aille, pas de problème.

Un mot, un geste de travers et il se jettera à la gorge de Bradley. Je le sens.

Tous deux m'interrogent du regard.

Je serre un peu plus fort la rampe en bois.

— Quoi que tu aies à dire, Bradley, tu peux le dire devant Shane, je réponds d'une voix enrouée.

Il s'avance, contournant Shane.

— Le bébé n'est pas de moi, Kenz. Pour être honnête, je ne suis même pas persuadé qu'elle soit réellement enceinte.

Quelle importance ? Je déglutis avec peine. Cela ne change rien au fait qu'il m'a trompée. Et que j'avais rompu avant de l'apprendre.

— Je ne couchais pas avec elle dans ton dos, se défend-il d'une voix tremblante. Nous sommes sortis ensemble avant que je te connaisse, mais ça n'a jamais été sérieux !

Il baisse la tête.

— Et puis, oui, c'est vrai... il y a eu cette autre fois. C'est arrivé comme ça. Nous nous étions disputés, je te rappelle. J'avais bu et je... j'ai merdé, soupire-t-il en se passant une main sur le menton. Je sais que je n'aurais pas dû.

Je n'en reviens pas. C'est la même chose qu'avec Shane. *Ils avaient bu. Cela ne voulait rien dire.* L'ouragan Tonya sévit au creux de mon ventre, me ravageant les entrailles et réduisant à néant la moindre parcelle de ce que je pensais être la vérité. Je ne me sens pas bien du tout.

— Kenz, c'était une erreur, reprend Bradley d'une voix plus douce.

Le voilà au pied de l'escalier.

Je n'ai pas bougé d'un pouce.

Le débit s'accélère à mesure qu'il approche.

— Je ne savais pas quoi faire. J'ai tout gâché. Je t'en prie, Kenz, je t'aime. C'est une simple erreur de parcours, nous saurons surmonter cela, toi et moi.

Je lance un coup d'œil du côté de Shane. Bradley suit la direction de mon regard.

— Non, ne me dis pas que c'est à cause de ce type.

Il me fait de nouveau face, la tête légèrement inclinée de côté. Ses yeux bleus se radoucissent.

— Il se sert de cet incident pour te monter contre moi. Mon ange, tu ne peux pas... tu ne peux pas tirer un trait sur nous comme cela. *Je t'en supplie.* Nous trouverons une solution.

Il a quand même couché avec elle... Et j'avais rompu avant de l'apprendre... Tonya est peut-être enceinte... ma famille est bouleversée. Je me laisse lentement tomber sur une marche, les deux mains agrippées à la rambarde.

Bradley esquisse un geste pour me rejoindre, mais Shane s'avance derrière lui.

— Dis-lui la vérité, gronde-t-il dans son dos. *Tout de suite.* Sinon, c'est moi qui m'en chargerai.

Le choc me fait l'effet d'un coup de poing au ventre. *Parce que ce n'était pas* toute *la vérité?* Je ne suis pas certaine d'être capable d'en entendre davantage, aujourd'hui.

Bradley fait volte-face et redescend de la marche pour défier Shane.

— Va te faire voir.

Shane crispe les mâchoires, le regard orageux. La tension est visible dans chacun de ses muscles.

— Dis-lui où tu étais la sem...

— Fais gaffe, Bennett, grogne Bradley, sa voix une octave plus basse qu'à la normale.

La pièce tangue. Je m'appuie contre la rampe, à deux doigts de vomir.

— Dans ce cas, prends ta voiture et barre-toi.

La voix de Shane est tendue, il peine clairement à contenir sa rage.

— Elle t'a quitté. Je crois qu'elle a été claire sur ce point.

Leurs nez sont presque à se toucher.

— Ah bon, elle m'a quitté ? Dans ce cas, peux-tu me dire pourquoi elle a toujours la bague, connard ?

Zut !

Tous deux se toisent encore quelques instants. Puis Shane tourne la tête vers moi.

— Tu as gardé la bague ?

— Tu parles, qu'elle l'a…

— Toi, ferme-la, fait Shane en repoussant durement Bradley du plat de la main.

Bradley bat en retraite, les mains innocemment levées. Un rictus satisfait déforme ses lèvres.

Je me redresse et tente de me ressaisir, de comprendre ce qui est en train de se passer.

— Il ne… il n'a pas voulu que je la lui rende.

Ma voix me paraît si fluette, perdue… Mon cœur saigne. J'ai l'impression d'étouffer.

— Parce que nous avons décidé de réfléchir, de prendre notre temps.

Bradley sourit, bras croisés.

Shane se passe une main dans les cheveux, visiblement ulcéré.

— As-tu encore la bague, Kensington ?

Pour la première fois de ma vie, je n'aime pas le son de mon prénom dans sa bouche.

— Je… j'ai annulé le mariage avant de…

— Oui ou non, m'interrompt-il sèchement.

Mon cœur fait un violent bond dans ma poitrine.

J'acquiesce.

Shane se tourne alors vers Bradley.

— Raconte donc à ta *fiancée* pourquoi tu te trouvais au *Canterbury Hotel* avec Tonya, la semaine dernière.

Tu aurais peut-être mieux fait de te renseigner et d'éviter les endroits où Clive envoie ses clients. D'abord je vous croise au *Champps*, et ensuite dans le hall de mon hôtel.

Mon estomac se contracte, je me couvre la bouche. J'hyperventile.

Bradley tourne vivement la tête vers moi.

— Nous nous sommes vus pour discuter de sa possible gross...

— Ils n'étaient pas en train de discuter.

Bradley s'élance.

Il a empoigné Shane par le col et le pousse sans ménagement. Des deux, c'est lui le plus costaud. Tout en muscles et force brute, il plaque Shane contre le mur. Avec une telle violence que les cadres s'entrechoquent ; l'un tombe et s'écrase en miettes sur le sol.

Très vite, Shane parvient à lui faire desserrer sa prise. C'est un boxeur. Il est vif, et Bradley n'a pas le temps de réaliser ce qui lui tombe dessus.

Ni la première, ni la deuxième, ni la troisième fois.

Lorsqu'il arrive enfin à immobiliser Shane, c'est pour lui coller une droite dans les dents. Du sang jaillit, mais impossible de déterminer à qui il appartient.

C'est de la folie.

Je me couvre les yeux. Je ne veux pas voir cela.

— Stop ! intervient une petite voix. Arrêtez-moi ce cirque, immédiatement !

Une minuscule bonne femme déboule par la porte grande ouverte.

La grand-mère de Shane. Elle a toujours le même regard sévère, le même ton strict.

— C'est fini, oui ? Qu'est-ce qui vous prend, à tous les deux ? Vous, je ne vous connais pas, mais filez dans ce coin. Quant à toi, fait-elle à Shane en agitant le doigt, tu te mets là.

Shane obéit et recule en s'essuyant le nez. Il saigne.

Bradley se redresse sans me quitter un instant des yeux. Gram suit alors la direction de son regard.

— Oh! ça alors, je n'avais même pas vu...

Inclinant la tête, elle plisse les paupières pour mieux me voir.

— Kensington? Kensington Shaw? Shane m'a dit que nous avions un invité de marque ce soir, quelqu'un dont je me souviendrais à coup sûr...

Je doute qu'un « Hé, bonjour! Comment allez-vous? » soit approprié à cet instant, aussi je choisis de conserver le silence. Elle me détaille de la tête aux pieds. Entre les larmes et le choc, je ne dois pas être belle à voir.

— Pourquoi n'irais-tu pas te rafraîchir un peu et m'attendre dans la cuisine, Kensington?

Elle plonge un instant son regard mordoré dans le mien. Ce n'est pas une suggestion, et je ne m'aventurerais pas à discuter.

Je me lève, les jambes flageolantes, et jette un regard à cet idiot de Bradley, avant de me tourner vers Shane.

Celui-ci pince les lèvres, clairement contrarié.

Usant de mes dernières forces, je murmure :

— Tu savais?

Son visage se décompose.

Je n'attends pas ses explications et monte les marches dans un état second. Il savait et ne m'a strictement rien dit. Même une fois le secret éventé. Pas un mot.

Que Tonya attende un enfant ou non, quelle importance au fond? Sinon le fait que Shane était au courant. Et qu'il s'agit de Tonya. Une fois de plus.

Quant à la question de la confiance? La réponse est claire.

Mon univers vient de s'écrouler de manière dramatique. *Une fois de plus.*

*
* *

Blottie sur l'un des fauteuils à bascule du balcon, assommée, je patiente. Je tire mon téléphone de ma poche et compose le numéro d'Ellie. *S'il te plaît, décroche. S'il te plaît, rép...*

— Allô, Kenzi?

Ouf, sauvée...

— Salut. Je...

C'est tout ce que je parviens à placer. Ellie se lance aussitôt dans une tirade décousue.

«... bien essayé de t'appeler, mais tu ne répondais pas... »

«... Bradley, merde, et là il dit qu'il monte à la ferme... »

«... n'est plus qu'à une trentaine de minutes. C'est ça, hein? Oui, Rand conf... »

Je tressaille, revenant soudain à moi.

— Attends, attends! Ellie? Vous êtes en route? Vous venez à la ferme?

— Oui! C'est ce que je viens de te dire. Rand était venu à Indianapolis avec Shane mais, comme vous êtes remontés tous les deux après le paintball, il s'est retrouvé coincé... Je me disais que tu aimerais peut-être que je te ramène. Si tu veux rester avec Shane, aucun problème, je peux rentrer...

— C'est pas vrai, tu es vraiment la meilleure. Oui, mille fois oui! Je ne vais pas pouvoir rester ici plus longtemps. Dis à Rand que je vous attends à la maison principale, tu veux?

Je l'entends répéter mes instructions. Le soupir que je pousse vient de loin.

Elle voudrait que je lui raconte ce qui m'arrive, mais j'en suis incapable. C'est trop frais. Une fois le téléphone raccroché, je ne bouge plus. Je ne peux pas me résoudre à rejoindre Gram ni à faire face à Bradley et Shane. Tout ce que je veux, c'est rentrer chez moi.

J'examine la façade derrière moi : il y a forcément un

treillage. Il y en a toujours un dans les films. Je pourrais aller les attendre sur le bord de la route.

Suis-je vraiment en train d'envisager de fuir en escaladant la façade ? Tout à fait. Si cela ne prouve pas à quel point ma vie part en cacahuète... Bien sûr qu'il y a un treillage. Je me penche sur le côté du balcon pour secouer mon échelle de fortune. Elle semble plutôt solidement fixée à la maison. J'essaie de l'arracher, mais elle ne bouge pas.

Avec une grande inspiration, je passe une jambe par-dessus la rambarde et cale la pointe de ma botte dans un croisillon. Parfait. Une nouvelle inspiration, et c'est au tour de mon autre jambe. Je m'accroche et déplace tout mon poids sur la première. Ça tient. Je sautille afin d'être sûre. Je m'agite davantage, histoire d'éliminer toute trace de doute. Bien. Je gère.

Etonnamment, c'est plus facile qu'il n'y paraît. Je progresse vers le sol avec aisance. Je n'arrive pas à y croire : me voilà en train de faire le mur. Je ne pense pas pouvoir un jour tomber plus bas. Plus qu'un cran, et... J'atterris lourdement, mais sauve. Je fais un pas et lisse ma jupe.

— J'ai pensé que tu serais embêtée de partir sans ton sac.

La grand-mère de Shane.

Correction : je viens de tomber plus bas.

Elle se tient au milieu de l'allée, mon sac à la main, l'air stupéfait. A-t-elle assisté à toute la scène ? J'ai l'impression que l'on me tord le ventre pour en extraire jusqu'à la dernière goutte de bile. Je me dirige vers elle et récupère mon sac, morte de honte.

— De ce que je me rappelle, tu n'as jamais tellement aimé passer par la porte.

Mes cascades pour rejoindre Shane dans sa chambre d'étudiant me reviennent en mémoire. De même que la fois où elle lui avait rendu une visite inopinée et était restée tard. Elle n'avait pas été la seule surprise quand j'avais surgi par la fenêtre.

Pivotant sur ses talons, elle reprend le chemin de la maison.

— Rentrons. Je vais faire du thé.

Tête basse, je lui emboîte le pas en silence.

— Bon, nous allons devoir nous contenter de café. Shane n'a jamais rien, ici.

Elle ouvre un placard et en sort deux mugs.

— Je vis dans le cottage du fond, à présent. Cela nous fait trois habitations, en tout.

Aucune trace de Bradley ni de Shane. Je me tiens debout dans l'embrasure, sans véritablement savoir quoi dire. Je devrais pourtant me forcer à parler. Mais, au lieu de cela, je tripote le tissu de ma robe.

— Eh bien... qu'attends-tu pour t'asseoir ? dit-elle en déposant une tasse devant moi, sur la robuste table de bois.

Je prends place et enroule les doigts autour de l'anse.

— Ce n'est pas comme cela que j'avais imaginé nos retrouvailles.

— Je me doute ! Un peu de sucre ?

— Oui, s'il vous plaît.

Ma cuillère tinte contre les bords de la tasse tandis que je remue mon café. Qu'arrivera-t-il si elle me dit que je ne suis pas la femme qu'il faut à son petit-fils ? N'est-ce pas ce que ma mère a fait à Shane ?

Gram tire une chaise et s'assoit face à moi.

— J'ai bien peur qu'il n'y ait ni lait ni crème, non plus.

Elle croise ses mains frêles devant elle et m'étudie d'un air grave.

— Ce gars qui est venu chercher la bagarre, dis-m'en plus.

Je lève les yeux. Elle semble lire dans mes pensées avant même qu'elles se soient clairement formées dans mon esprit :

— Oh! je l'ai renvoyé d'où il venait, ma belle. Et Shane est parti chercher tes affaires.

Mes affaires. Un poids m'écrase la poitrine : ils veulent que je débarrasse le plancher. Certes, c'est ce que j'étais déjà en train de faire. D'ailleurs Ellie ne devrait plus tarder.

— Nous étions fiancés jusqu'à... eh bien, hier.

Dit comme cela, cela semble vraiment terrible. Hier, seulement ? C'est affreux. Je triture l'anse de la tasse avec nervosité.

— Ma famille l'adore, mais j'ai fini par m'apercevoir que ce n'était pas mon cas, du moins, pas suffisamment. Je ne l'aimais pas comme j'aurais dû. Et là...

Je lui décoche un bref coup d'œil. Dois-je lui raconter, pour Tonya ?

— En fait, il se trouve qu'il me trompait avec une autre... et que la fille en question est peut-être enceinte.

Voilà. C'est dit. Oui, je suis pathétique...

— Et il s'agit de quelqu'un... quelqu'un que je considérais comme une amie.

— Et Shane, que vient-il faire là-dedans ?

De son regard pénétrant, elle me scrute par-dessus le rebord de sa tasse.

J'avais oublié à quel point elle était directe. Je m'applique à tourner ma tasse, changeant l'anse de côté sans aucune raison. *Qu'est-ce que Shane vient faire là-dedans ?* Je repense au moment où il m'a ajoutée en tant qu'amie sur Facebook, au jour où il a débarqué à l'agence, à sa liste de « L'Amour comme au cinéma », et à toutes les scènes que l'on a réinterprétées ensemble.

Gram attend patiemment une réponse.

— Il s'est présenté à l'agence de communication où je travaille en tant que client, et nous collaborons sur son projet. Il a établi une liste... et il...

Un sourire m'échappe, je jette un bref regard à la vieille dame, avant de baisser les yeux.

— Je vois...

Sa tasse entre les mains, elle pose les coudes sur la table.

— Je me rappelle quand il est reparti pour l'Angleterre, sans toi. Il a eu du mal à s'en remettre, dit-elle, le regard perdu dans le vide. Et les années qui ont suivi ne l'ont pas épargné.

Je suis tout ouïe, pendue à ses lèvres.

— Quand mon Charles est décédé l'année dernière, il a tout légué à Shane, sans oublier de prendre des dispositions pour moi, bien entendu. Mon fils, le père de Shane, était d'avis que l'ensemble aurait dû lui revenir à lui. Et il y avait aussi cette fille, que Shane fréquentait.

Je ne suis pas certaine de vouloir entendre parler de cela. Je tente de noyer mes inquiétudes dans une gorgée de café. *Pitié, ne me dites pas qu'il l'aime encore.*

— Shane était en bonne voie pour une brillante carrière auprès de son père. Elle était en bonne voie pour décrocher un mari à l'avenir prometteur.

Son regard se durcit.

— Mais, quand Charles nous a quittés et a transmis la ferme et la fiducie familiale à Shane, les changements que cela impliquait promettaient surtout de faire tomber tous leurs jolis plans à l'eau. Ce qui fut d'ailleurs le cas.

Gram pose une main sur la mienne, et son visage se plisse d'un sourire.

— Et je ne suis pas mécontente.

Il ne m'a jamais rien dit de tout cela. *Il ne me dit pas grand-chose, à vrai dire.*

— Elle aurait voulu qu'il vende, afin d'avoir de quoi bien démarrer dans leur vie de couple marié. Le père de Shane était d'accord avec elle. Tous les deux, ils ont tenté de convaincre Shane que c'était la meilleure chose à faire. Et ils ont bien failli réussir.

Elle marque une pause pour boire une gorgée de café.

Les mots me manquent. *Devrais-je quand même dire quelque chose?*

— Shane était devant un choix. Il pouvait vendre, toucher le magot et me laisser moisir toute seule, ou revenir aux Etats-Unis et prendre soin de sa vieille grand-mère. Et peut-être tout recommencer... Choisir, c'est donner un sens à sa vie. Et je crois pour ma part qu'il a fait le meilleur choix possible. Sans doute as-tu fait le bon, toi aussi.

Nous échangeons un sourire, puis elle se tourne en direction de la porte.

— Shane, autant que tu te montres, maintenant. Je t'entends, assis là-bas.

Puis, me décochant un clin d'œil, elle ajoute :

— J'entends tout. Cela le rend fou.

Shane était là? Il a tout entendu? Alors qu'il approche, je me concentre très fort sur ma tasse de café, la main crispée sur l'anse.

— Il va falloir penser à faire des courses, mon grand. Ou au moins acheter de la crème pour le café. Kensington, déclare-t-elle en se levant de sa chaise, je suis ravie d'avoir pu revoir ton si joli visage. J'espère bien avoir l'occasion de l'admirer plus souvent, dorénavant.

Je relève la tête et la vois quitter la pièce avec le sourire. Puis je croise le regard de Shane. Appuyé contre le montant de la porte, les pouces calés dans les passants de son jean et l'air circonspect, il m'observe. Ses lèvres, si douces contre ma joue il y a à peine trois heures de cela, sont à présent légèrement enflées et fendues en leur milieu. A cet instant, il ressemble davantage au garçon de mon souvenir qu'à l'homme dont j'espérais faire la connaissance.

Il prend une inspiration, comme prêt à briser le silence, néanmoins la sonnette de l'entrée s'en charge à sa place. Derrière lui, j'avise mes sacs.

J'ai mes affaires. Je suis prête. Décidée.

— Ma voiture est avancée.

Je me lève.

Lorsque je passe près de lui afin de récupérer les affaires, nos bras se frôlent.

— Kensington. Attends.

Il se retourne et me barre le chemin de son bras, une lueur tendre dans le regard.

J'aimerais tellement qu'il me dise que j'ai mal compris. Qu'il ne savait rien à propos de Bradley et Tonya. Que je peux lui faire une confiance aveugle. Mais je sais ce que j'ai entendu. Il était au courant. *Tout le monde était au courant.*

Je secoue la tête.

— Je, hum... Il faut que je digère tout cela.

Les mains tremblantes, j'attrape mes sacs et lui passe sous le bras pour accéder à la porte.

Il s'élance à ma poursuite.

— Kensington, je t'en prie...

Je ne m'arrête pas. En fait, je pique un sprint.

Reste à savoir vers quoi je cours...

Passant devant Rand Peterson, j'évite de croiser son regard. J'essuie le flot de larmes qui se déverse sur mes joues, tellement chamboulée que je titube pour gagner la voiture. Ellie ouvre de grands yeux ébahis en m'apercevant dans cet état.

— Là, là. Laisse-moi te débarrasser.

Elle se saisit de mes sacs, qu'elle fourre promptement dans le coffre pendant que je cours me blottir sur le siège passager. Je claque, puis verrouille la portière. Une fois ma ceinture bouclée, je laisse mon esprit s'évader ; il n'y a plus personne. Ellie s'installe au volant, mais se fige soudain, la clé sur le contact. Shane se tient devant ma vitre.

— S'il te plaît, Ellie, ramène-moi juste à la maison.

Je me suis pris la vérité de plein fouet, et cela fait mal. *Bon Dieu, que ça fait mal.* Pourtant, le flot de larmes s'est pour le moment interrompu. A force, il a peut-être fini par se tarir. Parce que j'en ai assez. *De tout le monde.*

Cet abruti de Bradley a dit ce qu'il avait à dire. Et, en ne disant pas grand-chose, Shane en a dit suffisamment. Cela ne lui a-t-il pas effleuré l'esprit qu'il était important que je sache ce qu'il avait découvert ? Un simple « Hé, devine qui j'ai croisé ensemble », était-ce si difficile ?

Mais pourquoi me l'aurait-il avoué, après tout ? Jamais il ne m'a confié ce que ma mère et Tonya lui avaient dit. Je comprends bien qu'à l'époque il n'était qu'un gamin ; il m'a présenté ses excuses, je les ai acceptées. Cependant, alors qu'il est censé être adulte, avoir mûri, le voilà qui recommence.

Il est peut-être temps que je dise ce que j'ai sur le cœur à tout le monde, moi aussi.

A commencer par... *Tonya.*

19

Target — chacun pour soi.

Ellie m'a déposée à la maison et ne m'a laissée seule qu'à condition que je lui promette de me reposer. Mais, à la seconde où sa voiture quittait le parking, je sautais dans la mienne pour foncer chez Tonya. Cela va faire une heure que je campe devant son appartement.

J'attends.

J'ouvre l'œil.

Je grignote.

L'appartement est plongé dans l'obscurité ; elle n'est pas chez elle. Ce n'est pas grave, je sais faire preuve de patience. Ma voiture est équipée de sièges chauffants. Et puis je me suis munie d'un café brûlant et d'une grosse douzaine de donuts Krispy Kreme. J'ai vu *Target*. Je sais comment se mène une planque. Et c'est exactement ce dans quoi je viens de me lancer.

Je suis Lauren, le personnage de Reese Witherspoon, mais avec les talents d'espion de Chris Pine et Tom Hardy. Il me manque juste l'arsenal de gadgets ultra-cool... je n'ai que mon téléphone.

J'ai vu qu'elle m'avait supprimée de la liste de ses amis, sur Facebook. *Quelle pétasse !* Elle aurait au moins pu me laisser la satisfaction de le faire moi-même. C'est elle la menteuse, doublée d'une traîtresse.

Je jette un coup d'œil aux contacts d'Ellie pour voir si elle en fait toujours partie. Bingo! Je devrais poster un message à son intention sur le journal de mon amie, comme cela, elle ne manquerait pas de le voir.

Quelque chose du style : « Je n'ai pas fini mon sandwich. Tu le veux, toi qui aimes tant mes restes ? »

C'est encore trop gentil. Je m'identifie peut-être un peu trop au personnage du film. Je n'ai aucune envie de la jouer fair-play. Je n'ai aucune idée de ce que je veux. Pourquoi pas un sandwich, effectivement ; ces beignets commencent à me donner mal au cœur.

Dans le film, la copine de Lauren lui fait une recommandation : « Ne choisis pas le mieux des deux. Choisis celui avec lequel tu seras le mieux, toi. » Aucun des deux, donc. Avec Bradley, je ne faisais que me contenter de ce qu'il avait à m'offrir. Shane, lui, n'a toujours rien à me proposer. Puisque c'est comme cela, je choisis FDR, interprété par Chris Pine dans *Target*. Il aime le cinéma et essaie de s'intéresser à l'art ; ça me va! *C'est ce film que je devrais visionner, ce soir.*

L'habitacle est soudain éclairé par les phares d'un SUV qui entre sur le parking. Je me baisse vivement, puis redresse prudemment la tête de manière à pouvoir regarder par la vitre. Mon cœur s'emballe — sous les effets de l'adrénaline autant que de l'overdose de sucre.

C'est elle! Et elle n'est pas seule. Je n'arrive cependant pas à distinguer l'homme qui l'accompagne. Front pressé contre ma vitre, je plisse les yeux pour mieux voir. *Qui ça peut bien être, bon sang ?* Bradley ? *Se pourrait-il que ce soit lui ?* De panique, j'ai embué la vitre. *Je ne veux pas y croire.* Après avoir nettoyé le bas de la fenêtre d'un coup de manche, je recommence à scruter l'obscurité. Non, ce n'est pas Bradley. Il s'agit de... *argh*, aucune idée! Ils entrent.

Et maintenant, je fais quoi ?

Je me redresse et mords dans un donut. Il faut bien nourrir mes petites cellules grises ! Je m'étais préparée à la soumettre à un interrogatoire en règle, pas à interrompre ses petites affaires. Hors de question d'aller frapper à sa porte, maintenant. Je ne peux pas tout déballer devant un inconnu. La lumière s'allume à sa fenêtre.

Il faut que je sache avec qui elle est rentrée.

Je ne réfléchis plus : j'agis. Balançant mon donut entamé dans la boîte, je me ravise. Vis-à-vis du donut. Pas du plan d'action. Après tout, autant le finir.

Bien... cette fois, j'y vais. J'agis.

Je marche à pas de loup le long de l'allée. J'ai relevé mon col et rentré le menton. *Et un grand pas de côté par là... Hop, on se baisse...* Je progresse ni vu ni connu jusqu'au bâtiment, puis observe autour de moi.

Une chance qu'elle habite au rez-de-chaussée ! Lentement, furtivement, je longe le mur qui conduit jusque sous sa fenêtre. *Mince.* C'était sans compter l'épaisseur de ces buissons. *Aïeuh !* Les branches effilées m'écorchent la peau. Mes cheveux se prennent dedans au moindre mouvement de tête. *Qu'est-ce que c'est que cet arbuste à la noix ?* Ça ne va pas comme prévu. J'essaie de faire dem... Des voix. *J'entends des voix !* Quelqu'un remonte l'allée.

Je me fais aussi petite que possible mais, sans tenue camouflée, je ne me fonds pas dans le décor. Ils risquent de me voir !

Paupières closes, je me tiens immobile au milieu des buissons, espérant réussir à ne pas faire de bruit le temps que les voisins passent la porte. Est-ce là ce que ressentent les espions de la CIA ? Je ne sais pas comment ils font. Ma cheville me démange.

Je suis accroupie dans une position bizarre, ma cheville est en feu, et, après avoir bu tout ce café, j'ai très envie de faire pipi.

Ils sont partis ? Je crois que oui. Ouf. Je me gratte la jambe, puis me redresse. Je peux le faire...

Je me retourne et me plaque face au mur. Coincée entre les branches d'un côté et les briques de l'autre, j'avance en crabe, le derrière pointé en arrière, les mains caressant le mortier des joints. Je tends le bout des doigts en direction de la fenêtre. Je peux presque... là. Ça y est, j'ai atteint l'objectif : je suis sous la fenêtre.

Doucement, tout doucement, je soulève la tête. Je monte, je monte, petit à petit. Un mouvement brusque pourrait attirer leur attention. Soudain, je me fige. Seul le sommet de mon crâne dépasse. Aucun hurlement de panique, pas de « Oh mon Dieu ! d'où sortent ces cheveux ? »

Je réprime un petit rire. Ce serait vraiment étrange. Laisser son regard vagabonder du côté de la fenêtre et apercevoir un front. *Que raconteraient-ils à la police ?* On peut difficilement arrêter un front pour voyeurisme, sachant qu'il n'a pas d'yeux.

Je me redresse, je me redresse... là. J'ai hissé le regard au-dessus du cadre de la fenêtre. Je vois Tonya ; en revanche, l'homme-mystère me tourne le dos, mais j'ai la confirmation qu'il ne s'agit pas de Bradley. Pas la même carrure. La fesse plate. Pourtant, cette silhouette me paraît étrangement familière... Ils se disputent. Tonya a la parole, mais ses mots me parviennent sous forme d'aboiements étouffés.

Oh ! Oh oh... il se penche pour l'embrasser. Elle le repousse, mais... voilà qu'elle lui rend son baiser ! Ils s'interrompent un instant et... Pourquoi lui caresse-t-il le ventre comme si... *Non !* Je croyais qu'elle avait feint sa grossesse ! L'homme s'est penché et parle maintenant à l'abdomen de Tonya.

Elle est bien enceinte !

Tonya s'écarte et pénètre dans le salon en râlant à propos de je ne sais quoi. On croirait un adulte en colère dans un épisode des *Peanuts*. Je n'entends que des « wah wah wah wah ». L'isolation de ces fenêtres est au top.

Allez, *retourne-toi.*

Allez...

Enfin, l'homme pivote sur ses talons.

C'est... c'est...

— BON DIEU DE MERDE !

Je crois que c'est sorti tout haut. Finalement l'isolation n'est pas aussi performante que je le croyais : tous deux se tournent dans ma direction.

Je me tapis au sol.

Flûte, crotte, zut. Fonce ! Il faut que je dégage de là ! Je me fraie un passage dans les buissons en un temps record. Peu importe le nombre de branches cassées ou de trous dans mes fringues. Je file. *Merde*, de quel côté suis-je garée ? Jambes fléchies, comme un *quarterback* attendant le coup d'envoi du match, je jette un coup d'œil à droite, un coup d'œil à gauche... à droite... Attention, prêts, *partez !*

Piétinant lourdement un parterre de fleurs, je me précipite avec maladresse au coin du bâtiment et me colle contre le mur. Une main sur le cœur, l'autre plaquée sur la bouche, je tente péniblement de retrouver ma respiration.

Une fois mon cœur un peu calmé, je risque un œil au coin du mur. Personne. Je regarde à nouveau, afin d'être sûre, puis pique un sprint en direction de ma voiture.

J'ai ruminé tout le trajet. Je me gare sur le parking de ma résidence sans aucun souvenir de la route que je viens de parcourir. Je n'y comprends plus rien. Ce nouveau retournement m'a achevée. Je n'ai pas seulement perdu pied : on peut dire que j'ai été projetée dans le tourbillon du grand n'importe quoi.

Je dégage ma clé du trousseau et...

— Kenzi ? Oh! non! est-ce que ça va ?

Il s'avance vers moi. Je suis pétrifiée au milieu de l'allée, encore sonnée par la scène à laquelle je viens d'assister. Et par ce que je vois en ce moment même. *Qu'est-ce qu'il fiche ici ?*

— Bradley ? Qu'est-ce que tu me veux ?

Je suis au bord de la crise de nerfs ; je n'en supporterai pas beaucoup plus.

Plaçant une main sous mon menton, il m'examine le visage.

Je le repousse.

— Qu'est-ce qui te prend ?

Son œil gauche n'est plus qu'une fente. Les chairs enflées ont pris une teinte violette, lui promettant une belle ecchymose arc-en-ciel dans les jours à venir.

— Tu as... hum. Tiens.

De mes cheveux, il retire quelques branchettes.

— Et, si tu me permets...

Il s'autorise alors à me frotter le coin de la bouche de son pouce humecté de salive.

— Du glaçage ? s'étonne-t-il après examen.

Il me considère un instant d'un œil alarmé.

Je pense que l'autre n'y voit pas grand-chose.

Adieu le beau Gaston blond, bonjour Quasimodo cyclope. Je me passe une main sur le visage avec un soupir. *En effet, du glaçage de donut.* Baissant les yeux, je découvre une collection de griffures le long de mes jambes et des déchirures dans ma robe. Mon bras saigne.

— Viens, on va nettoyer tout ça.

Je ne proteste même pas. Je le suis jusqu'à ma porte et le laisse ouvrir. Il faudra que je lui demande de me rendre le double des clés.

Médusé, il embrasse du regard le spectacle qu'offre mon appartement depuis l'entrée.

— Bon sang, Kenz, que s'est-il passé, ici ?

Oups. je n'ai pas pris la peine de faire le ménage

après ma cuite Bridgetjonesque de samedi, ni suite à la rupture catastrophique de nos fiançailles mardi. On peut dire que la semaine a été chargée.

— Je vais prendre une douche, dis-je en lui passant devant.

Je ne lui offre aucune explication. Je suis lessivée. A tel point que je me fiche de sa présence ici. Sans rire. J'ai dépassé le seuil de la colère depuis longtemps. Parce que, honnêtement, quelle importance ?

Alors que j'ouvre le robinet, j'aperçois mon reflet dans le miroir. *Jésus, Marie, Joseph !* Je crois que Bradley essayait de me ménager. Avec un soupir à fendre l'âme, j'entreprends de retirer les vestiges de végétaux de mes cheveux un à un.

Lorsque j'émerge enfin de la salle de bains, un verre de vin m'attend près du canapé. Bradley est assis non loin, une boîte de pansements dans les mains.

— Viens là. J'aimerais jeter un coup d'œil à ce bras.

Je le lui tends pour qu'il l'inspecte. C'est une belle coupure, bien que peu profonde. Je ne me rappelle pas avoir senti quoi que ce soit. Lorsqu'il termine enfin de me panser, je me recroqueville sur le sofa, une jambe repliée sous l'autre, et descends mon verre en deux gorgées résolues. Bradley se place face à moi et attend, les coudes appuyés sur les genoux.

Je le laisse mariner encore un peu, avant de lâcher finalement :

— OK. Fini les salades. La vérité, et rien que la vérité. Ce sera ton unique chance, alors tu as intérêt à cracher le morceau.

Il me chante le même refrain : ils sortaient ensemble avant que je débarque à l'agence et ont accidentellement remis cela un jour. La vérité, ça craint franchement. *Bradley* craint. Je serre les dents. Rien de ce qu'il pourra me dire ne changera quoi que ce soit aux faits.

Se laissant glisser sur le sol, il vient s'agenouiller devant moi et me prend les mains.

— Il y a quelques semaines, elle m'a dit qu'elle attendait un enfant, et... j'ai paniqué, d'accord? Avant que je parte pour Lansing, elle m'a suivi jusqu'à ma voiture pour exiger de moi que je fasse ce qu'il faut et l'épouse. *L'épouser*, tu te rends compte? C'était un véritable cauchemar, mon amour; tu dois me croire...

Son œil bleu me fixe avec toute la sincérité dont il est capable. Je devrais peut-être aller lui chercher de la glace pour l'autre, gonflé et injecté de sang, mais je n'en fais rien.

— Qu'en est-il de l'hôtel où Shane dit vous avoir vus? Et pas en pleine réunion?

— Mon ange, murmure Bradley.

Il approche avec précaution. Ses bras reposent sur mes genoux, et il presse mes mains entre les siennes.

— Je sais que je peux être un abruti...

Non, sans blague? Je pousse un soupir exaspéré, dont il ne fait aucun cas.

— ... mais, si elle était enceinte de moi, j'espère que tu sais que je ferais ce qu'il faut, pour son bien.

J'arrache mes mains à son étreinte. *Pour son bien? Et mon bien à moi, alors?*

Un éclat de panique gagne sa prunelle. Il secoue frénétiquement la tête.

— Non, non! Tout ce que je veux dire, c'est que je lui apporterais mon soutien. Je paierais une pension pour le bébé. C'est *toi* que je veux épouser. Et, de toute façon, je suis quasiment sûr qu'elle ment, à propos de sa prétendue grossesse. Alors nous n'avons même pas à nous en préoccuper, d'accord? Ce n'est rien.

Eh merde... Il n'a aucune idée de la scène dont je viens d'être témoin. Non, ce n'est pas rien. Quoi qu'il en soit, c'est tout sauf rien.

— J'en ai parlé avec Grayson, et...

— Pardon ? Mon frère est au courant que Tonya et toi... ?

Mon cerveau est totalement dépassé. L'effet coup de fouet du sucre est retombé comme un soufflé.

— Je voulais un avis, savoir comment gérer les choses. Je suis désolé. Pour Tonya. Pour toutes les fois où je t'ai mis la pression pour avancer le mariage. Je me disais que plus vite nous franchirions le pas... Enfin, que, une fois que nous serions mariés, tu y réfléchirais à deux fois avant de me quitter, le jour où je t'avouerais tout. Que nous saurions surmonter cela à deux. *Merde*, pardonne-moi, j'ai tout gâché.

Groggy, je l'écoute parler d'une oreille. Analysant ce que tout cela signifie, ou pas ; pourquoi mon cœur saigne. Ses paroles font bruit de fond :

— Il n'est pas trop tard pour recommencer à planifier le mariage. Le plus grand mariage de tous les temps, tout ce que tu veux. Je t'en prie, donne une autre chance à notre couple... Tu veux des enfants ? Je sais que tu en meurs d'envie. Nous pourrions commencer à essayer dès maintenant... Quant à Bennett, je te promets même de ne pas t'en tenir rigueur, OK ?

Bennett. Son nom me ramène sur terre. Je cligne des paupières, le regard dans le vide.

Bradley croit pouvoir me reconquérir. *Il se fourre le doigt dans l'œil.* Pense-t-il sincèrement que je vais revenir sur ma décision après avoir appris tout cela ? A-t-il déjà oublié que j'avais rompu avant de tout découvrir ? Les raisons qui m'ont poussée à le faire ne se sont pas miraculeusement envolées depuis.

Je vais chercher mon sac à main et fouille dans la poche intérieure.

La bague.

Lorsque je la dépose au creux de sa main, la voix qui jaillit de ma gorge me semble ridiculement fluette, les mots que je prononce à peine audibles.

— Bradley... c'est impossible.

Puis, plus assurée, au cas où il subsisterait encore un doute dans son esprit, j'affirme :

— Je ne reviendrai pas.

Je ne suis plus sûre de grand-chose, et encore moins de ce que je veux.

Tout ce que je sais, c'est que ce n'est pas lui.

20

Vous avez un sacré culot

Quand je me suis réveillée au petit matin, Bradley avait disparu. Il m'a laissé un mot proclamant qu'il m'aime, qu'il est désolé, et que je devrais encore y réfléchir ; il m'en supplie. C'était hier. Je n'ai pas bougé du canapé depuis. Aujourd'hui, je me suis commandé une pizza, ai vidé deux boîtes de mouchoirs, regardé tout un tas de comédies romantiques et zappé jusqu'à la nausée.

Je vais finir vieille fille. L'image de ma future fille agitant un panneau « Tu es virée » me hante. Pas besoin de me mettre à la porte, pourtant : je n'ai jamais eu le boulot.

Lorsqu'elle m'a déposée chez moi, Ellie m'a fait promettre que nous sortirions entre filles, ce soir, et elle ne me laissera pas me défiler. Elle a même été jusqu'à venir se préparer ici, avec moi, alors qu'il n'est que 15 heures et que nous avons au moins quatre heures devant nous.

Cela n'a pas été facile, mais je suis presque prête. Je suis maquillée, et mes cheveux sont en attente dans leurs rouleaux chauffants. En revanche, je n'ai toujours pas quitté mon jogging et mes pantoufles. Je ne sais pas encore où l'on va, ni ce que je vais me mettre.

Néanmoins, après m'être gavée d'émissions de relooking durant deux heures, je sais quoi éviter.

— Très joli, j'aime beaucoup, dis-je à Ellie, qui virevolte à travers la pièce afin de me montrer sa robe.

Lorsqu'elle disparaît de nouveau dans la salle de bains, je décide de patienter en consultant Facebook, avachie à mon bureau. J'espérais presque qu'Ellie m'appellerait pour me demander de la rejoindre quelque part. Et, au lieu d'y retrouver mon amie, je verrais apparaître... enfin, bref. Aucune chance. Il n'est pas là, il n'a pas appelé, il n'a strictement rien fait, sinon disparaître de la surface de la terre, une fois de plus.

Fondu au noir, le film est terminé. La fin était pourrie, et les critiques l'ont descendue en flammes.

Tiens, une nouvelle demande d'ajout... Je clique. NY152 ? Qui choisit un nom pareil, sur Facebook ? Je passe la souris sur la photo de profil, mais c'est l'image par défaut. Impossible de savoir de qui il s'agit. Comme je m'apprête à appuyer sur « Refuser », je remarque que la demande s'accompagne d'un message :

Chère ShopGirl,

J'aime commencer nos lettres comme si nous étions en pleine conversation. J'espère de tout cœur que vous envisagerez de poursuivre cette discussion. Qu'allez-vous me dire aujourd'hui ? Je me le demande. Je serai connecté, attendant impatiemment que s'affichent ces quatre petits mots : « Vous avez un message ».

Je n'y crois pas. C'est Shane. Avec *Vous avez un message*.

Je relis le paragraphe, articulant chaque mot en silence. Ma curiosité est piquée au vif. J'accepte la demande. Le compte vient d'être créé. Je suis la seule amie de NY152.

Dans le film, Meg Ryan comme Tom Hanks ignorent

tout de leurs véritables identités. Ils discutent uniquement des banalités de leur quotidien. Rien de sérieux. Pas d'interrogatoire poussé.

Pourtant, j'en aurais, des questions. Mais je ne suis pas encore prête à les poser.

Je reviens au message. Je me mordille l'ongle, concentrée, et essaie de me remémorer la scène. Il lui parle de son chien, de New York à l'automne... Et que lui répond-elle ? Je google le script du film pour retrouver les mots exacts.

Cher NY152,

Vous vous demandez ce que je vais dire ? Parfois, je me pose des questions, sur ma vie. Est-ce que je fais ce que je fais parce que cela me plaît ou parce que j'ai manqué de courage ? Je ne cherche pas vraiment de réponse ; je veux juste envoyer cette question cosmique dans l'infini.

Je considère mon message un moment sans l'envoyer, puis décrète finalement être tout à fait capable de faire preuve de courage et de me lancer. Je clique.

Peut-être serait-il temps que je prenne systématiquement le taureau par les cornes. Vis-à-vis de ma mère et de ma famille pour commencer... Ma tentative auprès de Tonya étant tombée à l'eau, je vais devoir réessayer. La pousser à la confrontation. Ensuite je pourrai enfin laisser toute cette histoire derrière moi. Enfin, c'est à espérer.

Je me redresse avec une grande inspiration déterminée.

— Ellie ? J'aurais besoin d'utiliser ton profil Facebook... et de me faire passer pour toi. Ça t'embête ?

— Pour quoi faire ? me demande-t-elle en émergeant de la salle de bains.

— Si je vais frapper chez Tonya, elle ne me laissera pas entrer et ne répondra peut-être même pas à la porte, mais si j'arrive à l'appâter sous un faux prétexte je pourrai envisager de lui tendre un piège.

Ellie croise les bras d'un air soupçonneux.

— Seulement pour discuter ! Il faut que l'on s'explique une bonne fois pour toutes. S'il te plaît, j'ajoute avec de grands yeux implorants.

Avec un simple hochement de tête, elle se penche au dessus de moi et se connecte à son compte.

Je clique sur la messagerie, puis sur « Nouveau message », et commence à taper en tant qu'Ellie, sous l'étroite surveillance de celle-ci. Une notification tinte.

TONYA : Salut, Ellie-Belle.

— Oh ! à toi, elle te parle, bien sûr.
— Que comptes-tu faire, exactement ?
— Tu vas voir.

Je me décale afin de lui laisser une petite place sur la chaise, puis recommence à pianoter furieusement sur les touches du clavier.

ELLIE-BELLE : Je suis au courant de tout.

TONYA : Sans blague, Einstein. Tout le monde est au courant. Bradley l'a hurlé à travers champ.

Je tape de plus en plus vite, de plus en plus fort, et presse la touche « Entrée ».

ELLIE-BELLE : Je t'ai vue avec lui. Bradley n'est PAS le père, c'est ça ?

Retour. *Tap, tap, tap,* entrée.

ELLIE-BELLE : Retrouve-moi à l'agence à 17 heures. Il faut qu'on parle.

Ellie tend le cou vers l'écran.

— Merde, mais qu'est-ce que tu as vu? Je croyais que tu avais passé la soirée à la maison.

Je choisis de l'ignorer. Les yeux rivés sur la conversation, j'attends la réponse de Tonya avec fébrilité, prête à me lancer dans un ping-pong frénétique. Les trois petits points indiquant que Tonya est en train de rédiger son message sautillent, me narguent.

C'est dingue, elle m'écrit un roman ou quoi?

Flûte! Les points de suspension ont disparu! Je colle le nez à l'écran pour vérifier que je ne rêve pas. Le petit voyant vert s'est éteint. Je clique sur la fenêtre du chat. En haut un message indique : « Tonya est hors ligne, mais vous pouvez quand même lui envoyer un message. »

Ah oui? Je vais me gêner, tiens! Ça, elle va l'avoir, mon message. Je tape de plus en plus fort sur le clavier.

Tonya, je sais que tu es bel et bien enceinte, et que Bradley n'y est pour rien. Je sais qui est le véritable père. Et j'ai compris ce que tu manigançais. Rendez-vous au bureau à 17 heures ou je mets tout le monde au courant.

En réalité, je ne suis sûre de rien. Mais j'ai ma théorie. J'attrape Ellie par le bras, et mon sac de l'autre main.

— On y va. C'est toi qui conduis.

— Non, n'allume pas, lui dis-je lorsque nous pénétrons dans le bâtiment.

Ellie désactive l'alarme, et nous nous précipitons dans les locaux telles deux petites souris.

Je jette un coup d'œil à l'horloge accrochée au mur.

— Si je ne me trompe pas... elle devrait être là d'ici une petite dizaine de minutes. Je dois lui faire avouer ce qui se trame réellement.

Je ne dévoile pas mes soupçons à Ellie. Je ne suis pas assez sûre de moi.

C'est quand même gros. *Peut-être un peu trop...*

La lassitude se lit dans le regard de mon amie.

— Nous savons déjà ce qui se passe. Elle voyait deux types, dont Bradley, et elle est tombée enceinte.

— Fais-la simplement parler, OK ? Ensuite j'entrerai en scène pour le coup de grâce, et on pourra oublier tout cela.

Ou le publier sur Facebook, si jamais elle refuse d'avouer à Bradley — et à toutes les personnes impliquées — à quoi elle jouait en réalité. J'ai bien l'intention d'enregistrer l'intégralité de sa confession.

— Très bien, il faut savoir tourner la page. Mais, si nous allons en prison, ton portrait va craindre un max. Je dis ça, je ne dis rien.

Je suis toujours en jogging et en chaussons, la tête couverte de bigoudis. *Peu importe.* Je pianote nerveusement sur le bureau et lève de nouveau les yeux vers la pendule. *Merde*, Tonya habite à cinq minutes à peine.

— Il faut se planquer !

Nous tournons sur nous-mêmes, prises de panique, comme si quelqu'un avait annoncé : « Attention, j'arrive ! »

— Attends, s'exclame Ellie, perplexe. Pourquoi me cacher, si c'est moi qui dois lui parler ?

— Parce que nous ne voulons pas qu'elle se doute que tu es déjà là. Nous devons l'attirer à l'intérieur, loin de la porte ; elle ne doit pas s'échapper.

Bon, maintenant, il s'agit de choisir la cachette la plus judicieuse. Plantes en pot, portemanteau, bureaux... *Le bureau de Maggie !* Je pourrais me tapir dessous, étant donné qu'il est fermé par un panneau plein à l'avant.

— Les toilettes ! File dans les toilettes, je lance à Ellie en désignant la porte des W-C. Oui... ça devrait le faire. Ça devrait marcher. Allez, allez, file !

Elle disparaît dans le couloir dans un claquement de

talons affolé. Je tire le siège de notre réceptionniste un peu trop violemment, l'envoyant tournoyer. Je le rattrape d'un geste vif, puis plonge sous le bureau, me cognant la tête au passage. Un bigoudi se déroule à moitié et pendouille maintenant dans mon cou.

Je m'accroupis aussi bas que possible et colle un œil à la fente, puis l'autre. Gauche, droit, gauche, droit. C'est bon, je vois ce qui se passe. Parfait. Il ne reste plus qu'à patienter.

Je sors mon téléphone de son mode veille afin de me tenir prête à tout enregistrer. J'ai un message. *De NY152.*

Chère ShopGirl,

Avez-vous parfois l'impression d'être ce qu'il y a de pire en vous ? Quelqu'un vous provoque et, au lieu de le prendre avec un semblant de philosophie, vous ruez dans les brancards ?

Un petit gloussement nerveux m'échappe. Ces mots sont inspirés de *Vous avez un message*, mais le timing est pour le moins ironique, puisque je me trouve en bigoudis, sous un bureau, sur le point de... mon Dieu ! Que suis-je en train de faire ?

Mon but est de la mettre au pied du mur, pas de la traumatiser en jaillissant de sous un bureau comme un diable de sa boîte.

Je m'extrais de ma cachette, trop vite, je me heurte de nouveau la tête, et mon rouleau déjà à demi détaché tombe sur le sol, libérant une boucle folle. Un cliquetis résonne dans l'entrée. Je m'immobilise. *Etait-ce un bruit de clés ?* Un bruit de clé dans la serrure ! Je me rue jusqu'aux toilettes en un temps record et flanque un grand coup de porte involontaire à Ellie, qui se tenait derrière.

— Aïe ! Ça ne va pas bien ou quoi ?

— Chhhhht!

J'agite les mains et lui postillonne dessus, dans un chuchotement paniqué :

— Elle est là!

— Dans ce cas, qu'est-ce que tu fiches ici?

— Je suis venue te dire qu'elle était arrivée! Allez, à toi de jouer!

Depuis la porte entrouverte, Ellie scrute l'obscurité.

— J'entends une voix dans le grand bureau, souffle-t-elle, écartant davantage le battant pour que je me penche à mon tour. Qui est-ce qu'elle appelle?

— Toi, pardi! Elle croit que c'est toi qui l'as contactée, je te rappelle. Alleeeeez, vas-y, je la presse.

— Attends! s'écrie-t-elle, trop fort.

Faisant volte-face, elle me percute le front. Un autre rouleau saute et atterrit sur le carrelage avec un tintement sonore.

— *Chhhhhhhht*, sifflons-nous à l'unisson, affolées, à grand renfort de gestes désordonnés.

C'est tout juste si je ne la pousse pas dehors.

— Tonya, c'est toi? Excuse-moi, j'étais aux toilettes. Je ne pensais pas que tu serais là si tôt.

La porte se referme, étouffant la voix d'Ellie. Je l'entrebâille de nouveau afin d'entendre ce qu'elles se disent. Mais ce n'est pas tout d'écouter; je veux voir! Je pousse lentement le battant et me glisse par l'ouverture.

— Tu voulais parler, alors parle, lâche Tonya, déjà visiblement sur les nerfs.

— Eh bien... Je voulais discuter, car, tu vois... je sais tout à propos de Bradley et de *l'autre type.*

Oui! Bien, Ellie, bien... Ne faisant qu'un avec le mur, j'avance à pas de loup dans le couloir, mes deux anglaises folles s'agitant à chaque mouvement. *Tout doux...* Il ne faut pas que je me précipite.

Tonya émet un bruit qui ressemble étrangement au souffle d'un dragon.

— Je doute que tu saches quoi que ce soit, Ellie.

— Je sais au moins une chose, Tonya : faire ça à Kenzi, c'était parfaitement dégueulasse.

— Et alors ?

Quelle salope ! J'appuie sur le bouton « Enregistrer » du dictaphone de mon portable, puis, usant de mon bras comme d'un périscope, le maintiens au coin du couloir. Je n'ai aucun visuel. Espérons que mon bras n'est pas trop en vue...

— Je sais aussi que tu vois deux hommes et je pense que Bradley l'ignore.

Yes ! Bien joué !

J'entends soudain tintinnabuler la clochette de la porte d'entrée. *Non ! je rêve ?* Elle ne va pas nous filer entre les doigts comme ça ?

Mais sa voix résonne soudain avec surprise :

— Elle t'a contacté, toi aussi ?

Contacté qui ? Qui d'autre est là ? Je me penche un peu plus, tendant l'oreille ; il faut que je voie...

L'œil juste au coin du mur, je m'avance un tout petit peu, et... un autre bigoudi lâche avec un grand *clac*, puis rebondit sur le sol.

Trois paires d'yeux se tournent dans ma direction. Les antennes qui s'échappent à présent de mon crâne sous forme de boucles folles leur font coucou.

C'est lui. Le père du bébé.

Clive.

— Kenz ?

Les yeux de Tonya semblent prêts à lui sortir des orbites.

— Qu'est-ce que c'est que ce délire ?

Et c'est parti ! On y va ! En piste ! Que la fête commence, etc. Le moment est venu. Je carre les épaules et fais mon entrée dans la pièce.

— La main... dans... le... sac, je m'exclame en ponctuant chaque mot d'un geste sec de mon téléphone.

Allez, avoue, Tonya. Il est plus que probable que le bébé soit de lui...

— Eh bien, je ne dirais pas cela comme ça, intervient Clive, les mains dans les poches, avec l'air d'un petit garçon que l'on gronde.

— Hein ? Holà, holà... on rembobine.

Stupéfaite, Ellie nous regarde tour à tour et nous fait signe de ralentir la cadence.

— Clive, c'est *vous* le père de l'enfant ?

— Sérieusement ? Ce n'est que maintenant que tu percutes ? dis-je en rejetant en arrière l'anglaise qui me tombe dans l'œil afin que mon amie puisse pleinement apprécier le second degré de mon propos.

Puis, levant mon portable bien haut, j'ajoute :

— Et, maintenant, si vous le voulez bien, on réca-pépète ! Vous êtes prêts ?

« *On récapépète* » *?* Je déraille ou quoi ? Qui dit des trucs pareils ?

Ellie me fait signe qu'elle n'attend que cela, les yeux ronds comme des Cheerios.

Je m'avance vers Tonya, le téléphone pointé dans sa direction.

— Voici une menteuse, doublée de la plus minable des amies. N'est-ce pas, Tonya ? Parce que, franchement... d'abord Shane à l'univ...

— Mais c'est pas vrai, rugit l'intéressée en roulant des yeux fous. Tu rigoles, j'espère ? C'était il y a une éternité. Tout le monde s'en fout de cette histoire !

— Pas moi, figure-toi ! Et cette fois, alors ? J'étais *fiancée*... et, toi... et te voilà enceinte par-dessus le marché ? Je ne parle même pas de celui-là, je poursuis en désignant Clive d'un geste de la tête. Un homme *marié*. Ton patron ! C'est d'un pathétique...

Tonya bat en retraite en direction du bureau de la réception. Je continue d'avancer, mon téléphone braqué sur elle comme une arme mortelle.

— Tu l'as menacé de tout raconter à sa femme ou une autre amabilité de ce genre ? Est-ce à cause de toi que l'agence est dans le rouge ? Il te remplit les poches pour que tu tiennes ta langue ? Ou pour soulager sa conscience ?

Voilà ma théorie au grand jour.

Toujours bouche bée, Ellie est au bord de la crise d'apoplexie.

— C'est une plaisanterie ? Tonya, pourquoi ferais-tu une chose pareille ?

On croirait un enfant à qui l'on vient d'annoncer que le Père Noël n'existe pas.

Rejetant mes anglaises en arrière d'un geste théâtral, je fais un pas de plus en avant.

— Je suis à peu près sûre que Casanova, ici présent, achète son silence. Je n'ai pas raison ? Hein ? Hein ? Hein ?

— Clive ?

Ça y est, je vois dans le regard d'Ellie qu'on vient de briser le mythe du lapin de Pâques.

Le derrière de Tonya vient cogner contre le bureau de Maggie. Il n'y a plus d'issue. Elle est faite comme un rat. Et je démarre à peine ! En revanche, ni l'un ni l'autre ne conteste mes dires. Mince alors… Aurais-je donc raison sur toute la ligne ?

— Cesse de m'agiter ce truc à la figure, crache Tonya en essayant de s'emparer de mon téléphone.

Je le tiens hors de portée, tendant la main bien haut, puis à droite, et, hop ! dans mon dos. Enroulant ses bras sans fin autour de moi, elle cogne dans l'appareil et l'envoie valser. Il vole à travers la pièce. Alors qu'il est encore en l'air, une notification se fait entendre.

Tonya plante l'index au creux de mon sternum.

— Ecoute-moi bien, vipère, j'en ai plus qu'assez de ce cirque.

Non, mais, on croit rêver ?

— Toi ? Tu en as assez ?

Ellie s'est emparée de mon portable. L'agrippant à deux mains, recroquevillée sur elle-même, elle va et vient en pas chassés, le braquant en direction de Clive, puis de nous. Je ne suis pas sûre qu'il enregistre toujours.

— Devine quoi, je fulmine en coinçant de nouveau Tonya contre le bureau. Clive était sur le point de me foutre à la porte, tu le savais ça ? Oui, parce que apparemment l'agence fait face à des « difficultés financières ».

Les yeux rouges et humides, Tonya semble se retenir de pleurer.

Cela ne m'empêche pas de poursuivre :

— Je me fiche de l'accord que vous avez passé, tous les deux. Mais alors, royalement. En revanche, pourquoi m'avoir caché que Bradley et toi étiez si proches, à la base ? Tu m'avais dit que tu étais sortie avec quelqu'un qui « avait travaillé » chez Safia. Cela n'a absolument rien à voir, Tonya ! je m'écrie, la voix brisée par l'émotion, la souffrance accumulée cette semaine pesant sur chacun de mes mots. Et pourquoi te remettre à coucher avec lui maintenant ? Comment as-tu pu me faire cela, Tonya ? Comment as-tu pu *lui* faire cela ? Pourquoi ?

Clive fait un pas dans ma direction, mais Ellie s'interpose, vive comme l'éclair.

— Pas un geste ! Et je suis sérieuse.

Et, s'il n'obéit pas, que compte-t-elle lui faire ? Lui jeter le téléphone à la tête ?

Clive obtempère, les mains en l'air. Après avoir gratifié Ellie d'un coup d'œil éberlué, il reporte son attention sur moi.

— Qu'est-ce que c'est que cette histoire ? Qu'est-ce que vous racontez à propos de Bradley ?

J'ouvre des yeux ronds.

— Il n'est pas au courant ? Bon Dieu, Tonya, c'est une blague ?

Ma voix monte dans les aigus. Je hurle. C'en est trop. Je reviens à Clive :

— Vous pensiez que Bradley était simplement au courant, pour vous et Tonya? Que c'est comme cela qu'il savait qu'elle était enceinte?

Je fais de nouveau face à Tonya.

— Merde... Tu ne sais pas qui est le père, c'est ça?

Je la plaindrais presque. Presque.

— Clive, il se trouve que Tonya couche également avec Bradley. Il y a donc une chance que l'enfant soit de lui.

Cupidon voit sa propre flèche se retourner contre lui. Clive accuse le coup. Ne manque plus qu'une réplique à la *Scooby-Doo* : « Et elle aurait réussi son coup si ces jeunes imbéciles ne s'en étaient pas mêlés! » Au lieu de cela, une gerbe de feuilles s'élève dans les airs : Tonya balaie le bureau de la main afin d'attraper... *une boîte de punaises fluo?*

Je m'esclaffe.

— Que comptes-tu faire de cela?

D'un mouvement de poignet, elle me les jette toutes à la figure. *Elle m'a épinglée!* Clive tempête. Ellie enregistre. Si cela finit sur Facebook, je... je...

Tonya recommence à me jeter des feuilles de papier. Je me saisis du bol de pot-pourri de Maggie et en balance une poignée au visage de Tonya.

— Tu es vraiment la pire amie du monde!

Je tourne autour d'elle, marchant malgré moi sur les punaises et ces horreurs séchées.

La rage déforme les traits de mon adversaire.

— Qu'as-tu de si spécial, Kenz? Pourquoi est-ce toujours *toi* qu'ils veulent?

Je l'arrose de nouveau de pétales séchés.

— Je te demande pardon? Si tu avais de réels sentiments pour Bradley, pourquoi ne m'avoir rien dit?

Encore un peu de pot-pourri? Un parfum de citronnelle imprègne désormais l'atmosphère.

— Parce qu'il ne m'a jamais regardée comme il te regarde, toi, voilà pourquoi! Tu es contente? Il a suffi que tu débarques pour que, tout à coup, monsieur se mette à rêver de quelque chose de sérieux. Et vas-y que je te sors le grand jeu : les fleurs, les putains de bagues... Ah, ça! toi, il a envie de te la passer au doigt!

Je me fige.

— Quoi? Je ne le crois pas : tu es *jalouse*?

De *moi*?

— C'est pour cette raison que tu as voulu séduire Shane, n'est-ce pas? Et maintenant Bradley?

Je plonge la main dans le bol et lui jette une autre poignée de pot-pourri à la tête. De toutes mes forces.

— Tu ne le mérites pas, s'égosille Tonya. Tout le monde te trouve tellement géniale...

— Hein? N'importe quoi!

Je retourne le bol presque vide et secoue quelques feuilles parfumées dans sa direction.

Elle cherche à m'arracher mon arme des mains.

— Ça suffit! Arrête de me lancer des trucs!

Comme si j'allais lui obéir. Je lui secoue les dernières miettes dessus.

Elle se jette sur le bol, qui m'échappe des mains. Tourbillonnant un instant dans les airs, il s'écrase sur le sol en un million de petits morceaux.

Tout comme notre amitié.

Et mon cœur.

— Vous avez tout de même un sacré culot, tous les deux.

Me tournant vers Clive, je déclare dans un souffle :

— Je bouclerai les projets qui me restent depuis mon domicile.

D'un regard, je signifie à Ellie qu'il est temps de nous en aller, et nous gagnons la porte à travers les débris.

Un problème — et une amie — de moins.

21

Un monde pour nous

Ellie et moi rentrons chez moi par la route principale ; nous ne sommes plus qu'à dix minutes de l'appartement. Ma pantoufle à la main, je retire une à une les punaises fluo de la semelle — heureusement qu'elle est épaisse. Je suis tendue, et furieuse, et...

— Si cela peut te remonter le moral, sache que j'ai toujours un petit peu détesté cette fille, déclare Ellie avec une grimace.

J'esquisse un minuscule sourire reconnaissant. Ellie est vraiment la meilleure. Elle est l'amie qui m'appelle pour me demander comment je me sens, l'amie qui me propose des sorties... Au fond, j'ai toujours su que Tonya tenait plus de la rivale, et que je ne pouvais pas lui faire autant confiance.

Je repose le pied à terre et me cale contre le dossier du siège passager.

— Je vais devoir trouver un autre boulot.

Les doigts soudain crispés sur le volant, elle me jette un regard du coin de l'œil.

— Dans ce cas, moi aussi. Pourquoi pas : nous pourrons chercher ensemble.

Peinant à retenir mes larmes, j'acquiesce vigoureusement.

— Tu verrais un inconvénient à ce que l'on reste à la maison, finalement? Je n'ai pas vraiment le cœur à sortir, ce soir. Déjà que, demain, on célèbre la grossesse de Ren et mes fianç...

Ma voix déraille, et mon cœur fait un plongeon.

— Bref, j'aimerais mieux rester tranquille ce soir, si ça ne te dérange pas.

— Pas de problème. Et puis, c'est probablement une bonne idée, vu ton look. On dirait Boucles d'Or, mais, hum... une fois bouffée par les trois ours, dit-elle en jetant un coup d'œil amusé à ma coiffure.

Ellie m'offre un regard réconfortant.

— Tout ira bien, Kenz. Ça finira par s'arranger.

Un coup de klaxon irrité nous informe que le feu est passé au vert.

Machinalement, je consulte mon téléphone. *Le message.* J'en ai reçu un autre. Dans le feu de l'action, j'avais presque oublié. Lorsque je l'ouvre, je découvre qu'il est identique au précédent, à l'exception de quelques lignes ajoutées.

Je le lis tout haut à Ellie, du même ton rêveur que dans le film, puis l'interroge du regard.

— Il est arrivé tout à l'heure. C'est de circonstance, non?

Elle se contente d'esquisser un sourire, et je poursuis ma lecture :

— « Je sais qu'il est peut-être un peu tard pour vous poser la question, mais... vous êtes mariée? »

— C'est tiré de *Vous avez un message*, ça aussi? me demande Ellie en s'engageant dans ma rue.

— Je crois, dis-je en réfléchissant. Oui, c'est ça. Par contre c'est Kathleen qui l'écrit à Joe Fox, et non l'inverse.

La voix d'Ellie grimpe dans les aigus, ses yeux brillent d'une jubilation évidente.

— Oh! je te parie qu'il veut savoir ce qu'il en est, avec Bradley. Si tu comptes te remettre avec lui...

Je m'occupe de rédiger ma réponse, le cœur battant. Je me relis à haute voix :

— « Cher NY152, Mais qu'est-ce que c'est que cette question? Oh! attendez, j'ai compris. Vos amis vous ont dit que, si on ne s'était pas rencontrés, c'est parce que j'étais mariée, c'est ça? »

Je presse « Répondre ».

— C'est ce que lui rétorque Joe Fox.

La réponse est quasi immédiate.

Chère ShopGirl,

On devrait se rencontrer.

Hein?

— Non. Non, non, non, non. Il a essayé de m'avoir. Je ne suis pas prête à le revoir pour le moment. Je... c'est non.

J'ai besoin d'un temps de réflexion. Il a déjà de la chance que j'accepte de jouer le jeu, avec ce petit échange. Rempochant mon téléphone, je commence à farfouiller dans mon sac pour retrouver mes clés, tremblante. Il a réussi à me mettre dans tous mes états.

Sans un mot, Ellie se gare sur le parking de la résidence. J'ai plus envie que jamais de rentrer me blottir sur mon canapé; peut-être avec une bouteille de vin. Alors que nous sortons de la voiture, je n'ai toujours pas trouvé mes clés. Je claque la portière d'un coup de hanche, maudissant intérieurement ce sac à main sans fond.

— Kensington...

Je manque de m'étrangler. *Il n'a quand même pas osé?* Je lève la tête, incrédule. M. NY152. Là, sur mon parking. « On devrait se rencontrer », tu parles ! Shane était déjà là.

Que fait-il en costume ? Il a le parfum du musc et de la tentation, preuve s'il en est que le Diable s'habille bien en Prada. Du moins, il me semble que c'est du Prada. Cela n'a pas vraiment grande importance. Le raisonnement tient quand même.

Debout devant moi, il semble attendre que je dise quelque chose. Je me contente de cligner des yeux. Je suis étonnée qu'aucun de mes six bigoudis restants ne choisisse cet instant pour se détacher et libérer une nouvelle mèche en tire-bouchon. *Oh non, ce n'est pas vrai ! Mes cheveux !*

— Bonsoir, Shane dit aimablement Ellie.

Avec un haussement de sourcils tout juste perceptible, elle me passe devant pour rejoindre... *oh, génial.* Rand Peterson. L'équipe au grand complet.

Je n'étais pas préparée à cela. Je prends la direction de la porte, tâtonnant toujours au fond de mon sac trop grand. J'ai beau tout remuer, impossible de mettre la main sur mes clés.

Où ai-je bien pu les mettre ? Sans un mot, sans un regard, j'accélère. Il est vêtu comme un prince, et, moi, je suis dans cette tenue. La honte intergalactique.

— Tu es très belle, déclare Rand à Ellie.

Son grand sourire retombe lorsqu'il me voit passer devant lui.

Je n'en ai rien à faire. *Appelons ça une nouvelle mode !* Après m'être essuyé le dessous des yeux, je remarque que des traces noires maculent le bout de mes doigts. Super, et mon mascara coule, par-dessus le marché.

Ellie est en train de raconter nos mésaventures à Rand :

— Nous étions dans les toilettes, et Kenz, tu aurais vu ! Elle...

— Kensington, attends, je t'en prie, m'appelle Shane. Le ton est bienveillant, peut-être sourit-il même.

Peu importe. Je n'ai aucune envie de sourire, et encore moins d'attendre. Tout ce que je veux, c'est me terrer loin du monde. Mes crampons de fortune cliquettent sur l'allée bétonnée. Mes antennes en tire-bouchon dansent en rythme. J'ai l'impression d'être un insecte en route pour son numéro de claquettes.

— Kensington, s'il te plaît. Il faut qu'on parle.

Il me rattrape et calque son allure sur mon pas entravé.

Devant l'entrée je plonge le bras plus profondément dans mon sac à main et tâtonne jusqu'à sentir le métal et le plastique de mes clés sous mes doigts. Je déverrouille la porte, puis laisse passer Ellie et Rand. Alors que Shane s'avance à son tour, je lui passe devant et lui referme la porte au nez. Je ne suis pas encore prête à discuter.

Sa voix me parvient, étouffée, depuis l'autre côté du battant.

— Kensington...

Le bâtiment est fait de briques, alors il peut s'époumoner tant qu'il veut.

Quand je me retourne, Ellie et Rand me dévisagent.

— Elle a bu ou quoi ? lui demande-t-il en me pointant du doigt.

Mon amie rit.

— Pas encore. Kenzi, rassure-moi : tu comptes quand même le laisser entrer ?

— Non. Je ne crois pas, dis-je, ignorant les coups à la porte.

Shane appelle un peu plus fort.

— Kensington !

Toc, toc, toc.

— Il va nous falloir du vin, décrète Ellie en s'éclipsant à la cuisine. Parle-lui, Kenz.

— Je, euh..., balbutie Rand en désignant le chemin qu'a pris Ellie, avant de finalement la suivre.

Cela vaut mieux, oui. *Toc, toc.* Cette fois, le loup est véritablement à la porte. Lui et ses mensonges. Enfin, techniquement, il ne m'a jamais menti, mais il a omis de me dire beaucoup de choses. Comme le fait qu'il ait surpris Bradley et Tonya... Aussi mon moi rationnel me conseille-t-il de me méfier.

Toutefois, une petite voix dans mon esprit refuse obstinément de se taire, chantonnant : *Mais il est là ! Il est venu !* Elle me donne envie de danser gaiement sous une pluie de paillettes.

Un œil fermé, je scrute par le judas de l'autre. Ce qu'il est beau, même déformé par la lentille ! Ses cheveux bruns ondulés encadrent à la perfection des yeux... *Flûte !* Il regarde par là ! Je bats vivement en retraite. Il ne peut pas me voir, si ?

— Kensington, est-ce que tu veux bien me laisser entrer, s'il te plaît ?

La poignée pivote sur la gauche, puis un demi-centimètre vers la droite, avant de se bloquer.

Je me rapproche de la porte.

— Je ne pense pas que ce soit une bonne idée, là, tout de suite.

J'ai failli répliquer « Par les poils de mon menton, tu n'entreras pas dans ma maison ! », mais j'ai déjà l'air cinglée, pas besoin d'en rajouter. M'adossant au battant, je me tords les mains.

La porte tremble sous son poids quand il en fait autant de son côté.

— Aucune importance. Je n'ai aucune intention de m'en aller, alors nous n'aurons qu'à discuter comme ça.

— Si ça t'amuse.

Il me suffirait de m'en aller. De ne pas rester plantée là. Mais mes pieds sont comme rivés au sol. Et puis je peux bien lui accorder la même faveur qu'à Bradley, non ?

Je me retourne à demi, l'épaule pressée contre le bois.

— Voilà ce qu'on va faire : je vais te donner une chance — une seule — de me dire toute la vérité. Je pose les questions, tu réponds franchement. C'est d'accord ?

— Je t'écoute.

Un nœud se forme dans mon estomac. Je ne suis pas prête. Je ne sais même pas ce que je veux réellement lui demander. Pourquoi il ne m'a rien dit à propos de Bradley et Tonya ? S'il sait pour Clive ? Comment je suis censée lui faire confiance à nouveau après cela ? Pour quelle raison il a conservé mes tableaux ? Tout au fond de moi, une autre minuscule voix s'élève : *ce qu'il ressent pour moi ?*

— Kensington ?

Je laisse aller ma tête contre la porte avec un gros *boum*.

— Tu étais au courant pour eux depuis le début. Pourquoi ne m'as-tu pas prévenue que Bradley et...

— Parce que tu m'aurais cru ? Franchement ? Connaissant notre histoire ? J'aurais seulement réussi à t'éloigner davantage de moi. C'était un choix que tu devais faire seule.

Et je l'ai fait — avant même de découvrir le pot aux roses. En outre, il n'a pas tort : je ne l'aurais jamais cru. C'est bien simple, le seul fait de l'entendre dire que Bradley n'était pas fait pour moi m'était insupportable, alors... *Argh*, ses arguments tiennent la route.

— Kensington ?

— OK, ça, je peux sans doute comprendre.

Mais une bouffée d'indignation s'empare de moi.

— Pourquoi ne m'as-tu pas retenue hier soir ? Tu m'as laissée partir !

— J'ai tenté de t'arrêter, mais... tu avais toujours sa bague, Kensington, me rappelle-t-il d'une voix peinée.

Ce n'est pas faux. Pressant la main contre le battant, je jurerais le sentir à travers.

— Je la lui ai rendue, Shane.

Je ferme les yeux et respire un bon coup.

— Mais j'ai besoin de savoir comment tu envisages

les choses entre nous. Ce que tu veux. Parce que, moi, je souhaite toujours me marier, fonder une famille, etc.

Là. C'est dit. J'ai confié ma question cosmique à l'infini. Seulement, cette fois, il me faut une réponse.

Le silence s'éternise. Un silence plus long et plus insoutenable que tous ceux que j'ai pu connaître jusque-là.

Je perçois un mouvement contre la porte, mais Shane demeure muet. *Par pitié, dis quelque chose... n'importe quoi... Je t'en supplie !*

Je jette un nouveau coup d'œil par le judas. Mon cœur s'arrête. Plus personne. Il est parti. Je ne le vois plus. Je bouge ma tête d'un côté et de l'autre, change d'œil, je n'aperçois qu'un palier et une allée vide. J'ouvre la porte et me penche dans l'embrasure.

Toujours pas de Shane.

La petite voix guillerette qui, il y a peu encore, m'inspirait arcs-en-ciel et paillettes se met à me pourrir. *Tu as tout gâché ! Tu t'es trop cramponnée, tu en as trop exigé, et... c'est le genre de trucs qui le font fuir.* Il n'a aucune envie de s'engager.

Moi si.

Et, pour une fois, c'est le plus important pour moi.

Je claque la porte, déconcertée, à bout de nerfs. Le canapé me fait les yeux doux. Armée de mon téléphone, je vais m'y enfoncer, l'esprit en ébullition. Je ne comprends pas à quoi cela rime. Qu'était-il venu faire ici, d'ailleurs ?

J'ouvre Facebook, parcours mon fil d'actualité, rempli de photos de ce que les gens ont mangé au dîner et d'invitations à jouer à Texas HoldEm. Je passe aux mails. *Un nouveau message de Shane ?* L'objet indique : « Liste mise à jour ». Je clique.

- 1. *Nuits blanches à Seattle*
- 2. ~~*Pretty Woman*~~
- 3. *Le Journal de Bridget Jones*

- 4. ~~27 robes~~
- 5. ~~Dirty Dancing~~
- 6. ~~16 bougies pour Sam~~
- 7. *Love Actually*
- 8. *Un monde pour nous*
- 9. ~~Vous avez un message~~
- 10. ~~Le Mariage de mon meilleur ami~~

C'est tout ? La liste ? Pas de petit mot, ni rien. A la vue des titres, je ne peux m'empêcher de repenser aux scènes que nous avons rejouées, tous les deux. Je n'y comprends plus rien. Est-il venu jusqu'ici pour repartir aussitôt ? Pourquoi... *Qu'est-ce que c'est que ce bruit ?* J'incline la tête de côté et tends l'oreille. Il y a du bruit à l'extérieur, et le volume ne cesse d'augmenter.

De la musique ?

Je pose mon portable pour mieux me concentrer. La mélodie comme les paroles me semblent familières. Je connais cette chanson... C'est *In Your Eyes* de Peter Gabriel !

J'hallucine !

C'est le numéro huit. *Un monde pour nous !*

Dans le film, Diane Court ne va jamais regarder par la fenêtre. Elle ne voit pas Lloyd Dobler et son désespoir. Non, elle reste simplement allongée sur son lit, consciente que c'est la chanson qu'ils écoutaient lors de la nuit qu'ils ont passée ensemble, et que Lloyd est là, dehors, lui dédiant chaque mot de la chanson.

« A travers ton regard... Je suis enfin moi-même. »

Au coin de mon sourire, les larmes roulent. Après tout, je ne suis pas Diane Court ; je suis Kensington Shaw et je compte bien aller voir. Je me dirige vers la fenêtre et soulève le rideau.

Le fou rire me gagne aussitôt. Il l'a fait ! Une énorme radiocassette au-dessus de la tête, il... *Qu'est-ce que c'est que cet accoutrement?* Par-dessus son costume, il a enfilé un long trench-coat beaucoup trop grand pour lui.

J'écarte un peu plus le rideau, et il m'aperçoit. Les yeux dans les yeux à travers la vitre, nous écoutons ensemble la fin du refrain.

Je sais que chacun de ces mots m'est destiné et je prends enfin conscience de ce que je désire réellement. Ce que j'ai toujours voulu, sans doute.

Je m'élance vers la porte, l'arrachant presque de ses gonds, et le rejoins aussi vite que me le permettent mes semelles pleines de punaises, mes anglaises tressautant à chaque bond. Je m'immobilise juste devant lui.

L'espace d'un instant, il considère d'un drôle d'air ma coiffure complètement destroy, mon mascara dégoulinant, ainsi que mon jogging et mes pantoufles, comme s'il avait déjà oublié ce qui se trouvait de l'autre côté de la porte. Le visage empourpré, je le regarde poser sa radiocassette et demande avec une petite grimace :

— Alors, tu veux toujours de moi ?

Il s'avance sans précipitation, repousse une boucle indisciplinée de mon visage. Ses yeux mordorés à quelques centimètres des miens, il me sourit.

— Plus que jamais.

Le regard embué de larmes, je prends alors une autre décision. L'anneau ayant disparu de mon doigt, je souffle :

— Embrasse-moi...

Ses lèvres viennent capturer mes mots. Elles sont comme une caresse sur les miennes. Les bras autour de son cou, je le laisse m'attirer contre lui. Waouh! Feux d'artifice, nuée de lucioles, crépitements statiques... tout phénomène vaguement explosif ou électrique est en train de me passer par le cœur.

Titillement plaisant, douce torture.

Un baiser comme on les aime.

Il me murmure à l'oreille :

— Je sais que ça n'a pas été facile, et que la fête

de demain ne va pas arranger les choses, mais j'ai une surprise pour toi. Pas la peine de consulter la liste, cela n'en fait pas partie. Et tu ferais sans doute bien de te changer.

Avec un baiser sur la joue, il finit par s'écarter. Son regard en dit long.

Clac! Choisissant son moment, un autre de mes bigoudis lâche, me roule sur l'épaule et va s'échouer sur l'allée avec un bruit sourd. Je glousse doucement, le sourire jusqu'aux oreilles.

— C'est une Rolls-Royce de 1955, déclare-t-il, concentré sur le rétroviseur intérieur.

La voiture vibre et ballotte tandis qu'il sort en marche arrière de la place de parking.

— L'agence de location m'a confié qu'elle était restée en pièces détachées durant presque vingt ans. Ils l'ont fait remonter.

Voilà ma surprise. Une voiture ancienne, comme dans *Titanic*. Bon, techniquement, le film n'est pas sur notre liste, ce n'est pas exactement le même genre de véhicules, et le film se termine horriblement mal, mais qu'importe. Cette scène de la voiture est torride, et cela fera parfaitement l'affaire.

La jauge d'essence et le compteur surdimensionnés donnent au tableau de bord habillé d'acajou des airs de cabine de pilotage. Les banquettes sont en cuir. Cette voiture est tellement classe.

— C'est vraiment une super surprise, dis-je avec un grand sourire. Où va-t-on?

— Dans les étoiles, me répond-il avec un petit regard en coin.

Je ris.

— C'est ma réplique, ça. Rappelle-toi! Dans la scène

de la voiture, Rose dit : « Dans les étoiles », puis tire Jack à l'arrière.

— Dans ce cas, je suppose que je vais devoir te tirer à l'arrière.

Ses yeux brillent d'une lueur canaille.

Le ventre en feu et le sourire aux lèvres, je détourne pudiquement le regard. J'ai l'impression d'être écarlate.

— Alors ? On sort dîner ? danser ? J'ai choisi une tenue qui passera partout.

Mais ce n'est pas parce que je me suis débarrassée de mon accoutrement de l'après-midi que j'oublie ce que j'ai découvert aujourd'hui à propos de Tonya. Ou les interrogations auxquelles je vais devoir faire face demain à propos de Bradley durant ce qui aurait dû être notre fête de fiançailles... *slash* célébration de la grossesse de Ren. Je laisse mon regard se perdre dans ce ciel de fin de journée, tout en dégradés de roses et de rouges.

— Je ne suis pas vraiment d'humeur à aller danser.

— Tu as faim ?

Je lui fais signe que non.

Nos regards se trouvent. Il me prend la main et, du bout des doigts, caresse ma paume ouverte. Je me mords la lèvre avec un sourire timide.

L'expression qui se peint sur son visage laisse aisément deviner ce qu'il a en tête. Le cœur battant à tout rompre, j'essaie de peser le pour et le contre.

— Tu te doutes que je vais avoir besoin de temps avant de pouvoir envisager quelque chose de sérieux entre nous, n'est-ce pas ? dis-je en baissant les yeux sur nos doigts à présent entrelacés.

— Bien sûr, c'est compréhensible.

Avec un long soupir, il me lorgne du coin de l'œil.

— Que comptes-tu faire ?

— Eh bien... remettre ma vie à plat. Recommencer à zéro. Peindre, peut-être.

Je hausse les épaules.

— Si tu peux peindre, je pourrai attendre, Kensington.

L'émotion enfle au creux de ma poitrine. Il s'agit de l'ultime réplique du film *Elle et Lui*. Enfin, presque.

— Tu sais que c'est *elle* qui prononce cette réplique. D'ailleurs, c'est « Si vous pouvez peindre, je pourrai marcher », non ?

Shane plonge le regard dans le mien, sondant mes prunelles.

— Je ne sais pas peindre et je n'ai l'intention d'aller nulle part, que ce soit à pied ou autre.

Une nuée de papillons me chatouille le ventre. Battant des cils, je lui demande :

— Alors, on a bien dit dîner, danse, ce que je désire ?

Il me jette un coup d'œil, sans répondre.

Mon cœur bat la chamade. Je me rapproche de lui sur la banquette et porte sa main, toujours mêlée à la mienne, à mes lèvres. Déposant un léger baiser au bout de ses doigts, je souffle :

— Pose tes mains sur moi, Shane.

Il ne lui faut pas longtemps pour se garer sur un site digne d'une carte postale le long de la rivière Blanche. L'endroit est loin des regards, plongé dans l'obscurité. Le moteur à peine coupé, les lèvres de Shane trouvent les miennes, voraces, insatiables...

Il ouvre la portière et m'entraîne sur la banquette arrière.

— Tu ne préfères pas me faire passer par-dessus ?

— C'était plus rapide par là, rétorque-t-il, la respiration haletante.

Sa bouche parcourt la peau fine au-dessus de ma clavicule, puis remonte le long de mon cou, juste sous l'oreille.

C'est, *oh*... un petit gémissement m'échappe lorsque je sens ses dents mordiller la chair de mon lobe. Une pulsation lancinante irradie de mon nombril tandis qu'il l'aspire délicatement entre ses lèvres. Mon cœur est au bord de l'explosion. Sa barbe de trois jours échauffe ma peau déjà brûlante.

Je fais courir les doigts à l'intérieur de sa veste, puis la lui arrache des épaules. D'une main, je défais un à un les boutons de sa chemise et caresse fébrilement sa peau nue, avide de le toucher.

Shane trace les contours de mon corps du bout des doigts avec une lenteur insoutenable. J'ai une folle envie de lui. J'ai besoin de le sentir en moi. Je veux me donner à lui corps et âme. Sans oublier mon cœur. *Tout* mon cœur.

Il descend la fermeture de ma robe et me la fait glisser par-dessus la tête centimètre par centimètre, avant de m'allonger avec douceur sur la banquette. Ses yeux couleur de miel me dévorent sous ses paupières lourdes de désir. Sa bouche couvre mon front et mes yeux clos de baisers, accompagnés de mots doux.

Ce n'est pas la première fois, entre nous, et la familiarité de son corps contre le mien me remplit de bonheur. C'est tellement bon, de se sentir bien. De mettre tous ses soucis de côté, même si l'on sait qu'ils seront toujours là au matin. A cet instant, je choisis de m'abandonner au plaisir. *A Shane.* L'émotion me submerge, et une larme s'échappe de mes yeux humides.

Shane m'embrasse au creux du cou, me dévore les joues. Rencontrant mon regard, il chasse mes pleurs de son pouce.

— Ne pleure pas, ShopGirl, ne pleure pas.

La réplique qui suit est : « Je voulais que ce soit vous. » Mais les paroles n'ont plus d'importance.

22

Quatre roues et une réception

Je tends le cou et contemple Shane. *Ce qu'il est craquant quand il dort...* Les jambes étendues sur la banquette de notre Rolls vintage, il se tient adossé à la portière. Je suis lovée entre ses bras, les genoux repliés sur lui. Seulement vêtus, lui de son boxer, moi de mon string, nous nous sommes blottis sous sa veste. C'est ce que j'appelle un réveil agréable...

Un réveil agréable?... Oh! non! C'est aujourd'hui que... *aujourd'hui? c'est sûr?*

Eh merde!

On est samedi.

Argh! Merde. Merde, putain, crotte, chiotte! Ça ne va pas du tout. Par pitié, faites que ce ne soit qu'un cauchemar. Un de ces rêves trop réalistes qui nous hantent encore une fois que nous sommes éveillés. On ne peut pas être samedi! Pitié, ne me dites pas que nous nous sommes endormis. Je bats des cils, puis ferme très fort les paupières et... ouvre les yeux. OK, on réessaie. Fermés... ouverts. Fermés, ouverts. Fermés, ouverts. Encore une fois.

Nous sommes toujours dans la voiture.

Ce n'est pas un rêve : c'est bien aujourd'hui qu'a lieu la fête de grossesse de Ren.

Je réveille Shane en le secouant du plat de la main. Il ouvre brutalement les yeux, alarmé.

— Hein, quoi?

Je me redresse.

— Nous sommes toujours dans la voiture. Le jour est levé. Je ne sais même pas quelle heure il est. Je pense qu'il est encore tôt, mais...

Un hoquet de panique m'échappe : *mes vêtements... qu'est-ce que j'ai fait de mon soutien-gorge?*

Shane se frotte les yeux avec un bâillement à s'en décrocher la mâchoire. D'un mouvement nonchalant du poignet, il consulte l'heure à sa montre.

Je scrute son expression, dans l'expectative. Par pitié, faites qu'il soit encore hyper tôt. *Pitié...* Mâchoire crispée, j'attends le verdict. Ses yeux cherchent les miens, alarmés.

— Merde!

Il se redresse d'un bond, déjà en train de passer sa chemise.

— Merde?

Oh! crotte de crotte! Il n'est pas hyper tôt. Ça ne va pas le faire *du tout*. Je retrouve mon soutien-gorge et faufile les bras à l'intérieur, non sans me battre un moment avec les bretelles multipositions, que je portais croisées hier soir. *Quel est le sombre crétin qui a inventé ces machins?*

Alors que Shane passe la main derrière moi pour attraper son pantalon, je manque de l'emprisonner dans l'élastique.

— A quelle heure dois-tu y être?

— Euh... la fête est censée démarrer à 11 heures ou bien midi. Midi? Je ne sais plus. Maman veut que je sois là avant. Pour 10 heures, à peu près.

Mon soutien-gorge est en place. Par contre, les

bretelles doivent être mal mises derrière ; j'ai un sein qui tire bizarrement sur la droite. Je secoue ma robe et l'enfile par la tête.

Merde, je suis coincée.

— Je suis coincée !

Les bras tendus au-dessus de la tête, je me retrouve incapable de les passer dans les emmanchures. Engoncée dans les plis, je suis bel et bien bloquée. Je me tortille dans tous les sens, dans une vaine tentative pour faire glisser le vêtement sur mes épaules. Mes bras fouettent l'air comme les tentacules d'un monstre.

— Mince, c'est pas vrai ! Aïe.

Je crois que c'est le coude de Shane que je viens de recevoir dans les côtes.

— Ne bouge pas..., me dit-il en tirant sur les plis de la robe.

Un coup sec, et me voilà libre.

Bien, je vois de nouveau ce qui se passe. Mes bras sont dégagés. Je lève le derrière et laisse retomber la robe sur mes fesses. J'attrape ses chaussures pour les lui coller sur le torse.

— Tiens !

Chaussures sous le bras, Shane se coule dehors et enfile son pantalon en sautillant sur un pied. L'air est encore frais. La différence de température a embué les vitres, révélant des traces de mains — beaucoup, beaucoup de traces de mains.

Il est possible que nous nous soyons un peu laissés emporter par cette histoire de scène de Titanic.

Shane a démarré le moteur et recule. Enjambant le dossier, je le rejoins sur la banquette avant, à la recherche de mes chaussures.

Shane sourit.

— Tu vois, au moins l'un de nous aura culbuté par-dessus le siège, en fin de compte.

Le gratifiant d'une petite tape, je lui demande l'heure.

— Ça ira, ne t'inquiète pas. Je te dépose chez toi, ensuite je vais rendre la voiture. La mienne est restée là-bas. Une fois que je l'aurai récupérée, je repasserai te chercher et je te conduirai chez tes parents.

Flûte. Mes parents. Nous n'avons pas encore eu cette conversation. Je ne leur ai strictement rien dit. Ma mère, Grayson... ils vont tous m'interroger à propos de Bradley. Un bruit de casserole s'élève du moteur. Non seulement cette voiture fait un vacarme impossible, mais elle se traîne à la vitesse d'un escargot...

— Shane, réponds-moi : quelle heure est-il ?

Au coin d'une rue, un pneu heurte le trottoir, me projetant dans les airs. Je pousse un hurlement, et Shane tourne enfin la tête. Sa chemise est boutonnée de travers, un pan en dehors de son pantalon. Il n'a pas pris le temps d'enfiler ses chaussures, et ses cheveux... eh bien, ses cheveux sont comme d'habitude en bataille — adorables, parfaits. Il baisse les yeux d'un air contrit.

— 10 h 45.

10 h 45 ?

— Plus vite, plus vite, allez !

Je l'aiguillonne du bout du doigt. Une fois, deux fois... je ne sais plus. N'ayant pas accès aux pédales, c'est tout ce que je suis en mesure de faire. Je ne respire plus.

— Accélère, bon sang !

— Je suis à fond, Kensington.

La voiture de collection renâcle et tressaute violemment, alors que nous ne dépassons pas les soixante-cinq kilomètres/heure dans les rues de la ville. J'ai l'impression de revivre *Quatre mariages et un enterrement,* à ceci près que ce n'est pas pour un mariage que nous sommes en retard, mais pour une célébration de grossesse. Et l'enterrement risque d'être le mien.

C'est sans doute l'une des scènes de film que je tenais le moins à recréer.

Je n'aurai jamais le temps de me préparer ! Toute ma famille...

Le feu est orange. Nous n'allons jamais y arriver... Il est sur le point de passer au rouge.

— Non, non, c'est bon, allez ! Vas-y, Vas-y !

Je lui tape sur l'épaule pour l'inciter à appuyer sur le champignon. Nous sommes passés, mais le feu était bien rouge.

Tout comme les gyrophares qui clignotent derrière nous. La police nous fait signe de nous ranger sur le bas-côté.

Mais ce cauchemar ne se terminera-t-il donc jamais ?

— Mon portefeuille, marmonne Shane en tâtant les poches de son pantalon. Je n'ai plus mon... ma veste. Où est ma veste, lâche-t-il, affolé.

L'apercevant à l'arrière, je plonge par-dessus la banquette pour la récupérer. Shane baisse la vitre ; l'officier sort de sa voiture. D'une main fébrile, je fouille les poches intérieures de la veste de Shane, envoyant valser ses reçus et son ticket du voiturier de la veille.

— Ça y est, je l'ai. Je l'ai !

Je le lui lance. Le portefeuille rebondit alors sur le tableau de bord, pour aller s'échouer quelque part à nos pieds.

Pantelants, nous avons de nouveau embué toute la voiture. Shane tâtonne à la recherche de ses papiers. Je le supplie d'activer la manœuvre, frappant le cuir du siège du plat de la main. Le policier arrive. *Le voilà.*

— Je l'ai !

Son permis de conduire à la main, Shane se passe une main dans les cheveux, soulagé.

— Permis de conduire et papiers du véhi...

L'officier de police étudie Shane de haut en bas — ses cheveux fous, sa chemise mal boutonnée... Son regard se porte rapidement sur les vitres couvertes d'empreintes de mains, puis sur moi, mes seins de traviole et ma robe

— qui, je viens de m'en rendre compte, est à l'envers. Je préfère ne même pas songer à l'état de ma coiffure. Nos regards se croisent, et il ouvre de grands yeux éberlués.

— Encore vous ?

— Bonjour, dis-je avec un petit coucou timide.

Le policier qui nous a arrêtés dans la camionnette du paintball. Evidemment.

Merde, putain, crotte, chiotte!

Bon, je suis en retard. Mais ç'aurait pu être pire, non ? Il aurait pu me jeter en prison. Cette fois, en revanche, il n'a pas hésité à nous mettre une amende. Enfin, à Shane. Quant à moi, j'ai eu droit à un sermon. Cette erreur stupide nous a fait perdre vingt minutes supplémentaires. Il est presque midi. J'étais censée arriver il y a deux heures pour aider, mais aider à quoi ? Ce n'est pas comme si maman comptait cuisiner : elle a fait appel à un traiteur. Je ne suis pas à l'heure ? Au moins, je suis douchée et à peu près présentable, alors tant pis.

Seulement, dans ce cas, pourquoi ai-je ce gros nœud dans la gorge ?

Mon portable sonne de nouveau. C'est la quatrième fois qu'elle appelle. Nous sommes presque arrivés, mais je devrais tout de même répondre. Je serais débarrassée. Je jette un coup d'œil à l'heure, puis à Shane, et me décide enfin.

— Salut, maman.

— Kensington, c'est moi, ta mère.

— Je sais...

Derrière elle, j'entends Ren discuter avec Grayson. Des bruits de plats résonnent par-dessus la musique. Elle doit me téléphoner de la cuisine. La fête est déjà bien entamée.

— Où es-tu ? Qu'est-ce que tu...

— Je suis désolée, maman. Je sais que j'ai du retard. Je serai là dans cinq minutes. Je vous aiderai à...

— C'est trop tard, il n'y a plus rien à faire. Nous nous apprêtons à passer à table... Non, ce n'est pas sa place, mettons cela devant, débite-t-elle avec un soupir las. Bref, tu arrives maintenant que je n'ai plus besoin d'aide. J'ai dû me débrouiller toute seule... Ren, oui, c'est Kensington ; je l'ai enfin retrouvée.

Je n'ai jamais été perdue ! Enfin, peut-être un peu. Mais ce n'est plus le cas. J'entends Grayson grogner que je ne changerai jamais.

— Ta tante a essayé de mettre la main à la pâte, mais tu sais ce que cela donne, en général... Oui, nous avons enfin réussi à la joindre. Elle dit qu'elle est en route.

— Je suis à deux p...

— Très bien, très bien. Je ne peux pas rester plus longtemps. Dépêche-toi un peu. Les hors-d'œuvre sont servis.

Elle raccroche sans autre forme de procès. J'ai l'impression de tournoyer dans toutes les directions à la fois, façon gyroscope. Je suis totalement déboussolée.

— Est-ce que tout va bien ?

— Oui. Enfin, non.

La main plaquée sur la bouche, j'ouvre des yeux pleins d'effroi. Je ne peux pas leur faire face. C'est au-dessus de mes forces.

Shane se gare le long du trottoir.

— Qu'est-ce que tu fiches ? Je suis déjà super en retard !

Craquant sous la pression, c'est tout juste si je ne suis pas en train de lui hurler dessus.

Il place une main sur la mienne.

— Kensington, tu es une femme charmante, intelligente et splendide, pour ne rien gâcher. Tout va bien se passer. Je te le promets.

Du pouce, il caresse avec tendresse mes poings fermés.

— Je suis là. Je suis là pour toi. J'ai foi en toi et je sais que tout ira bien, quoi qu'il arrive.

Hypnotisée par son regard, je presse sa main et opine de la tête. Personne n'est véritablement au courant de toute l'histoire ; Bradley, Tonya, nos fiançailles à l'eau... Mon ventre se serre.

Ce jour était censé être l'un des plus beaux. Une occasion de célébrer notre mariage à venir, de rêver à la famille que nous allions fonder. Tout cela est si loin, à présent. Lorsque je regarde Shane, pourtant, mon cœur se fait plus léger. Je me sens... heureuse. Un peu inquiète et déstabilisée mais heureuse. Hier, tout mon univers s'est écroulé. Aujourd'hui, il renaît ailleurs. Espérons que c'est au bon endroit, cette fois.

Et peut-être est-il plus près que je ne le crois.

— On peut y aller, ça va mieux.

Je crois. A défaut d'aller bien, je serai au moins bien habillée. Mon choix final s'est porté sur une robe plissée en *color block*. A court de temps pour me coiffer, je me suis contentée de ramener mes cheveux en un chignon lâche. L'ensemble est étonnamment coquet.

Mes doigts se crispent sur la poignée de mon sac à main tandis que Shane s'engage dans Le Village. Plus question de faire machine arrière, à présent. Nous venons de pénétrer dans le royaume des petites femmes parfaites.

La rue entière est bordée de voitures. C'est ce qu'elle appelle un « petit » rassemblement familial ? Il y a même un voiturier. Ma mère fait généralement appel à un service de voituriers lors de son traditionnel repas de Noël des Shaw, afin de désengorger la rue. Je ne sais pas pourquoi elle appelle cela un « repas de famille », d'ailleurs, sachant que la moindre de ses connaissances y est conviée. Nous sommes arrivés. Nous voilà devant la maison.

Qu'a-t-elle manigancé ?

— Tu survivras, me promet Shane, pressant une main rassurante sur la mienne.

J'aurais tellement aimé qu'il entre avec moi, mais ceci devait être une fête pour Bradley et moi. A présent qu'il n'y a plus de Bradley, et rien que moi, il est important que je m'y présente seule.

En l'espace de deux semaines, sur Facebook, ma situation amoureuse est passée de « en couple » à « fiancée », puis, finalement, « célibataire ». Cela mériterait d'être modifié en « c'est compliqué ». Parce que la situation n'est vraiment pas simple. En fait, ils devraient penser à ajouter une option « Joker ».

— Enfin, te voilà! Tout le monde est au jardin. Nous sommes sur le point de commencer.

Ren est magnifique dans sa robe en jacquard à manches courtes.

— Que s'est-il passé? Mama Shaw est dans tous ses états...

Je ne réponds pas, trop occupée à admirer le décor. Le petit repas de famille censé célébrer le début de la grossesse de Ren et mes fiançailles s'est mué en...

— Comme tu peux le voir, elle avait invité absolument tout le monde pour ta fête de fiançailles. Ce devait être une surprise.

Quoi? Pour une surprise, c'est une surprise... L'unique fois où ma mère décide de prêter un quelconque intérêt...

— Hum, Kenz, poursuit Ren en m'entraînant vivement au salon. Tout va bien? Enfin, Grayson m'a raconté, mais...

— Oh! pitié, dis-moi que maman a compris? Ce qui s'est passé avec Bradley, je veux dire. Nous ne sommes plus fiancés. Je l'ai mentionné au passage, mais nous n'en avons pas réellement discuté.

Je secoue la tête, effarée.

— Je lui ai rendu la bague, et...

C'est pire que tout ce que j'avais imaginé. Je ne vais pas seulement devoir affronter l'œil désapprobateur de ma famille, mais le regard de toutes les personnes que je connais.

— Elle a compris, mais je crois qu'il faut que tu saches...

— Kenzi! Eh bien, on a failli t'attendre! Nous pensions que tu...

Ma cousine Ashlen. Une opinion sur tout, elle pourrait maintenir à flot le spa médical de mon père à elle seule rien qu'avec ses injonctions de Botox.

Occupée à diriger un serveur vers la terrasse, ma mère m'aperçoit. Sans prendre le temps de s'arrêter, elle aboie dans ma direction :

— Les cinq minutes sont plus qu'écoulées, Kensington. Nous avons commencé sans toi. Allez, venez.

— Bonjour, maman, dis-je, d'une voix si frêle que je suis sans doute la seule à avoir entendu.

Ren se penche à mon oreille.

— Euh, Kenz, écoute...

— ... Oh! et, on t'a dit, à propos du cousin Jimmy? Suis-je bête, bien sûr...

Ashlen ne nous laissera pas en placer une. Nous prenant chacune par le bras, elle se faufile entre nous et nous guide d'un pas décidé en direction du jardin.

Une bouffée de panique me saisit. Je vais devoir faire une déclaration. *Que vais-je bien pouvoir dire à tous ces gens?* « Oh! pardon, mais je viens de rompre mes fiançailles. Le mariage est annulé, et il est possible que mon ex-fiancé ait engrossé ma soi-disant amie. Mais, je vous en prie, restez, maman a prévu des mini-cornichons. »

Ashlen continue de piailler tandis que nous franchissons les portes coulissantes.

346

— ... Oh! c'est ravissant, n'est-ce pas? J'ai donné un coup de main...

Le jardin est effectivement superbe. Maman y a fait installer des arbustes taillés, ainsi qu'un grand barnum sous lequel trônent deux immenses tables rectangulaires. La toile immaculée flotte dans la brise fraîche tandis qu'une armée de chauffages d'extérieur lutte pour empêcher le froid de pénétrer à l'intérieur. Un trio de musiciens joue même sur la seconde terrasse, à l'abri des arbres.

Un petit rassemblement familial pour Ren, et une fête surprise grandiose pour mes fiançailles. *Pour moi.*

Nous nous écartons pour laisser le passage à un serveur chargé d'un plateau.

— Kenzi, tu m'écoutes? Tu as entendu ce que je t'ai dit? Oh! voilà...

Ashlen nous lâche et file rejoindre une chaise inoccupée à côté de...

Eh merde.

Liza Evans. Enfin, Liza « bientôt Evans-Matison ». Elle est venue avec son fiancé, Ryan. A côté d'elle, sa mère. Elle me salue de la main tandis qu'Ashlen rapproche sa chaise.

Hum, salut... J'agite à mon tour les doigts, sans grand enthousiasme ni bague de fiançailles.

Ren m'attrape par le bras d'une main ferme.

— Ecoute, ce que j'essaie de te dire depuis tout à l'heure...

— Très bien, silence, s'il vous plaît!

Quelqu'un fait tinter un couteau sur un verre. Tout le monde se tourne en direction de la voix aux accents d'hélium.

C'est une blague?

— Eh bien, eh bien! Si ce n'est pas la future madame Bradley Connors, la reine de la fête! clhronne Bethany Chesawit, organisatrice de mariage de choc, et, visiblement, coordinatrice de l'événement d'aujourd'hui.

Bon sang, achevez-moi...

Grayson est assis en bout de table, aux côtés de mon père. Apercevant tante Greta, je souris. Ou, du moins, mon visage se contracte ; j'espère que c'est en un sourire. Tiens, elle a un nouveau cavalier. Celui-ci est mince, dégarni. Je me demande quel est son nom. Maman se tient debout derrière mon père, supervisant les opérations.

Bethany Chesawit nous fait signe d'approcher.

— Asseyez-vous, mesdames. Ren va aller s'installer près de l'heureux futur papa, quant à vous, Kensington, je vous propose d'aller attendre votre charmant fiancé à cette place-ci.

— Il est là-bas ! s'exclame Ashlen en désignant le bar.

Pardon ?

— J'ai essayé de te prévenir, me souffle Ren à l'oreille. Je n'avais aucune idée de ce qui se tramait.

Une drôle d'expression sur le visage, Bradley s'avance vers la table.

— Noooooooon !

Je n'ai rien pu retenir, c'est sorti tout seul.

Un hoquet de surprise collectif agite l'assemblée. Les musiciens s'arrêtent ; *le monde* s'arrête. J'entends presque les têtes se tourner vers moi.

Tout le monde me regarde.

Un large sourire forcé aux lèvres, maman hoche la tête d'un air entendu alors que les regards naviguent d'elle à moi. A la couleur de son visage, je me demande si elle n'a pas cessé de respirer. Comment a-t-elle pu me faire un coup pareil ?

Avec un gloussement haut perché, je tente de me raccrocher aux branches.

— Hum, c'est-à-dire... Noooooon, c'est pas vraiii ?

Bethany Chesawit me dévisage, abasourdie. Liza chuchote à l'oreille de sa mère, nous regardant tour à tour, Bradley et moi.

Je vais mourir.

— Waouh, je m'exclame avec un haussement d'épaules, paumes au ciel. Eh ben, ha ha!

J'agite l'index d'un air malicieux.

— Vous m'avez eue. Bien joué! Oh! tiens, tante Lindy, bonjour. J'aime beaucoup ton petit pull. Toi aussi, Liza. Enfin, ta robe, pas ton pull puisque tu n'as pas de pull... hum...

Mon Dieu, je divague.

Les yeux de Grayson donnent l'impression de vouloir sortir de leurs orbites. Morte de honte, ma mère me fait signe de conclure mon petit discours au plus vite. Elle veut que je me taise?

— Vraiment, maman?

Je lui décoche un regard outré, puis fais face à Bradley.

— Est-ce qu'on pourrait se parler, une minute? A l'intérieur, je précise en désignant la maison.

Bradley balaie l'assemblée du regard.

Je parviens à esquisser un sourire figé.

— Parfait. Super. Eh bien, bye-bye!

Je tourne les talons... et coupe la trajectoire de l'un des serveurs.

Nous nous percutons de plein fouet, bras et jambes entremêlés. Sous le choc, l'homme recule. Son plateau bascule. Les plats glissent. Il chancelle, et la nourriture vole. Les invités glapissent. Le serveur s'écrase sur les genoux d'un homme entre deux âges; la main où il ne faut pas.

Les miennes sont plaquées avec horreur sur ma bouche. Je suis là depuis à peine dix minutes, et... et...

Tante Greta bondit. Papa lève les yeux au ciel. Ma cousine Ashlen rit à gorge déployée. Ma mère, elle, me fusille du regard comme jamais, le visage pourpre, les lèvres pincées. Elle secoue la tête d'un air réprobateur. J'espère qu'elle veut rire! Elle ose être fâchée contre moi? Alors, ça, c'est la meilleure.

La colère réprimée me tord le ventre. Soudain, toute cette tension accumulée lâche et finit par s'exprimer haut et fort.

— Tu te fous de ma gueule, maman?

Argh, oups...

L'équipe Kenzi : moins cent millions de milliards.

23

Love Finally

Bradley s'en est allé. Je l'ai envoyé promener pour de bon. Il ne risque plus de revenir à la charge ; tout est à *mille* pour cent fini entre nous. J'en tremble encore. Mais, enfin, que croyait-il ? Je me demande bien comment il a réussi à convaincre ma mère que nous essayions de régler nos problèmes. Enfin, non, je le sais très bien : elle voulait y croire. Cela peut se comprendre.

Moi aussi, pendant longtemps, j'ai voulu me persuader de la même chose.

Mais, mince, maman !

Cela dit, je ne suis pas si bouleversée que je l'aurais cru face à une situation aussi abominable. Je me sens plutôt gênée, en fait. OK, carrément humiliée. Mais je n'ai pas versé une seule larme. Je fais mes propres choix. Pour la première fois de ma vie, je suis seul maître à bord. J'ai pris ma décision à propos de Bradley et je choisis de faire confiance à Shane. Plus important encore : je choisis de me faire confiance *à moi*.

Ding, ding, ding, ding ! Plus un point pour l'équipe Kenzi.

— Kensington ?

Les cheveux de Greta sont toujours flamboyants, mais

d'un rouge un peu plus foncé. Je n'avais pas remarqué, avec tout cela.

Ren se tient derrière elle. Je me contente de leur faire un petit coucou de la main, incapable d'ouvrir la bouche.

— Très réussi, ton discours, ma belle, me félicite tante Greta avec un sourire goguenard.

Une réplique de *Bridget Jones* me revient à l'esprit :

— Je suis aussi disponible pour les bar-mitsvah et les baptêmes.

Bientôt imitée par ma tante et ma belle-sœur, j'émets un petit rire.

Ne semblant pas saisir la référence, Ren renchérit :

— Le moins que l'on puisse dire, c'est que tu sais soigner tes entrées.

— Désolée d'avoir gâché ta fête...

Elle me fait signe que ce n'est rien et me donne un petit coup d'épaule complice.

— Ne t'inquiète pas pour ça.

Tante Greta me passe la main dans le dos.

— Tout ce qui nous importe pour l'instant, c'est que tu ailles bien. Tu tiens le coup ?

J'esquisse un léger sourire.

— Tu sais quoi ? Je crois que oui... je vais mieux.

Ou, du moins, j'y travaille.

Tante Greta m'observe depuis l'autre côté de la table avec une discrétion toute relative. Si je fais de mon mieux pour entretenir la conversation, je peine à rester concentrée. C'est comme si le désastre de tout à l'heure n'avait jamais eu lieu. Ni Bradley, ni serveurs qui volent, ni discours. Ma vie décousue est de nouveau sur les rails et fonce à toute allure vers de nouveaux horizons. J'ajoute une cuillerée de sucre à mon thé. Je suis un peu sonnée, mais *je tiens le coup*.

Mon père se tourne vers moi, appuyé sur un coude.

— Dis-moi, Kensington, comment cela se passe à l'agence ? J'ai entendu dire que tu avais un nouveau client ?

Stupéfaite, je le regarde, la cuillère suspendue à mi-chemin entre ma tasse et le sucre. Fait-il allusion au restaurant de Shane ? Certes, je suis désormais au courant qu'ils ont déjeuné tous les deux, toutefois pourquoi amener le sujet sur le tapis maintenant ?

— Oui, en effet. Je travaille sur un nouveau concept de restaurant sur le thème du cinéma.

Ma voix est hésitante, aussi je m'en tiens là et continue de sucrer mon thé. Je décoche un regard furtif à ma mère.

Voyant qu'elle dit quelque chose, je feins un sourire. Enfin, il me semble que je souris. Je pense à un sourire, en tout cas. Je me laisse aller contre le dossier de ma chaise et sirote mon thé. *Ouh, je n'y suis pas allée de main morte, sur le sucre.*

La nouvelle conquête de Greta se prénomme Rolly. S'essuyant la bouche dans une serviette bleue, il se tourne vers moi.

— La banque songe à de nouveaux projets marketing. Nous pourrions peut-être en discuter... qu'en pensez-vous, Kenzi ?

Avec un sourire, tante Greta plonge le nez dans son verre.

— En voilà une idée fantastique, Rolly !

— Je croyais que tu avais démissionné ? me demande maman.

Penchée au-dessus de la table, elle ne fait pas le moindre effort pour cacher sa déception.

— Tonya a appelé hier soir, pensant que tu serais peut-être ici. Tu ne répondais pas à ses messages. Elle s'inquiète.

Ren s'intéresse soudain à la discussion.

— Comment cela ? Vous parlez toujours à Tonya ? Je croyais...

— Simple malentendu, rétorque vivement ma mère avant de lui demander de lui passer la sauce.

Je m'éclaircis la voix. *Je peux le faire...*

— Cela n'a jamais rien eu d'un malentendu, maman. Ce qu'a fait Tonya est on ne peut plus clair. Et, non, je n'ai pas démissionné.

Je cherche le regard de mon père, qui m'encourage d'un petit signe du menton.

C'est tout ce dont j'ai besoin.

— Je me mets à mon compte. Je mènerai mes projets en cours depuis chez moi, tout en élaborant mon projet d'entreprise pour mon futur studio.

Carrant les épaules avec fierté, je la regarde droit dans les yeux.

— J'ai déjà décroché un contrat.

— Et peut-être bientôt deux, déclare Rolly avec un grand sourire.

Il me plaît, ce Rolly.

Grayson me dévisage, ébahi.

— Tu as déjà trouvé un client ? Qui est-ce ?

J'ignore ce qu'il adviendra du contrat de Shane quand j'aurai quitté l'agence, mais il m'a promis de m'engager ; pour de futurs projets, peut-être ? Avec une grande inspiration, je me lance.

— Eh bien, la ferme de Shane Bennett, pour commencer.

Ma mère souffle avec une moue de dégoût. A l'idée de Shane ou de la ferme ? Difficile à dire.

— J'avais oublié que sa famille possédait une ferme. Les deux, probablement.

— Si, et il est en train de lancer un resto-ciné, concept qu'il aimerait développer pour en faire une chaîne. L'établissement-pilote se situe sur la propriété. C'est vraiment chouette. C'est tout près de La Porte, un coin assez touristique, tu te rappelles ?

Sans détacher les yeux des siens, j'avale une bouchée.

Les battements de mon cœur se font de plus en plus anarchiques.

— J'aime beaucoup les fermes, intervient Rolly. Surtout les animaux. Ont-ils des chevaux ? Un animal tellement intelligent, le cheval...

Cherchant du soutien dans le regard de papa, Grayson y va aussi de son avis :

— Comment comptes-tu rester à flot avec un unique client, Kenzi ? Ce n'est pas envisageable.

Une serveuse remplit de nouveau le verre de Greta ; celle-ci la remercie, puis s'adresse à Rolly :

— En réalité, les porcs sont encore plus intelligents que les chevaux. Mais il ne me semble pas qu'ils aient des bêtes, Rol.

Mon père se tourne vers Grayson.

— Je suis certain qu'un premier contrat avec le *Carriage House* sera suffisant pour lui mettre le pied à l'étrier. Et puis nous pourrons lui confier tout le travail d'infographie du spa.

Mon visage se fend d'un large sourire.

— Tu ferais ça ?

— Bien sûr. Et tu as intérêt à me faire des prix !

Rolly se tamponne les lèvres, avec une serviette rose, cette fois.

— Saviez-vous que les cochons sont des bêtes très propres ? Leur supposée saleté, c'est du vent.

Je trouve ma mère bien silencieuse... Inutile d'essayer de la convaincre qu'elle avait tort. Ce serait parler dans le vide. Je ne la changerai pas. En revanche, je peux contrôler mes propres réactions.

— Cette fête était réellement très réussie, maman.

Même si l'intention était quelque peu douteuse.

— C'est... c'est vraiment quelque chose.

Tante Greta s'agace.

— A aucun moment je n'ai insinué qu'ils étaient

sales, Rolly. J'ai dit qu'ils étaient malins. Les cochons sont très intelligents.

L'expression glaciale de ma mère fond sous mon compliment. C'est maman... Elle accordera toujours la plus grande importance aux apparences. C'est ainsi qu'elle perçoit le monde.

Pas moi.

— Oh! je te remercie, c'est gentil! Je suis contente que tu voies que j'y ai mis du cœur. Je n'étais pas sûre de ce qu'il valait mieux servir : poisson ou poulet, mais tout le monde a eu l'air d'apprécier le poulet.

Rolly se penche vers moi.

— Ils en ont, des poulets?

Le nez dans mon verre d'eau, je croise le regard de Ren. Elle lève les yeux au ciel, avec un grand sourire communicatif. On dirait bien que nous pensons toutes les deux la même chose : ils sont tous barges. Mais c'est notre famille. Et c'est tout ce qui compte, au fond.

Dans *30 ans sinon rien*, Jenna n'aspire qu'à avoir la trentaine, être sexy et épanouie. Déçue par la réalité de ce qu'elle est devenue, elle se voit néanmoins accorder une nouvelle chance. L'occasion de tout recommencer à zéro.

Je n'ai pas encore tout à fait la trentaine, et ma vie n'est pas particulièrement épanouie, par contre, j'ai moi aussi une chance de repartir du bon pied. Enfin.

Nul besoin de poussière de rêve. Seulement d'un peu de courage.

Ren et Grayson sont encerclés d'une montagne de paquets ornés de rubans bleus et roses. Assis à la table principale, ils ouvrent les cadeaux de la famille, pendant que les invités se délectent de mignardises. Je ne peux m'empêcher d'avoir un petit pincement au cœur.

Les mains pressées l'une contre l'autre, ma mère piétine d'impatience en attendant de découvrir la réaction de

Ren face au cadeau *si spécial* que lui apporte Bethany Chesawit. Celui-ci n'est pas emballé : il s'agit du sac à langer Gucci dont elle m'avait parlé, plein à craquer de petits cadeaux pour le bébé.

— Oh! merci, Mama Shaw!

Elles s'étreignent, les larmes aux yeux. Chacun s'émerveille de la générosité, du bon goût et de la prévenance de ma mère. On se passe le sac, on s'extasie. *Il est vrai que c'est un très beau sac à langer.*

Le suivant est emballé d'un papier vert décoré de minuscules parapluies.

— Celui-ci est de la part de... Ashlen, déclare Ren en défaisant le paquet.

Elle dégage ensuite avec délicatesse l'objet de sa boîte.

— Oh! une tirelire en forme de tortue! Elle est tellement chou. Merci Ashlen.

Je fronce les sourcils. Je l'avais pourtant retirée de la liste, cette tortue en argent! Peut-être a-t-elle tout simplement tapé dans l'œil d'Ashlen?

Le présent suivant est une autre tirelire. Un ours en céramique que je suis sûre et certaine de ne pas avoir entré dans le scanneur. Il ne ressemble à rien.

— On n'en a jamais trop!

Le sourire trop grand de Ren ne se reflète plus dans son regard. A mesure que les cadeaux défilent, il se fait de plus en plus figé et forcé.

Un gémissement sourd s'élève de ma poitrine. Je jette un coup d'œil alarmé à Greta, qui tente visiblement de déchiffrer mon expression. Depuis l'autre bout de la table, je mime : « C'est moi qui ai ajouté ces cadeaux à sa liste de naissance, mais je pensais les en avoir retirés... »

— Quoi? chuchote-t-elle, bien que hors de portée de voix.

Ren se saisit d'un nouveau paquet et en tire... *des cintres pour bébé en plastique?* Un nœud se forme au creux de mon ventre. L'espace d'un bref instant, Ren semble horrifiée. Puis elle retrouve le sourire. Non... elle a toujours l'air horrifiée.

J'essaie désespérément de me souvenir de ce qui a pu se passer, ce jour-là. Je me rappelle très bien effacer certains articles et en scanner d'autres à la place. J'avais ajouté de splendides draps pour berceau de luxe, des petits vêtements dans des teintes non genrées, comme le jaune et le vert, et même un couffin couleur cerise.

— J'avais tout remis en ordre, je chuchote par-dessus la table.

Greta me fait signe de répéter, haussant les épaules sans saisir un mot de ce que je lui raconte.

Nous tenons à présent une véritable conversation silencieuse au-dessus de la table. Je ne comprends pas ce qui a pu arriver. *Oh... oh non, mince !* Shane. Shane est arrivé. Et la vendeuse de chez Fossie nous a chassés.

— Shane, je mime exagérément à l'adresse de ma tante.

Celle-ci camoufle un éclat de rire derrière une quinte de toux.

Je me précipite auprès de Ren pour lui souffler à l'oreille :

— Je n'ai pas sauvegardé. J'ai ajouté des articles par accident ; je voulais te prévenir, et puis ça m'est sorti de la tête. J'ai tout remis en ordre par la suite, seulement, j'ai oublié de sauvegarder. Je suis tellement désolée, Ren... J'irai tout rendre, c'est promis. Je t'en supplie, ne sois pas trop en colère...

Médusée, Ren parvient néanmoins à décocher un semblant de sourire lorsque Grayson lui tend le dernier cadeau. Tout en retirant prudemment le papier jaune pâle qui recouvre le paquet, elle continue de me lancer des regards interloqués.

Tante Greta s'avance, appareil-photo à la main.

— Celui-ci est de ma part !

Ren repousse le papier de soie et son visage se crispe, entre sourire et moue de dégoût.

L'objet qu'elle sort de la boîte m'arrache un hoquet d'horreur.

Clic clac! Le flash de l'appareil de tante Greta nous éblouit.

Il s'agit du monstre-cochon vert et rose, avec ses yeux globuleux. Les deux paumes plaquées sur la bouche, j'entends Greta actionner le déclencheur *Clic clac, flash!* alors que Ren contemple effarée la chose ignoble entre ses mains.

Puis elle redresse la tête, nous dévisage tour à tour et éclate d'un grand rire.

Tout le monde l'imite bientôt.

— Ne t'avise pas d'aller le rendre, celui-là! prévient tante Greta, déclenchant une nouvelle vague d'hilarité.

Soudain, la sonnette de l'entrée retentit.

Trop heureuse d'avoir enfin une bonne raison de m'éclipser, je me propose précipitamment pour aller ouvrir. Comme je remonte vers la maison, je croise le serveur que j'ai renversé un peu plus tôt. Celui-ci fait trois grands pas de côté afin de m'éviter. Je lui décoche une œillade faussement assassine. *Très drôle.*

Parvenue à la porte, je l'ouvre en grand.

Shane?

L'incompréhension me gagne. Il ne devrait pas être là. Nous en avons discuté. J'ai besoin de temps pour moi. Je sors sur le perron et referme derrière moi.

— Qu'est-ce que tu...

Il presse un index contre ses lèvres. Tout à coup, je remarque les pancartes qu'il tient à la main.

— Shane, tu n'as rien à f...

De nouveau, il me fait signe de me taire. Il retourne ses feuilles cartonnées, et je découvre ce qu'il y a d'écrit.

« Ne dis pas que c'est une chorale de Noël... »

— Hein? Pourquoi est-ce que je...

Oh. J'ai compris.

Love Actually.

Il aurait pu mieux choisir son moment ! Et le lieu... Du coin de l'œil, je vois les rideaux bouger. Quelqu'un nous espionne.

Changeant de panneau, Shane captive de nouveau toute mon attention.

Il s'agit de la scène entre Juliet et Mark. Fou amoureux de la jeune femme, mais conscient que ce n'est pas réciproque, Mark se tient devant sa porte et lui avoue ses sentiments dans une série d'affiches. Le film se déroule à l'époque de Noël, d'où son idée de faire dire à Juliet qu'il s'agit d'une chorale de Noël venue frapper à la porte. Mon cœur bat la chamade tandis qu'il dévoile le deuxième message.

« L'an prochain, avec un peu de chance... »

Dans le film, la pancarte suivante est couverte de photos de top models et proclame : « je sortirai avec l'une de ces filles », car Mark sait qu'il ne pourra jamais conquérir Juliet. Celle de Shane, en revanche, ne comporte pas de photos. Il ne suit pas le script. Excellente stratégie. Je lui souris.

« ... cette fête sera la nôtre... »

La nôtre ? Serait-il en train d'évoquer une éventuelle fête de fiançailles ? Je lève les yeux, sur des charbons ardents. Un frisson me parcourt de bas en haut, et il passe à l'affiche suivante.

« ... et je serai convié à y participer. »

J'explose de rire.

« En attendant, je veux te dire... »

Tout sourires, je me mordille la lèvre en attendant impatiemment la suite. Mon regard navigue entre ses yeux et sa pancarte.

« ... je t'aime, Kensington. »

Alors que je lis et relis ces mots, je sens un immense sourire de bonheur étirer mes lèvres.

Il m'aime. Shane Bennett m'aime.

La respiration anarchique, je défaille, mais Shane me

fait signe que ce n'est pas terminé. *Ce n'est pas tout ?*
Je suis sur le point de sombrer et je n'ai rien à quoi me
raccrocher.

« J'aimerais un rendez-vous. »

La tête légèrement inclinée de côté, il semble m'interroger du regard, les yeux pleins d'espoir.

« Saint-Valentin. New York. Je t'attendrai au sommet
de l'Empire State Building à la tombée du jour. »

Dans ses yeux, je retrouve un peu du garçon que j'ai
connu. Un jeune homme plein de fougue avec de grandes
idées. Shane abaisse ses pancartes. Cette fois, ce n'est
pas le garçon qui m'invite à le rejoindre en haut d'une
tour ; c'est l'homme. L'homme qu'il est devenu.

L'homme que j'aime.

Je fais « oui » de la tête, un sourire ruisselant de
larmes aux lèvres.

La porte s'ouvre dans mon dos.

— Kensington ? Qu'est-ce que…

Mon père dévisage Shane un instant, puis son regard
se pose sur moi.

Shane ramasse très vite les pancartes sous son bras.

— Monsieur Shaw, c'est un plaisir de vous revoir.

— Shane, répond papa en acceptant de serrer la
main qu'il lui tend.

— Kensington, tu ne veux pas rentrer voir si Ren
ou ta mère a besoin d'aide ?

Je regarde les deux hommes tour à tour.

— Euh, je…

Mon père insiste d'un mouvement du menton. *Très
bien…* Sans quitter Shane des yeux, je recule, puis mon
père me claque la porte au nez.

Mince… Que compte-t-il lui dire ? Que faire ? Me
précipitant à la fenêtre du salon, je découvre Ren derrière
les rideaux, sa peluche hideuse toujours dans les bras.
Je savais bien qu'il y avait quelqu'un !

— Oh là là, Kensington !

Elle se pousse pour me laisser la place, mais continue d'espionner ce qui se passe par-dessus mon épaule.

Nous voilà toutes les deux englouties derrière les tentures des fenêtres, seuls nos pieds dépassent. Ce qui doit être un spectacle étrange depuis le salon.

Mon père nous tourne le dos, et l'on n'aperçoit de Shane que son crâne. Mon père s'exprime à grand renfort de moulinets, mais je n'ai pas la moindre idée de ce qu'il raconte. Tout ce que j'entends, c'est Ren à mon oreille :

— Et ces pancartes ? Tellement romantique, mon Dieu ! J'en ai pleuré, dit-elle, la main posée avec délicatesse sous sa gorge. Nous savions bien...

Je fais volte-face.

— Quoi ? Qu'est-ce que vous saviez ?

— Eh bien, entre Bradley qui ne cessait d'appeler à la maison, Shane qui avait parlé à ton père... tu sais que Grayson et lui discutent beaucoup.

Elle hausse les épaules.

Les mots me manquent. Je n'en crois pas mes oreilles.

Brusquement, nous sursautons. Quelqu'un a vivement tiré le rideau derrière nous. Je porte la main à mon cœur. *Ashlen.*

— Qu'est-ce que vous fichez là, toutes les deux ?

Ren et moi échangeons un regard entendu : ma cousine n'a jamais su tenir sa langue.

Ren s'avance, son cochon bicolore sous le bras.

— Oh ! rien du tout. Simple discussion entre filles. Nous étions sur le point de retourner nous asseoir, n'est-ce pas, Kensington ?

Je jette un dernier coup d'œil dehors. Papa a rangé ses mains dans ses poches, et c'est au tour de Shane de remuer la tête.

Ashlen passe un bras au creux de mon coude, et nous prenons la direction du jardin.

— Fantastique. J'ai changé de place pour venir

près de vous. Liza m'a agacée. Elle était persuadée que Bradley était anglais. Quelle idiote !

Je ne l'écoute plus. Shane m'aime. Papa est en train de discuter avec lui. Ren est adorable avec moi. Toute la famille était au courant de ce qui se passait. Peut-être pas en détail, mais...

Mon cœur fait un bond au bruit de la porte d'entrée qui s'ouvre. Shane est toujours sur le perron. Un sourire fouineur aux lèvres, Ashlen étudie Shane, avant de nous regarder tour à tour.

— Ren, Ashlen, pourquoi ne retourneriez-vous pas vous amuser dehors ? leur demande mon père.

Ce n'est pas une suggestion.

— Shane, j'imagine que nous allons nous revoir très vite ? Nous brunchons en famille un dimanche par mois. Nous serions ravis de vous accueillir.

— Oui, j'espère bien vous revoir plus souvent et j'adorerais passer, un dimanche. C'est gentil à vous.

Sur une dernière poignée de main à Shane, mon père retourne au jardin, m'adressant un clin d'œil au passage.

Un clin d'œil ?

— Je reviens tout de suite, dis-je.

Shane et moi nous arrêtons au beau milieu de l'allée qui mène à la maison, et il me prend la main.

— Qu'as-tu raconté à mon père ?

Shane me sourit.

— Je l'ai informé de mes intentions vis-à-vis de sa fille, tout en précisant que, si je préférerais avoir sa bénédiction, je n'ai en réalité besoin que de la tienne.

Je lui offre un grand sourire — sans doute niais. Papa l'a invité à nos repas de famille. Il m'aime. Nous avons rendez-vous à la Saint-Valentin.

Soudain, un crachotement, suivi d'un jet d'eau glacée.

Je pousse un hurlement.

En quelques secondes à peine, nous sommes trempés

jusqu'aux os. Sous le choc, nous échangeons un regard et éclatons de rire.

Au printemps dernier, mon père a fait installer un système d'arrosage automatique ultra-performant. Les jets se mettent en route en un temps record. Maman a dû omettre de désactiver le programmateur pour l'avant de la maison.

Lâchant ses pancartes, Shane m'attire à lui et m'enveloppe de ses bras.

— On l'aura finalement eu, notre instant *Bridget Jones*, me souffle-t-il.

— Ha, ha ! Il est possible que j'aie recréé ma propre scène toute seule, l'autre jour déjà.

Shane se penche pour m'embrasser. Dressée sur la pointe des pieds, les mains en coupe autour de ses joues, j'accepte son baiser de mes lèvres mouillées. Son ombre de barbe crisse sous mes doigts. Doucement, je repose les talons au sol. Puis je m'écarte pour déclamer la réplique de Bridget :

— Mais, dis-moi... Les types bien élevés n'embrassent pas comme ça.

Il éclate d'un rire rauque.

— Et encore, tu n'as pas tout...

Je ne le laisse pas terminer sa phrase et attrape ses mots du bout des lèvres. Attention : bombe de bonheur à retardement ! Je pourrais bien exploser à tout moment en une pluie de confettis de joie. *Pouf!* Plus personne.

J'entends ma mère crier à Ren de couper l'arrosage. Ma famille tout entière nous espionne depuis le pas de la porte. Tante Greta et Ashlen pleurent de rire. Papa arbore un grand sourire. Maman semble crispée. Elle s'inquiète probablement de ce que vont penser les gens. Enlacée dans les bras de Grayson, Ren agite la patte de son monstre en peluche en guise de coucou. Derrière tout ce petit monde, Rolly lève les deux pouces avec enthousiasme.

Ding, ding, ding, ding! Je viens de décrocher le jackpot. L'équipe Kenzi : peut cesser de compter les points !

J'observe Shane sans pouvoir contenir mon bonheur. Boucles humides collées au front, gouttes d'eau perlant à sa barbe de trois jours, il me couve d'un regard moucheté d'or qui me réchauffe le cœur. Resserrant son étreinte, il me soulève pour un autre baiser.

Nous avons réinterprété toutes les scènes de « L'Amour comme au cinéma » — à l'exception d'une seule, qui nous ramène là où tout a commencé.

Mais ce n'est pas terminé.

Car la vie n'est pas un film.

C'est beaucoup mieux.

Épilogue

Quand Shane rencontre Kenzi

Je ne suis pas très rassurée en avion. Alors, histoire de me détendre et de passer un peu le temps, je regarde *Nuits blanches à Seattle*. J'en suis à la scène où Annie, le personnage de Meg Ryan, est en train de visionner *Elle et Lui*. C'est là que son amie Becky lui sort ma réplique préférée : « Tu ne veux pas vraiment aimer, tu veux aimer au travers d'un film. »

Puis elle demande à Annie si elle peut lire la lettre qu'elle est en train d'écrire à Sam. C'est Becky qui suggère qu'ils se rencontrent au sommet de l'Empire State Building le jour de la Saint-Valentin. Becky, encore, qui envoie ladite lettre.

Ellie a été l'alliée de Shane depuis le début. C'est aussi elle qui m'a aidée à organiser ce voyage pour rejoindre Shane à New York. Je me demande si elle n'est pas aussi excitée que moi. Car, tout comme Becky, elle aspire à ce dont on rêve tous : *la magie*.

— Mesdames et messieurs…, annonce une voix dans le haut-parleur.

Le voyant indiquant d'attacher les ceintures s'allume, et la voix nous demande d'éteindre tout appareil électronique, ainsi que de bien vouloir rester à notre place jusqu'à l'atterrissage.

Je vérifie que ma ceinture est bouclée et repère où sont rangées mes affaires. J'ai mal aux tympans tandis que nous amorçons la descente. Le soleil est déjà bas sur l'horizon, c'est comme si la Grosse Pomme était recouverte d'un voile poudreux. Je me penche au hublot et regarde la silhouette de Manhattan se préciser. C'est mon tout premier voyage à New York. C'est impressionnant, tous ces buildings : on n'en voit pas le bout.

Trois mois se sont écoulés depuis que Shane est venu me déclarer sa flamme sous le porche de mes parents. Pas un coup de fil, aucun chat Facebook et zéro mail. Rien. Bien sûr, c'est ce que j'avais demandé. Un peu d'espace, le temps de me retrouver, mais...

Et s'il avait changé d'avis ?

Nous étions censés nous retrouver le soir de la Saint-Valentin, à la tombée de la nuit, comme dans le film. Seulement — comme dans le film — je suis en retard. Mon vol a été retardé de deux heures en raison de la météo épouvantable à Indianapolis.

J'ai tellement hâte de lui raconter tout ce qui s'est passé depuis notre dernière rencontre ! En plus du spa de mon père, je peux désormais compter deux autres petites entreprises parmi mes clients. Shane étant toujours sous contrat avec Safia pour le *Carriage House*, Clive m'a engagée à titre de contractuelle pour terminer le travail, ce que j'ai fait. J'ai toujours bon espoir de pouvoir effectuer les fresques.

Quatre de mes toiles sont exposées dans une galerie locale, et deux viennent d'être vendues. L'une était inspirée d'une petite fille croisée au parc, l'autre représentait la vue depuis la fenêtre du cottage de Shane : un paysage vallonné baigné de soleil dans les teintes or et ocre.

Je n'ai pas non plus reparlé à Bradley ni à Tonya. Ellie, elle, travaille toujours à l'agence, mais a commencé à chercher un autre emploi; d'après elle, l'ambiance est tendue. Bradley bosse comme un forçat et évite de se faire remarquer. Enceinte jusqu'aux yeux, Tonya est passée à la concurrence, tandis que Clive est en pleine procédure du divorce numéro deux. Il aurait exigé un test de paternité.

— Voilà l'Empire State Building, m'indique la femme assise à mes côtés. Ils mettent toujours un éclairage spécial en place pour la Saint-Valentin, vous voyez?

Où ça? Ah, là, un grand gratte-ciel dont les derniers étages sont illuminés d'étincelles blanches et roses.

— Celui-là, là-bas?

Ma voisine sourit. Je m'imaginais sans doute un gros cœur, comme dans *Nuits blanches à Seattle.* Mes oreilles se bouchent de nouveau à mesure que nous perdons de l'altitude. L'appareil amorce un virage. *Beurk,* l'avion ça n'est vraiment pas mon truc. J'ai mal au cœur.

Paupières closes, j'essaie de me distraire en m'imaginant la carte du vol. Zoom arrière. Les pointillés apparaissent, formant un arc d'Indianapolis à l'aéroport sous nos pieds. L'effet n'est pas aussi spectaculaire que dans le film, nous ne sommes pas si loin.

Pour arriver à mon rendez-vous, je dois encore traverser tout Midtown. L'Empire State Building est à moins de quinze kilomètres de l'aéroport, mais, selon la circulation, le trajet peut prendre entre vingt et quarante minutes. J'ai vérifié sur Google.

Avec un grand fourre-tout pour seul bagage, je devrais gagner du temps. J'ai également commandé sur Internet un pass express pour l'observatoire panoramique du 85e étage, afin d'éviter les queues au guichet et à l'ascenseur. Reste le contrôle de sécurité, auquel je ne pourrai pas couper.

Pourvu qu'il ne s'imagine pas que je suis revenue sur ma décision...

Mon chauffeur de taxi m'assure que la circulation n'est pas trop mauvaise, mais qu'entend-il par là ? Il y a des voitures et des piétons à perte de vue ! J'ai soudain la sensation de débarquer de la campagne ; je ne suis pas du tout dans mon élément. Je consulte l'heure sur mon téléphone. Il est 18 h 15. Le soleil se couchait à 17 h 30. Cela aussi, je l'ai vérifié sur Google. J'envoie un SMS à Ellie :

Toujours dans le taxi. Vol retardé. Je flippe !

Le voilà ! L'Empire State Building. Dans l'espoir d'apercevoir le sommet à travers le pare-brise, je me penche entre les deux sièges avant. Peut-être un peu trop, je souffle quasiment dans l'oreille de mon chauffeur !

— Pardonnez-moi.

Je tente ma chance par la vitre arrière. *Pourquoi n'avançons-nous plus ?* Nous sommes à l'arrêt. Devrais-je bondir hors du taxi, comme le fait Meg Ryan ? Mon cœur bat à cent à l'heure. *Moi aussi, je veux aller à cent à l'heure !* Je devrais faire le reste du chemin en courant.

— Hem, excusez-moi...

La voiture redémarre. Nous avançons de nouveau. Bon, le taxi reste sans doute la meilleure solution. A vrai dire, il fait plutôt gris et froid dehors... *Nous y sommes presque !* Mon impatience est telle que je ne peux m'empêcher de me trémousser sur mon siège.

De mon sac, je sors mon pass, ainsi que de quoi payer la course. A peine le chauffeur a-t-il commencé à ralentir que je lui tends déjà mon argent.

— Merci !

Je saute sur le trottoir et me voilà en mode marche sportive. L'humidité et la fraîcheur de l'air me glacent jusqu'aux os, mais, au moins, il n'y a ni neige ni pluie. *Ne pleuvait-il pas, dans le film ?* Impossible de me souvenir. Je me joins au flot régulier de personnes pénétrant dans le bâtiment. *Comment se fait-il qu'il y ait tant de monde ?*

Bien. J'y suis. Wouah ! c'est grandiose. Art déco et marbre du sol au plafond. Littéralement. Et un drapeau américain de chaque côté de l'entrée. Où sont les ascenseurs ? Je montre mon billet à un homme en uniforme.

— C'est un pass express, est-ce que...

Jetant un coup d'œil au ticket, il m'indique la troisième queue. Il y a quand même un peu de monde. Ce sont les contrôles de sécurité qui créent des bouchons. Je regarde l'heure : 18 h 30.

Que ferai-je si Shane n'est pas au rendez-vous ? Ces trois derniers mois, j'ai dormi avec ma vieille photo de lui sur ma table de nuit. Il est de nouveau le premier visage que j'aperçois au matin ; le seul que je veuille voir au réveil. Il me manque. Je l'aime tellement... Je ne le lui ai encore jamais dit. Et s'il ne m'en était finalement jamais donné l'occasion ?

Un texto. Ellie.

Bientôt arrivée ?

Je réponds avec précipitation :

Suis à l'intérieur. Coincée au niveau de la sécurité.
Toujours flipp...

Je n'ai pas le temps de terminer mon message : c'est à moi. L'agent de sécurité me rend mon sac à main, et je récupère le fourre-tout qui me sert de bagage. Les valises ne sont de toute façon pas autorisées dans le bâtiment. Oui, ça aussi, je l'ai recherché sur Google.

Je me rue dans l'ascenseur. Allez, allez, allez... Nous sommes serrés comme des sardines. Les portes se ferment, et c'est parti.

Au démarrage, mon estomac semble un instant

suspendu en apesanteur. Noyée dans le brouhaha, une voix nous souhaite la bienvenue à l'Empire State Building en diverses langues. Les chiffres lumineux bondissent de 2 à 10. *La vache!*

Vingt... Trente... *cinquante étages!* Un homme près de moi affirme que le trajet complet de l'ascenseur ne dure qu'une minute environ. *Une minute?* C'est encore trop long! Soixante-six... soixante-dix... A présent, les numéros s'affichent un à un; l'ascenseur ralentit. Soixante-dix-huit... soixante-dix-neuf... quatre-vingts! Plus que cinq...

Les portes s'ouvrent, et je me précipite au-dehors. Une plaque de métal nous souhaite la bienvenue sur la plate-forme panoramique. Je cherche frénétiquement Shane des yeux, scrutant les visages qui m'entourent. *Où est-il?* Je me fraie un passage au cœur de la promenade intérieure, puis commence à faire la queue pour accéder à l'extérieur.

Oh! *waouh.*

Je me laisse momentanément distraire par les éclairages étincelants. Tant de lumière... Me faufilant entre deux touristes, je me penche pour regarder par-dessus le mur de ciment. Le temps a beau être au brouillard, la visibilité s'étend bien au-delà du fleuve Hudson, jusqu'au cœur de Jersey City. A côté de moi, un homme désigne le Chrysler Building à sa femme. Au loin, un hélicoptère vole, bien plus bas que nous. C'est une drôle de sensation, mais à l'exception des bavardages le lieu est très calme, presque paisible.

Je me rappelle soudain que je suis à la recherche de Shane.

Je pivote sur moi-même et reprends le tour de la promenade. Je préviens Ellie :

Je suis enfin en haut, mais je ne le vois nulle part!

Où peut-il bien être? *Là, un homme aux cheveux bruns!* Je hâte le pas et… *ce n'est pas lui.* J'ai fait la moitié d'un tour, et toujours pas de Shane. Il y a tant de monde… Pourtant, beaucoup plus spacieux que je me l'étais imaginé, l'endroit grouille de touristes. Me voilà revenue au point de départ. De plus en plus inquiète, je décide de refaire un tour.

Nouveau SMS à Ellie :

Je ne le trouve pas! J'ai pourtant fait tout le tour.

La réponse est immédiate :

Ne te décourage pas. As-tu pensé à surveiller les ascenseurs?

L'idée n'est pas bête. Je vais me poster vers l'entrée principale. Là, je pourrai observer chaque nouvel arrivant, ainsi que chaque visiteur prenant la direction de la sortie. Remontant le col de mon manteau, je croise les bras sur ma poitrine et rentre le menton pour me protéger du vent frais. Un couple déambule, main dans la main. Ils sont loin d'être les seuls. Après tout, c'est la Saint-Valentin. *Shane s'est peut-être vraiment ravisé?* Cette idée me vrille le ventre. Je ne crois pas être en mesure de survivre à une autre déception un jour de Saint-Valentin. Je jette un coup d'œil à l'heure sur mon téléphone.

Il est si tard. *Trop* tard.

Un crépitement déchire l'air au-dessus de nos têtes. Comme tout le monde, je regarde en l'air. *Que se passe-t-il?* Le son semble provenir de haut-parleurs. Une légère musique s'élève, suivie de… la voix de Tom Hanks?

« *C'est vous?* »

« *C'est moi* », répond la voix de Meg Ryan.

— C'est *Nuits blanches à Seattle!* je m'écrie.

Une femme près de moi me dévisage d'un drôle d'air, mais finit par se tourner vers son amie pour le lui répéter.

Ils diffusent le film dans les haut-parleurs ?

— J'adore ce film, déclare une autre femme.

— C'est peut-être une animation pour la Saint-Valentin, lance quelqu'un d'autre.

Les gens échangent des regards, ainsi que des théories. Les yeux hagards, je scrute la foule, en vain. La scène continue de jouer dans les haut-parleurs :

« *Faut qu'on y aille*, dit Sam, le personnage de Tom Hanks. *On y va ?* »

Make Someone Happy démarre, ses *pling, pling!* guillerets si célèbres signalant la fin du film. Le son enfle : *bomp, bomp!... bomp, bomp!*

A côté de moi, les gens tendent le cou et regardent autour d'eux.

It's so important to make someone happy...

— Oh! s'exclame la foule en chœur.

Je me penche pour mieux voir. Deux couples se sont spontanément mis à danser. Un autre les rejoint, puis encore un autre.

— C'est un *flash mob*! s'écrient plusieurs voix.

C'est la première fois que j'assiste à une animation de ce genre. Des danseurs de tous âges semblent avoir été délibérément disséminés tout autour du poste d'observation. D'autres couples se mettent à virevolter au rythme du morceau de légende.

Make just one someone happy...

Je recule pour leur faire de la place, hilare. *C'est vraiment génial!* J'aurais aimé que Shane soit là pour profiter de ce spectacle avec moi. Beaucoup se sont armés de leurs téléphones et filment la scène. Je devrais peut-être...

Est-ce mon prénom que je viens d'entendre ? Je me retourne, mais ne vois personne. *Là, encore!* Je m'écarte et scrute le bataillon de danseurs. Celui-ci se sépare soudain en deux groupes, dévoilant un petit garçon brun en manteau rouge, un sac jaune et rouge sur le dos.

Impossible.

Il s'arrête devant une dame souriante et tire sur son manteau.

— Excusez-moi, êtes-vous Kensington ?

Mon cœur fait un violent bond dans ma poitrine. J'ai forcément entendu de travers... *quoique, et si... ?* Mes yeux me picotent déjà, je suis à deux doigts de verser une larme. *Non, je n'y crois pas.*

Le garçonnet me tourne le dos, et je dois me baisser pour apercevoir son manège, derrière les danseurs. Il parle avec une brune aux cheveux courts. Je n'entends pas ce qu'ils se disent, mais la femme secoue la tête. Les yeux rivés sur lui, sourire aux lèvres, chacun y va de son petit commentaire. Les danseurs continuent de valser autour de lui, donnant l'impression de l'accompagner.

Le voilà qui... *mince !* Il arrive droit sur moi.

— Excusez-moi, êtes-vous Kensington ?

Muette de stupeur, je ne parviens qu'à hocher la tête avec un sourire. Un murmure s'élève autour de nous : « C'est elle. C'est la fille qu'il recherche. » La gorge serrée, je balaie la foule curieuse des yeux.

— Alors, tenez. Ce que j'ai dans mon sac est pour vous, dit-il en se retournant.

En toile de fond, Jimmy Durante continue de chanter l'amour, et le désir de s'accrocher à la personne à laquelle on tient le plus au monde. Me voilà tout en haut de l'Empire State Building, le jour de la Saint-Valentin, en train de discuter avec... *Jonah.* C'est tout à fait surréaliste.

Comme je continue de regarder autour de moi, la dame près de moi me donne un coup de coude.

— Allez-y, regardez ce qu'il y a à l'intérieur !

Je m'humecte les lèvres, prends une grande inspiration dans l'espoir de cesser de trembler et ouvre le sac. *Ce n'est pas vrai!* J'éclate de rire. La peluche monstre. Autour de moi les gens chuchotent et s'esclaffent. Je suis aveuglée par un flash. Puis un autre.

Un hoquet de surprise s'élève soudain.

— Regardez, à son cou!

Enfilée sur un collier de bonbons, une bague. Les larmes me brouillent tout à coup la vue. Me couvrant la bouche d'une main, je sens les gouttes rouler et s'insinuer entre mes doigts. *Une bague de fiançailles.*

Je redresse la tête. Où est-il? *Où se cache-t-il?*

Les danseurs se dispersent, révélant...

— Ellie?

Mince, alors! Elle agite frénétiquement les mains, les yeux débordants de joie.

— Maman? Papa?

Abasourdie, j'aperçois Ren; aux côtés de Grayson, elle prend la pose avec un sourire et pointe du doigt le monstre-cochon que je tiens entre les mains. Appareil-photo à la main, tante Greta sourit, le visage ruisselant de larmes. Un autre flash crépite.

Tous mes proches sont ici. Absolument tous. Mon cœur déborde de bonheur. Il s'est donné tout ce mal pour moi. Mais où...?

Ma famille s'écarte.

Shane est là.

Vêtu d'un jean et d'un pull en laine gris sous un chaud manteau, on le croirait tout droit sorti d'un magazine. Son sourire creuse les pattes-d'oie qui encadrent son regard, et c'est fini, je craque. Le flot de mes larmes est tel que j'ai beau les essuyer au fur et à mesure, je ne vois plus rien.

Quelqu'un m'offre un mouchoir.

— Tenez, ma jolie.

Avec un petit rire étouffé, je m'éponge les yeux. Il n'y a rien à faire... Je suis ravagée par l'émotion. Mâchoire crispée, je respire par petits à-coups, la peluche pressée contre mon cœur, le petit garçon toujours à mes côtés.

Shane approche. La musique s'évanouit, et le silence se fait. Tout est soudain si calme que l'on dirait presque que l'univers retient son souffle.

Shane pose un genou à terre, suscitant une exclamation collective de la part de la foule attendrie.

Les dents serrées, il lutte pour ne pas succomber lui aussi à l'émotion. Ses yeux brillent. Oh! comme ce visage m'avait manqué!

— Veux-tu m'épouser? dit-il seulement.

C'est amplement suffisant.

Ces mots valent tous les discours et autres répliques de cinéma.

Souriant de tout mon cœur, je lui souffle un « je t'aime ».

L'assemblée explose d'un grand cri de joie. Dans les bras de tante Greta, maman se tamponne les yeux, un sourire jusqu'aux oreilles. Papa est rayonnant, et même Grayson semble avoir les yeux humides. Ellie et Ren rient et pleurent à la fois.

Les yeux plongés dans le regard cuivré de Shane, je sens une bouffée d'espoir me réchauffer le cœur tandis que je revois toute notre histoire défiler.

C'est ainsi que Shane a rencontré Kenzi.

La magie d'une rencontre, la souffrance d'une tentative manquée, l'heureux hasard qui donne un coup de pouce au destin. Peu importe que les comédies romantiques soient prévisibles, elles nous touchent, car elles sont ancrées dans la réalité et sa magie.

Obtenir mon happy end signifie-t-il que ma vie sera parfaite? Absolument pas. Et je ne voudrais qu'elle le soit pour rien au monde. Je veux les imprévus qui vont avec. En particulier celui qui devrait arriver d'ici six mois. Je souris à Shane. Je parie qu'il est loin de s'attendre à une telle surprise!

Tout le monde applaudit tandis qu'il me soulève de terre pour déposer sur mes lèvres le plus doux des baisers. Un baiser de cinéma. Un baiser qui marque la fin de notre liste de films et le début d'une nouvelle vie.

Une vie comme au cinéma.

Les véritables stars

Un grand merci à ma consœur, critique et amie Kaci, pour son implication dès le tout premier jet, ainsi qu'à mes fabuleuses bêta-lectrices : Cristin, Amy, Stacey, Sharon, Claudia, Rox, Andrea, et Nicola. Je vous adore.

Un merci tout particulier à mon agente de choc, Jenny Bent, pour avoir cru en mon histoire et m'avoir prise sous sa si majestueuse cape de superhéroïne. A mon inénarrable éditrice Abby Zidle, ainsi que toute l'équipe en coulisses, merci d'avoir non seulement bien voulu afficher mon nom en grandes lettres, mais aussi vérifié que tous les néons fonctionnaient.

Et, bien entendu, merci à mes lecteurs ! Je crois que, à l'instar de Kenzi, nous rêvons toutes et tous d'une vie remplie de grands instants magiques. En ce qui me concerne, *Happy Ending* est de ceux-là, et j'espère que sa lecture vous rappellera que vous avez le rôle principal, et que c'est à vous de donner un sens à votre vie.

Enfin, je remercie Dieu, réalisateur principal de ce film, d'avoir apporté la preuve que, peu importent les rebondissements, la vie nous aiguille toujours vers une fin heureuse.

Composé et édité par HarperCollins France.

Achevé d'imprimer en janvier 2018.

CPi
BLACK PRINT

Barcelone

Dépôt légal : février 2018.

Pour limiter l'empreinte environnementale de ses livres, HarperCollins France s'engage à n'utiliser que du papier fabriqué à partir de bois provenant de forêts gérées durablement et de manière responsable.

Imprimé en Espagne.